KB111942

설
레
어
서

설레어서

초판 1쇄 인쇄일 2015년 12월 18일
초판 1쇄 발행일 2015년 12월 23일

지은이 | 황한영(잠의여왕)
펴낸이 | 김기선
편집장 | 김은지

펴낸곳 | 와이엠북스(YMBOOKS)
출판등록 | 2012년 7월 17일 (제382-2012-000021호)
주소 | 서울시 도봉구 노해로 379, 1005호(창동, 대성빌딩)
전화 | 02)906-7768 / **팩스 |** 02)906-7769
E-mail | ymbooks@nate.com

ISBN 979-11-322-3567-5 03810

값 9,000원

설
레
어
서

황한영(잠의여왕) 장편소설
YMBOOKS ROMANCE STORY

목 차

프롤로그

지금 생각해보면 그날은 아침부터 유독 재수가 없었던 것 같다.

매일 제시간에 타던 버스를 놓쳐서 난생처음 지각이라는 걸 했고, 하필이면 불독이라는 별명을 가진 학주에게 걸려 아침부터 운동장을 열 바퀴나 뛰었다. 숨이 턱까지 차올라서 헉헉거리며 교실에 들어갔더니 심지어 1교시가 체육으로 바뀌었다는 소식까지…….

그때 알아봤어야 했다. 오늘은 날이 아니라는 걸!

"선배, 이거 받아주세요!"

아직 채 반나절이 흐르지도 않았건만, 딱 열 번째로 뒤뜰로 불려 나간 그는 심드렁한 얼굴로 화려한 포장지에 싸여 있는 빼빼로를 내려다보았다.

"혹시 직접 만든 거야?"

열 번째 같은 질문.

"네. 모양이랑 맛은 장담 못하지만, 그래도 정성을 담아서 예쁘게……."

그리고 열 번째 같은 대답.

"미안한데 못 받아. 이런 거 부담스러워."

"네? 이거 비싼 거 아닌데."

"아니, 가격이 아니라 네 마음이 부담스럽다고. 내가 이거 받아주면 네가 기대할 거 아냐."

웃지 않으면 평소에도 한없이 차가운 인상의 그는, 이번에도 역시 차가운 얼굴로 울먹거리는 여자를 향해 '미안.'이라고 짧게 사과를 건넨 후 건물 안으로 들어가버렸다. 그와 동시에 용기를 냈던 여자는 뒤에서 기다려주던 친구들의 품에 안겨 닭똥 같은 눈물을 뚝뚝 흘려대기 시작한다.

마치 드라마 재방송을 보는 듯한 착각이 들 정도로 똑같은 장면이, 벌써 열 번째로 반복되고 있는 중이었다. 등장하는 여배우만 다를 뿐.

"그렇게 흐뭇하게 바라보고 있을 여유가 없을 텐데?"

복도 창가에 딱 붙어서 뒤뜰을 구경하고 있던 하경의 어깨에 손을 턱 얹으며, 그녀의 가장 친한 친구 선영이 말했다.

"어쩌면 지금 저기서 우는 여자가 잠시 후의 네 모습이 될 수도 있으니까."

"악담을 꼭 해야겠어?"

"어머. 악담이라니? 그냥 친구로서 현실을 알려주는 거야. 괜히 허튼 기대 했다가 상처받지 말라고."

"아이고, 그러셨어요? 너무 감동이라 눈물이 다 나려고 하네."

"우리네 선조들이 못 올라갈 나무는 쳐다보지도 말라고 했거늘. 어쩌자고 강지운 같은 남자를 좋아해서는. 쯧쯧."

선영을 향해 '흥!' 하고 콧방귀를 뀌어주기는 했지만 사실 하경도 불안했다. 학교에서 꽤 예쁘다고 소문난 여학생들이 열 명이나 연속으로 차갑게 퇴짜 맞는 걸 창문에 딱 달라붙어 몰래 지켜보며, 그렇잖아도 점점 자신감을 잃어가고 있는 중이었던 것이다.

못 올라갈 나무. 그 말이 정확했다. 열일곱 공하경에게 열아홉의 강지운은 쉽게 올라갈 수 없는 나무처럼 높기만 했다.

잘생겼지, 공부 잘하지, 좀 무뚝뚝하긴 해도 성격 반듯하지. 심지어 운동까지 잘했다. 그는 정말 너무도 완벽했다.

반면, 모든 것에서 뛰어난 그와는 달리 하경은 모든 것에서 너무도 평범했다. 아니, 적어도 본인은 그렇게 생각했다. 생긴 것도 평범했고, 공부 역시 전교에서 중간쯤 했으며, 성격도 양심적으로 봤을 때 그리 좋은 편은 아니었다. 게다가 몸치이기까지 했다.

자기 자신을 너무 잘 알고 있었기 때문이었을까. 하경은 2년 동안 그를 끈질기게 짝사랑하면서도 고백을 해야겠다는 엄두도 내지 못했었다. 만약 내년에도 지금처럼 같은 학교에서 그를 멀리서나마 바라볼 수 있었더라면, 하경은 여전히 고백할 생각을 하지 못했을 것이다.

그러나 안타깝게도 그는 내년에 이 학교를 졸업한다. 그러니 제 마음을 전달할 수 있는 기회는 지금뿐이었다.

하지만 2년 만에 큰 결심을 한 것과는 달리 오늘은 운이 영 안 따라줬다. 그가 쉬는 시간마다 여학생들에게 꾸준히 불려 나가 버리는 바람에, 수업이 모두 끝날 때까지도 하경에겐 차례가 돌아오지 않았던 것이다. 고백은커녕 그의 얼굴을 마주할 수조차 없었다.

"그냥 승현 오빠한테 부탁하든가."

어느덧 하교 시간. 전해주지 못한 빼빼로를 품에 안은 채 힘없이 터덜터덜 교정을 나서는 하경의 뒷모습을 안쓰럽게 바라보던 선영이 툭 내뱉었다.

"뭘 부탁해?"

"강지운 좀 불러달라고. 두 사람 친하니까 그 정도는 쉬울 거 아냐."

선영이 말하는 '승현 오빠'는 하경의 친오빠였다. 그리고 선영의 말대로 승현과 그는 둘도 없는 친구이기도 했다. 하경이 그를 처음 봤던 것도, 승현이 과제를 함께하겠다며 그를 집으로 데려온 덕분이었다. 그 뒤로도 하경은 제 오빠를 통해 그를 자주 보게 되었고, 그렇게 사춘기 소녀의 짝사랑은 시작되었다.

하지만 그랬기에 선영의 말은 더욱 안 될 일이었다. 그를 짝사랑하고 있다는 사실을 오빠에게 들킨다면 평생 두고두고 놀림감이 될 것이 분명했다. 생각만으로도 정말 끔찍하다. 하경은 고개를 세게 내저었다.

"그럼 이렇게 고백 한 번 못 해보고 끝내게? 강지운이 대학 들어가는 순간 넌, 진짜 게임 오버인 거야. 그때 가서 갑자기 용기가 막 생겨서 네가 고백한다고 한들, 대학생한테 고등학생이 여자로 느껴지기나 하겠니. 대학교에 예쁜 여자들이 얼마나 많은데."

"그건 그렇지만……."

고등학생과 대학생이라는 격차가 얼마나 큰지에 대해서는 하경도 잘 알고 있었다. 예비 대학생인 제 오빠는 벌써부터 그녀가 한참 어리다며 무시하는 발언을 종종 내뱉고는 하니까 말이다.

2살 터울이라는 건 좀 애매했다. 중학교를 따라잡았더니 오빠는 고등학교로 훅 올라가버렸고, 고등학교를 따라잡았더니 이젠 대학교로 훅 올라가버린단다. 아무리 따라잡아도 잡히지 않는 제 오빠가 얄미워 죽겠다.

그리고 아주 안타깝게도 그와 자신의 나이 차이도 2살이었다. 그가 1살만 더 어렸으면, 아니 자신이 1살만 더 많았으면 얼마나 좋을까…….

"암튼 용기는 없는 주제에 고집은 더럽게 세지."

혀를 차는 선영을 향해 반박할 말이 생각나질 않아 하경이 입을 꾹 다물던 그때였다. 뒤에서 익숙한 목소리가 하경을 불렀다.

"어이, 공하경. 지금 집에 가냐?"

역시 양반은 못 되는 모양이다. 슬쩍 뒤를 돌아보자 승현이 건들건들 두 사람에게 다가오고 있는 것이 보였다. 그리고 승현의 옆에는 언제나 그렇듯 그도 함께였다.

그들을 발견한 하경은 저도 모르게 재빨리 빼빼로를 뒤로 숨겼다. 내 안에 이렇게 반사 신경이 있었던가, 하고 스스로도 놀랄 정도로 재빠른 행동이었다.

"잘됐다. 이것 좀 내 방에 대신 갖다 놔주라."

"이게 뭔데?"

"보면 모르냐. 오늘 이 오빠님이 받으신 빼빼로지."

한껏 어깨에 힘을 준 승현이 쇼핑백을 드밀었다. 하경은 빼빼로를 들고 있지 않은 다른 손으로 제 오빠가 건네는 쇼핑백을 받아

들었다. 포장된 빼빼로 몇 개가 보였다. 애걔. 겨우 이거 가지고 생색은. 픽- 옅게 비웃으며 쇼핑백에서 눈을 뗀 하경은 승현의 옆에 멀뚱히 서 있는 그에게로 시선을 옮겼다.

만약 오늘 그가 주는 족족 빼빼로를 다 받았더라면 이것과는 비교도 되지 않을 정도로 많았을 텐데. 이런 걸 보고 번데기 앞에서 주름 잡는다고 하는 건가.

그렇게 제 오빠와 달리 겸손한 그를 흐뭇한 마음으로 쓱 훑어보던 하경의 눈이 별안간 커졌다.

"어? 선배, 빼빼로 받았어요?"

고맙게도 선영이 그를 향해 먼저 물었다. 안 그래도 하경이 지금 막 그의 손에 달랑 들린 포장된 빼빼로의 정체에 충격을 받은 찰나였다.

"아, 이거……"

"이거, 유상희가 준 거야."

제 손에 들린 것을 내려다보며 멋쩍어하는 그를 대신해 승현이 나섰다. 승현은 어쩐지 받은 본인보다 더 신나 보였다.

"니들도 알지? 유상희."

왜 모르겠는가. 3년 동안 퀸카 자리를 그 누구에게도 내준 적이 없다던 전설의 그녀를. 학교에서뿐만 아니라 인근의 타 학교 학생들에게서까지 공공연하게 '여신'이라 불리는 여자였다. 유상희가 강지운을 찍었다는 얘기를 듣기는 했었는데, 그게 사실이었던 모양이다.

"그럼 유상희 선배한테 고백 받은 거예요?"

"어?"

"받아들이신 거고요?"

우리 선영이 잘한다!

머리부터 발끝까지 얼어붙어버린 하경 대신, 그 마음을 아는 선영이 그를 향해 꼬치꼬치 따져 묻고 있었다. 당황한 듯 대답을 망설이고 있는 그를 대신해 이번에도 승현이 나섰다.

"아직 Yes라고 대답은 안 했어. 근데 너, 사귈 거지? 응?"

승현이 얼른 대답을 하라는 듯 그의 어깨를 툭툭 건드렸다. 그리고 하필이면 지금 그를 절실히 바라보고 있던 하경과 그의 눈이 딱 마주쳤다. 놀란 하경이 시선을 피하는 순간, 민망한 듯 얼굴이 살짝 붉어진 그가 드디어 입을 열었다.

"음. 만나볼까 싶어."

라고 말을 마치고 수줍은 듯 시선을 내리까는 그의 모습은 너무도 낯설었다. 2년이라는 시간 동안 바라보았지만 단언컨대 처음이었다.

그 순간, 사춘기 소녀의 가슴이 무너져 내렸다.

2년을 기다렸건만 피어보지도 못하고 그토록 허무하게.

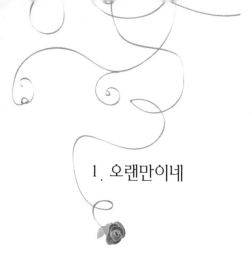

1. 오랜만이네

일요일 아침부터 정신이 하나도 없었다. 미용실에서 어머니 한 여사와 사이좋게 머리와 화장을 하고 나온 것까지는 좋았는데, 집에 오자마자 옷 때문에 말다툼을 벌여야 했다.

그냥 정장을 입겠다는 그녀와 그래도 한복을 입어야 한다는 그녀의 어머니, 한 여사의 언쟁은 꽤나 오랫동안 이어졌다. 결국 그녀의 똥고집을 이기지 못한 한 여사가 백기를 드는 것으로 끝을 내기는 했지만, 한번 냉랭해진 분위기는 식장에 도착할 때까지 길게 이어졌다.

하지만 식장에 도착하자마자 한 여사의 얼굴은 언제 그랬냐는 듯 풀렸다. 한복을 곱게 차려입은 한 여사는 아버지의 옆에 딱 붙어 서서 자상하고 또 행복한 어머니 코스프레를 시작했다.

역시 울 엄마, 연기해도 되겠어.

속으로 감탄하며 그녀 역시 방긋 웃으며 하객들을 맞이했다.

"근데 하경이 너는 대체 언제 국수 먹여줄 거니?"

"네?"

아니, 도대체 왜 오빠의 결혼식에서 제 결혼 얘기를 들어야 한 단 말인가. 삽시간에 일그러지는 하경의 얼굴을 뻔히 봐놓고도 그녀의 이모는 말을 덧붙였다.

"스물여덟이면 어린 나이도 아닌데. 내년이면 아홉수잖니. 그러니 못해도 올해 안에는 꼭 가야지?"

'이 좋은 날 왜 오지랖이세요, 이모.' 하고 팩 쏘아붙이고 싶은 걸 꾹 참으며 하경은 '글쎄요. 때가 되면 가겠죠.' 하며 어색하게 웃어 보였다. 하지만 그것은 겨우 시작에 불과했다. 곧 그녀는 자신이 전쟁터에 바쳐진 총알받이와 비슷한 것 같다는 생각이 들었다. 얼굴도 잘 모르는 친척에게 정확히 열 번째로 '너는 대체 시집 언제 가니?'라는 질문을 듣는 순간, 그녀는 더 이상 억지웃음을 짓는 걸 포기해버렸다.

"엄마, 나 화장실 좀 갔다 올게."

"그래도 식 시작하기 전에는 와야 해."

자리를 피하는 그녀의 뒤통수에 한 여사의 말이 꽂혔다. 화장실은 핑계고 대피처를 찾아 떠나는 걸 알아챈 모양이었다. 옆에서 무자비한 공격을 받는 딸이 안쓰럽기는 했나 보다.

하지만 친척들이 그런 말을 할 때마다 제 어머니 역시 '그러게요. 진짜 걱정이에요.'라며 은근슬쩍 자신을 쏘아봤다는 걸 알고 있다. 분명 든든한 아군만은 아니었다. 해서 하경은 한 여사의 말을 들은 척도 않고 가까운 곳에 있는 화장실을 지나쳐 복도 제일 끝에 있는 화장실로 빠르게 걸음을 옮겼다.

아니, 결혼을 언제 할 거냐고 묻기 전에 적어도 요즘 만나는 남자가 있는지를 먼저 물어봐야 하는 거 아닌가? 만나는 남자도 없는데 결혼은 무슨 결혼이야. 안 그래도 제일 친한 친구가 시집을 가서 마음이 싱숭생숭해 죽겠건만.

하경은 신경질적으로 수도꼭지를 틀었다. 그러고는 화려한 건물만큼 시원하게 쏟아지는 물줄기에 망설임 없이 손을 갖다 댔다. 손에 닿는 차가운 물이 그녀의 열불 난 속을 조금은 식혀주는 듯했다.

사실 오늘 결혼식의 신랑은 그녀의 친오빠였고, 신부는 그녀의 가장 친한 친구였다. 하필이면 가장 가까운 곳에 있는 비슷한 또래의 지인 둘이 동시에 이렇게 되어버리니 축하는 해주었지만, 마냥 기쁘지가 않고 이상하게 기분이 묘했다.

이제 갑자기 술이 한잔하고 싶어지는 날엔 누구를 불러야 하지. 밤늦게 치킨과 맥주가 먹고 싶어지는 날에는?

하경은 한숨을 훅 내뱉었다. 아무리 머리를 굴려봐도 불러낼 친구가 없다. 지금까지는 어렸을 때부터 친하게 지내온 선영과 2살 터울밖에 나지 않는 오빠만으로도 충분했기에 굳이 많은 친구를 만들 필요가 없다고 생각했었다. 그런데 그 두 사람이 이렇게 배신을 해버릴 줄이야.

"진짜 시집이라도 가야 하는 건가……."

친구가 없어서 결혼을 생각해야 하는 날이 오다니. 헛웃음이 나왔다.

거울 속에 비치는 제 모습이 너무도 처량해 보여서 하경은 더 이상 마주 보지 못하고 그만 화장실을 나와버렸다. 그렇다고 다시 '시집은 언제 가니?' 하는 질문 세례를 받고 싶지는 않아서 발을 질질 끌며 복도를 느리게 걷고 있는데, 별안간 누군가가 그녀의 어깨를 탁 붙잡는다.

"공하경."

낮은 목소리. 늘 들어오던 제 이름 석 자였지만 어쩐지 심장이 빨리 뛰기 시작했다. 설마 하는 눈으로 시선을 들어 상대를 바라보는 순간, 하경의 눈이 둥그렇게 커졌다.

"······선배?"

"오랜만이네. 한 10년 만인가?"

정확히 말하면 11년 만이지만 지금 그건 전혀 중요하지 않았다. 하경은 믿을 수 없다는 듯 눈을 느리게 껌뻑이며 제 앞에 서 있는 남자를 바라보았다.

바로 그였다. 그녀의 첫사랑, 강지운.

10년이 넘는 시간이 지났음에도 한눈에 알아볼 수 있었다. 그도 그럴 것이 짙은 네이비색의 슈트를 깔끔하게 차려입은 그는 교복을 단정하게 입고 있던 열아홉의 그때처럼 여전히 아름다웠다. 마치 세월이 그만을 비켜 가기라도 한 것처럼 말이다.

"미국에 갔다고 들었는데······."

그가 고등학교를 졸업하고 난 뒤부터 두 사람은 한 번도 제대로 마주친 적이 없었다. 제 오빠인 승현과 지운의 대학이 갈라지는 바람에 만날 기회가 현저히 줄었기 때문이다. 그래도 그가 군대를 가기 전까지는 승현과 함께 가끔 집에 놀러오곤 했었다. 하지만 그때마다 하경은 기어코 자리를 피했다. 실패한 첫사랑의 상처가 너무

더디게 아물고 있어서 여전히 그를 보는 것이 마음 아팠기 때문이었다.

그리고 얼마 후 승현에게서 그가 제대를 하자마자 미국으로 유학을 떠났다는 소식을 전해 들었다. 꽤 오래 미국에 있을 예정이라는 것까지 듣고서 하경은 차라리 다행이라고 생각했었다. 스스로 그를 피하는 것보다 아예 만날 수 없어지는 쪽이 차라리 더 마음 편했다.

"어젯밤에 귀국했어."

"설마 우리 오빠 결혼식 때문에요?"

"음, 겸사겸사."

저도 모르게 완전히 돌아왔다는 대답을 기대했던 모양이다. 미적지근한 그의 대답이 이토록 실망스러운 걸 보면. 하경은 아래로 내려가려는 입매를 애써 다잡으며 어색하게 웃었다.

"선배, 저 먼저 가볼게요. 자리를 오래 비울 수가 없어서요."

"아, 그래. 좀 이따 보자."

하경은 지운을 향해 고개를 꾸벅 숙이고는 얼른 몸을 틀었다. 그와 마주 보며 어색하게 웃고 있는 것보다는 차라리 친척들에게 공격을 받는 편이 더 나을 것 같아서였다. 10년도 더 지났으니 이제는 완전히 아물었을 거라고 생각했는데 그것도 아닌 모양이었다.

11년이 짧았나…….

어쩐지 욱신거리는 가슴을 손바닥으로 꾹 누른 채, 그녀는 전쟁터에 다시 총알받이로 섰다.

한참 만에야 식이 시작됐다. 신랑, 신부가 동시 입장을 했다. 평소 알던 친구가 맞는 건지 의심이 들 정도로 아름다운 신부였다. 오빠 역시 집에서 보던 지질한 모습이 아니었고. 하지만 하경은 좀처럼 그들에게 집중을 할 수가 없었다. 시선은 아름다운 신랑, 신부에게 꽂혀 있는데 온 신경은 이 식장 어딘가에 있을 한 남자를 향했다.

"자, 신랑, 신부 친구분들 모여주세요! 단체사진 찍겠습니다!"

어느덧 식이 끝나고 사진기사가 박수를 짝 치며 큰 소리로 외쳤다. 그 소리에 조금 전 가족 단체사진을 찍었던 신랑, 신부의 가족들이 흩어지고, 기다리고 있던 하객들이 하나둘 식장 중앙으로 모여들기 시작했다. 그중에는 지운도 있었다. 이쪽으로 다가오는 지운을 발견한 하경의 걸음이 바빠졌다. 그런데 신부가 그녀의 팔목을 붙든다.

"야! 나 친구 별로 없는 거 알잖아. 너까지 빠지면 어떡해?"

가족 단체사진을 다 찍자마자 이 자리를 빨리 피하려던 하경의 걸음이 뚝 멈췄다.

아, 그랬지. 참.

이 결혼식에서 자신이 신랑의 가족이기도 했고 신부의 친구이기도 하다는 사실을 잠깐 잊고 있었다. 하경은 하는 수 없이 선영의 뒤로 걸음을 옮겼다.

사진을 찍기 위한 대열이 얼추 갖춰지자 앞에서 사진기사가 손으로 이리저리 가리키며 줄을 정렬하기 시작했다. 사진기사의 손이 정확하게 딱 하경을 가리켰다. 조금 더 왼쪽으로 가라는 것이었다. 하경은 그 손길에 맞춰 조심스럽게 왼쪽으로 발을 옮기기 시작했다. 그러다 하경의 옆얼굴이 옆에 서 있는 사람의 어깨에 부딪혔고, 그와 동시에 그녀의 몸이 살짝 휘청거렸다. 오직 사진기사의 손에만 집중하고 있었던 터라 주위를 살피지 못했던 것이다.

"죄송합……."

얼른 옆 사람을 향해 사과의 인사를 건네던 하경의 입이 딱 다물어졌다.

왜 하필!

티를 내지는 못했지만 하경은 속으로 마른 비명을 질렀다.

"괜찮아?"

"네, 괜찮아요."

하경은 자세를 똑바로 하며 재빠르게 고개를 정면으로 돌렸다. 당장이라도 자리를 옮기고 싶은데 이미 정렬이 딱 맞춰진 상태라 불가능할 것 같았다. 하경은 하는 수 없이 최대한 그에게서 떨어지기 위해 어깨에 힘을 주었다. 망할. 속으로 욕지거리가 절로 나왔다.

11년 만에 만난 첫사랑과 친오빠의 결혼식 사진에 나란히 찍히게 생겼다. 신랑, 신부의 집 벽면 어딘가에 떡하니 걸릴 그 사진에 말이다.

전날 친구들끼리는 뒤풀이가 이미 있었기 때문에 식이 끝나자마자 신랑, 신부는 신혼여행을 떠나게 되었다. 공항까지 같이 가줘야 하는 거냐고 물었을 때 두 사람이 극구 사양을 했기에, 하경은 그냥 식장 앞에서 떠나는 차 뒤꽁무니만 보고 있기로 했다.

"대박. 저 남자 강지운이지?"

차에 오르기 전 승현이 친구들과 인사를 하는 것을 보며, 선영이 하경의 귓가에 낮게 속삭였다. 역시 선영도 그를 바로 알아본 모양이었다. 하경은 고개를 끄덕였다.

"너, 괜찮아?"

"뭐가?"

"시침 떼기는. 너 강지운한테 차였을 때 빼빼로 안고서 통곡했던 거 기억 안 나? 진짜 사람들 다 쳐다보는데 나 그때 진짜 쪽팔려 죽을 뻔했잖아."

자의가 아니라 완벽히 타의로 짝사랑에 마침표를 찍게 됐던 그날을 말하는 모양이었다. 빼빼로까지 얘기하다니, 쓸데없이 기억력도 참 좋다. 하경의 반듯한 미간이 구겨졌다.

"왜 옛날 얘기를 하고 그래? 그리고 내가 언제 차였어. 말 똑바로 안 할래?"

"하긴, 차인 적은 없지. 멍청하게 고백도 못 했으니."

"야!"

"기집애 발끈하기는……. 너 진짜 괜찮은 거야?"

장난스럽게 말을 하고 있었지만 실은 진심으로 걱정을 하는 선영의 시선이 하경에게 닿았다.

2년에 걸친 짝사랑이 끝난 아픔은 꽤나 오래갔다. 수업 시간에 갑자기 왈칵 눈물이 쏟아져버리는 바람에 담임에게서 집에 혹시 무슨 일이 있냐는 질문도 받았었고, 멍하니 걷다가 전봇대에 부딪히는 일도 허다했다. 지운이 졸업을 하고도 하경은 그 학교를 계속 다녀야 했기에, 순간순간 그가 없는 빈자리를 홀로 오롯이 느껴야만 했다. 그 바람에 학창 시절은 그리 유쾌하지 않았던 것 같다.

그런 하경을 아주 가까이에서 지켜본 것이 선영이었다. 지운을 향한 하경의 마음이 생각보다 진지했던 것 같아서, 선영은 어쩐지 지금 그녀의 마음이 걱정스러웠다. 그리고 하경 역시 그런 제 친구의 마음을 알기에 더 괜찮은 척 굴어야만 했다. 그렇지 않으면 쓸데없이 의리를 지킨답시고 신혼여행에 가서도 제 걱정을 할 친구였다.

"아, 괜찮다니까. 이 좋은 날, 구질구질한 과거 얘기는 이제 그만 합시다. 응?"

"알았어, 알았어."

선영은 하경의 마음을 안다는 듯 어깨를 으쓱하며 차에 올라탔다. 그리고 곧 친구들과 인사를 끝낸 승현까지 태운 차는 유유히 공항을 향해 출발했다.

깡통이 달그락거리는 소리를 냈으면 더 좋았을 텐데. 촌스러운 건 딱 질색이라는 신부의 고집으로 아무것도 장식되어 있지 않은 흰 차의 뒤꽁무니는 깔끔하다 못해 썰렁해 보였다. 풍선이라도 달아줄 걸 그랬나. 멀어져 가는 차를 멍하니 바라보며 쓸데없는 생각을 하고 있는데, 그녀의 옆으로 누군가 다가서는 기척이 느껴졌다. 곧바로 온 신경이 곤두선다. 굳이 고개를 돌리지 않아도 누군지 알 것 같아서 하경은 옆을 보지 않았다.

"뒤풀이 없다며?"

"네. 어제 해버려서."

"음. 그럼 간단히 우리끼리 한잔할까?"

"네?"

꼿꼿하게 정면만 바라보던 하경의 고개가 저도 모르게 휙 그를 향해 돌아갔다.

"이대로 헤어지긴 아쉽잖아."

그가 어깨를 으쓱해 보였다. 그래. 단지 그 이유만은 아니라고 했지만, 어쨌든 친구 결혼식 때문에 지구 반 바퀴를 날아온 사람이었다. 그런 사람의 입장에서는 고작 결혼식만 보고 끝이라는 것이 아쉽게 느껴질 법도 했다.

하지만 그건 어디까지나 그의 입장일 뿐. 그는 단지 어린 시절부터 알았던 여동생과 오랜만에 만나서 반가운 마음뿐이겠지만, 하경은 그렇지 않았다. 이미 까마득히 오래전 일이라고 해도 여전히 그와 마주하는 것이 마음 아팠고, 또한 불편했다.

"너한테 할 얘기도 있고."

할 얘기라니. 술 한잔하면서 옛 추억을 사이좋게 더듬어보기라도 하자는 말인가. 하경의 얼굴이 살짝 굳었다.

"죄송해요. 저는 약속이 있어서요."

"중요한 약속이야?"

살짝 양심의 가책이 느껴졌지만 하경은 고개를 끄덕였다. 그와 동시에 그의 새까만 눈동자에 실망하는 기색이 역력하게 비쳤다. 그 눈빛을 더 볼 수가 없을 것 같아서 하경이 그의 눈치를 슬쩍 살피다가 '전 그럼 이만.' 하며 돌아섰을 때였다.

순간, 지운이 돌아서는 하경의 손목을 탁 붙들었다.

"공하경."

그녀의 이름 석 자를 부르는 목소리가 아까보다 조금 더 짙었다. 하경은 저도 모르게 마른침을 꼴깍 삼키며 고개를 돌려 그를 바라보았다. 정확하게 하경을 바라보고 있던 지운의 시선과 하경의 시선이 일순간 허공에서 맞닿았다. 그녀를 빤히 쳐다보는 지운의 얼굴은 어쩐지 화가 난 것처럼 보이기도 했고, 또 아닌 것처럼 보이기도 했다.

"전부터 물어보려고 했는데 말이야."

두 사람의 시선이 허공에서 부딪히고도 한참 만에야 지운이 운을 뗐다.

"내가 너한테 혹시 잘못한 거 있어?"

너무도 생뚱맞은 물음에 하경이 '네?' 하고 되묻자, 지운이 눈썹을 씰룩이며 '아, 그러니까.' 하고 다시 말을 이어갔다.

"10년 전, 아니 11년 전에 말이야."

"11년 전이요?"

"그래. 아마도 고등학교를 졸업할 무렵이었던 것 같은데. 네가 날 피하기 시작했던 게."

너무도 정확한 그의 말에 하경의 심장이 일순 철렁했다. 그도 알고 있었던 모양이었다. 11년 전, 그녀가 열심히 자신을 피해 다녔다는 것을.

하긴, 모를 리가 없지. 어떻게든 그의 눈에 띄기 위해 알짱거리던 여자애가 어느 날부터 갑자기 뒤꽁무니만 보여댔으니. 당연히 그 갑작스러운 변화가 수상하기는 했을 테다. 하지만 그렇다고 이제 와 사실을 말할 수는 없었다.

나를 좋아해주지 않은 것. 그게 당신이 11년 전 내게 잘못한 거라고 말을 할 순 없는 노릇이니까.

하경은 짧게 숨을 고른 후 지운의 새까만 눈동자를 똑바로 쳐다보며 입을 뗐다.

"선배가 뭔가 오해하신 거겠죠. 피하다니, 그런 적 없어요. 제가 선배를 피할 이유가 뭐가 있었겠어요? 솔직히 우리가 친한 사이였던 것도 아니고."

그저 내가 오빠 친구인 당신을 열렬히 짝사랑했었을 뿐.

하경은 뒷말을 삼켰다. 뱉어내지 못한 말이 목구멍을 타고 내려가는 느낌은 쓰기만 했다.

"그래? 내가 오해했다면 그건 다행인데……."

심기가 불편하다는 듯 지운의 눈썹이 씰룩였다.

"마지막 말은 그냥 못 넘어가겠다."

"마지막 말이요?"

무슨 소리냐는 듯 하경이 묻자, 지운이 입가에 힘을 주며 말했다.

"그래. 마지막 말"

이번엔 확실히 알 수 있었다. 그가 지금 화가 나 있다는 것을.

"나는 지금까지 우리가 꽤 친했다고 생각했거든."

하경으로서는 전혀 예상치 못한 반응이었다. 그런 말쯤은 전혀 신경 쓰지 않고 그냥 넘길 줄 알았는데, 거슬렸던 모양이다.

"뭐, 그건 자기 기준에 따라 다른 거니까요."

당황한 하경이 대충 변명을 내뱉은 후 그의 눈치를 살폈다. 하지만 이번 답변도 썩 마음에 들지는 않은 모양이었다. 대체 나더러 어쩌라고. 하경은 속으로 길게 한숨을 내쉬었다. 역시 그와 마주하고 있는 건 예나 지금이나 그녀에겐 한없이 벅찬 일이었다.

"어쨌든 전 바빠서 먼저 가볼게요."

돌아서면서 이번에도 그가 붙잡을까 봐 걱정했는데 다행히도 그런 일은 없었다. 대신 뒤통수에 꽂히는 강렬한 시선이 집요하게 자신을 따라오고 있다는 것이 느껴지기는 했지만 말이다.

중요한 약속이 있다며 자리를 피한 하경이 도착한 곳은 당연히 그녀의 집이었다. 유일한 친구가 신혼여행을 떠난 상황에서 그녀에게 중요한 약속 따위가 있을 리 만무했다. 방으로 들어오자마자 하경은 옷장 문부터 열었다. 어쩌면 지금 이토록 가슴이 답답한 이유는 불편한 옷을 입고 있어서인지도 몰랐다. 아니, 꼭 그랬으면 좋겠다.

편한 옷을 찾기 위해 가지런히 정리된 옷장을 뒤적거리던 하경의 시선이 옷장 구석에 있는 상자에 닿았다. 일순 옷을 찾던 손이 멈췄다. 잠깐 동안 빤히 그것을 응시하던 하경은 이내 조심스럽게 그것을 꺼내보았다. 빛바랜 빨간 상자가 세월의 흐름을 여실히 알려주고 있었다.

손바닥으로 상자의 표면을 쓱 훑었다. 회색 먼지가 하얀 손바닥 위에 그대로 묻어났다. 이 상자를 마지막으로 열어봤던 11년 전이 떠올라 그녀는 피식- 옅은 실소를 뱉었다.

'오랜만이네. 한 10년 만인가?'

그와 마주친 순간, 거짓말처럼 하경은 자신이 열일곱의 공하경이 되어버린 것 같았다. 마치 타임머신이라도 타고 11년의 시간을 되돌아간 것처럼. 이제는 희미해졌다고 생각했던 그때의 감정이 마치 어제의 것처럼 생생하게 떠올랐다. 강지운 때문에 울고 웃었던 그때의 그 감정이.

"스물여덟에 첫사랑 타령이라니. 유치하다, 공하경!"

하경은 제 머리를 가볍게 콩 쥐어박고는 상자를 열려던 손길을 멈추었다.

오늘 그를 피하길 잘했다. 지금 이 상태로 오늘 그와 다시 마주했다면 분명 지금의 어설픈 감정에 휩쓸려버렸을 것 같다. 어쩌면 예전에 내가 선배를 무척이나 좋아했어요, 하고 생뚱맞은 고백을 했을지도 모르겠다. 그는 분명 난감한 기색을 보였을 테고, 그러면 나는 그 모습에 또 상처를 받았겠지.

하경은 지금껏 자신이 순정파라고 생각했었다. 그런데 오늘 보니 그게 아니었다. 순정파는 아주 미화된 표현이고. 미련. 그래, 미련 떠는 여자. 혹은 청승맞은 여자. 딱 이 정도가 정확한 표현인 것 같다.

하경은 손에 들린 상자를 물끄러미 내려다보았다. 분명 이 상자를 봉인했을 때는, 10년 뒤쯤에는 어쩌면 웃으면서, 아니 웃지 못하더라도 적어도 덤덤한 얼굴로 이 상자를 열어볼 수도 있겠다고 생각했었다.

하지만 그건 스스로를 잘 몰랐을 때의 이야기. 이쯤 되니 지금으로부터 10년은 더 지나야 이 상자를 웃으면서 열어볼 수 있을 것 같다는 생각이 든다.

하경은 상자를 침대 밑의 어두운 공간으로 쑥 밀어 넣었다. 이곳에 두면 더는 저도 모르게 손을 갖다 대지 않을 것이다. 어느덧 자연스럽게 이곳에 상자가 있다는 사실을 잊게 될 테고, 그러면 10년이고 20년이고 어쩌면 영원히 열지 않게 될지도 모른다.

정말 그렇게 됐으면 좋겠다. 추억은 추억으로만 남을 때가 가장 아름다운 법이라고 했으니까.

아마 첫사랑의 기억도 마찬가지일 테고…….

월요일 아침, 출근카드를 찍자마자 하경의 발등에 불이 떨어졌다. 오늘 오후에 출시 예정인 신제품의 광고가 아직도 마무리되지 않았다는 소식을 들은 것이다. 애초에 계획은 출시 일주일 전부터 광고를 뿌리기로 되어 있었다. 하지만 홍보팀이 하도 사정을 해서 결국 당일까지로 양보 아닌 양보를 했던 것인데, 그마저도 마무리를 짓지 못했단다. 그것도 지금까지는 아무 말 없다가 바로 당일이되어서야 말이다.

"공 대리님, 오셨어요?"

딱딱하게 굳은 얼굴의 하경이 홍보팀에 도착하자, 홍보팀의 이 대리가 어색하게 웃으며 그녀를 반겼다. 찔리는 게 있기는 한 모양이지. 하경은 웃는 얼굴의 이 대리를 그대로 스쳐 지나가 곧장 최 과장의 자리로 향했다.

"최 과장님!"

하경이 꽥 소리를 지르자 컴퓨터로 맞고를 치고 있던 최 과장이 화들짝 놀라서 저도 모르게 자리에서 벌떡 일어났다.

"어, 어. 공 대리 왔어?"

"네. 제가 왔습니다. 당연히 저를 기다리고 계실 줄 알았는데요."

"올 줄은 알았지. 근데 이렇게까지 빨리 올 줄이라고는……."

저런 걸 말이라고 한다. 비록 같은 부서는 아니더라도 일단 20살이 넘게 차이 나는 상사에게 욕지거리를 뱉을 수도 없는 입장이라, 하경은 최대한 예의를 갖춰 말했다. 그 탓에 그녀의 입가가 파르르 떨렸지만.

"제가 방금 전에 아직 광고가 마무리 안 됐다는 소식을 들었는데, 어떻게 된 것인지 설명 좀 해주시겠어요?"

"그게 CF감독 측이랑 얘기가 좀 잘못돼서 말이야. 미안하게 됐네."

"일주일 전에 제가 스케줄에 대해 분명 한 번 더 여쭤봤던 것 같은데요."

"그땐 어떻게든 오늘까지는 될 줄 알았지. 설마 일이 이렇게 되리라는 걸 나라고 알았겠는가?"

말이야 막걸리야. 책임자라는 사람이 하는 소리하고는. 이러니까 당신이 만년 과장이지!

목구멍까지 차오르는 분노를 꾹 눌러 삼키며 하경은 딱딱한 목소리를 뱉어냈다.

"신제품 출시일은 더 이상 못 늦춥니다."

"그럼 어떡하나? 감독 측도 오늘까지는 죽어도 완성을 못 시키겠다는데."

"어떡하기는요. 인터넷 광고라도 먼저 올려야죠. 인터넷 광고는 저번에 준비가 다 됐다고 하셨죠?"

역시 대안책이 있었군. 최 과장은 그럴 줄 알았다는 듯 하경을 보며 실실 웃었다.

"그럼. 인터넷 광고야 진즉 준비가 됐지."

"오전 중에 뿌려주세요. 뿌릴 수 있는 곳엔 무조건 다요."

성질 같아서는 '대안책 따위는 없습니다! 그러니까 최 과장님께서 이 모든 일을 책임지세요!'라고 말하고 싶었다. 하지만 그러기에는 일이 정말 꼬여버릴 것 같아서 하경은 오늘도 최 과장의 얄미운 얼굴을 보며 '제발 다음에는 제대로 부탁드려요.' 하고 소귀에 경 읽는 소리만 하고 돌아설 수밖에 없었다. 최 과장의 가족들에게는 미안한 말이지만 진짜 월급 주기 아까운 사람이 아닐 수 없다.

"공 대리님, 잘 해결됐어요?"

하경이 터덜터덜 사무실로 복귀하자 그녀의 옆자리인 주희가 조심스럽게 물었다. 하경은 '뭐, 일단은.' 하고 심드렁히 대꾸하며 자리에 털썩 주저앉았다.

"아유, 최 과장님은 어쩜 매번 그러시나 몰라. 과장까지 올라갔다는 게 신기해요. 예전에는 일을 못해도 승진시켜줬었나 봐요. 되게 좋은 시대였다. 그죠."

주희는 애교 있는 여직원이었다. 자신을 위로하기 위해 일부러 더 오버를 한다는 걸 하경은 알고 있었기에 씩 웃으며 '그치? 우리도 그때 태어날 걸 잘못 태어났나 봐.' 하며 동조를 해주었다.

"근데 사무실 분위기가 좀 이상한 것 같은데? 기분 탓인가?"

하경이 사무실을 전체적으로 쓱 훑으며 고개를 갸웃거렸다.

"눈치채셨어요? 역시 공 대리님은 센스가 있다니까."

"왜. 무슨 일 있어?"

"네. 새로운 팀장님 오셨거든요."

하경이 속한 COCO식품의 기획1팀은 지금 계약직까지 모두 합쳐서 아홉인데, 한 달 전까지만 해도 사실은 열이었다. 그런데 지난달에 팀장이 꽤 큰 사고를 치는 바람에 갑자기 좌천되어버려서 지금은 아홉만 남은 것이다. 원래 팀장 자리가 비면 부서원 중 한 명이 채우기 마련인데, 이상하게 회사에서는 아무런 말도 없었다. 새로운 적임자를 이미 찾아놓은 것 같다는 소문이 돌긴 했었지만 지금까지 근 한 달 동안 팀장 자리는 계속해서 공석이었다.

한 달가량을 팀장 없이 일을 하느라 기획1팀의 팀원들은 모두 꽤 힘들었었다. 성격이 더럽든 외모가 더럽든 제발 아무나 와줬으면 좋겠다는 우스갯소리도 종종 나올 지경이었으니. 그런 지금 새로운 팀장은 하경뿐만 아니라 팀원들 모두에게 반가운 소식이 아닐 수 없었다. 회사에서 당장 새로운 인사를 앉히지 않은 이유가 어쩌면 이런 반응을 노린 걸지도 모르겠다는 생각이 들 정도로 말이다.

하경의 시선이 팀장의 자리로 향했다. 아직 새로운 명패가 도착하지 않은 모양인지 커다란 책상 위는 여전히 썰렁했다. 하지만 의자에 위에는 정말로 가방 하나가 떡하니 놓여 있었다.

"팀장님은 어디 가셨어?"

"부장님이랑 같이 기획2팀에 인사한다고 가셨어요. 간 지 꽤 됐으니까 곧 오실 거예요."

"그래? 궁금하네. 어떤 사람일지."

"부장님 말씀이 슈퍼 엘리트래요. 미국에서 대학을 나왔고 미국 본사에서 일하고 있었는데 우리가 모셔온 거래요. 대단한 인물 왔다고 부장님이 엄청 자랑하셨어요."

"대단한 인물이라……."

칭찬에 인색한 짠돌이 부장이 그렇게까지 말했다니 대단한 인물이긴 한 모양이었다.

"음. 근데 솔직히 저는 다른 건 잘 모르겠고. 딱 하나, 외모가 대단한 건 바로 알겠더라고요."

"외모?"

"네. 진짜 장난 아니에요. 전 처음에 무슨 연예인인 줄 알았다니까요? 대리님이 자리 비웠을 때 여직원들 전부 다 꺅꺅거리고 난리도 아니었어요."

주희가 제법 들뜬 얼굴로 말했다. 평소 주희는 우리 회사엔 인물이 너무 없다고 말을 할 정도로 눈이 꽤 높은 편이었다. 그런 주희가 외모를 칭찬하고, 칭찬에 인색한 짠돌이 부장이 능력을 칭찬하다니. 얘기를 들을수록 새로운 팀장에 대해 미친 듯이 궁금증이 솟아나고 있는데, 때마침 사무실 문이 열리고 부장이 들어오며 하경을 불렀다.

"여, 공 대리! 그동안 팀장 없는 팀에서 팀원들 이끄느라 정말 고생 많았어."

"아니에요. 그런데 새로운 팀장님은요?"

"곧 들어올 거야. 아, 저기 오네."

부장이 씩 웃으며 사무실 문 쪽을 가리켰다. 하경의 시선 역시 부장의 손끝을 향했다.

열린 문으로 깔끔한 정장 차림의 길쭉한 남자가 들어왔다. 작고 하얀 얼굴에 날카로운 눈매의 남자는 마치 잘 깎은 조각 같았다. 확실히 눈이 높은 주희가 칭찬을 할 만한 외모였다. 그리고 이 남자의 능력이라면 모르긴 몰라도 부장이 칭찬할 정도로 분명 대단할 것이었다.

딱딱하게 굳어버린 하경을 보며, 남자가 여유롭게 웃으면서 하얀 얼굴과 대비되는 붉은 입술을 달싹였다.

"안녕하세요, 공 대리님. 오늘부터 같이 일하게 될 강지운입니다."

그의 인사말이 하경의 가슴에 와서 쿡 박혔다.

믿을 수가 없었다. 아니, 믿고 싶지가 않았다.

어째서 그가 여기에? 왜 하필이면 우리 회사, 그것도 우리 팀에?

벌써 반나절이 흘러 점심시간이 된 지금까지도 하경의 머릿속에는 그 생각만이 둥둥 떠다녔다. 그러다 문득 정신을 차렸을 때, 그녀는 어느덧 구내식당에 앉아 있었다. 팀원들과 한자리에 말이다. 물론 그중에는 지운도 끼어 있었다. 아니, 끼어 있는 건 하경인 듯했다. 그는 아무래도 이 자리의 주인공인 것 같으니까.

"그럼 지금은 호텔에서 지내시는 거예요?"

"네, 오늘까지만."

"어머, 이틀 만에 벌써 집을 구하신 거예요?"

"아뇨, 집을 구할 때까지 머물 곳을 찾아서요. 일단은 거기서 지내면서 천천히 집을 알아볼 생각입니다."

여직원들의 물음에 지운은 꼬박꼬박 잘도 대답했다. 지극히 사생활에 관한 부분들까지도 모두 말이다.

그가 이런 성격이었던가? 조금 더 까칠했었던 것 같은데. 하긴, 11년이 지났는데 하나도 변하지 않다면 그게 더 이상한 거겠지.

하경은 괜스레 숟가락으로 국을 휘젓다가 자리에서 쓱 일어났다. 주희의 손에 끌려 얼떨결에 밥까지 받아 들고 자리에 앉긴 했지만, 사실 처음부터 딱히 밥맛이 있었던 건 아니었다. 어쩐지 지금은 그마저도 뚝 떨어져버렸고.

"벌써 일어나세요? 몇 숟가락 드시지도 않고."

옆자리에 앉아 있던 주희가 하경의 식판에 그대로 있는 밥과 반찬을 보며 말했다.

"글쎄. 별로 밥맛이 없네."

"지금보다 살 더 빠지시면 어쩌시려고요."

"그럼 좋지, 뭐. 안 그래도 요즘 뱃살이 쪄서 걱정이었는데."

"공 대리님이 무슨 뱃살이 있다고. 안 돼요. 살 더 빠지시면 곤란하단 말이에요. 늘 공 대리님 옆에 있는 제가 너무 뚱뚱해 보이잖아요."

하경은 체질적으로 마른 몸이었다. 원래부터 먹어도 찌지 않는 체질인 데다가 요즘 잦은 야근으로 인해 눈에 띄게 살이 빠지고 있는 중이었다. 주희가 애교 있게 그녀의 팔을 붙들었지만, 하경은 '정말 배가 안 고파서 그래. 봐주라.'고 말하며 주희의 팔을 자연스럽게 빼내었다.

팀원들에게 먼저 가서 미안하다는 말을 하고 나온 하경은 식판 가득 들어 있던 음식을 모조리 음식물 쓰레기통에 쏟아부었다. 음식은 절대 버리는 거 아니라고 했는데. 어쩐지 한 여사에게 들켜 어릴 때처럼 호되게 야단을 맞을 것만 같아서 하경은 얼른 식판을 내려놓고 마치 도망치듯 구내식당을 빠져나왔다.

"공하경."

계단을 오르고 있는데 뒤에서 누군가가 그녀를 불렀다. 그녀가 대리 직함을 단 뒤로 회사에서 그녀를 '공 대리'가 아닌 이름으로 부르는 사람은 없었다. 목소리도 목소리였지만 호칭부터가 딱 한 사람만을 떠올리게 했다.

"같이 가."

지운은 긴 다리로 어느덧 그녀의 걸음을 따라잡았다. 하경은 걸음을 뚝 멈추었다. 그러자 지운도 덩달아 걸음을 뚝 멈추고 하경을 바라보았다. 그는 어느덧 하경보다 몇 칸 더 높은 곳에 서서 그녀를 내려다보고 있는 중이었다.

"왜 벌써 나오셨어요?"

"나도 별로 밥맛이 없었거든."

가볍게 어깨를 으쓱하는 그의 눈빛은 '왜. 뭐가 문제 될 거 있어?'라고 묻는 듯했다. 딱히 문제 될 건 없죠. 하경은 한숨을 살짝 내쉬었다.

"선배는 알고 있었어요?"

"출근하기 며칠 전에 팀원들 이력서를 건네받았어. 거기에서 널 봤고."

역시나. 화들짝 놀란 자신과 달리 그가 너무 침착한 게 이상하다 생각했었다. 하경은 반듯한 미간을 좁히며 지운을 쳐다보았다.

"어제 만났을 때 미리 얘기해줬으면 좋았잖아요. 그럼 이렇게까지 당황스럽지는 않았을 텐데."

하경이 슬쩍 원망하듯 말하자 지운의 눈매가 가늘어졌다.

"이게 어제의 너한테 중요하기나 했겠어?"

"어제든 한 달 전이든. 이게 저한테 어떻게 안 중요한 일이겠어요?"

"글쎄. 한 달 전까지는 모르겠고, 적어도 어제의 너한테는 안 중요했어. 그건 확실해."

약간 심술이 난 것같이 단단한 그의 입매를 보며 하경은 어제의 일을 떠올렸다.

'너한테 할 얘기도 있고……'
'죄송해요. 저는 약속이 있어서요.'
'중요한 약속이야?'

맙소사. 그때 말했던 그 '할 얘기'라는 게 이 얘기였던 모양이다. 어제 그냥 얌전히 '할 얘기가 뭐예요?' 하고 물어봤으면 오늘 이렇게 당황하지 않았을지도 모르겠다. 확실히 지금 이 당황스러움은 오로지 제 잘못이었다. 하경은 괜히 툴툴거린 게 멋쩍어져서 시선을 내리깔았다.

"너 공부 열심히 했나 보더라. 이력서 보고 솔직히 놀랐어."

분위기를 전환시키기 위함이었을까. 지운이 짐짓 장난스러운 투로 말을 걸어왔다. 하지만 그런 마음 따위는 전혀 모른다는 듯 하경은 여전히 어색한 얼굴로 대답했다.

"갑자기 공부에 취미가 생겨서요."

거짓말이다. 실연의 아픔을 잊기 위해 집중할 만한 무언가를 찾다가 얻어걸린 것뿐. 그러다 보니 어쩌다 여기까지 왔다. 하지만 결코 공부가 재미있었던 적은 단 한 번도 없었다고 단언할 수 있다.

이 남자를 잊기 위해 했던 공부가, 결국 이 남자와 같은 직장에서 만나게 만들었으니. 정말 모순 아닌가. 이걸 웃어야 할지, 울어야 할지. 황망하게 지운을 바라보던 하경이 천천히 입을 열었다.

"선배…… 아니, 팀장님."

"음. 난 선배라고 불러도 괜찮은데."

"아뇨, 저도 공과 사 정도는 구분할 수 있어요. 회사에서는 팀장님이라고 부를게요. 그러니까 팀장님도 공 대리라고 불러주세요. 제 이름 말고요."

공하경과 강지운 사이에 보이지 않는 선을 그으려는 하경의 눈빛이 제법 단호했다. 자연스레 지운의 눈썹이 삐딱해졌다.

"공하경을 공하경이라고 부르지 말라고?"

"네, 강 팀장님. 저는 회사에서는 공하경이 아니라 공 대리니까요."

"공하경과 공 대리가 대체 뭐가 다르다는 거지?"

"강 팀장님이 지금 보고 있는 공 대리는 스물여덟의 공하경이지만, 강 팀장님이 부르는 공하경은 열일곱의 공하경이니까요."

스물여덟의 공하경과 열일곱의 공하경이라. 언뜻 들으면 마치 말장난을 하는 것처럼 들릴 수도 있었지만 지운은 직감적으로 그 말에 뼈가 있음을 느꼈다. 그리고 이 순간 확신했다. 분명 자신을 피한 적 없었다고 말했던 그녀의 말이 거짓이었음을.

"그러니까, 회사에서는 스물여덟의 공하경으로 보라는 거지?"

지운이 꼬치꼬치 따져 물을까 봐 걱정했는데 제대로 알아들은 것 같다. 그가 머리 나쁜 남자가 아니라 다행이라고 생각하며 하경은 고개를 끄덕였다.

"알았어. 그렇게 해. 뭐 그리 어려운 것도 아니고."

고개를 옆으로 살짝 까딱이며 수긍하는 남자를 향해 하경은 '감사합니다, 강 팀장님.' 하고 고개를 꾸벅 숙인 뒤 빠르게 계단을 올라가 그를 스쳐 지나갔다. 분명 긍정의 대답과는 달리 그의 눈썹은 삐딱한 시선만큼이나 삐뚤다는 걸 눈치챘지만, 하경은 그냥 신경 쓰지 않기로 했다.

나름대로는 확실하게 선을 그었음에도 불구하고 하경은 여전히 팀장 자리에 앉아 있는 지운이 신경 쓰였다. 아니, 애초부터 신경을 완전히 끈다는 것 자체가 불가능했다. 아홉 평 남짓한 사무실에서 일에 집중을 하다가도 문득 시선을 돌리면 닿는 곳에 그가 있었다. 아예 보이지 않는다면 모를까. 떡하니 팀장 자리에 앉아 있는 그를 투명인간 취급할 수는 없었다. 게다가 그는 다른 사람들보다 존재감도 유독 큰 타입이었다.

"새로운 팀장님도 오셨는데, 우리 오늘 뭉쳐야죠!"

시계가 정확히 7시를 가리키자마자 자리에서 벌떡 일어난 계약직 윤주가 특유의 앵앵거리는 목소리로 소리쳤다.

"안 그래요, 강 팀장님?"

"부장님이 회식은 내일 하자고 하셨던 것 같은데요."

책상 위의 달력을 흘끗 바라보며 지운이 간단하게 대답했다. 정확하게 내일 날짜에 회식이라는 반듯한 글씨가 적혀 있었다. 지운이 이렇게까지 무뚝뚝한 반응을 보일 줄은 몰랐는지 살짝 당황한 듯 윤주의 목소리가 좀 더 커졌다.

"에이, 회식은 회식이고요. 오늘은 그냥 우리끼리 따로 뭉치자는 얘기죠. 부장님이 계시는 것보다는 우리끼리 뭉치는 게 훨씬 더 편하고 좋잖아요. 안 그래요, 다들?"

딱히 차별해서가 아니라, 계약직이 이런 단합에 대한 얘기를 먼저 꺼내는 건 상식적으로 봤을 때 분명 쉽지 않은 일이었다. 계약직에겐 단합의 자리가 굳이 중요하지도 않을뿐더러 그들은 정직원들과 어울리는 걸 꺼려했다. 이유는 단 하나. 어차피 1~2년 보고 말 사이인데 굳이 친해질 필요가 없다는 것이었다. 현실이 그러했으니 정직원들도 딱히 그런 계약직들의 성향이 나쁘다고 말할 수도 없었고, 이것은 이제 대개의 기업에서는 '기본' 혹은 '보통'으로 굳어지고 있었다.

그런데 기획1팀의 계약직 윤주는 조금 유별났다. 같은 계약직보다는 오히려 정직원들과 더 잘 어울렸다. 아니, 그러려고 부단히도 노력을 했다. 심지어는 지금처럼 주도해서 팀의 단합을 유도하기까지 하면서 말이다.

여직원들과 티타임을 가질 때 윤주가 불쑥 자신의 꿈은 우리 회사 남자 하나 잘 물어서 시집을 가는 거라는 말을 했었다. 그때는 농담이겠거니 하고 웃어넘겼는데, 윤주를 겪으면 겪을수록 어쩌면 농담이 아니었을지도 모르겠다는 생각이 든다.

"회사 앞에 치킨집 어때요? 거기 괜찮던데."

어느덧 메뉴에 장소까지 결정이 된 모양이었다. 말이 나온 지 고작 5분 만에 아주 일사천리다. 팀 프로젝트를 할 때도 이런 단합심을 보여준다면 참 좋을 텐데 말이다. 어쩐지 씁쓸한 마음이 들어 윤주를 따라 사무실을 나가는 직원들의 뒤꽁무니를 물끄러미 보고 있는데, 옆에서 가방을 챙겨 들고 일어난 주희가 그런 그녀를 보며 고개를 갸웃했다.

"공 대리님은 같이 안 가세요?"

"응. 난 아직 마무리할 게 더 남아서."

"저번 주도 계속 야근하셨잖아요. 너무 무리하시는 거 아니에요?"

"아무래도 일복이 많은 팔자인가 봐. 포기했어."

작년에 기획팀이 기획1팀과 기획2팀으로 나뉘면서 대리 이상의 직급들은 모두 기획2팀으로 배정되어버리는 바람에 고작 스물여덟 대리 직함의 하경이 팀 내에서 최고참이 되어버렸다. 그런 데다가 갑작스럽게 팀장 자리마저 공석이 돼버려서 지난 한 달 동안 굵직한 업무들은 어쩔 수 없이 팀 내 최고참인 그녀가 맡아야 했다. 회사 내에서는 그녀가 '일을 잘하는 공 대리'로 소문이 나 있기는 했지만 두 사람의 몫을 혼자 해야 하는 건 역시나 벅차서 최근에는 야근을 아주 밥 먹듯 하고 있었다.

이렇다 보니 정말 팔자가 아닌가 하는 생각을 하지 않을 수가 없었다. 여전히 산더미처럼 쌓인 업무들을 눈으로 쓱 훑으며 하경이 한숨을 푹 내쉬는 그때, 어느덧 퇴근 준비를 끝마친 지운이 그녀의 뒤에 다가와 섰다.

"그럼 수고해요, 공 대리."

아니, 섰다고 생각했는데 아닌 모양이었다. 짧은 한마디를 끝으로 지운의 걸음이 성큼성큼 하경에게서 멀어지고 있으니 말이다.

"어, 팀장님! 같이 가요! 같이!"

사무실을 나가는 지운을 발견한 윤주가 가방을 어깨에 둘러매며 부리나케 달려갔다. 그 뒤를 따라 팀원들도 하경에게 미안한 얼굴로 꾸벅 인사를 하고는 사무실을 빠져나가기 시작했다. 주희 역시 하경을 향해 '공 대리님. 내일 봬요!' 하는 인사말을 남기고 혹시나 놓칠세라 걸음을 서둘렀다.

눈 깜짝할 새에 사무실엔 하경 혼자만이 남았다. 사무실이 이렇게 넓었던가. 하경은 텅 빈 사무실을 허탈한 눈으로 쓱 훑고는 다시 책상 위에 놓인 서류에 시선을 박았다. 흰색 종이에 빼곡히 쓰여 있는 글씨들이 얼른 읽어달라 아우성을 치고 있는 듯했다. 그런데 이상하게 그것들이 통 눈에 들어오지를 않는다. 버스 막차가 끊기까지는 앞으로 단 4시간밖에 남지 않았고, 지금 지갑 속에는 택시비를 낼 현금이 없는데도 말이다.

'안녕하세요, 공 대리님. 오늘부터 같이 일하게 될 강지운입니다.'

문득 귓가를 스치는 목소리에 하경의 반듯한 미간이 구겨졌다. 아무래도 지금 집중을 할 수 없는 건 이 탓인 듯했다. 아니, 확실히 그 때문이다.

강지운과 함께 앞으로 쭉 같은 사무실에서 얼굴을 봐야 한다니…….

혹시 꿈을 꾸는 걸까. 서류더미에서 시선을 뗀 하경은 제 손등을 살짝 꼬집어보았다. 그러나 그와 동시에 느껴지는 찌릿한 통증이, 그녀에게 지금 이 말도 안 되는 상황이 꿈이 아니라 현실임을 친절하게도 알려준다.

"후……."

기다란 한숨을 내뱉으며 책상에 엎드렸다. 이대로는 도저히 일

설레어서 41

에 집중을 할 수 있을 것 같지가 않다. 한쪽 뺨을 서류더미에 푹 파묻은 하경은 두 눈을 질끈 감았다.

"네가 공하경이야?"

빼빼로데이 다음 날, 3학년 여학생 둘이 하경을 찾아왔다. 일명 학교에서 꽤 논다는 선배들이었다. 사나운 눈빛과 껄렁한 말투에 하경은 저도 모르게 잔뜩 위축된 채 그녀들 앞에 섰다. 하필이면 선영이 생리통으로 조퇴를 하고 간 뒤라 그녀는 혼자였다.

"네가 강지운한테 그렇게 꼬리를 친다며?"

그녀들은 다짜고짜 그렇게 말했다. 꼬리를 치다니. 있을 수 없는 일이었고, 있었던 적도 없는 일이었다. 게다가 전날 고백도 못 해보고 뻥 차이지 않았던가. 꽤나 억울했지만 하경은 차마 '아니요.'라고 당당하게 말을 할 수가 없어 입만 꾹 다물고 있었다.

"강지운이 너한테 조금 잘해준다고 오해라도 한 모양인데, 웃기지 마. 친구 동생이라서 어쩔 수 없이 잘해주는 거지, 착각하지 마."

"……."

"강지운이 감히 너한테 가당키나 해? 고등학생 정도 됐으면 자기 주제를 알고 분수를 알아야지. 유상희 정도나 돼야 급이 맞는다고 하는 거야."

'유상희'라는 이름이 나온 그때서야 하경은 그녀들이 학교 퀸카 유상희와 항상 함께 다니는 친구들이라는 사실을 깨달았다. 공주 옆에 붙어 다니는 무수리들이라고 애들이 수군거렸던 것이 떠올랐던 것이다.

이년, 저년 하고 욕을 먹은 것도 아니고 폭행을 당한 것도 아니었지만, 하경은 그녀들이 사라지고 난 후에도 그 자리에서 꼼짝도 할 수가 없었다. 그녀들이 했던 모든 말이 비수가 되어 하경의 가슴에 푹푹 꽂혔다. 긴장해서 빳빳하게 굳었던 몸이 덜덜 떨리기 시작하더니 곧 눈물까지 핑 돌았다.

사실은 착각했었다. 누구에게도 말하지 못했지만, 부끄러워서 선영에게조차 티를 내지 못했지만, 여자들을 가까이 두는 법이 없는 그 남자의 곁에 유일하게 가까운 여자가 저 혼자뿐이라 은근히 기대를 했었다. 그에게 내가 특별한 존재가 아닐까, 하는 기대. 항상 부드럽게 웃어주는 그 미소가 온전히 저를 향한 거라 착각했었다. 그녀들의 말대로 그저 친구의 동생이라 그랬던 것뿐인데…….

푹 숙인 고개 아래로 눈물이 후두둑 떨어졌다.

주제도 모르고, 분수도 모르고. 감히 그에게 설레서. 그것으로도 모자라서 감히 그의 마음에 대한 착각까지 해서. 그래서 이렇게 벌을 받나 보다.

너무도 비참했다. 고백도 못 해보고 바로 앞에서 차였던 어제보다, 말도 안 되는 착각을 했던 부끄러운 제 마음을 몽땅 들켜버린 오늘이 훨씬 더.

하경의 두 눈이 번쩍 뜨였다. 애써 잊고 있던 기억이었는데 생생하게 떠올라버렸다. 오늘은 빼빼로데이도 아닌데 말이다. 얼굴이 절로 일그러졌다.

그 뒤로도 매해 빼빼로데이가 돌아오는 것처럼, 하경은 그때마다 잊지 않고 그날을 떠올렸다. 그날의 상처가 너무도 커서 잊고 싶어도 좀처럼 잊을 수가 없었던 것이다.

그날을 떠올리면 그 남자, 강지운이 자연스럽게 떠올랐다. 그렇게 강지운을 떠올리면 그를 짝사랑했던 제 마음도 자연스럽게 떠올랐다. 그때마다 마치 그날로 돌아간 것처럼 마음이 아팠다. 그런데 이제 1년에 한 번씩 생각나서 제 상처를 쿡 쑤시는 정도가 아니라, 매일매일 바로 옆에서 쿡쿡 쑤셔대게 생겼다.

나 아직 그때 상처가 덜 아물었다고! 재생능력이 느린 편이라고!

마음 같아서는 반반한 그의 얼굴에 대고 소리라도 꽥꽥 지르고 싶은 심정이다.

고등학교를 졸업하면서부터 지금까지 하경은 그리 큰 위기 없이 평탄하게 살아왔다. 노력을 했기 때문인지, 아니면 운이 도왔던 건지는 모르겠지만 원하는 대학에 진학했고, 원하는 직장에 취업했다. 동기들에 비해 승진도 빨랐고 회사에서 제가 한 만큼 인정도 받고 있다. 그리고 허영심이 있는 편도 아니어서 현재 모아둔 돈도 또래에 비해 꽤 됐다. 대한민국 여성의 FM적인 삶을 잘 지키며 살고 있다고 생각했다.

그런데 지금 마치 잔잔한 호수 같던 그녀의 삶에 생각지도 못한 위기가 닥쳤다. 강지운이라는 바윗돌이 그녀에게로 풍덩 던져진 것이다. 잔잔했던 수면이 크게 일렁였을 때는 확실히 당황스러웠다. 그래도 곧 가라앉을 테니 잠깐의 일렁거림쯤은 견딜 수 있을 거라 생각했었다. 그런데 곧 가라앉을 줄 알았던 일렁거림은 오히려 시간이 갈수록 더 거세졌고, 이제는 너무 어지러워서 멀미가 날 지경까지 왔다.

여전히 너무 잘난 외모. 무려 본사에서 스카우트 제의를 받아서 왔다는, 그 나이에 팀장 직함까지 달고 나타난 어마어마한 능력까지.

강지운, 당신은 11년 전이나 지금이나 여전히 나에겐 못 오를 나무구나…….

하경은 자신을 기다리고 있는 서류더미를 멍한 시선으로 바라보며 쓴웃음을 흘렸다.

잡생각을 하느라 시간을 허비했던 탓에 작업 속도가 느려져서 하마터면 막차를 놓칠 뻔했다. 전력 질주를 해서 겨우겨우 막차를 잡아타긴 했지만 버스에 올라타고 보니 꼴이 말이 아니었다. 구두를 신고는 달릴 수 없어서 사무실에서 신는 슬리퍼를 신고 그대로 나왔는데, 오늘 입고 나온 깔끔한 아이보리색 정장 치마와 검은 슬리퍼는 영 어울리지 않았다. 하지만 곧 집에 도착할 테고 갈아 신기도 귀찮아서 굳이 구두로 갈아 신지 않았다.

우스운 몰골로 집 앞에 도착했을 때 하경은 거실에 불이 훤하게 켜져 있는 것을 보고 고개를 갸웃했다. 부모님은 일찍 자고 일찍 일어나는 새 나라의 어른들이었다. 게다가 두 분 다 어찌나 애국자이신지 에너지 절약을 해야 한다며 딸내미가 야근을 하고 늦게 들어오는 날에도 본인들이 자기 위해 집에 있는 불을 온통 다 끄곤 했다. 그러다 며칠 전에는 어둠 속에서 낯선 물건을 발견하지 못하는 바람에 제대로 넘어지기도 했었다.

웬일로 불을 켜고 자는 실수를 했대?

의아해하며 현관문을 열고 들어온 순간, 하경은 그 자리에 굳어버렸다. 그와 동시에 그녀의 손에 들려 있던 구두가 힘없이 바닥으로 투둑 떨어졌다.

"이제 왔어?"

흠잡을 데 없이 너무도 자연스러운 인사말이었다. 일을 끝내고 집으로 들어온 가족을 반기는 지극히 자연스러운 인사말. 그러나 지금 하경의 귀에는 지극히 평범한 그 인사말이 소름 돋을 정도로 낯설게만 들렸다.

그도 그럴 것이 자신의 집 거실에 여유롭게 앉아 잘 깎은 사과를 한입 베어 물며 인사를 건넨 사람은, 부모님이 아니라 지운이었던 것이다.

바로 그 강지운!

"선배가 여기는 어떻게……."

눈앞에 펼쳐진 너무도 기가 막힌 광경에 하경은 채 말을 끝맺지도 못하고 다시 그 자리에서 굳어버렸다.

"왜 그렇게 놀라? 네 오빠가 말 안 했어?"

상황을 설명하려 입을 연 건 지운이 아니라 한 여사였다. 웬일로 이 시간까지 깨어 있는 한 여사는 지운의 맞은편에 앉아 신이 난 듯 과일을 깎으며 말했다.

"지운이 집 구할 때까지 우리 집에서 지내기로 했다는 거."

우리 집에서 지내기로 했다니? 금시초문이었다. 하경의 얼굴에 경악이 서렸다.

"갑자기 그게 무슨 소리야? 선배가 우리 집에서 왜 지내?"

"어머, 애 좀 봐. '왜'라니? 혼자 한국에 들어왔다는데 뻔히 아는 사이에 어떻게 그냥 두니? 집 구할 때까지 호텔에서 지내야 한다기에 그냥 우리 집 들어오라고 했지. 뭐하러 호텔에다 비싼 돈을 써. 마침 네 오빠가 가서 빈방도 생겼고."

딸내미의 마음은 하나도 모르면서 뭐가 그리 즐거운지 한 여사는 호호- 하고 웃으며 말을 끝맺었다. 지운이 자신의 집에 머문다는 건 이미 꽤 오래전에 결정된 사안인 것 같았다. 그녀 혼자만 몰랐던 것일 뿐.

한 여사는 예전부터 승현의 친구들 중 지운을 유독 좋아했었다. 승현이 친구들과 놀다 집에 늦게 들어오는 날엔 욕을 바가지로 쏟아붓다가도 그 친구가 지운이라고 하면 뚝 멈추고 '그래? 잘했어. 지운이랑은 친하게 지내도록 해.'라고 오히려 격려를 했을 정도였으니까 말이다.

지금 이 상황이 너무도 당황스러운 하경과는 달리 한 여사는 지금 이 상황이 꽤나 만족스러운 듯했다. 그러니 지금 제가 강력하게 반발해도 그 의견은 깔끔하게 묵살당할 것이다. 하지만 하경은 죽어도 이 상황을 곱게 받아들일 수 없었다. 그렇다면 당사자와 직접 결판을 내는 수밖에.

"선배, 잠깐 저 좀 봐요."

하경은 얼른 검은 슬리퍼를 벗어 던지고 성큼성큼 2층으로 걸음을 옮겼고, 지운도 기다렸다는 듯 자리에서 일어나 그녀를 따랐다.

먼저 2층 테라스에 도착한 하경은 멋대로 날뛰는 가슴을 진정시키기 위해 짧게 심호흡을 한 번 했다. 시원한 바람이 얼굴에 닿는데도 어쩐지 자꾸만 열이 오른다. 대충 가슴을 진정시킨 하경이 고개를 휙 틀어 옆을 보았다. 이미 그녀를 빤히 바라보고 있던 지운과 시선이 정확하게 마주쳤다.

"대체 이게 어떻게 된 거예요?"

꽤나 뾰족한 목소리가 입에서 튀어나왔다. 자신과는 달리 너무도 여유로운 남자의 얼굴을 보자 울컥해버렸기 때문이다.

"왜 또 물어? 방금 전에 어머니께서 설명 잘 해주셨는데."

너무도 담담한 지운의 목소리에 하경의 고른 눈썹이 찌푸려졌다.

"이 얘기도 설마 그날 하려다가 못했다는 말은 않겠죠. 오늘은 충분히 말할 시간이 있었으니까."

"말하려고 했지. 누구누구 씨가 공과 사를 확실히 해달라는 부탁만 안 했어도."

그가 말하는 그 '누구누구 씨'가 자신이라는 것을 깨닫는 순간 하경은 난간에 머리를 쾅 박아버리고 싶은 걸 꾹 참았다. 이번에도 제 발등을 찍은 건 지운이 아니라 자신이었던 것이다.

공하경, 넌 어쩜 인간이 이렇게나 한 치 앞을 모르니. 한 치 앞을!

"그래도 이건 너무 당황스러워요."

속으로 제 머리를 수백 대 쥐어박은 하경이 최대한 덤덤한 얼굴을 해 보이며 말했다.

"뭐가 당황스러운데?"

"선배랑 한집에서 지내는 거요. 단 며칠이겠지만 그래도 저는 불편해요."

"단둘이 지내는 것도 아니고 부모님 다 계시는 집에서 방만 며칠 빌리겠다는 건데……."

밤하늘처럼 새카만 지운의 눈동자가 하경을 똑바로 응시했다. 그의 눈동자에 긴장한 기색이 역력한 그녀의 모습이 적나라하게 비치고 있었다.

"그게 그렇게 불편해?"

그의 물음에 하경은 입을 꾹 다물었다. 그저 내겐 당신 자체가 불편하다는 말을 차마 할 수가 없었다. 그렇게 말해버린다면 그에 응당한 이유를 다시 물어올 테니까. 그건 곤란했다. 하지만 이것 역시 곤란하기는 매한가지였다. 회사에서 보는 것만으로도 불편해 죽겠는데 집에서까지 그의 얼굴을 봐야 한다니. '엎친 데 덮친 격', '산 넘어 산'이라는 말들은 아마도 이럴 때 쓰라고 만들어진 게 아닐까.

"공하경."

곤란한 기색이 역력한 하경의 얼굴을 물끄러미 바라보던 지운이 낮은 목소리로 그녀의 이름을 불렀다. 하경은 내리깔았던 시선을 천천히 들어 올려 지운을 마주 보았다. 그녀의 귀에 닿은 이름 석 자는 서늘한 밤공기에 실려 왔음에도 어쩐지 따뜻함을 머금고 있는 듯 느껴졌다.

왠지 '공 대리'보다는 이쪽이 좀 더 나은 것 같다고 생각하는 순간, 지운이 허리를 살짝 숙여 그녀의 얼굴에 좀 더 가까이 다가왔다. 숨결이 느껴질 정도로 가까운 거리에 멈춘 지운의 얼굴에 하경은 저도 모르게 경직된 채 숨을 삼켰다.

"넌 내가 왜 그렇게 싫은데?"

그의 강렬한 시선이 하경에게 고스란히 닿았다. 도저히 그것을 피할 수 없을 정도로 가까운 거리여서 하경은 시선만 아래로 내리깔았다.

"딱히 싫은 건……."

하경이 말끝을 흐리자 지운이 그녀의 양 볼을 단단히 붙들고는 자신과 시선을 맞추게 했다. 갑작스러운 상황에 놀랄 새도 없이 다시금 그의 강렬한 시선과 하경의 시선이 맞닿았다. 지운이 붉은 입술을 달싹였다.

"그런 게 아니라면 내 시선 피하지 마. 네가 나랑 시선 마주칠 때마다 피하는 거……."

지운의 눈썹이 꿈틀댔다.

"그거, 굉장히 기분 나쁘니까."

말을 끝마친 지운은 그녀의 양 볼에 닿았던 손을 내리며 그녀에게서 한 발짝 멀어졌다. 그러고는 하경이 붙잡을 새도 없이 '어머니 기다리시겠다.'라며 테라스를 유유히 빠져나갔다. 하지만 하경은 그런 그의 뒷모습을 황망하게 바라만 볼 뿐이었다.

그렇게 한참 멍하니 서서 찬바람을 맞다 문득 생각했다. 혹 때려다가 오히려 제대로 혹을 붙인 것 같다고.

2. 기분 탓이겠지

아침에 눈을 뜨자마자 하경은 휴대폰을 보고 오늘의 날짜를 확인했다. 혹시나 지난밤에 있었던 일이 모두 말도 안 되는 꿈은 아니었을까, 하고 기대를 했는데 날짜는 정확하게 하루가 지나 있었다. 어제 자신에게 닥친 모든 것들이 꿈이 아니라 현실이라는 것이었다. 하경의 오늘 하루는 짙은 한숨과 함께 시작됐다.

역시나 그녀의 걱정대로 그와 한집에서 생활을 하게 됐다는 건여간 불편한 일이 아니었다. 일단 일어난 직후의 퉁퉁 부은 얼굴을 그에게 보여줘야 했고, 또 그와 함께 아침을 먹어야 했다. 퇴근은 기다려주지 않아도 아침은 꼭 정성껏 차려서 먹이고 출근을 시키는 한 여사가 처음으로 미워지는 순간이었다. 그리고 마지막으로 가장 불편한 건 출근을 같이해야 한다는 것이었다. 밥을 빨리 먹고 먼저 쌩 나가버리려고 했지만 그가 무슨 버스를 타고 어디서 내려야 하는지 전혀 몰랐기에 하경은 어쩔 수 없이 그와 함께 골목길을 걸어야 했다.

"공하경."

나란히 걷고 싶지 않아서 일부러 빠른 걸음으로 앞서서 걷고 있는데 뒤에서 그가 그녀의 이름을 불렀다. 하경이 걸음을 뚝 멈추고 고개를 뒤로 돌렸다. 그가 느긋하게 걸어오고 있는 것이 보였다.

"왜요?"

"그냥."

그냥? 지금 그냥이라고 한 거야?

하경은 어쩐지 입가에 미소를 걸치고 있는 남자를 향해 기가 막힌 얼굴을 해 보였다. 분명 뭔가 이상한 상황이기는 한데 뭐가 이상한지 콕 집을 수가 없어서 하경은 고개를 돌리고 다시 걸음을 옮겼다. 그러나 몇 발짝 떼지 않아 '공하경' 하는 남자의 목소리를 또 듣고 말았다. 다시 걸음을 뚝 멈춘 하경이 뒤를 돌아 지운을 보았다. 아니, 살짝 노려보았다. 그는 여전히 옅은 미소를 띠고 있었다.

"선배, 왜 그래요. 진짜?"

이번엔 제대로 골이 난 하경이 입매를 다잡으며 쏘아붙였다.

"지금 실컷 불러두려고. 이제 회사에 가면 또 하루 종일 못 부를 테니까."

"네?"

예상치도 못했던 황당한 대답에 하경이 눈을 둥그렇게 뜨고 되묻자, 지운이 씨익- 입꼬리를 말아 올리며 장난스럽게 웃었다.

"원래 사람이 하지 말라고 하면 더하고 싶어지는 거 몰라?"

저 남자가 저런 미소도 지을 줄 아는 사람이었던가? 마치 열아홉 소년처럼 짓궂은 그의 미소에 하경의 가슴이 또 한 번 철렁였다. 11년 만에 나타난 이 남자는 자꾸만 의외의 모습을 보여주고 있었다. 그리고 그 모습에 하경의 가슴이 마치 11년 전 그때처럼 또다시 반응을 한다.

이제 더는 열아홉 강지운을 좋아했던 열일곱의 공하경은 없어야 하는데 말이다.

"하경 씨."

회사 로비에 들어서자마자 자신을 부르는 소리에 하경의 걸음이 뚝 멈췄다.

지운은 오늘 회사로 오는 내내 버스 안에서도 장난을 치듯 제 이름을 불러댔다. 일일이 반응하지 않으면 흥미를 잃을까 싶어 무시도 해봤는데 그는 참 끈질겼다. 결국 버스에서 내리자마자 하경은 지운을 피해 도망치듯 빠른 걸음을 옮겨야 했다. 그런데 회사 안에서까지 이럴 줄이야.

이 남자가 진짜!

분명 지운일 거라 생각하고 신경질적으로 고개를 휙 돌린 하경은 의외의 인물의 등장에 눈을 동그랗게 떴다.

"지금 출근하는 거예요?"

깔끔한 정장 차림의 수한이 특유의 부드러운 미소를 지으며 인사를 건네왔다. 수한은 기획2팀의 팀장으로, 하경과는 입사 때부터 팀이 나뉘게 된 작년까지 쭉 같은 팀에서 일했었다. 그는 그녀가 대리 직급을 달기 전부터 꽤 오랜 시간 이름으로 불러왔던지라 적응이 안 된다며 지금도 이렇게 가끔 이름을 부르곤 했다.

"아, 정 팀장님. 안녕하세요."

예상했던 인물이 아니라 잠깐 당황했던 하경이 얼른 정신을 차리고 고개를 꾸벅 숙였다.

"잠 제대로 못 잤어요? 피곤해 보이는 것 같은데."

"티 나요?"

하경이 두 손으로 양 볼을 감싸며 멋쩍은 듯 웃었다. 어제 너무도 많은 것이 한 번에 닥치는 바람에 정신이 사납고 마음 또한 사나워서 제대로 잠을 잘 수가 없었다. 결국 동이 틀 무렵에야 까무룩 잠이 들었다가 두어 시간 만에 기상했다. 오늘 아침 화장이 잘 안 먹는 느낌이기는 했는데 다른 사람들의 눈에도 티가 날 정도였나 보다.

"기획1팀 비상 걸렸다는 얘기는 들었는데 일이 많이 고됐나 보다. 나한테 얘기 좀 하지 그랬어요. 두 팔 걷고 도와줬을 텐데."

"기획2팀도 바쁘다는 거 아는데요, 뭘. 말씀이라도 감사합니다."

수한은 사람이 참 괜찮았다. 신입사원에게도 절대 말을 놓는 법이 없었고, 또한 모두에게 친절했다. 세상을 아주 둥글게 살아가는 사람이랄까. 마음은 둥글게 살고 싶은데 실행에 옮기지 못하는 하경의 롤 모델이기도 했다.

소소한 대화들이 오가는 와중 어느덧 엘리베이터가 도착했다. 출근 시간이 막바지라 기다리고 있던 많은 사람들이 우르르 한꺼번에 엘리베이터 안으로 밀려들어 갔다. 하경과 수한 역시 비좁은 엘리베이터 안에 나란히 올라탔고 곧 문이 닫히려던 그때였다. 별안간 어떤 손이 엘리베이터 안으로 쑥 들어오더니 그녀의 팔목을 덥석 붙들고는 자신이 있는 방향으로 확 잡아당겼다. 그 바람에 무방비 상태였던 하경의 몸이 엘리베이터 밖으로 쏙 나와버렸다.

말 그대로 눈 깜짝할 새에 일어난 일이었다. 갑작스러운 상황에 당황한 하경은 상황을 파악할 정신도 없이 그저 눈만 껌뻑였다. 엘리베이터 안에서 이 광경을 지켜본 수한 역시 당황스럽기는 마찬가지였다. 한 사람은 엘리베이터 안에서, 또 다른 한 사람은 밖에서 서로 멍하게 쳐다보고 있는 사이 엘리베이터 문이 닫혔다.

"뭐 하는 거예요? 저거 놓치면 지각할지도 모르는데!"

잠깐 동안 멍했던 하경이 곧 정신을 차리고 잡힌 팔목을 빼어내며 지운을 향해 빽 소리를 질렀다. 하경은 화가 나서 노려보고 있는데, 그는 여유롭게 그녀의 시선을 받으며 어깨를 으쓱했다.

"그러니까."

"대체 뭐가 '그러니까'에요?"

기가 막힌 하경이 사납게 되묻자 지운이 씩- 입꼬리를 말아 올렸다.

"여긴 회사니까 부하 직원인 네가 상사인 나를 챙겨야지. 안 그래, 공 대리?"

'안 그래, 공 대리?' 하고 뻔뻔하게 제 의견을 묻는 지운의 얼굴을 보는 지금에야 하경은 완전히 깨달을 수 있었다. 혼자 열심히 파놓은 공과 사 구분이 바로 자신의 무덤이었음을.

직장인들이라면 모두 피하고 싶어 한다는 회식. 하경 역시 예외는 아니었다. 게다가 이번 회식의 주제는 '강지운 팀장의 환영'이었으니. 하루 종일 좁은 사무실에서 그를 피하기 위해 온 신경을 집중했던 하경에게는 꼭 피하고만 싶은 회식이 아닐 수가 없었다. 차라리 일을 더하는 게 낫겠다는 생각이 들어 하경이 부장에게 야근을 핑계 대고 은근슬쩍 회식 불참 의사를 꺼내보았으나 돌아오는 말은 단호했다.

"공 대리, 저번 주도 풀로 야근하지 않았나? 오늘 하루쯤은 쉬어야지."

아, 이 얼마나 은혜로운 말씀이란 말인가. 부하 직원을 살뜰하게 챙기는 부장의 마음에 감동받은 하경은 감동의 눈물을 글썽이며 회식에 참석해야만 했다. 하지만 하필이면 지운의 맞은편에 앉게 되는 순간 하경은 눈물을 글썽이는 정도가 아니라 정말로 울고 싶어졌다. 심지어 지운의 바로 옆자리는 부장이었다. 회식 때 웬만하면 부장과는 최대한 멀어지고 싶은 게 모든 팀원들의 마음이건만. 하경에게 이보다 더한 가시방석은 없을 것이다.

하경의 마음이야 불편하든 말든 눈앞에서 삼겹살이 맛있게 익어갔고, 회식 자리 또한 점점 무르익어갔다. 어느덧 사람들은 하나둘 취했고 자리 이동도 자연스러워졌다. 처음에는 기획1팀과 기획2팀이 확실하게 나눠져 있었는데, 하나둘 이동하나 싶더니 지금은 그 경계가 완전히 허물어져 있었다.

어수선한 분위기를 틈타 하경은 곧바로 테이블 가장 끝으로 자리를 옮겼다. 하지만 하경보다 더 간절하게 자리 이동을 원했고, 또 그만큼 빠르게 자리 이동을 한 이가 있었으니, 바로 윤주였다. 윤주는 하경이 자리에서 일어나는 순간을 놓치지 않고 곧바로 지운의 옆에 아주 자연스럽게 엉덩이를 붙였다.

아마도 윤주는 지운을 통해 전에 말했던 자신의 꿈을 이루고 싶은 모양이었다. 하긴 하경이 생각해도 지운이라면 누구나 탐낼 정도로 완벽하긴 했다. 실제로 그녀 역시 탐을 냈었던 적이 있었고. 지금 또한 그 욕심이 완전히 사라졌다고는 결코 말할 수 없는 입장이었다.

테이블 끝에 앉은 하경은 고기를 질겅질겅 씹으며 대각선으로 보이는 지운과 윤주를 쳐다보았다. 스물다섯의 윤주는 나이답게 확실히 파릇파릇했다. 고작 자신과는 세 살 차이가 날 뿐인데, 3년이라는 시간이 얼마나 대단한 것인지 육안으로도 충분히 느낄 수 있었다. 게다가 윤주는 예쁘고 몸매까지 좋았다. 하경이 가녀리고 청순한 느낌이라면 윤주는 늘씬하면서 육감적이라고 해야 할까. 어쨌든 하경의 눈에는 남자들이 좋아한다는 고양이 상의 윤주와 두말하면 입 아플 정도로 잘난 외모의 지운이 꽤나 잘 어울리는 한 쌍처럼 보였다.

"더 먹지 그래요?"

두 사람에게서 시선을 뗀 하경이 테이블 위에 젓가락을 내려놓는데 지나치다 그것을 본 수한이 그녀의 옆자리에 아주 앉으며 말을 걸었다.

"배가 불러서요."

"그렇게 입이 짧으니까 살이 안 찌지."

"아니에요. 진짜 많이 먹었어요. 더 이상 음식이 들어갈 곳이 없을 정도로."

하경은 빵빵해진 제 배를 톡톡 건드리며 거짓이 아님을 주장했다. 그런 모습이 귀엽게 보였는지 수한이 눈을 반달로 접으며 작게 웃었다.

"참, 강 팀장이랑은 어떤 사이예요?"

가벼운 질문이었다. 아침에 있었던 일이 수한으로서도 황당하기는 했을 테니까. 어제 갓 출근한 새로운 팀장과 유독 친해 보이는 하경의 모습에 의문을 가지는 건 지극히 당연한 일이었다. 하지만 별 뜻 없이 그저 가벼운 질문이라는 걸 알면서도 하경은 저도 모르게 얼굴을 굳힐 수밖에 없었다.

가슴 아픈 첫사랑.

질문을 듣자마자 바로 그녀의 머릿속에 떠오른 한 줄이었다.

"……고등학교 선배예요. 2년 위의."

머릿속에 떠오른 생각을 지우개로 싹 지워버린 다음에야 하경은 느리게 답했다. 이번에 그녀가 내놓은 답은 군더더기 없이 깔끔했다. 감정의 찌꺼기가 군데군데 묻어 있는 첫사랑이라는 단어보다 이쪽이 어감도 더 괜찮은 것 같았다.

고등학교 선배.

그녀가 스스로 뱉어낸 이 말처럼 강지운과 공하경 사이에는 이것이 전부여야 했다. 더 이상 과거의 감정에 휘둘려서는 안 되는 거였다. 하경은 자꾸만 망각해버리는 사실을 가슴속으로 다시 한번 곱씹었다. 나는 지금 열일곱 사춘기 소녀가 아니라 스물여덟의 겁 많은 어른이라는 것을.

"그래요? 대단한 우연이네."

"그렇죠?"

"두 사람 그럼 학교 다닐 때도 친했어요? 나는 고등학교 때 친구들하고만 놀아서 딱히 친한 선후배랄 게 없는데."

두 사람의 사이가 부럽다는 어투로 수한이 말했다. 이것 역시 대단한 우연이라면 우연인 걸까. 수한은 아까부터 계속 그녀가 대답하기 곤란한 질문만 골라서 하고 있었다. 하긴, 지운에 관한 질문 중 그녀에게 곤란하지 않은 건 아마 없을 테지만 말이다. 하지만 이번에도 질문은 대답을 피하기가 민망할 정도로 가벼웠으므로 하경은 싫더라도 수한의 앞에 내놓을 그럴싸한 답을 고민해봐야 했다.

친했냐고? 질문을 곱씹던 하경의 귓가에 언젠가 들었던 지운의 낮은 목소리가 스쳤다.

'나는 지금까지 우리가 꽤 친했다고 생각했거든.'

글쎄. 지운의 입으로 직접 들은 말이었지만 하경은 그것을 쉬이 동조할 수가 없었다. 그녀의 기억에 열일곱의 공하경과 열아홉의 강지운은 마치 지구 반대편에 서 있는 것처럼 멀기만 했던 것 같으니까. 물론 그것은 그녀 혼자만이 오롯이 느꼈을 마음의 거리였다는 사실을 얼마 전에야 비로소 알게 됐지만 말이다.

"아뇨, 그리 친한 사이는 아니었어요. 강 팀장님이 졸업하실 때 축하한단 인사도 건네지 않았거든요. 딱 그 정도 사이였어요."

말을 내뱉으면서 하경은 요 며칠 제 머릿속에서 복잡하게 엉켜들어 가던 강지운과 공하경의 거리를 명확하게 정리했다. 11년 전엔 그리 친하지 않던 고등학교 선후배 사이로. 11년이 지난 지금은 그리 편하지만은 않은 직장 동료로. 더없이 깔끔한 정리였다.

그렇게 생각하고 나니 마치 그녀의 머릿속을 뿌옇게 흐리던 안개가 한순간에 걷어진 것처럼 맑아졌다. 잔뜩 경직되어 있던 하경의 얼굴이 한결 부드러워졌다.

그런 하경의 표정 변화에서 수한은 두 사람 사이에 뭔가 있다는 걸 눈치챌 수 있었다. 하지만 수한은 더 이상 하경에게 지운에 대한 질문을 하는 대신 술을 한 잔 권했다. 두 사람 관계에 대한 궁금증이 싹 가셨기 때문이다.

어느덧 시계는 11시를 가리키고 회식의 분위기는 거의 끝물이 되었다. 부장이 주최하는 기획팀의 회식은 기획1팀과 기획2팀을 막론하고 누구도 빠지는 것이 허용되지 않았지만 그래도 늘 1차에서 깔끔하게 끝을 맺었다. 고맙게도 가정적인 부장이 회식 자리가 길어지는 걸 원치 않아서였다.

1차가 끝나면 2차는 개인의 선택이었다. 보통 2차를 가는 사람은 늘 정해져 있는 편이었는데 하경은 1차가 끝나자마자 집으로 향하는 쪽이었다.

이번에도 역시나 고깃집을 나오자마자 매번 2차를 가는 익숙한 얼굴들은 저들끼리 모이기 시작했다. 그중에는 단연 기획1팀의 윤주도 있었는데 오늘 그녀는 지운을 꼭 데리고 가겠다고 작정을 한 건지 고깃집을 나서면서부터는 아예 그의 팔에 매달리다시피 하고 있었다. 그 모습을 흘끗 본 하경은 그대로 고개를 반대쪽으로 틀었다.

"이번에도 집으로 바로 갈 거죠?"

부장이 택시를 타는 것까지 보고 돌아온 수한이 하경에게 다가

서며 물었다.

"네. 이번에도."

하경은 웃으며 가볍게 고개를 끄덕였다.

"그럼 나랑 같이 가요. 차 가져왔거든요."

"설마 오늘도 술 안 드신 거예요?"

"글쎄 이상하게 회식 때만 되면 술이 안 당기네요. 우리 팀 회식은 술을 강요하는 분위기가 아니라서 참 다행이에요, 나는."

수한과 하경은 집이 같은 방향이었다. 그래서 그녀의 입사 초기부터 회식 자리가 끝나고 나면 각자에게 특별한 일이 없는 한 두 사람은 함께 택시를 타고 귀가했다. 그런데 언제부터인가 수한이 회식 자리에도 자신의 차를 가져오기 시작했고, 이제 하경 역시도 택시가 아닌 그의 차를 타고 집으로 귀가하는 일이 더 자연스럽게 느껴졌다. 분명 입사 초기에는 수한이 사람들과 어울려 함께 술 먹는 걸 꽤나 즐겼던 것 같은데 말이다.

두 사람은 자연스럽게 수한의 차가 있는 곳으로 향했다. 이렇게 회식이 끝나고 남녀가 둘만 회동하면 팀원들이 이상하게 보는 게 보통일 것이다. 하지만 회식 때마다 수한과 하경이 함께 집으로 가는 것이 팀원들에게도 워낙에 익숙해진 탓에 그 누구도 두 사람을 이상한 눈으로 보는 사람은 없었다.

하지만······.

"정 팀장님."

단 한 사람. 새로운 팀장인 지운만큼은 예외인 듯했다.

"괜찮다면 저도 동행했으면 하는데요."

분명 조금 전까지만 해도 윤주에게 붙들려 있는 것을 보았는데,

어느덧 지운은 두 사람의 바로 뒤에 서 있었다. 수한을 향해 꽤나 당당하게 부탁의 말을 건네면서.

"……선배?"

공과 사는 구분하자고 말했던 장본인인 하경의 입에서 저도 모르게 '강 팀장님'이란 호칭 대신 '선배'라는 호칭이 흘러나왔다. 분명 지운의 말은 수한을 향하고 있었지만 그의 말에 당황한 건 수한보다는 오히려 하경 쪽이었다. 하경은 그렇잖아도 큰 눈을 더욱 더 동그랗게 뜨고 지운을 바라보았다. 하지만 지운의 시선은 여전히 수한에게만 고정되어 있을 뿐이었다.

"뭐, 안 될 건 없죠. 물론 강 팀장님의 목적지가 저희들과 같은 방향이라면 말입니다."

"그렇다면 문제 될 것 없겠네요."

지운이 수한을 향해 간단하게 대꾸했다.

"공 대리와 같은 동네에 살고 있으니까요."

그 말을 끝으로 지운의 입술은 굳게 닫혔고 하경은 속으로 안도의 한숨을 내쉬었다. 그와 동시에 긴장감에 부풀어 올랐던 그녀의 가슴이 포옥 가라앉았다. 물론 머리 좋은 지운이 그런 실수를 할 리는 없겠지만 혹시라도 그의 입에서 '같은 동네'가 아니라 '같은 집'이라는 말이 튀어나오기라도 할까 봐 불안했던 것이다.

"그렇군요. 문제 될 게 없네요."

두 사람이 같은 동네라는 말에 수한의 눈이 살짝 커지기는 했지만 이내 그는 선뜻 지운에게 뒷좌석을 권했다. 수한이 별다른 의문을 품는 것 같지는 않아 보여서 하경은 다행이라고 생각했다.

하지만 그녀의 그런 생각은 그리 오래가지 못했다. 분명 조금 전까지만 해도 모든 게 다 잘된 것 같았는데, 도대체 지금 이 분위기는 뭐라고 설명을 해야 하는 걸까.

차창 밖으로 빠르게 흘러가는 풍경들을 멍하니 바라보며 하경은 속으로 물음표 백만 개를 그리고 있었다. 물론 화기애애한 분위기를 기대했던 건 아니었다. 그러기에는 지금 이 조합은 어쩐지 껄끄러웠으니까. 하지만 이렇게까지 분위기가 어두울 거라는 생각은 못했다.

음악조차 흐르지 않는 차 안을 가득 메운 정적에 하경은 숨이 막힐 것만 같았다. 라디오라도 들으면서 갔으면 싶은데 어쩐지 두 남자가 만들어내는 묘한 위화감에 압도되어버려서 하경은 아무 말도 할 수가 없었다.

창문틀에 닿은 그녀의 손끝에 저도 모르게 힘이 들어갔다. 한쪽으로만 시선을 오래 했더니 목에 무리가 온 모양이었다. 목에서부터 척추까지 뻐근함이 묵직하게 전해졌다. 이게 무슨 고생이야. 울상이 된 하경이 뻐근한 목을 가볍게 마사지하기 위해서 목에 손을 갖다 댔을 때였다.

"저는 여기서 내려주시면 됩니다."

차가 달리기 시작한 지 정확히 30분 만에 지운의 목소리가 어둠처럼 짙게 깔린 침묵을 깼다. 그와 동시에 하경의 눈이 동그랗게 커졌다. 여기서 자신의 집까지 오려면 못해도 20분은 더 걸어야 했다. 택시도 잘 잡히지 않는 곳이라 여기서 내리면 선택의 여지는 없었다. 아니, 그것보다 더 중요한 건 지운이 이곳에서부터 집까지 오는 길을 정확하게 알고 있느냐는 거다.

하경의 머리가 팽글팽글 돌아가는 동안에 차는 이미 갓길에 세

위졌고 그러한 사실을 아는지 모르는지 지운은 벌써 내릴 채비를 하고 있었다.

"강 팀장님."

지운이 문고리를 잡는 순간 하경이 저도 모르게 그를 불쑥 불렀다. 지운이 행동을 멈추고 '왜?' 하고 자신을 돌아봤을 때서야 하경은 지금 이 상황에서 저가 할 수 있는 말이 없다는 걸 깨달았다. 지금 옆에서 수한이 의아한 얼굴로 자신을 쳐다보고 있었으니 말이다. 결국 하경은 '그냥. 조심히 들어가시라구요.' 하고 쓸데없는 인사말만 중얼거렸다.

"그래요. 공 대리도 조심히 들어가고."

분명 하고 싶은 말은 그게 아니었을 텐데 눈치를 보느라 하경이 엉뚱한 말을 내뱉었다는 걸 알아챈 지운이 피식- 웃으며 가볍게 대꾸했다.

"정 팀장님도 조심히 들어가시고요. 고마웠습니다."

"네. 내일 회사에서 뵙겠습니다."

어색한 직장 동료의 대화는 바로 이런 것이라고 보여주기라도 하려는 걸까. 두 남자가 주고받는 대화가 어찌나 가식적이고 어색한지 듣는 하경의 어깨가 절로 움츠러들 지경이었다.

"여기서 우회전이죠?"

문득 들려오는 물음에 하경은 사이드미러를 통해 멀어지는 지운을 보고 있던 시선을 재빨리 거둬들이고 수한을 향해 고개를 끄덕였다. 타이밍에 맞춰 수한이 핸들을 꺾었고 차는 완전히 다른 길로 들어섰다.

잠깐 동안 정면을 응시하고 있던 하경이 다시금 사이드미러를 흘끗 쳐다보았다. 이제 더 이상 지운의 모습은 보이지 않았다. 잘 찾아올 수 있으려나. 마치 아이에게 처음으로 혼자 심부름을 시킨 부모처럼 자꾸만 걱정이 들어 하경은 텅 빈 거리만 비추는 사이드 미러에서 한동안 눈을 떼지 못했다.

잠시 후 수한의 차가 그녀의 집 앞에 도착했다. 아까 두 남자의 인사와는 제법 다른 느낌의 인사를 간단하게 나눈 다음 하경이 차에서 내리려는데 별안간 수한이 그녀를 불러 세웠다.

"잠깐만요, 하경 씨."

"네?"

"이거요."

하경이 차 문 손잡이에서 손을 떼고 돌아보자 수한이 뭔가를 건넸다.

"이게 뭐예요?"

"술 깨는 음료예요. 아까 부장님 것 사면서 하나 더 샀어요. 하경 씨가 평소보다 오늘 술을 좀 과하게 먹은 것 같아서……."

수한의 말은 정확했다. 이상하게 오늘따라 술이 맛있어서 생각 없이 자꾸 들이켰더니 저도 모르게 술을 과하게 마셔버린 것이다. 평소에는 술을 잘 마시는 편이 아니었기에 어쩌면 내일 고생을 좀 할 수도 있겠다는 생각도 살짝 했었다. 그래 봐야 이미 늦어버렸지만.

"안 그래도 요즘 피곤한 것 같던데 거기에 술병까지 나면 내일 출근 못 할까 봐 주는 거예요. 꼭 마시고 자도록 해요."

"넵! 이거 마시고 내일 꼭 정상 출근 할게요."

정말로 감동받은 하경이 병까지 들어 보이면서 씩씩하게 외쳤다. 어쩌면 별것 아니라고 말할 수도 있겠지만 그래도 상대를 생각하지 않고서는 할 수 없는 호의였다. 비록 팀은 나누어졌지만 역시 함께 일한 의리는 남아 있는가 보다고 생각하며 하경은 기분 좋게 수한의 차에서 내렸다. 그러고는 그의 차가 자신의 시야에서 완전히 사라질 때까지 그 자리에 멈춰서 열심히 손을 흔들어주었다.

그의 차가 더 이상 보이지 않게 되었을 때서야 하경은 팔을 내리고 집으로 향했다. 그러나 그녀의 걸음은 대문 앞에서 정확하게 뚝 멈추었다. 그녀의 시선이 대문에 난 열쇠 구멍을 향했다. 선배가 열쇠를 들고 있으려나? 잠깐 동안 열쇠 구멍을 빤히 응시하던 하경은 결국 대문을 여는 대신 그 자리에 쪼그리고 앉았다. 들어갈 때 대문을 살짝 열어놓고 들어가도 되겠지만 어쩐지 그러고 싶지는 않았다.

"의리야, 의리. 이제 선배랑은 동료니까……."

수한에게서 받은 음료 병을 두 손으로 꼭 감싸 쥐며 하경이 중얼거렸다. 괜스레 뻐근해져오는 제 가슴에게 하는 변명의 말이었다.

늦은 밤이어서인지 슬쩍 불어오는 바람이 꽤나 차게 느껴졌다. 얇은 블라우스만 달랑 입고 있는 하경의 몸이 살짝 움츠러들었다. 이럴 줄 알았으면 전화번호를 알아두는 건데 그랬다. 답답하고 걱정스러운 마음에 더 이상 편하게 기다리질 못하겠어서 하경이 자리에서 벌떡 일어났을 때였다. 한참 동안 어둠만 짙게 깔려 있던 골목 끝에서 옅은 불빛이 흘러나오는 게 보였다. 좀 더 자세히 보니 지운이 들고 있는 휴대폰의 불빛이었다.

"선배!"

반가운 마음에 하경이 저도 모르게 소리를 꽥 질렀다. 그 목소리에 휴대폰에서 시선을 뗀 지운이 그녀를 보고 눈을 크게 떴다.

"왜 안 들어가고 여기 있어? 설마 나 기다린 거야?"

"그럼 제가 도둑이라도 기다렸을까 봐서요?"

팩 쏘아붙이는 하경의 말에 지운이 피식- 웃었다. 남은 추위에 오돌오돌 떨어가며 진심으로 걱정을 했는데 웃어? 괘씸한 마음에 하경의 반듯한 미간이 구겨졌다. 이럴 줄 알았으면 이 남자가 나이 서른에 미아가 되든 말든 신경을 끄고 집에나 들어갈 걸 그랬다.

"걱정했어?"

"그걸 말이라고 해요? 길도 모르면서 아무 데나 덜컥 내려버리면 어떡해요."

"어플 믿고 그랬지."

"어플이요?"

"요즘 어플 잘 나오잖아. 길 찾기 어플 쓰니까 금방인데, 뭐."

지운이 지금껏 들고 있던 휴대폰을 하경에게 보이며 말했다. 길 찾기 어플이라니. 같은 스마트폰을 사용하고 있으면서도 자신이었다면 저런 발상은 전혀 생각지도 못했을 것이다. 대체 누가 누굴 걱정한 건지. 똑소리 나는 지운을 보며 하경은 허탈하게 웃었다.

"그렇게 똑똑하신 분이 아까는 왜 그런 거예요. 대체."

"아까?"

"정 팀장님 차타고 같이 오겠다고 한 거요. 어차피 집 앞에서 내리지도 못할 거, 애초에 택시를 타시지. 택시비가 아까웠던 건 아닐 테고."

"음, 정 팀장이랑 좀 친해져볼까 해서."

차라리 택시비가 아까웠다고 말하는 편이 더 납득이 됐을 거다. 돌아오는 차 안의 분위기가 얼마나 적막이었는데. 그런 상황에서 한마디도 먼저 꺼내지 않았으면서 친해지고 싶었다니. 말도 안 되는 설명에 하경의 얼굴이 살짝 일그러지자 지운이 웃으며 말했다.

"근데 아무래도 정 팀장이랑은 친해지기 어려울 것 같아."

"왜요. 정 팀장님 좋은 분인데."

한 치의 망설임도 없이 흘러나온 하경의 말에 지운의 눈썹이 살짝 꿈틀거렸다.

"아무래도 정 팀장이랑 나는 같은 걸 갖고 싶어 하는 것 같아서 말이야."

정 팀장과 강 팀장이 동시에 원하는 거라니. 설마. 이 남자 출근한 지 며칠이나 됐다고 벌써 승진을 꿈꾸는 건가? 알쏭달쏭한 지운의 말에 하경이 저 혼자 열심히 답을 찾고 있는 사이 덜컹- 하고 대문이 열리는 소리가 들렸다. 그녀는 아직 대문에 손을 갖다 대지도 않았는데 말이다. 하경이 놀라서 돌아보자 이미 대문 안으로 들어가 있는 지운의 모습이 보였다.

"뭐 해. 안 들어올 거야?"

대문의 안쪽에서 하경을 기다리고 있는 지운의 모습은 너무도 자연스러웠다. 마치 그녀가 오히려 그의 집에 놀러온 것 같은 착각이 들 정도로.

"선배, 대문 열쇠도 갖고 있었어요?"

"응. 어머니께서 주시던데?"

'왜. 무슨 문제 있어?' 하고 묻는 듯한 지운의 시선에 하경은 또 한 번 허탈하게 웃었다. 지금까지 추위에 떨며 그를 기다렸던 것이 너무나도 억울해지는 순간이었다.

그와 한집에 살게 된 지 오늘로써 딱 3일째. 하지만 아침에 눈뜨자마자 그와 마주치는 건 여전히 적응이 되질 않았다. 어째서 이 남자는 아침에도 변함없이 반듯한 얼굴인 건지. 심지어 그는 그냥 흰색 반팔 티와 회색 면바지 차림으로도 혼자 화보를 찍었다. 아침에는 사람 몰골이 아닌 자신과는 전혀 달랐다.

"또 지각하겠어. 서둘러."

깔끔한 정장 차림의 지운이 현관에 기대선 채 허겁지겁 계단에서 내려오고 있는 하경을 재촉했다. 어제 그에게 회사까지 가는 길을 알려줬으니 오늘은 따로 출근을 해도 되겠다고 생각했는데 늦잠을 자는 바람에 다 망쳤다.

"선배 먼저 가지 그랬어요. 기다리지 말고……."

"보답이야. 어제 네가 나를 기다려준 것에 대한."

그를 다시 만난 뒤로 하경은 계속해서 제 발등을 열심히 내려찍고 있었다. 어제의 그 일 역시 결국 제 발등을 내려찍은 것이 된 모양이다. 선의를 베푼 거라 말하는 남자를 보며 하경은 어색하게 웃으며 그와 함께 집을 나설 수밖에 없었다.

평소 타던 시간보다 한 타임 늦게 탄 버스에는 사람들이 꽤 많았다. 한 자리 정도는 늘 비어 있었는데 오늘은 앉을 자리는커녕 서 있을 곳도 마땅치가 않았다. 하는 수 없이 적당한 곳에 자리를 잡고 섰는데 지운이 그녀의 옆에 자연스럽게 멈춰 섰다. 당장 자리를 옮기고 싶었지만 마땅한 곳이 없어서 하경은 하는 수 없이 머리 위에서 달랑거리는 손잡이를 붙들었다.

밀폐된 공간에 가깝게 서 있어서 그런지 아까는 느낄 수 없었던 그의 향기가 그대로 전해지고 있었다. 보통 남자들에게서는 나지 않는 달콤한 향이었다. 향수가 아닌 자연스러운 달콤한 향이 지운과 썩 잘 어울린다고 하경은 생각했다.

정류장을 지나칠 때마다 사람들은 끊임없이 올라타는 바람에 어느덧 낯선 사람들끼리 부딪히는 게 자연스러워질 정도로 버스 안은 혼잡스러워졌다. 내일부터는 무조건 일찍 일어나서 평소에 타던 버스를 타야겠다고 다짐하는 순간이었다. 별안간 옆에 서 있던 한 남자가 휘청거리더니 하경의 어깨에 세게 부딪쳐오는 것이 아닌가. 안 그래도 균형을 잡기가 힘들었던 하경의 몸은 당연히 옆으로 기울었고, 아차 하는 사이 그대로 옆에 서 있던 지운의 가슴팍에 쿵- 하고 얼굴을 묻어버렸다.

하필 제 얼굴이 닿은 위치가 그 흔한 등짝도 아니고 어깨도 아닌 그의 단단한 가슴팍이라는 것에 꽤나 당황한 하경이 얼른 자세를 바로잡으려고 하는 찰나, 지운이 한 팔로 그녀의 허리를 단단하게 받쳐 들었다.

"저기 선배, 안 그러셔도 괜찮은데……."

난감한 얼굴의 하경이 슬쩍 그를 밀어냈다.

"나도 괜찮아."

하지만 지운은 오히려 그녀의 허리를 감은 팔에 힘을 더 가했다.

"괜히 넘어졌다가 또 지각하고 싶은 거 아니면 얌전히 있어."

귓가에 그의 낮은 목소리가 흘러들었다. 호의를 베푸는 거니까 그냥 고맙습니다, 하고 받아들이라는 뜻이었다. 이렇게까지 하는데 더 고집을 부릴 수도 없어서 하경은 그의 말대로 얌전히 있을 수밖에 없었다.

하지만 이건 가까워도 너무 가까웠다. 옅게 느껴지던 그의 향기가 정신이 아득할 정도로 짙게 느껴졌다. 새근거리는 그의 숨결마저 적나라하게 전해졌다. 버스의 핸들이 꺾일 때마다 요동치던 제 몸은 얌전해졌건만 어쩌자고 이번에는 얌전하던 가슴이 요동쳐댄단 말인가. 하경은 행여나 지운에게 들킬까 봐 숨을 참았다.

"근데."

갑자기 지운이 운을 떼는 바람에 놀란 하경이 참고 있던 숨을 파- 하고 뱉어냈다.

"매일 이 버스 타고 출근을 하는 거야?"

"네?"

"그냥 차를 타고 출근하는 게 더 편하지 않겠어? 집이 회사랑 가까운 것도 아니고."

"그렇긴 한데. 면허가 없어서요."

인생에서 운전면허가 기본이라는 승현의 말을 듣고 20살이 되자마자 운전학원에 등록을 했었다. 필기는 아주 쉬워서 한 방에 붙었는데 도로주행이 문제였다. 다섯 번째로 그녀에게 불합격을 통보하며 운전학원 강사가 말했다. 도로 위의 평화를 위해 운전할 생각은 접으시는 게 좋겠다고 말이다. 충분히 납득 가는 말이었기에 하경은 그 뒤로 운전에 대한 생각은 완전히 접어버렸다.

옛 기억을 떠올리며 쓸쓸해하는 사이 버스가 회사 앞에 도착했다. 그제야 지운은 그녀의 허리를 감고 있던 팔을 풀어주었고, 그제야 하경은 맘 편하게 숨을 쉴 수가 있었다. 버스에서 내리자마자 회사를 향해 전력 질주를 하려던 하경이 문득 걸음을 멈추고 지운을 보았다.

"먼저 가실래요?"

어제 팀장을 챙겨달라던 지운의 말이 떠오른 것이다. 어차피 먼저 가도 지운의 손에 붙들릴 거 처음부터 그를 먼저 보내자는 게 하경이 내린 결론이다.

"꼭 이렇게 따로 가야 해?"

"당연하죠."

"왜? 어차피 어제 정 팀장한테도 같은 동네에 산다고 말했잖아. 누가 물어보면 그냥 같은 동네라서 같이 왔다고 하면 되는데, 굳이 번거롭게 매번 이럴 필요 없잖아."

지운은 사람들의 눈치를 봐가면서 이것저것 불편하게 행동해야 하는 게 영 귀찮은 모양이었다. 하지만 하경은 단호하게 고개를 내저었다.

"큰일 날 소리 말아요. 정 팀장님이니까 그냥 조용히 넘어갈 수 있었던 거지. 다른 사람들이었으면 어림도 없었어요. 분명 꼬치꼬치 캐물을 거라구요. 그냥 선배가 집을 구할 때까지는 비밀로 하는 게 상책이에요."

"정 팀장은 되고 다른 사람들은 안 된다?"

지운이 눈썹을 꿈틀거리며 되물었지만 하경의 대답은 이번에도 칼 같았다.

"네. 절대 안 돼요."

특히나 같은 팀의 윤주가 요주의 인물이었다. 혹시라도 그녀가 이상한 낌새를 챈다면 그 뒤로는 아주 귀찮아질 게 뻔했다. 하경이 질린 얼굴로 고개를 설레설레 내저었다. 그건, 상상만으로도 끔찍한 일이었다.

"빨리 가요, 빨리. 이러다 진짜 지각하겠어요."

하경은 저를 못마땅하다는 듯 내려다보고 있는 지운의 어깨를 밀었다. 그녀의 다급한 재촉을 못 이긴 지운은 결국 회사를 향해 홀로 걸음을 뗄 수밖에 없었다. 하경은 그런 지운의 뒷모습을 바라보다가 그와 거리가 꽤 차이가 날 때쯤에야 걸음을 옮기기 시작했다. 지각이 코앞인데 지운을 앞지를 수도 없고 그렇다고 함께 갈 수도 없는, 안타까운 제 처지를 원망하면서 말이다.

지운이 탄 엘리베이터를 보내고 다음 엘리베이터를 타는 바람에 결국 하경은 아슬아슬하게 지각을 하고 말았다. 허겁지겁 사무실에 도착한 하경이 숨을 몰아쉬고 있는데 그런 그녀의 옆으로 커피 한 잔을 든 지운이 쓱 지나쳐 갔다. 코끝을 스치는 은은한 커피 향에 하경의 반듯한 미간이 구겨졌다.

정작 원인 제공을 한 건 저 남자건만, 도대체 왜 자신만 이런 꼴을 당해야 한다는 말인가. 하경은 저도 모르게 너무도 여유롭게 자리에 앉아 커피를 마시는 지운을 노려보았다. 분명 뭔가가 잘못된 것 같긴 한데 도대체 뭐가 잘못된 건지를 통 모르겠으니 참으로 답답한 노릇이 아닐 수 없다.

"공 대리님, 부장님이 찾으세요."

하경이 자리에 털썩 주저앉자 주희가 말을 전했다.

"부장님이?"

"네. 출근하자마자 부장실로 오라고 하셨어요."

"하필이면 지각한 오늘 아침 호출이야. 왜……."

가는 날이 장날이라더니. 하경은 한숨을 푹 내쉬며 망연한 얼굴로 자리에서 일어났다. 부장실로 무거운 걸음을 옮기며 하경은 머릿속으로 호출의 이유에 대해 생각해보았다. 하지만 가장 핵폭탄이었던 광고 건을 어제 막 해결했던 참이었기에 딱히 짚이는 것이 없었다. 결국 하경은 아무것도 짐작하지 못한 채 부장실에 도착했다.

"여, 공 대리. 왔나?"

불안한 마음에 조심스럽게 문을 열었는데 의외로 부장은 환하게 웃으면서 그녀를 맞아주었다. 안 좋은 소리 하려고 부른 건 아닌 것 같아서 하경은 살짝 안심하며 부장의 맞은편에 앉았다.

"강 팀장은 좀 어때. 적응을 좀 하는 것 같나?"

"네. 팀원들이랑 잘 지내시는 것 같아요."

"귀찮더라도 공 대리가 신경 좀 쓰도록 해. 강 팀장을 저 자리에 앉히려고 내가 얼마나 공을 들였는지 몰라. 아주 어렵게 데리고 온 거니까. 응?"

그렇잖아도 온 신경이 그쪽으로 집중되어 있는 참입니다만…….

"네. 알겠습니다."

여기서 더 신경을 쓰게 된다면 업무가 엉망이 될지도 모르는 게 현실이었지만, 하경은 이러한 떨떠름한 마음을 태연하게 숨긴 채 부장을 향해 시원하게 대꾸했다.

"이번에 맡은 신사업 있지. 그거 오늘까지 강 팀장한테 하나도 빠짐없이 다 넘겨주도록 해.”

“오늘까지요?”

“내일이 임원회의니까 무조건 오늘까지야. 어제 말하려고 했는데 회식 때문에 깜빡해버렸지 뭔가.”

아니, 신사업 계획이 하루 이틀 진행된 사안도 아니고 그걸 어떻게 오늘 안에 짬을 내서 다 넘기란 말인가. 그것은 곧 하경에게 오늘도 야근을 하라는 말이었다. 이렇게 일을 떠맡길 것 같았으면 차라리 어제 챙겨주는 척을 하지 말든가.

하지만 한낱 대리가 부장의 명을 어길 수는 없는 법. 하경은 결국 이를 꽉 깨물고서 ‘네, 알겠습니다.’ 하고 대답할 수밖에 없었다.

“강 팀장님.”

부장실을 나오자마자 지운의 자리로 간 하경이 그를 불렀다.

“오늘 점심 드시고 최대한 빠르게 사무실로 복귀해주셨으면 좋겠습니다. 부장님께서 신사업 계획안에 대해서 오늘 안으로 강 팀장님께 전달을 하라고 하셔서요.”

“음. 그건 곤란할 것 같은데.”

“곤란하다구요?”

“오늘 점심때 선약이 있어서 말입니다.”

오늘만큼은 야근을 피하고 싶어서 나름 머리를 쓴 건데 돌아오는 답이 이거다. 결국 야근은 그녀가 피하려야 피할 수 없는 운명인가 보다. 하경의 얼굴이 표 나게 일그러지자 지운이 위로랍시고 말을 건넸다.

"미리 말을 해주지 그랬습니까, 공 대리."

"저도 지금 막 전달받은 사항이라서요."

하경이 허탈한 표정으로 중얼거리자 지운이 검지로 펜을 빙글 돌리며 '저런.'이라고 짧은 탄식을 뱉었다. 그러고는 펜을 책상 위에 탁 내려놓으며.

"그럼 어쩔 수 없이 야근을 해야겠네요. 공 대리와 함께."

어쩔 수 없다는 말과는 달리 꽉 다문 그의 입매가 살짝 떨리는 것처럼 보이는 건, 아마도 기분 탓이겠지.

탁. 사무실 한편에 위치한 작은 회의실로 들어온 하경이 테이블 위에 엄청난 양의 서류뭉치를 내려놓았다.

"와. 진짜 엄청나네."

그중에서 가장 두꺼운 서류철을 집어 들며 지운이 감탄사를 내 뱉었다. 그래서 싫다는 건지 좋다는 건지. 어쩐지 모호한 느낌이었다.

"한 달 동안 진행된 프로젝트니까요."

"우리 오늘 밤새워야 되는 거 아니야?"

"그 정도는 아니에요. 포인트만 짚어드릴게요."

제일 아래에 있는 서류철을 빼어 들며 하경이 딱 잘라 말했다. 지운은 제가 들고 있던 서류철을 내려놓으며 '그래?' 하면서 입맛을 쩝 다셨다.

"일단 이거부터 먼저 보세요."

지운의 맞은편에 앉은 하경이 테이블 위로 서류철을 쓱 밀었다.

"거기 보시면 지금 어디까지 진행됐는지 대충 파악이……."

"배 안 고파?"

"네?"

"난 지금 배가 되게 고픈데. 저녁을 대충 먹어서 그런가."

하경이 건넨 서류철을 쓰윽 훑던 지운이 이내 서류철을 탁 덮으며 중얼거렸다. 그와 동시에 하경의 고른 눈썹이 삐뚤어졌다. 야근이 잡혀 있는 상태에서 저녁을 평소보다 조금 더 든든하게 먹어둬야 한다는 건 아마 초등학생들도 다 알 거다. 그런데 지운은 마치 애처럼 오늘 저녁 반찬이 맛이 없다며 밥을 먹는 둥 마는 둥 했었다.

누구는 맛있어서 밥 한 공기를 다 비운 줄 아나. 당장 쏘아붙이고 싶었지만 지금은 회사였다. 하경은 그저 못마땅한 시선으로 지운을 바라보았다.

"일단 뭐 좀 먹고 오자. 회사 앞에 생라면 가게 맛있게 보이던데."

"강 팀장님, 우리 아직 시작도 안 했어요."

생라면 같은 소리 한다. 하경이 딱딱하게 대꾸했다.

"먹고 와서 시작해도 되잖아."

"서류 양 엄청난 거 안 보이세요?"

"밤새울 정도는 아니라며? 먹고 와서 빨리하면 되지."

하경이 영 마뜩잖은 반응을 보이자 지운은 아예 고픈 배를 부여잡고서 책상 위로 풀썩 엎드렸다. 자신의 배고픔이 심각하다는 걸 그녀에게 어필하기 위함이었다.

"아, 배가 너무 고파서 글자도 눈에 안 들어오는 것 같아. 아무래도 배부터 채우고 일하는 게 훨씬 더 효율적일 것 같은데. 공 대리 생각은 어때?"

방대한 양의 서류 앞에서 시작도 전에 밥 타령을 해대는 지운이 기가 막혔지만 그게 또 영 틀린 말은 아니었다. 진짜 얄미운 남자다. 상사가 배가 너무 고파서 일에 집중을 못하겠다는데 부하 직원이 주린 배를 움켜쥐고 일을 하라고 우길 수는 없는 노릇 아닌가.

"라면이라고 했죠?"

짧은 한숨과 함께 하경이 자리에서 일어났다. 그러자 지운이 기다렸다는 듯 상체를 벌떡 일으켰다.

"역시, 금강산도 식후경이라니까."

"알았으니까 기다려봐요."

만족스럽다는 듯 자리에서 쓱 일어나는 지운을 향해 하경이 말했다. 기다려? 어정쩡한 자세의 지운이 의아한 얼굴로 하경을 바라보았다. 뭔가 대답을 바라는 눈빛이었지만 하경은 가타부타 하는 설명 없이 그를 등지고 회의실을 나왔다.

회의실을 나온 하경이 향한 곳은 자신의 자리였다. 그녀는 책상 서랍 중 가장 높이가 높은 마지막 서랍을 열어젖혔다. 그 속에는 컵라면과 봉지과자, 심지어는 군인들이 먹는 전투식량까지 있었는데, 하경은 망설임 없이 컵라면 하나를 집어 들었다.

"설마 그거, 나 주려고?"

어느덧 그녀를 따라 회의실을 나온 지운이 그녀의 손에 들린 컵라면을 콕 집어 가리키고 있었다. 라면이 먹고 싶다더니 어쩐지 실망스러운 얼굴이다. 생라면이 아니라 컵라면이라서 그런가? 실망스러운 기색이 역력한 지운의 표정을 본 하경이 닫았던 서랍을 다시금 활짝 열었다.

"컵라면이 싫으시면 다른 것도 있어요."

"이게 다 뭐야. 전쟁 준비라도 하고 있는 거야?"

서랍 속을 꽉 채운 여러 가지 식품들을 보며 지운이 눈을 둥그렇게 떴다. 지금 당장 전쟁이 일어나도 일주일은 거뜬히 버틸 수 있을 것처럼 보이는 어마어마한 양이었다.

"맞아요. 야근이라는 전쟁에 대비한 비상식량."

지난달에 하경은 정시 퇴근을 한 날보다 야근을 한 날이 월등히 많았다. 정시 퇴근을 한 날은 정말 손에 꼽을 정도로. 매일 뭘 사 먹으러 나가는 것이 귀찮기도 하고 시간도 아깝게 느껴져서 아예 한꺼번에 사둔 것이었다. '일 잘하는 공 대리'의 필수요소랄까.

"대단하다, 대단해."

철저한 준비성에 지운이 혀를 내둘렀다.

"이건 어때요? 꽤 맛있던데."

컵라면을 내려놓은 하경이 이번에는 전투식량 하나를 집어 들고는 지운에게 권했다. 며칠 전 웹서핑을 하다가 우연히 군사식량을 파는 사이트를 발견해서 단지 호기심에 몇 개 주문을 한 것이었는데 생각보다 꽤 맛이 괜찮았다.

"아니, 그건 됐어."

하경 딴에는 신경 써서 추천을 해준 것이었는데 지운은 칼같이 거절의 말을 내뱉었다. 그의 얼굴은 컵라면을 봤을 때보다 더 일그러져 있었다.

"왜요? 보기엔 이래 보여도 꽤 괜찮은데."

"그건 먹다가 체할 거 같아. 차라리 컵라면이 낫지."

아무래도 군대에서의 생활이 별로 아름답지만은 않았던 모양이다. 지운이 떨떠름한 얼굴로 컵라면을 집어 들었을 때였다. 별안간 그의 휴대폰이 울렸다. 지운은 컵라면을 들지 않은 다른 손으로 전화를 받았다.

"네, 강지운입니다."

언제 들어도 저 낮은 목소리는 차분한 그의 얼굴과 참 잘 어울린다. 하경은 책상 모서리에 비스듬히 기대서서 통화를 하고 있는 지운을 흘끗 보았다. 답답했던지 넥타이는 진즉 어디로 사라진 데다가 셔츠 단추를 두어 개 풀어놓은 그의 모습이 낮의 단정한 모습과는 사뭇 다르다. 단단히 일을 할 생각이었는지, 아니면 단단히 야식을 먹을 생각이었는지는 모르겠지만 소매까지 걷어 올린 지운은 흐트러진 모습이었음에도 불구하고 마치 코디가 섬세하게 스타일링을 해준 것처럼 자연스러우면서도 멋이 있었다.

하긴, 잠옷만 입고도 화보를 찍는 남자인데 뭘 입혀 놓은들 다르겠는가. 누구는 옷이 날개라 생활비의 반을 옷 사는 것에 투자하는데 말이다. 불공평한 세상 같으니라고. 괜히 가만히 있는 그가 못마땅해질 무렵이었다.

"아, 그렇습니까? 알겠습니다. 곧바로 내려가겠습니다."

통화를 하는 지운의 얼굴에 화색이 돌았다. 그와 동시에 하경은 들킬세라 얼른 그에게 두었던 시선을 거두어들였다. 그런데 지금 바로 내려가겠다니? 아직 일은 시작도 안 했는데 말이다. 하경은 거두어들였던 시선을 다시금 지운에게로 던졌다. 통화를 막 끝낸 그는 주머니에 휴대폰을 넣고 있었다.

"어디 가시게요?"

"응. 누가 왔다고 해서 잠깐 밑에."

"그 잠깐이 얼만데요?"

사실 정말 묻고 싶은 건 따로 있었다. 누가 왔는데요? 하지만 그 질문은 제가 할 질문이 아닌 것 같아 목구멍까지 차오른 말을 삼키고 다른 말을 내뱉은 것이다.

"얼마 안 걸릴 거야."

"그럼 제가 라면에 물 부어놔도 돼요?"

"그래주면 고맙지. 갔다 올게."

컵라면은 5분이면 불어버린다는 사실을 알기는 하는 걸까. 저도 모르게 여우처럼 떠보는 질문을 던져버렸다. 스스로가 생각해도 이번엔 좀 유치했다. 한숨을 살짝 내뱉으며 하경은 빠르게 사무실을 빠져나가는 지운의 뒷모습을 물끄러미 바라보았다. 도대체 누가 왔기에 5분 안에 볼일을 보고 돌아오겠다는 건지. 전화 할 때 눈에 띄게 밝아지던 그의 표정이 마음 한편에 걸린다.

"그냥 물어볼 걸 그랬나……."

하경은 작게 중얼거리며 컵라면을 들고 탕비실로 향했다.

지운은 정확히 10분 만에 사무실로 돌아왔다. 정말로 간단한 볼일이었던 모양이다. 하지만 아쉽게도 5분을 훌쩍 지났기에 미리 물을 부어놨던 컵라면은 이미 퉁퉁 불어 국물이 완전히 사라져 비참한 상태였다.

"이건 아무래도 못 먹을 것 같아요. 새 걸로 가져올게요."

"됐어. 그냥 먹지 뭐. 어차피 배 속에 들어가면 다 똑같을 텐데."

생라면이 아니면 아무래도 상관없다는 걸까. 아니면 정말 미치도록 배가 고픈 걸까. 다 불어터져서 뚝뚝 끊어지는 면발을 먹겠다고 나무 젓가락질을 하는 지운을 보며 하경은 미간을 찌푸렸다.

"이걸 어떻게 먹겠다고 그래요. 그냥 조금만 더 기다렸다가 새 거 먹어요. 얼마 안 걸려요."

"시간 아까워. 빨리 일 끝내고 집에 가야지."

탕비실을 나가려던 하경이 뒤통수에 꽂히는 지운의 말에 걸음을 뚝 멈췄다. 아까는 나가서 밥을 먹고 오자는 둥 여유를 부리더니 이제 와서 5분도 아깝다며 황당할 정도로 서두르고 있다. 그녀가 기억하는 그는 분명 이토록 변덕이 심한 가벼운 캐릭터는 아니었다. 오히려 너무 무거워서 탈이었지. 대체 지난 11년간 그에게 무슨 일이 있었던 걸까. 무슨 일이 있었기에 사람이 이토록 변했느냐 말이다. 하경은 기가 막힌다는 얼굴로 지운을 물끄러미 바라보았다.

으레 변덕은 여자들의 전유물쯤으로 알려져 있다. 그 때문에 여자의 마음은 갈대라는 말도 생긴 걸 테고. 그런데 하경은 오늘 처음으로 남자의 변덕도 장난이 아니라는 것을 알았다. 덕분에 생각보다 일은 빨리 끝나기는 했지만 그 후유증은 제법 컸다. 일을 하는 동안 얼마나 재촉을 받았는지 퇴근을 준비하는 순간에도 하경의 귀에서는 지운의 '빨리빨리.' 하는 목소리가 들릴 정도였으니까 말이다.

"선배, 혹시 나 몰래 우리 집에 꿀이라도 숨겨놨어요?"

살짝 초조한 얼굴로 엘리베이터를 기다리고 있는 지운을 보며 하경이 눈을 가늘게 떴다. 도대체 갑자기 왜 이렇게 집에 빨리 가고 싶어 하는 것인지 하경으로서는 알 수가 없었다. 약속이라도 있나 했더니 그것도 아니란다.

"꿀은 무슨. 빨리 가서 너 쉬라고 그러는 거지. 네가 워낙 피곤해 보이니까."

아닌 거 뻔히 아는데 저런 말을 뻔뻔스럽게도 참 잘한다. 분명 뭔가 있는 것 같은데 뭐가 있는지를 모르겠다. 하경이 여전히 의심스럽게 그를 바라보는 동안 두 사람이 있는 층에 엘리베이터가 도착했다. 문이 열리자마자 정말 급한 일이라도 있는 사람처럼 빠르게 올라탄 지운이 엘리베이터의 버튼을 꾹 눌렀다. 뒤따라 엘리베이터에 올라탄 하경은 지하 2층 버튼에 불이 들어와 있는 것을 보고 고개를 갸웃했다.

"지하 2층은 왜요? 여긴 지하주차장인데."

차가 없는 두 사람에게는 전혀 볼일 없는 곳이었다. 하지만 지운은 그녀의 물음에 '가보면 알아.' 하고 의뭉스럽게 대꾸하고는 더 이상 아무 말도 해주지 않았다. 해서 하경은 어쩔 수 없이 물음표를 새긴 채 그를 따라 지하 2층으로 향할 수밖에 없었다.

지하 2층에 도착해서도 지운은 성큼성큼 저 먼저 걸음을 떼었다. 하경 역시 그를 따라 걸었다. 하지만 여전히 그녀의 머릿속엔 커다란 물음표가 둥둥 떠다니고 있었다. 몇 발자국 떼지 않았을 무렵 지운이 바지 주머니에서 뭔가를 꺼내 들더니 그것을 꾹 눌렀다. 그와 동시에 삐빅- 하는 소리와 함께 앞에 있던 흰 차가 깜빡이를 켰다.

"영광으로 생각하고 타. 나 말고는 네가 제일 먼저 타는 거니까."

당당한 걸음을 옮겨 차의 조수석을 연 지운이 하경을 향해 씩 웃어 보이며 말했다.

"설마 이거 선배 차예요?"

"응."

지운이 자랑스럽게 고개를 끄덕였다. 어울리지 않게 저토록 뿌듯해하는 얼굴이라니. 아무래도 집에 가자고 재촉을 해댔던 이유가 새 차를 빨리 자랑하고 싶어서였던 모양이다.

"정말로 선배 차라고요?"

설마 했던 하경이 눈을 둥그렇게 떴다. 그러고 보니 새하얗고 날카롭게 생긴 세련된 느낌의 차가 그와 닮은 것 같기도 했다.

"오늘 아침까지만 해도 없던 차가 갑자기 어떻게 생긴 거예요? 그것도 회사 지하주차장에."

누가 봐도 새 차라는 걸 알 수 있게 임시 번호판을 달고 있는 차를 보며 하경은 믿을 수 없다는 듯 물었다. 하지만 지운은 오히려 그녀가 왜 그런 당연한 질문을 하는지 모르겠다는 얼굴로 대답했다.

"오늘 아침이 지나고 샀으니까."

"설마 점심시간에 나간 이유가······."

"맞아. 차 사러 간 거."

"그럼 아까 전화 온 건······."

"직원이 차 갖다 주러 온 거지."

'설마' 하는 얼굴로 이것저것 묻는 하경에게 지운은 별거 아니라는 듯 시원스럽게 대꾸했다. 하지만 하경은 이 일이 도무지 별게 아니라고 생각되지 않았다.

"갑자기 차는 왜 산 건데요?"

"원래 조만간 살 계획이었어. 근데 오늘 아침에 당장 차가 필요하다는 생각이 들었고. 그래서 그 시기를 조금 앞당긴 것뿐이야."

이 남자가 이렇게 막무가내식인 사람이었던가? 하경은 황당한 얼굴로 지운을 바라보았다. 오늘 아침에 차가 필요하다는 생각이 들어서 오늘 점심때 차를 샀다니. 마시는 차도 아니고 타는 차를 이렇게 충동구매 하는 사람이 있다는 게 하경은 꽤나 충격적이었다. 그것도 이렇게나 가까이에 있었다니 말이다.

"고맙다는 말도 없어?"

여전히 멍한 하경을 조수석에 태운 뒤 운전석에 올라탄 지운이 시동을 걸며 넌지시 물었다. 그러자 멍하니 앞 유리만 바라보고 있던 하경이 시선을 틀어 지운을 보았다.

"제가 왜 고마워해야 돼요? 내 차 사준 것도 아니고 선배 차 산 건데."

"내가 차를 사야겠다고 결심한 게 바로 오늘 아침이라니까?"

"그런데요?"

하경이 여전히 이해할 수 없다는 듯 눈을 동그랗게 뜨고 되묻자 지운은 나지막이 한숨을 쉬며 차에 시동을 걸었다.

"됐다, 됐어."

한국에서의 운전이 오랜만이었을 텐데도 지운의 운전 실력은 꽤 괜찮았다. 그의 새 차가 도로 위를 아주 부드럽게 달리는 동안 하경은 열심히 머리를 굴려보았다. 본인 차를 사놓고 고마워하라니 도대체 그게 무슨 황당한 소리란 말인가. 지운은 됐다며 말을 끝냈지만 그녀는 영 찝찝했다. 그러다 문득 하경은 그가 '오늘 아침'이라는 단어를 강조했다는 걸 깨달았다.

'매일 이 버스 타고 출근을 하는 거야?'
'네?'
'그냥 차를 타고 출근하는 게 더 편하지 않겠어? 집이 회사랑 가까운 것도 아니고.'
'그렇긴 한데. 면허가 없어서요.'

아침에 그와 했던 대화가 그녀의 뇌리를 빠르게 스쳤다. 설마. 눈이 둥그렇게 커진 하경이 재빨리 고개를 운전석 쪽으로 휙 틀어 지운을 바라보았다.

"혹시 선배가 이 차를 사기로 결심한 게 나 때문이라는 거예요?"

"그렇다면 좀 고맙겠어? 이 차가 네 차가 아니어도?"

그걸 이제야 알았냐는 듯 지운이 한껏 빈정거렸다.

"왜요?"

"아침마다 네가 버스에서 오늘처럼 트위스트를 출까 봐 걱정돼서."

트위스트란다. 오늘 아침 버스에서 이리저리 휘청댔던 제 모습이 이 남자의 눈에는 그렇게 우스꽝스럽게 보였던 걸까. 새삼 민망스러워서 하경의 얼굴이 슬쩍 붉어졌다.

"근데 정말로 내가 고마워해야 하는 거 맞아요? 선배가 우리 집에서 나가면 나는 다시 아침에 버스 타고 출근하게 될 텐데."

"지금 혹시 둘러말하는 거야? 나 나가지 말고 너희 집에서 같이 살아달라고."

"뭐라고요?"

무슨 해석이 저리도 제멋대로란 말인가. 하경이 황당하다는 얼굴을 했다.

"왜. 그 말이 그 말 아니야?"

남자가 뻔뻔스럽게 되묻는 순간 하경은 확신했다. 자신 때문에 차를 샀다는 건 그저 농담이었다는 걸. 분명 그는 오늘 차를 살 계획이었을 것이다. 근데 하필이면 오늘 아침 그런 사고가 있었었고, 저를 놀리기 위해 농담을 해본 거겠지. 그래, 차가 한두 푼 하는 것도 아니고 단지 아침의 그 이유 때문에 당장 차를 샀다는 건 말이 안 된다.

"됐거든요? 얼른 집 구해서 나가요."

하경이 새침하게 쏘아붙이자 지운이 피식 웃었다.

"진심이야?"

"네. 진심이에요."

"후회 안 할 수 있겠어?"

"절대 안 해요. 회사 사람들한테 들킬까 봐 조마조마하며 사는 것보단 차라리 매일 아침 남들 앞에서 트위스트를 추는 게 더 나을 것 같으니까."

하경은 장난스럽게 웃는 지운을 향해 단호하게 말한 다음 반대편으로 고개를 휙 틀었다. 뒤에서 지운이 '차가 많이 아쉬울 텐데?'라며 여전히 장난스러운 물음을 던졌지만 하경은 꾹 다문 입을 열지 않았다.

하마터면 진짜 설렐 뻔했다. 힘들게 출근하는 자신을 생각해서 굳이 차를 일찍 샀다는 그의 말을 곧이곧대로 믿고서. 그럴 리가 없는데 말이다. 하경은 차창 밖으로 흘러가는 풍경들을 보며 다시금 입매를 꽉 다물었다.

역시…… 이 남자와 있는 건, 심장에 안 좋다.

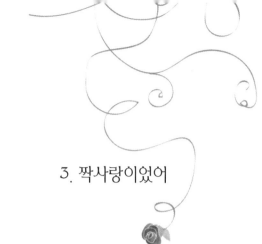

3. 짝사랑이었어

두 사람이 집 앞에 도착했을 때 거실에는 또 불이 훤하게 켜져 있었다. 하경과 지운은 동시에 고개를 갸웃했다. 지운은 승현을 통해서 그녀의 부모님이 전기 절약을 몸소 실천하는 분들이라는 걸 익히 들어 잘 알고 있었다. 어제 몸소 겪기도 했었고. 의아해하며 두 사람이 현관문을 열고 들어갔을 때 그들을 반기는 건 부모님이 아니라 며칠 전 결혼을 한 신혼부부였다. 생뚱맞은 등장에 하경이 눈을 둥그렇게 떴다.

"두 사람 어떻게 된 거야? 내일 오는 거 아니었어?"

하경이 신발을 얼른 벗고 거실로 들어서자 부부가 서로의 눈치를 보는가 싶더니 승현이 말했다.

"그렇게 됐어."

"그렇게 됐다니. 뭐가 그렇게 됐다는 건데?"

"아, 몰라. 자세한 건 네 새언니한테 들어."

새언니란다. 인생의 반이 넘는 시간 동안 친구로 지내왔는데 말이다. 낯간지러운 호칭에 하경은 저도 모르게 몸을 살짝 떨며 상황을 살폈다. 그러고 보니 승현은 바닥에 앉아 있고 선영은 거실 제일 끝의 소파에 앉아 있었다. 신혼부부가 멀찌감치 떨어져서 냉기를 풍기는 걸 보니 답이 딱 나온다. 연애할 때도 수시로 싸워대더니 결국 신혼여행에서도 싸운 모양이었다.

물론 하경 역시 많은 부부가 신혼여행지에서 많이 싸운다는 것은 주변에서 얘기를 들어 알고 있었다. 그래도 이렇게 예정보다 일찍 시댁으로 돌아온다는 얘기까지는 들어보지 못했던 것 같은데. 하경은 두 사람을 보며 한숨을 푹 내쉬었다.

"엄마랑 아빠는? 알고 있어?"

"아니, 우리 왔을 때부터 주무시고 계셔서 말씀 못 드렸어. 내일 아침에 보면 아주 화들짝 놀라시겠지."

"놀랄 거 알면서 이랬어?"

"그럼 어떡해. 이 시간에 딱히 갈 데가 없는데."

거실 한편에 놓인 커다란 캐리어를 가리키며 승현이 인상을 찌푸렸다.

"신혼집으로 가지 그랬어."

"둘만 있기 싫어서 신혼여행 도중에 날아왔는데, 거기서 또 둘만 있으라고?"

이제 한 집안의 가장이 되었건만 어쩜 이토록 듬직하지 않을 수가. 친오빠만 아니었으면 선영의 바짓가랑이를 붙들어서라도 이 결혼은 말렸을 거다. 둘이 아무리 좋아 죽겠다고 해도 말이다. 하경은 철이 들려면 한참 멀어 보이는 제 오빠를 향해 혀를 쯧 차고는 아까부터 입을 꾹 다물고 있는 선영의 팔을 잡아끌고 제 방으로 향했다.

"정말로 강지운이랑 같이 사네?"

방에 들어오자마자 익숙하게 침대에 걸터앉으며 선영이 말했다.

"설마 너도 알고 있었어?"

"아니야. 나도 네 오빠가 결혼식 날 공항 가는 차 안에서 얘기해 줘서 알았어."

"그래?"

"근데 어때? 첫사랑이랑 한집에서 지내는 거. 좀 지낼 만해?"

"내가 걱정돼서 신혼여행 도중에 날아왔니?"

하경이 어이없다는 듯 되묻자 여유로웠던 선영의 얼굴이 순식간에 찌푸려졌다. 이제야 제가 여기에 왜 앉아 있는지를 깨달은 모양이었다. 얼마나 사소한 걸로 싸웠으면 싸웠다는 사실조차 잊고 있었을까. 더 이상 안 들어도 뻔히 알 것 같았지만 그래도 예의상 하경은 질문을 던졌다.

"또 왜. 이번엔 또 뭐 얼마나 대단한 일로 싸운 건데?"

보통 이런 상황에서는 '무슨 일이야? 큰일이니?' 하고 걱정스럽게 물어야겠지만 워낙 전적이 화려한 커플이라 하경은 걱정보단 짜증이 앞섰다. 선영과 승현은 꽤 오랜 기간 연애를 했는데 그중에 9할을 싸웠다고 해도 과언이 아닐 정도로 자주 싸웠다. 게다가 늘 아주 사소한 문제로 시작하면서 끝은 또 늘 이렇게 창대했다.

그래서 하경은 하루를 더 못 참고 하와이에서 기어코 한국까지 들어온 이번에도 그리 큰일이 아닐 거라고 확신할 수 있었다. 그리고 그녀의 예상은 정확했다.

"오늘 오전에 해양스포츠 스케줄이 있었는데 네 오빠가 늦잠을 자버렸어. 아무리 깨워도 통 못 일어나는 거야. 어제 좀 과음을 하긴 했거든. 그래서 도저히 안 될 것 같아서 나 혼자 다녀왔는데……."

"잠깐만."

놀라서 눈이 커진 하경이 선영의 말을 뚝 끊었다.

"거길 혼자 갔다고? 신혼부부들 사이에 너 혼자 껴서?"

"혼자 가면 왜? 하와이까지 갔는데 해양스포츠 못하고 돌아오는 게 말이나 되니? 게다가 그거 전부 다 여행비에 포함된 거란 말이야."

선영은 당당했다. 그리고 그 말이 틀린 건 아니었기에 하경은 '알았어. 계속해.'라고 대꾸했고 선영은 기다렸다는 듯이 말을 이어갔다.

"근데 호텔로 돌아와 보니까 글쎄 네 오빠가 엄청 화가 난 거야. 난 또 내가 말도 없이 사라져서 화가 난 줄 알고 쪽지 적어놓고 갔다, 못 봤느냐고 했더니 봤다네? 그럼 왜 화를 내는 거냐고 했더니. 자기도 해양스포츠 얼마나 기대했는지 뻔히 알면서 너 혼자 갔냐 이거야. 당신이 너무 안 일어나서 그랬다고 하니까 그럼 너도 가지 말았어야 하는 거 아니냐고. 부부는 일심동체라고. 아, 진짜 이게 무슨 헛소리야. 부부는 일심동체라는 말이 이따위 상황에서 쓰는 말이니? 응?"

말을 끝마친 선영은 동조를 구하는 듯 끊임없이 '응? 안 그래?

응?' 하고 연신 물어보았지만 하경은 대답 대신 반듯한 미간만 잔뜩 구겨 보였다. 충분히 예상을 하기는 했지만 막상 듣고 나니 허무해서 짜증이 치밀었기 때문이다.

"그게 다야?"

"넌 그럼 신혼부부들에게 이보다 더 큰일이 있을 거라고 생각해?"

"그것까진 모르겠는데. 이보다 더 사소한 일은 없을 거라고 확신해."

"쳇. 지 오빠라고 편들긴."

선영이 섭섭하다는 듯 하경을 향해 눈을 흘겼다.

"내가 언제 울 오빠 편을 들었다고 그래?"

"이래서 핏줄이 무섭다고 하나 보다."

"안 그랬다니까?"

"여자들 우정이 이래서 아무것도 아니라고 하나 봐."

선영의 귀에는 지금 아무것도 들리지 않는 듯했다. 친구가 제 편을 들어주지 않았다는 이유 하나만으로 엄청난 비약을 해대는 선영을 보며 하경은 고개를 내저었다. 이래서 남의 사랑싸움에 신경 쓰는 게 가장 쓸데없는 짓이라고 하는 모양이다.

이렇게 선영과 대화를 나누고 있어봤자 상태가 악화되면 악화됐지 나아질 건 없을 것 같았다. 잠깐 생각하던 하경은 특단의 조치를 취하기 위해 며칠 전까지만 해도 제 오빠의 방이었던 지운의 방으로 향했다.

똑똑. 노크를 하고 기다리자 스르륵 방문이 열리고 지운이 나왔다. 그의 안색 또한 딱히 좋아 보이지는 않았다. 이쪽도 부부싸움을 한 신랑에게 나름대로 시달린 듯했다. 그래 봐야 부부싸움으로 한껏 예민해진 신부에게 시달린 자신보다는 나았겠지만 말이다.

"오빠는 좀 어때요?"

"휴대폰 게임 하고 있는데 질 때마다 성질이야. 듣기 싫어 죽겠어. 제수씨는 좀 어때?"

"이쪽도 마찬가지예요. 이대로 가다가는 밤새 신세한탄 듣게 생겼어요."

두 사람은 단 몇 분 만에 피폐해진 서로의 얼굴을 보며 한숨을 푹 내쉬었다. 동병상련의 두 사람이었다.

"역시 이대로는 안 되겠어요."

하경이 짐짓 비장하게 말했다.

"무슨 좋은 방법이라도 있어?"

"좋은 방법이 어디 있겠어요. 그냥 우리가 주도해서 열심히 분위기를 풀어봐야지."

"그게 과연 먹힐까?"

"선배 내일 임원회의 있잖아요. 오늘 괜히 잠 설치다가 내일 거기서 비몽사몽간에 실수하고 싶지 않거든 적극 동참해주세요."

"최선을 다할게."

하경의 귀여운 협박이 제대로 먹혔는지 지운이 즉답했다.

"그럼 10분 후에 2층 거실에서 봐요. 책임지고 울 오빠 데리고 나와주세요."

그렇게 지운과 모종의 거래를 끝내고 하경은 술상을 보기 위해 1층 부엌으로 내려왔다. 하경은 냉장고에서 캔 맥주 네 개와 소주 두 병을 꺼냈다. 부모님이 다 주무시는데 소란을 피울 수도 없었기에 안주는 간단하게 마른오징어로 결정했다. 찬장에서 술잔까지 꺼내어 쟁반 위에 올려놓고 나니 조촐하지만 나름 빠진 것 없이 완벽한 술상이 완성됐다.

이렇게까지 해야 하나. 술상을 들고 2층으로 올라가며 하경은 짧은 한숨을 내쉬었다. 하긴, 이게 다 친구 잘 두고 오빠 잘 둔 제 죄지, 누구를 원망하겠는가. 2층 거실에 조촐한 술자리를 마련한 하경은 제 팔자를 원망하며 방으로 향했다.

잠시 후 2층 거실에는 지운이 질질 끌고 온 승현과 하경이 매달리다시피 해서 데리고 온 선영까지, 총 네 명이 모였다. 그래도 끝까지 안 버티고 못 이기는 척 이렇게 나온 거 보면 제3자의 눈으로 보아도 둘 다 이쯤에서 화해할 마음이 있다는 게 확실했다. 한데 그놈에 자존심이 뭔지 두 사람은 거실에 나와서도 입을 꾹 다물고 있을 뿐이다.

"자, 자. 두 사람 이쯤에서 기분 풀고."

하경이 박수까지 짝짝 쳐가며 분위기를 띄우기 위해서 용을 썼다.

"이렇게 네 사람 모인 건 진짜 오랜만인데, 기분 좋게 한잔하자. 응?"

"그래. 다 같이 한잔하자. 자, 건배!"

눈물겨운 하경의 노력에 지운 역시 적극 동참해서 잔을 들어 올렸다. 결국 못 이기는 척 선영과 승현도 술잔을 들어 건배를 했고 그때부터 제대로 된 술자리는 시작되었다.

술이 몇 잔 들어가고 나니 분위기가 한층 좋아졌다. 어느덧 신혼부부는 바로 옆에 딱 달라붙어 앉아 술잔을 기울이고 있었다. 부부싸움은 칼로 물 베기가 아니라 칼로 술 베기였던 모양이다. 이렇게 빨리 풀릴 거면 애초에 싸우지를 말든가. 사람 귀찮게스리. 하경은 오징어 다리를 질겅질겅 씹으며 그런 두 사람을 아니꼬운 듯 바라보았다. 잘됐다는 마음과 얄미운 마음이 딱 반반이었다.

"아, 나 옛날에 진짜 인기 좋았는데 말이야."

술기운이 알딸딸하게 오른 승현이 별안간 아련한 눈빛으로 뱉어낸 말을 시작으로 술자리의 주제가 '추억여행'으로 바뀌어버렸다. 하경은 이 상황이 마뜩잖았으나 이제 겨우 좋아진 분위기를 망치고 싶지 않아서 그저 입을 다물고만 있었다.

"옛날에? 언제? 내가 자기를 고등학교 때 첨 봤으니까 초등학교 때? 유치원 때? 아기 때?"

"이거 왜 이러셔. 내가 고등학교 때 얼마나 잘나갔는데? 안 그러냐, 지운아?"

"자기 지금 번데기 앞에서 주름 잡니?"

제 남편이 허세를 떠는 것이 영 꼴같잖았는지 선영이 피식- 웃었다. 그러자 승현이 눈썹을 씰룩였다.

"뭐가? 지운이랑 나랑 투톱이었어. 우리 학교에서."

"우리 같은 학교 나온 거 맞아? 나는 강지운 선배가 원톱이었다고 알고 있는데?"

"하. 너는 꼭 이렇게까지 서방님을 깔아뭉개면 좋냐? 좋아?"

"깔아뭉개는 게 아니라 객관적으로 하는 말이지. 솔직히 내 입으로 이런 말 하긴 좀 그렇지만 자기는 나랑 만났고, 강지운 선배는 우리 학교 퀸카랑 만났었잖아."

선영은 매사에 칼 같은 여자였다. 내숭도 없고 맘에 없는 소리는 더더욱 못했다. 그래서 마음이 그리 너그럽지 못한 승현과 자주 싸우는 것이기도 했고. 지금 분위기를 보고 있자니 조만간 또 2차 대전이 곧 발발할 것만 같다. 그렇게 되면 제 노력이 물거품이 되어버리는 것이기에 하경이 이쯤에서 중재를 하기 위해 입을 떼려는 순간이었다.

"퀸카 누구? 유상희?"

승현의 물음에 선영이 가볍게 고개를 끄덕였다. 그러자 승현은 고개를 갸웃했다.

"걔랑 지운이가 만났다고? 누가 그래?"

말도 안 된다는 듯 되묻는 승현의 말에 살짝 당황한 선영이 얼른 대꾸했다.

"누가 그런 게 아니라. 왜 있잖아. 졸업하던 해 빼빼로데이 때. 그때 두 사람이 그랬잖아. 강지운 선배가 유상희한테 빼빼로 받았다고. 그리고 분명히 만나볼까 싶다고도 했었고……."

"아, 그때!"

승현이 드디어 생각났다는 듯 운을 뗐다.

"아니야. 유상희 그때 완전 깔끔하게 차였어. 얘한테."

"뭐? 그게 정말이야?"

너무 당황해서 술이 다 깨버린 듯 선영이 눈을 둥그렇게 뜨고 되물었다. 하경 역시 당황하기는 했지만 애써 아무렇지 않은 듯 술 잔을 입으로 가져갔다. 하지만 술잔을 쥐고 있는 손이 살짝 떨리는 것까지는 막을 도리가 없었다.

"얘 그때 따로 좋아하는 애가 있었어. 퀸카로 소문이 난 유상희가 눈에 들어오지도 않을 정도로 좋아하던."

승현은 자신이 지금 얼마나 어마어마한 핵폭탄을 던지고 있는지 전혀 모르는 듯 '10년도 더 지난 이야기니까, 뭐.'라며 덤덤하게 말했다. 하지만 승현의 말이 끝나자마자 선영과 하경은 정말로 핵폭탄이라도 맞은 듯한 얼굴로 동시에 지운을 바라보았다. 그 당시에 좋아하는 여자가 있었다니. 이건 유상희를 찼다는 말보다 더욱 더 충격적인 말이 아닐 수가 없었다.

"선배, 정말이에요?"

말문이 막혀버린 하경 대신 선영이 그녀의 맘과도 같은 질문을 던졌다. 그러자 지운이 들고 있던 술잔을 바닥에 느리게 내려놓았다. 그러고는 토끼눈을 하고 자신을 바라보는 두 여자를 향해 옅은 미소를 지어 보이며 간단하게 대꾸했다.

"응. 근데 짝사랑이었어."

지운이 던진 핵폭탄 덕에 슬슬 분위기를 타기 시작하던 술자리는 한순간에 아주 처참하게 박살이 났다. 더 이상 웃으면서 추억여행이나 할 분위기가 아니게 되어버린 것이다. 아마도 남자들은 왜 이런 상황이 되어버렸는지 전혀 모를 테지만 여자들은 정말이지 심각했다. 술자리 덕에 언제 그랬냐는 듯 사이가 좋아진 신혼부부였지만 남은 방이 없었기에 오늘 밤은 찢어져서 각자 보내기로 하고 네 사람은 흩어졌다.

"완전 대박!"

하경을 따라 방으로 들어온 선영이 문을 닫으며 크게 감탄사를 내뱉었다.

"유상희랑 안 만났다는 것도 놀라운데 천하에 강지운이 짝사랑하는 상대가 있었다니. 이건 핵폭탄급이다, 진짜. 안 그래?"

열아홉의 강지운은 근처 학교의 여학생들에게까지도 연예인으로 통하는 남자였다. 단순히 흔해빠진 킹카라고 그를 지칭하기에는 당시 그의 인기가 너무 어마어마했다. 다른 학교 여학생들까지 지운의 얼굴이나 한번 보겠다고 그의 학교 교문 앞에 줄 서 있을 정도였으니까 말이다. '천하에 강지운'이라는 말이 전혀 무색하지가 않았다.

"근데 너, 괜찮은 거지?"

신나게 떠들던 선영이 이제야 아차 싶었는지 하경의 눈치를 슬쩍 봤다. 이 사실을 알고 받은 충격은 자신보다야 하경이 월등할 것이었다. 그러나 화장대 앞에 앉은 하경은 클렌징을 하며 덤덤하게 대꾸했다.

"내가 안 괜찮을 게 뭐가 있어."

"하긴, 유상희랑 만난 건 아니라지만 어차피 좋아하는 사람이 있었다니까. 그때 네가 고백했어도 결과는 마찬가지였겠네."

선영의 말이 맞았다. 아니, 결과적으로는 오히려 하경에게는 더 잘된 일이었다. 11년 전 그날 유상희의 고백을 받아줬다는 오해를 하지 않았다면 분명 그녀는 예정대로 고백을 했을 테고 또한 분명 차였을 테니까 말이다. 하마터면 그에게 '친구의 동생'이 아니라 '차인 여자'로 남을 뻔했다. 지금도 그와 얼굴을 마주하는 것이 이렇게나 불편해 죽겠는데 차인 여자라니. 상상만으로도 등에 소름이 쫙 돋는 것 같다.

'응. 근데 짝사랑이었어.'

방금 전 지운의 목소리를 떠올리자 심장이 크게 쿵쾅거리기 시작했다. 사실 덤덤한 척하고 있긴 했지만 자신이 짝사랑했던 사람이 또 다른 누군가를 짝사랑했었다는 이야기는 꽤나 충격적이었다. 짝사랑이라는 게 어떤 것인지 누구보다 더 잘 알기 때문에 그가 안쓰러웠고 그런 그를 사랑했던 열일곱의 자신은 더더욱 안쓰럽게 느껴졌다.

그래서일까. 왠지 하경은 오늘 또 한 번 그에게 차인 것만 같은 묘한 기분이 들었다. 11년 전에 한 번, 오늘 한 번. 고백도 못해봤는데 차인 경력만 합이 두 번이다. 정작 당사자는 꿈에도 모르고 있을 텐데 말이다.

뭐 이런 기구한 팔자가 다 있담.

처량한 얼굴의 거울 속 여자를 보며 짙은 한숨을 내쉰 하경은 티슈를 뽑아 얼굴에 묻은 클렌징크림을 벅벅 닦아내기 시작했다.

이른 아침부터 쩡쩡한 한 여사의 목소리가 온 집 안에 퍼졌다. 아침밥을 준비하려고 일어난 한 여사가 거실 한편에 놓여 있는 신혼부부의 짐을 발견해버린 것이다. 결국 온 집 안 식구들은 모두 평소보다 한 시간은 더 일찍 일어나야 했다.

"공승현! 너는 도대체 언제 철들래? 응? 엄마를 어디까지 부끄럽게 만들어야 성에 차겠느냔 말이야! 대체!"

선영에게서 사건의 전말을 모두 들은 한 여사는 반평생 우정을 나눴던 친구인 하경과 달리 무조건 선영의 편을 들었다. 연애를 할 때부터 한 여사는 선영을 참 마음에 들어 했다. 한 여사에게는 그저 망나니 같은 제 아들을 일찌감치 거둬준 선영이 은인이나 진배 없었다. 선영 역시 그 사실을 잘 알고 있었기에 당당하게 어젯밤 시댁으로 온 것이었다. 친정 부모님은 무조건 사위 편을 들었을 테니까 말이다.

"참, 어머니."

무조건 제 편인 시어머니를 등에 업고서 맛있게 식사를 하던 선영이 문득 한 여사를 불렀다.

"강지운 선배 언제까지 이 집에 있는 거예요?"

"응? 내가 집 구해질 때까지는 있으라고 했어. 근데 그건 왜?"

"어머, 어머니! 그건 너무 위험해요."

모두 함께하는 식사 자리였기에 지운도 있었다. 갑작스러운 선영의 발언에 한 여사가 지운의 눈치를 살피고는 어색하게 웃으며 대꾸했다.

"위험하기는. 둘만 사는 것도 아니고 우리가 다 있는데."

"아뇨, 둘만 살아도 그건 문제없을 거예요. 선배가 하경일 건들리는 없으니까."

선영이 딱 잘라 말했다. 그와 동시에 웃고 있던 한 여사의 눈이 가늘어졌다. 어떻게 되든 문제는 없을 거라니 다행이기는 한데 그 이유가 영 마음에 들지 않았던 탓이다. 시어머니의 심기가 눈에 띄게 불편해졌건만 선영은 틀린 말을 한 게 아니었기에 당당하게 말을 이어나갔다.

"근데 선배랑 하경이랑 같은 회사에다가 심지어 같은 부서라면서요. 혹시라도 회사에 소문 이상하게 나면 그땐 어쩌려고요. 그러면 진짜 하경이 시집 못 가요, 어머니."

가늘어졌던 한 여사의 눈이 다시금 번쩍 커졌다. 시집을 못 간다니. 이 무슨 청천벽력 같은 소리란 말인가. 그렇잖아도 요즘 나이 먹은 딸내미를 이제나 치우려나 저제나 치우려나 하면서 밤잠을 설쳐가며 걱정하고 있는데 말이다.

"그게…… 그렇게 되는 거니?"

넌지시 물어오는 한 여사의 경직된 입가가 작게 파르르 떨리고 있었다.

"물론이죠. 소문이라는 게 얼마나 무서운 건데요."

선영은 단호하게 말했다. 처음 승현에게 지운과 하경이 한집에서 지내게 됐다는 얘기를 들었을 때부터 생각했던 것이지만 어제 더 시간을 끌어서는 안 되겠다고 확신했다. 두 사람이 한집에서 생활하는 건 결코 안 될 일이었다. 지운이야 아무 생각 없어 보였지만 하경이 흔들리고 있다는 게 선영의 눈에는 뻔히 보였던 것이다.

원래 첫사랑이라는 게 그렇지 않은가. 그건 아무리 시간이 오래지난다고 해도 결코 잊을 수 없는 감정이었다. 대개 남자들이 첫사랑을 못 잊는다고 말하지만 그건 결코 남자들에게만 국한된 이야기는 아니었다.

여자도 마찬가지다. 여자들에게 '처음'이라는 건 그게 무엇이든 간에 무척이나 특별한 것이다. 처음이 주는 그 설렘을 여자들은 아주 오랫동안 두고두고 곱씹어보곤 한다. 선영 본인 역시 승현과의 처음을 아직도 생생하게 기억한다.

게다가 하경은 좀 더 특이한 케이스였다. 첫사랑이 짝사랑으로 끝나버렸기에 그렇지 않은 사람들보다 아쉬움이 훨씬 더 클 것이었다. 게다가 지금까지 변변한 연애 한 번 못 해본 그녀였다. 첫사랑에 대한 감정과 연애 감정을 충분히 헷갈릴 수도 있는 상황이었다.

사실 헷갈리는 게 아니라 또다시 그에게 반하게 된다고 해도 이상하지 않을 정도로, 11년 만에 나타난 강지운이 멋있는 모습이기도 하고.

"미처 거기까지는 생각을 못 했는데……."

한 여사의 얼굴에 난감한 기색이 역력하게 드러났다. 그저 마음에 드는 녀석이 한집에 살면서 제 딸아이와 엮이면 좋겠다고만 막연하게 생각했지 그런 부분까지는 생각지 못했다. 물론 제 바람대로 두 사람이 잘되면 너무도 좋겠다만 지금 돌아가는 상황을 보아하니 그건 큰 도박인 듯했다. 심지어 질 확률이 더 높은 도박.

"걱정 마세요, 어머님."

한 여사의 자세한 속마음까지는 아니더라도 하나뿐인 딸을 걱정하는 그 마음만큼은 충분히 헤아린 지운이 숟가락을 내려놓으며 부드럽게 말했다.

"안 그래도 하경이랑 같이 이번 주말에 집 보러 가볼 생각이었거든요."

이번 주말에 당장 집을 보러 갈 생각이었다니. 하경은 금시초문이었다. 게다가 자신과 함께라니? 무슨 약속이 당사자의 동의도 없이 멋대로 결정된단 말인가.

황당해하는 하경을 바라보며 지운이 슬쩍 물었다.

"안 그래?"

내가 언제요?

"네, 맞아요."

쏘아붙이고 싶은 속마음과 달리 하경은 어색하게 웃으며 대답했다. 이 자리에서 그녀가 부정해버리면 서로가 민망해질 것 같아서였다.

"최대한 빨리 나가도록 할 테니까 너무 염려 마세요. 그때까지는 저희가 조금 더 신경 써서 조심할게요. 지금까지도 잘하고 있고."

하경은 순간, 싱긋 웃으며 말하는 지운의 입속으로 제가 들고 있는 숟가락을 쑤셔 넣어버리고 싶은 충동을 느꼈다. 옛말에 입은 삐뚤어졌어도 말은 바로 하라고 했다. 그런데 저희가 조심하겠다니. 그게 무슨 멍멍이가 보신탕 먹는 소리란 말인가. 지금까지 소문내지 않으려고 아득바득 조심하는 사람 옆에서 한껏 여유를 부린 게 누구였는데. 지운의 뻔뻔스러움에 하경은 정말이지 일어나서 기립 박수라도 쳐주고 싶은 심정이다.

하지만 또 한편으로는 제가 꼭 쫓아내는 것 같아 마음이 불편하기도 했다. 선영이 이런 말을 굳이 한 여사에게 전한 이유가 저 때문일 테니까 말이다. 결국 제가 쫓아내는 것과 다름이 없었다.

"선배, 진짜로 주말에 집 보러 다닐 예정이었어요?"

출근을 하기 위해 지운의 차 조수석에 올라탄 하경이 의심 가득한 눈초리로 물었다. 바로 어제까지만 해도 집에서 나갈 생각이 전혀 없어 보였는데 말이다.

"약속했잖아. 기억 안 나? 이번 주말에 너랑 같이 집 보러 다니기로 했잖아."

"네? 제가요?"

너무도 당연하다는 듯이 말하는 남자 때문에 하경이 눈을 둥그렇게 떴다. 혹시 어제 술에 취해서 그런 약속을 했었나 하고 잠깐 생각도 해봤지만 그건 확실히 아니었다. 어제는 술에 취하기도 전에 충격으로 인해 다 깨버렸으니까 말이다.

그럼 비몽사몽간에 그랬나? 하지만 하경은 또 곧 고개를 내저었다. 요즘 아침마다 지운의 얼굴을 보면 찬물 세례라도 맞은 듯 정신이 번쩍 들었으니 그것도 아니었다.

"선배, 정말 제가 그랬어요?"

머릿속을 아무리 헤집어봐도 그런 기억이 없다. 하경이 고개를 갸웃하며 묻자 운전을 하던 지운이 피식 웃었다.

"오늘 아침에 그랬잖아."

"오늘 아침이요?"

"그래. 바로 조금 전에."

지운의 말을 하경이 알아들은 건 정확히 3초 만이었다. 그러니까 오늘 아침에 제가 분위기상 그냥 고개를 한 번 끄덕였을 뿐인데 이 남자는 그것을 뻔뻔하게 '약속'이라고 말하고 있는 것이었다. 그의 장난을 눈치챈 하경의 얼굴이 일그러지기 시작했을 무렵 지운이 결정적인 한 방을 날렸다.

"증인이 네 명이나 있는데 이제 와서 발뺌할 생각은 아니지?"

하경은 뒤통수라도 얻어맞은 듯한 얼굴로 운전을 하는 지운의 옆얼굴을 바라보았다. 이 와중에도 이 남자의 반듯한 옆얼굴이 멋있다는 생각을 하는 제 자신을 힐책하면서 말이다.

회사까지 지운의 차를 타고 함께 갈 수가 없어서 하경은 적당한 곳에서 내려 걸어 들어갔다. 확실히 버스를 타고 출근하는 것보다는 자가용으로 출근하는 쪽이 많이 편하기는 했다. 어제 지운이 장난처럼 제가 집을 나가면 차 때문에 아쉬울 거라고 했는데 정말로 그렇게 될 것 같았다. 그렇다고 이것 때문에 이제야 막 집을 나가겠다고 마음먹어준 지운을 붙잡을 수도 없는 노릇이었다.

차라리 이 맛을 못 봤으면 더 좋았을걸. 하경은 벌써부터 후회가 됐다.

출근을 하자마자 하경은 오늘도 눈코 뜰 새 없이 바빴다. 팀장이 오기는 했지만 적응을 할 시간이 필요하다는 이유로 여전히 하경의 몫으로 떨어지는 일이 많았던 것이다. 얼마 전 처음으로 선보인 신제품에 관해서 얘기하기 위해 영업팀에 찾았던 하경은 열성적인 영업팀 김 과장에게 붙들려서 세 시간 만에야 겨우 탈출할 수 있었다. 쓸데없는 세 시간 토론을 끝내고 사무실로 돌아가기 위해 엘리베이터를 기다리는 하경의 얼굴은 몰라보게 핼쑥해져 있었다.

"어? 하경 씨."

엘리베이터 문이 열리자마자 들려오는 부름에 하경이 살짝 숙이고 있던 고개를 들었다. 수한이 반가운 듯 웃으며 자신을 보고 있는 게 보였다. 옆에 지운까지 나란히 타고 있는 걸 보니 임원회의가 끝나고 함께 오는 길인 모양이었다.

하경은 순간 그냥 계단을 이용할 걸 하고 후회했다. 자신을 포함한 이 세 명은 며칠 전 차 안에서 숨 막히는 공기를 만들어냈던 딱 그 멤버가 아닌가. 하필이면 이번에는 창문도 없이 사방이 막혀 있는 엘리베이터였다.

잠깐 망설이던 하경은 하는 수 없이 '안녕하세요. 정 팀장님.' 하고 웃으며 인사를 건네고는 엘리베이터에 올라탔다. 그래도 차로 이동하는 시간보다는 이게 훨씬 짧긴 하다고 스스로를 다독이면 서 말이다.

잠시 후 다행히도 엘리베이터는 정말로 금방 사무실이 있는 층에 도착했다. 엘리베이터의 문이 열리자마자 기꺼운 마음으로 하경이 가장 먼저 내렸는데 뒤에서 수한이 '하경 씨.' 하고 그녀를 불렀다.

"네?"

사무실로 곧장 가려던 하경이 걸음을 멈추고는 뒤를 돌아보았다.

"잠깐 줄 게 있는데 시간 괜찮아요?"

"줄 거요?"

하경이 눈을 동그랗게 뜨자 수한이 고개를 끄덕였다. 그러는 와중 지운은 두 사람을 스쳐 성큼성큼 사무실을 향해 걸어갔고 그제야 수한은 안주머니 속에 있던 무언가를 꺼내 하경에게 내밀었다. 고급스러운 재질의 검은 봉투였다.

"이게 뭐예요?"

고개를 갸웃하면서 봉투를 열어본 하경의 눈이 둥그렇게 커졌다. 정말 보고 싶었는데 표를 구하기가 힘들어서 아쉽게도 포기했던 뮤지컬 표였던 것이다. 하경이 어떻게 된 거냐는 듯 그를 바라보자 수한이 씩 웃으며 말했다.

"어제 거래처 사장님께서 뮤지컬 티켓이 있는데 줄까, 하시기에 덥석 챙겼어요. 전에 하경 씨가 이거 보고 싶다고 했던 것 같아서."

스스로도 언제 그런 말을 했는지 기억이 나지 않을 정도로 스쳐

가면서 한 말이었다. 그런데 수한은 그걸 기억했던 모양이다.

"이거 정말 저 주셔도 돼요?"

"처음부터 하경 씨 주려고 구한 표니까 하경 씨 거나 마찬가지예요."

"그래도 이거 꽤 비싼데……."

워낙 인기가 많아서 구하기 힘든 표인지라 인터넷으로 프리미엄을 붙여 꽤 비싼 값에 팔 수도 있었다. 고맙기는 한데 넙죽 받기가 미안해서 망설이자 수한이 장난스럽게 웃었다.

"그럼 나랑 같이 보러 가요."

"네?"

"표를 주는 게 아니라 내가 하경 씨한테 보여주는 걸로 하면 덜 부담스럽지 않을까 해서요. 그래도 정 부담스러우면 저녁을 사도 되고."

"네! 살게요! 진짜 맛있는 걸로 살게요. 저녁."

이 정도면 하경으로서는 최고의 조건이었다. 표를 구하는 것 보다 수한에게 저녁 한 끼를 대접하는 게 훨씬 싸게 먹혔다. 그리고 표를 두 개 다 받는다 해도 사실 같이 보러 갈 친구도 딱히 없었다. 유일하게 하나 있는 친구인 선영은 뮤지컬같이 고상한 건 제 취향에 안 맞는다고 싫어했다.

"그럼 주말에 봐요. 시간이 어중간하니까 뮤지컬 먼저 보고 저녁 먹으면 되겠네요."

수한의 말에 신이 난 하경이 고개를 세차게 끄덕였다. 그 모습이 마치 간식을 눈앞에 두고 들뜬 강아지처럼 보여서 수한은 피식 웃었다.

수한이 그날 하경의 집 앞으로 데리러 오는 것으로 두 사람은 약속을 확정지었다. 하경은 물론 수한이 번거로울까 봐 그냥 극장으로 곧장 가겠다고 했지만, 어차피 가는 길이니 에너지 절약을 위해서라도 같이 가는 게 낫다는 수한의 그럴듯한 설득에 고개를 끄덕일 수밖에 없었다.

보고 싶었던 뮤지컬을 볼 수 있게 되어 마냥 기쁜 하경이 들뜬 걸음으로 사무실에 도착한 순간이었다. 지운이 쓱 자리에서 일어나며 그녀를 불렀다.

"공 대리, 잠깐 나 좀 봅시다."

굳은 얼굴로 그렇게 말한 지운은 의아해하는 하경의 얼굴은 본체만체 회의실로 먼저 들어가버렸다.

"공 대리님, 혹시 뭐 실수한 거 있어요?"

"아니, 없는데?"

"잘 생각해보세요. 팀장님 얼굴이 꽤 심각해 보이는데……."

주희가 회의실의 투명 유리 너머에 보이는 지운을 흘끗 보며 낮게 속삭였다. 하경 역시 덩달아 지운의 얼굴을 살폈다. 주희의 말대로 꽤나 심각한 얼굴을 하고 있어서 하경은 순간 정말로 제가 뭔가 잘못한 게 있나 머릿속으로 빠르게 되짚어보았다. 하지만 역시나 딱히 짚이는 건 없었다. 지금으로서는 지운보다 제가 업무에 관해서는 더 빠삭했으니 업무적인 문제로 욕을 먹을 리는 더더욱 없었다.

"저런 표정 지으니까 팀장님 되게 무섭다. 그죠?"

잘생긴 얼굴이기는 했지만 무표정일 땐 한없이 차가워 보이는 지운이었기에 저렇게 작정을 하고 표정을 굳히고 있으니 정말 꽤 무섭게 보이기는 했다. 하경 역시도 저런 지운의 얼굴은 처음 보는 터라 그저 당황스러울 뿐이었다.

"나 갔다 올게."

"화이팅!"

건투를 빈다는 듯 주희가 떠나는 하경을 향해 주먹을 불끈 쥐어 보였다. 그렇게 부하 직원에게 걱정 어린 응원까지 받으며 회의실로 들어온 하경이 조심스럽게 지운의 맞은편에 앉으며 그의 눈치를 살폈다.

"저는 왜 부르신 거예요?"

하경이 먼저 조심스럽게 운을 뗐다.

"이번 주말에 뮤지컬이라고?"

"뮤지컬이요? 설마 방금 정 팀장님과 한 얘기를 들으신 거예요?"

"들으려고 들은 게 아니라 그냥 들렸어."

지운은 짐짓 덤덤하게 대꾸했다. 그러나 하경은 고개를 갸웃했다. 분명 그가 지나가고 나서 뮤지컬 얘기를 했는데 말이다. 이 남자 소머즈의 청력이라도 가진 건가. 하경이 속으로 말도 안 되는 의구심을 막 떠올렸을 무렵 지운이 입을 열었다.

"주말에는 분명 선약이 있을 텐데?"

"선약이요?"

"공 대리와 내가 오늘 아침에 한 약속 말이야."

끝까지 약속이란다. 하경은 여전히 억울했지만 어쨌든 그렇게 하기로 했으니 엄밀히 따지면 약속이 맞기는 했기에 고개를 끄덕였다.

"알고 있어요. 그래도 뮤지컬은 저녁에 하니까 상관없어요."

"누가 그래? 상관없다고."

"설마 저녁까지 집을 보러 돌아다니자는 건 아니죠?"

"그럼 공 대리가 살 집 아니라고 지금 막 구하자는 거야?"

"누가 그렇대요?"

이 남자가 뭐라는 거야, 지금. 하경이 반듯한 미간을 잔뜩 구기며 뾰족하게 대꾸했다.

"일찍부터 집 보러 다니면 되잖아요. 꼼꼼하게 봐드릴게요. 약속해요."

대체 어쩌다 이렇게 되었단 말인가. 분명 그녀가 그를 위해 호의를 베푸는 입장이건만 어째서 이렇게 눈치를 봐야 하는 건지 모르겠다. 요즘은 계속해서 이 남자의 페이스에 휘말리는 자신이 진짜 아이큐가 달리는 좀 모자란 사람인 건 아닌지 스스로 의심이 들 지경이다.

"이제 됐죠?"

하경은 지운을 향해 새침하게 쏘아붙인 후 자리에서 벌떡 일어났다. 그러고는 여전히 마음에 들지 않는다는 듯 저를 보고 있는 지운을 등지고 회의실을 나와버렸다. 회의실 문을 일부러 큰 소리가 나게끔 쾅- 닫으며 그녀는 생각했다.

그냥 같이 가주지 않겠다고 말하면 됐을걸. 나 진짜 모자란 거 아냐? 회의실을 나오자마자 하경은 울상이 된 채 제 머리를 콩콩 쥐어박았다.

평소라면 느긋하게 늦잠을 잤을 일요일 아침부터 하경은 분주했다. 일찍부터 집을 보러 다니자고 제가 먼저 지운에게 큰소리를 쳤기 때문이었다. 비몽사몽간에 씻고 화장을 하며 하경은 홧김에 그런 말을 내뱉은 스스로를 원망했다. 진짜 한 치 앞을 모르는 공하경이라고.

똑똑.

준비를 다 끝마친 하경이 지운의 방문을 노크했다. 하지만 한참이 지나도 방 안에서는 아무런 반응도 보이질 않았다. 설마 아직도 자는 건 아니겠지. 불안한 마음에 하경이 조금 더 크게 노크를 했지만 이번에도 역시나 반응이 없었다. 누구 때문에 이렇게 일찍 일어나서 부산을 떨었는데! 울컥한 하경이 실례인 걸 알면서도 방문을 벌컥 열어젖혔다.

"일어나 있었으면서 왜 대답을 안 해요?"

자고 있을 거라 예상했던 지운은 놀랍게도 깨어 있었다. 그는 침대 헤드에 등을 기대고 앉아 긴 다리를 살짝 꼬고서 책을 보고 있었다. 어처구니가 없을 정도로 여유로운 모습이었다.

"선배!"

제가 방에 들어왔는데도 지운이 대답을 않고 책에만 집중하자 하경이 소리를 꽥 내질렀다. 그제야 지운은 보고 있던 책을 옆에 내려놓고 시선을 하경에게 옮겼다.

"언제 왔어?"

"방금 왔잖아요. 설마 책에 집중하느라 제가 들어오는 것도 몰랐던 거예요?"

"아아, 집중력이 워낙 좋아서."

그건 집중력이 좋은 게 아니라 귀가 먹은 거 아닌가. 의심스럽기는 한데 그가 일부러 자신을 무시할 이유는 딱히 없었기에 하경은 능청스러운 그의 말에 태클을 걸 수가 없었다.

"빨리 준비하고 나오세요. 지금 내 집을 보러 가는 게 아니라 선배 집 보러 가는 거니까."

"내 집, 네 집 따지기는."

"선배가 자꾸만 제가 도와주는 입장이라는 걸 잊으시는 것 같아서요."

"알았어. 고마워. 맛있는 거 살게."

"당연하죠. 얼른 나오세요. 1층에서 기다리고 있을게요."

하경은 새침하게 지운의 방을 나와 1층 거실 소파에 앉았다. 처음에는 잠깐이면 될 거라고 생각해서 허리를 꼿꼿하게 펴고 앉아 있었는데 점점 시간이 지날수록 그녀의 허리는 끝도 없이 구부러지고 있었다.

남자들의 준비 시간이 원래 이렇게 오래 걸리던가? 아니, 다른 남자들은 몰라도 지운의 준비 시간은 확실히 짧았다. 어떻게 저렇게 짧게 준비를 하고도 저리 완벽할 수 있을까 하고 늘 생각했었으니 틀림없었다. 설마 이 남자 욕실 청소라도 하는 건가? 기다림에 지친 하경이 말도 안 되는 생각까지 떠올릴 무렵에서야 지운이 2층 계단에서 천천히 내려오기 시작했다.

흰색의 라운드넥 니트에 짙은 진을 매치한 가벼운 사복 차림의 그는 평소 출근을 할 때보다 훨씬 더 멋있어 보이기는 했다. 남자는 슈트발이라던데 이 남자한테는 통할 이야기가 아닌 듯했다. 이쯤 되면 옷이 강지운발을 받는다고 해야 하려나. 하지만 평소에 입던 정장보다 훨씬 편한 옷을 입으면서도 이렇게까지 시간이 오래 걸렸다는 건 여전히 의아했다.

두 사람은 가까운 동네 부동산을 찾았다. 하경은 집을 구하려거든 회사 근처에 구하는 게 낫지 않겠냐고 제안했지만 지운은 차를 샀으니 타야 하는 거 아니겠냐며 굳이 이 동네에 집을 얻겠다고 했다. 억지마저도 논리적인 지운이었기에 하경은 그저 '선배 집이니까 선배 맘대로 하세요.'라고 대답했다가 또 내 집, 네 집 따진다며 정 없다고 한 소리를 들어야 했다.

"전세가 아니라 매매요?"

지운이 중개인에게 매매물을 보러 왔다고 말하는 순간 하경이 눈을 둥그렇게 뜨고 물었다.

"전세는 2년에 한 번 계약 갱신해야 하잖아. 사정에 따라 옮겨야 될 수도 있고. 그런 건 귀찮아."

"한국에는 언제까지 있을 생각인데요?"

"질문이 뭐가 그래? 한국 사람한테 한국에 얼마나 있을 거냐니."

지운이 눈썹을 꿈틀거렸고 그의 말대로 어쩌면 실례였을 수도 있겠다는 생각에 하경이 얼른 덧붙였다.

"아니, 선배 가족들은 전부 다 미국으로 이민 가셨다고 들은 것 같아서요. 아니었어요?"

"맞아, 그건. 근데 내가 애도 아니고 언제까지 부모님 밑에서 살아야 해?"

"물론 그건 아니지만……."

"가족들과 별개로 나는 한국에서 계속 살 거야. 군대도 이미 다녀왔으니 한국 남자로서 도리도 다했고. 해외로 놀러 나가는 거 아니면 한국 땅에 발붙이고 살 예정이라고. 이 정도면 대답이 됐어?"

당연히 그가 한국에 온 것은 아주 잠깐일 줄 알았다. 가족들이 이민을 갔다는 것을 알고 있어서도 그랬지만, 그게 아니더라도 그가 미국 본사에서 꽤나 능력 있는 인재였다는 것을 들었기 때문에 곧 다시 돌아갈 수도 있다고 생각했었다. 본인이었다면 아마 한국에서의 빡빡한 생활보다 미국에서의 윤택한 삶을 선택하지 않았을까, 하는 생각에 완전히 자기 기준에서 제멋대로 내린 결론이었다.

그는 아파트를 보여달라고 했다. 그것도 작은 평수가 아니라 굳이 방이 세 개 달린 32평. 혼자 살 건데 뭐 그리 큰 집을 고르냐는 하경의 말에 그는 '계속 혼자 살 생각은 없어. 난 독신주의가 아니니까.'라고 대답했다. 그 순간 하경은 뒤통수라도 얻어맞은 것만 같았다.

그랬다. 지금 제가 보고 있는 이 남자는 더 이상 열아홉의 강지운이 아니었다. 당장 만나는 사람은 없어도 가까운 미래에 있을 결혼을 생각하는 것이 지극히 당연한 서른의 강지운이었다.

너무도 당연한 사실을 새삼 떠올린 하경은 머리가 멍했다. 그에게 과거의 공하경을 잊어달라 말해놓고 정작 과거를 잊지 못하고 있는 건 바로 나였던 것은 아닐까. 그의 모습에서 자꾸만 열아홉의 강지운을 찾아냈고, 그때마다 저도 모르게 열일곱의 공하경이 되어 순간순간 설레었으니.

대체 열아홉의 강지운을 잊을 생각이 있는 건지 없는 건지 모르겠다. 언제까지고 11년 전의 감정에 휘둘릴 순 없는 노릇인데 말이다.

그 마음이 너무나도 모순적이고 이기적인 것 같아서 하경은 씁쓸하게 웃었다.

그들이 첫 번째로 본 집은 하경의 집과 꽤 가까운 곳의 아파트였다. 신축인 데다가 구조도 잘빠져서 실 평수는 32평보다 더 커보였다. 거실은 물론이고 방 세 개와 화장실 두 개도 위치가 괜찮았고 크기도 적당했지만 특히 하경의 마음에 드는 곳은 부엌이었다. 보통 집들은 아무래도 거실보다 부엌 쪽이 채광이 적게 드는 편인데 이 집은 부엌에도 채광이 끝내줬다. 햇빛을 받아 반짝이는 붉은색 계열로 쫙 맞춰진 싱크대와 선반, 그리고 Bar 형식의 테이블은 가정집이 아니라 마치 카페라도 되는 것처럼 세련되어 보였다.

"선배, 여기 좀 봐요. 부엌 베란다도 꽤 넓어요."

"이게 넓은 거야?"

"당연하죠! 세탁기 큰 거 놓고도 자리가 많이 남겠어요."

"넓은 게 좋은 거야?"

"그것도 당연하죠. 살다 보면 수납할 공간이 얼마나 많이 필요한 줄 아세요?"

주택은 짐이 있으면 마당에 두어도 괜찮고 창고로 쓸 공간도 제법 많았지만 아파트는 그렇지 않았다. 결혼한 지인들의 이야기를 들었을 때 아파트의 가장 큰 문제가 수납이라고 했었다. 창고로 쓸 수 있는 공간이 없어서 집이 창고가 된다고. 그런 의미에서 이 집은 웬만하면 창고가 될 일은 없을 것 같았다.

"이 집 어때. 괜찮은 것 같아?"

"네. 마음에 쏙 들어요."

"너 지금 꼭 네 집 구하러 온 사람 같아."

수도꼭지를 틀어 수압이 괜찮은지를 꼼꼼하게 살피는 하경을 보며 지운이 픽- 웃으며 말했다. 순간 하경이 멈칫하며 수도꼭지를 잠갔다.

"꼼꼼하게 봐드리기로 했잖아요. 그래서 내 집 구한다 생각하고 보고 있는 거예요."

"그래? 신나서 내 집 구하러 왔다는 걸 까먹은 건 아니고?"

"아니에요. 절대."

속마음이 들켜 뜨끔한 하경은 민망함에 오히려 정색을 하며 대꾸했다. 지운의 말은 정확했다. 저도 모르게 이 집에서 생활하는 자신의 모습을 상상하며 집을 구경하고 있었던 것이다. 방금 전 주방에서는 신나게 음식을 하는 자신의 모습을 떠올렸었다.

"수도도 잘 나오는 것 같아요."

혹시나 민망해하는 자신을 눈치챘을까 봐 하경은 서둘러 몸을 틀었다.

"선배도 구경 다 했으면 이제 그만 다음 집 보러 가요."

첫 번째 집 구경을 끝내고 나오면서 하경은 절대 다음 집부터는 들뜨지 말아야겠다고 다짐을 했다. 한데 두 번째 집을 갔을 때도 세 번째 집을 갔을 때도. 새로운 집을 갈 때마다 하경은 제 다짐은 까맣게 잊어버리고 첫 집을 갔을 때만큼이나 흥분해서 이것저것 꼼꼼하게 살펴보았다. 오히려 지운은 집에 관심을 별로 보이지 않

아서 중개인도 어느 순간 하경의 집을 구하러 온 것으로 착각을
했을 정도였다.

4. 이상한 고백

"역시 첫 번째 집이 제일 나았던 것 같아요."

집을 다 보고 난 다음 두 사람은 늦은 점심을 먹으러 근처 중식당에 들렀다. 음식을 기다리는 도중 지운이 수저와 물을 자연스럽게 챙겨주는 걸 물끄러미 바라보던 하경이 운을 뗐다.

"선배는 어땠어요?"

"글쎄. 나는 다 비슷한 것 같던데."

"가격에 비해서 실 평수도 괜찮고 집도 새거고. 제가 봤을 땐 첫 번째 집이 딱인 것 같아요."

"그런 건 잘 모르겠고 너희 집이랑 가까운 건 맘에 들더라."

"네? 우리 집이랑 가까운 게 무슨 상관이에요?"

하경이 무슨 소리인지 모르겠다는 듯 묻자 지운이 씩 웃었다.

"어머니 밥 얻어먹으러 가기 쉽잖아. 혼자 살면 밥 챙겨 먹기 힘들 테니까 말이야."

밥 정도야 뭐. 유독 한 여사의 음식을 맛깔나게 잘 먹었던 지운이었기에 그 정도는 쿨하게 대접할 수 있다고 생각하며 하경은 고개를 끄덕였다.

"밥 다 먹고 저기도 잠깐 들르자."

지운이 중식 집 창문 너머를 가리키며 말했다. 창문과 등지고 있던 하경이 몸을 틀어 그가 가리킨 곳을 보자 '가구'라는 커다란 간판이 보였다. 간판을 자세히 보니 꽤 유명한 가구 가게였다.

"지금 저보고 가구까지 봐달라는 거예요?"

"남자가 혼자 가구를 골라봤자 얼마나 잘 고르겠어. 가엽게 여겨 도와주라."

하긴, 집을 구경하는 꼴을 봤더니 가구는 더하면 더했지 덜하진 않을 것 같긴 했다. 기왕 도와주기로 한 거 끝까지 도와주기로 마음먹은 하경이 긍정의 뜻으로 고개를 끄덕였다.

"고마워. 대신 저녁은 이것보다 훨씬 더 맛있는 걸로 살게."

"아. 저녁은 됐어요. 저 오늘 저녁에 약속 있는 거 아시잖아요."

하경이 흘끗 시계를 보며 가볍게 대꾸했고 마침 주문한 음식들이 나왔다.

"아, 그랬지 참."

"얼른 먹고 나가요. 가구까지 다 보려면 시간이 빠듯할 것 같아요."

"그래."

시간 계산을 하느라 마음이 급해진 하경과 달리 지운은 느긋하게 고개를 끄덕였다. 그러고는 마치 음식 감정가처럼 재료 하나하나의 맛을 모두 음미하는 듯 천천히 식사를 하기 시작했다. 어찌나 속도가 더딘지 하경이 거의 식사를 끝내갈 때에도 지운의 그릇에 있는 음식은 처음과 비교했을 때 도무지 줄어들지 않은 것처럼 보였다.

"선배, 제사 지내요? 얼른 좀 먹어요."

"속이 안 좋아서 그래. 급하게 먹다가 체하면 네가 책임질 거야?"

아프다는데 더 무슨 말을 하겠는가. 결국 식사를 먼저 끝낸 하경은 마주 보고 앉아 지운이 식사하는 모습을 지켜볼 수밖에 없었다. 요즘 '먹방'이 유행이라지만 '먹방'도 '먹방' 나름인 법. 하경이 시청하는 '먹방'은 지독하게도 재미가 없었다.

식사를 끝낸 두 사람은 곧바로 건너편의 가구점으로 향했다. 여기서도 역시나 지운은 별 의견을 내지 않았고 하경은 또 신이 나서 침대, 소파 그리고 옷장 등을 마구 고르기 시작했다. 제가 고른다고 지운이 다 살 건 아니었기에 하경은 제가 마음에 드는 것은 일단 모두 고르고 봤다. 그러다 직원에게서 이런 말까지 들었다.

"원래 신혼살림을 구할 땐 보통 신랑분들보다 신부분들이 더 들뜨는 게 보통이에요. 다들 그러세요."

아무래도 직원은 두 사람이 신혼부부라고 착각을 한 모양이었다. 그런데 신랑이 신접살림에 너무도 무관심해 보이니 신부가 안타까워 보여서 하경에게 위로를 건넨답시고 뱉은 말이었던 것이다. 하지만 하지 않아도 괜찮았을 법한 괜한 말 때문에 그 직원은 손해를 보게 되었다. 하경이 신이 난 채로 가구들을 고르는 것을 뚝 멈췄기 때문이다. 어쩐지 지운은 이제야 제대로 고를 맘이 생긴 것처럼 여기저기 둘러보기 시작했지만, 이미 쇼핑에 대한 열의가 식어버린 여자와 쇼핑을 하기는 무리였기에 하는 수 없이 지운의 가구 쇼핑은 이쯤에서 끝나고 말았다.

가구점을 나온 두 사람은 차에 올라탔다. 시간을 확인하니 벌써 5시가 다 되어갔다. 지운이 늦장을 부리는 바람에 시간이 생각보다 더 늦어진 것이었다. 지금 집에 도착해서 씻고 준비를 하면 딱 아슬아슬할 것 같았다. 하경은 마음이 급해 죽겠는데 지운은 느긋하게 시동을 걸며 말했다.

"한 군데 더 들르고 싶은 곳이 있어."

"또요?"

지운의 말에 하경이 안전벨트를 매려던 행동을 멈추며 눈을 치켜떴다.

"나온 김에 들렀다 가고 싶은데."

"안 돼요. 6시까지 약속이란 말이에요."

"아주 잠깐만 들르면 돼. 6시까진 충분히 집 앞에 도착할 수 있어."

"약속은 6시지만 준비하는 시간도 필요해요."

하경이 결사반대를 외치자 지운이 몸을 틀어 하경을 빤히 쳐다봤다. 하경 역시 이번에는 절대 쉽게 허락하지 않으리라 속으로 다짐하며 지운의 눈빛을 당당하게 받아냈다. 하지만 당돌하게 그와 시선을 맞추는 건 아주 잠시였을 뿐이다. 곧 새카만 그의 눈동자에 제 모습이 완전히 갇히는 순간, 왠지 숨이 멎는 것만 같아서 저도 모르게 하경이 먼저 시선을 피해버렸기 때문이다. 그런 하경의 작은 움직임까지 놓치지 않고 아주 응시하던 지운이 붉은 입술을 천천히 달싹였다.

"지금도 충분히 예뻐."

으레 인사치레로 하는 가벼운 말이 분명했다. 하지만 순간 하경의 심장은 갑자기 널을 뛰기 시작했다. 마치 예쁘다는 말은 생전처음 들어본 사람인 양 심장이 벌렁거리고 얼굴에 열이 확 달아오른다. 지금껏 다른 남자들에게서도 똑같이 들었던 말이었는데 그가 내뱉은 말만 유독 마치 다른 언어처럼 특별하게 들리는 이유는 대체 뭘까.

"그대로 뮤지컬 보러 가도 전혀 상관없을 거야. 그러니까 잠깐만 시간 내주라. 응? 한국에 오고 꼭 너랑 가보고 싶었던 곳이라서 그래. 다른 땐 시간이 없으니까……."

진심이 아니었을지도 모른다. 그저 이 상황에서 자신이 유리한 쪽으로 그녀를 구슬리기 위해 뱉은 말일지도 모른다. 하지만 조금 전 그녀의 가슴에 와 닿은 그의 말이 일으킨 파장이 너무 커서 하경은 판단력을 완전히 잃어버렸다.

"정말로 6시까진 도착해야 해요."

"알았어. 걱정 마."

긍정의 대답에 지운이 씩- 매력적인 미소를 지으며 운전을 시작했다. 그런 그의 옆에서 하는 수 없이 들어준다는 표정을 애써 유지하고 있는 하경은, 사실 속으로는 은근히 기대를 하고 있었다. 자신과 함께 가보고 싶었다는 곳이 어디일까.

잠시 후 그의 차가 멈춘 곳은 하경의 눈에도 익은 장소였다. 골목을 진입했을 때 속으로 설마 했는데 그의 차는 정말로 그녀가 설마 했던 곳에서 딱 멈췄다. 그들이 함께 다녔던 고등학교였다. 자연스럽게 차에서 내리는 지운을 따라 일단 내리기는 했는데 하경은 여전히 눈에 보이는 광경에 얼떨떨했다.

"와보고 싶었다던 곳이 여기예요?"

"응. 한국에 오게 되면 너랑 꼭 한 번 와보고 싶었어."

하경은 금세 실망했다. 자신과 오고 싶었다던 말이 그냥 같은 학교 동문으로서 함께 오고 싶었다는 말이었다는 걸 깨달아버렸기 때문이다. 실망감을 감출 수 없어 금세 흥미를 잃어버린 하경과 달리 꽤 들떠 보이는 지운은 저 혼자 긴 다리로 성큼성큼 운동장을 향해 걸어가기 시작했다. 하경도 곧 그를 따라 걷기 시작했지만 이 모습은 마치 집을 볼 때와 완전히 뒤바뀐 모습이었다.

그녀보다 몇 걸음은 앞서 걷던 지운은 운동장 한편에 위치한 수돗가에서 걸음을 멈췄다. 11년 전에 그들이 사용했던 페인트칠이 다 벗겨진 낡은 수돗가가 아니라서 조금 낯설기는 했지만 위치는 변함이 없었다. 뒤따라오던 하경도 수돗가 앞에서 걸음을 멈췄다.

"저쯤이었던 것 같은데."

눈짓으로 거리를 가늠하더니 이내 지운이 팔을 척 뻗어 한 곳을 가리켰다. 하경의 시선이 자연스레 그의 손끝을 따랐다.

"저기가 너희 반이었지? 너 1학년 때."

"어떻게 알았어요?"

2층 복도 끝 창가. 그가 한 치의 흐트러짐도 없이 너무도 정확하게 가리킨 저곳은, 1년 동안 1학년 10반 3번 공하경의 청소 구역이었다. 하경이 놀랍다는 듯 지운을 바라보자 지운이 작게 웃으며 말했다.

"늘 네가 저기서 나를 보고 있는 줄 알았거든."

지금 지운이 뱉은 말은 분명 깃털처럼 가벼운 투였다. 하지만 이상하게도 하경의 귓가로 흘러들어오는 순간 엄청나게 무거워져 버려서 그녀의 가슴이 철렁하고 내려앉았다.

그의 기억은 이번에도 정확했다. 열일곱의 공하경은 늘 저 창문에 딱 붙어 서서 축구부인 그가 운동장을 내달리는 것을 바라보았다. 유니폼을 입고 달리는 그만 보면 넋을 놓고 멍하니 바라본 탓에 남들보다 청소 시간도 늘 두 배 정도는 길었고, 농땡이 피운다고 선생님께 혼나는 것도 다반사였을 정도로, 그녀는 늘 저 자리에서 그를 보았다. 하지만 매번 축구를 할 때면 정신없이 내달렸던 그래서 하경은 자신의 시선을 의식했을 거라고는 상상조차 하지 못했었다. 그저 늘 조용히 바라보고 있다고 생각했다. 그에게 제 마음을 들키지 않을 정도로 아주 조용히…….

그래서 지금 이 순간 하경은 무척이나 당황스러웠다. 민망함과 부끄러움이 그녀를 빠르게 휘감았다. 그녀의 얼굴은 마치 일기장을 들킨 열일곱 소녀처럼 얼굴이 붉게 달아올랐다.

하경이 아무 말도 못 하고 서 있자 지운이 그녀와 시선을 똑바로 맞추었다. 그의 새카만 눈동자에 다시 한 번 하경이 갇혔다. 하지만 지금 그의 눈동자에 갇힌 건, 제 마음을 들켜 부끄럽고 민망한 열일곱의 소녀였다.

열일곱의 공하경에게 서른의 강지운이 말했다.

"난 네가 나를 좋아하는 줄 알았어, 공하경."

이라고…….

그의 가벼운 말이 바람에 실려 그녀의 발끝에 살포시 내려앉았다. 그 순간 두 사람의 발밑으로 바람이 작게 일었다. 그들이 함께 했던 아득하게 먼 시절만큼이나 희뿌연 모래바람이었다.

눈치가 빠른 사람들도 보통 자기 일에는 둔하게 되는 법이라고 했다. 하지만 그 명제가 두 사람에게만큼은 적용이 되질 않는 듯했다. 하경은 애초에 눈치가 빠른 사람 축에 들어가지 못했고, 지운은 제 일에서도 눈치가 빨랐던 것이다.

'난 네가 나를 좋아하는 줄 알았어, 공하경.'

방금 전 지운이 내뱉은 말을 곱씹는 하경의 긴 속눈썹이 파르르 떨렸다.

그는 지금까지 알고 있었던 걸까? 다 알면서도 혹시라도 불편할까 봐 일부러 모르는 척했던 걸까? 그랬다면 끝까지 모르는 척 했어야지 이제 와서 왜?

끝을 모르고 꼬리에 꼬리를 무는 궁금증에 하경의 얼굴이 절로 일그러졌다.

"선배, 그건……."

가만히 있다가는 머릿속이 폭발해버릴 것 같아서 하경이 먼저 운을 떼었다. 하지만 곧바로 말문이 막혀버렸다. 지금 제가 뭐라고 말을 해야 하는 건지 알 수가 없어서였다. 이 상황에서는 능청스럽게 웃어버리는 게 상책일 것 같은데 도대체가 얼굴 근육이 말을 듣지를 않는다. 웃음은커녕 시선을 맞추기도 버거워서 하경은 아예 시선을 아래로 내리깔아버렸다.

"알아."

그런 하경의 모습에 지운이 작게 웃으며 말했다.

"네가 저기서 보던 사람이 내가 아니었다는 거."

생뚱맞은 지운의 말에 순간 하경이 내리깔고 있던 시선을 바로 들어 올렸다. 그와 동시에 두 사람의 시선이 허공에서 똑바로 부딪혔다. 그는 여전히 웃으며 말했다.

"축구부 주장이었다며?"

"네? 축구부 주장이요?"

"그래. 네가 늘 보고 있던 게 사실은 내가 아니라 축구부 주장이었다는 얘기 들었을 땐 솔직히 진짜 충격이었어. 네가 날 좋아한다고 거의 확신을 하고 있었거든. 우습게도."

자조적인 웃음을 흘리며 지운이 고백이라도 하듯 내뱉은 말에 하경은 눈을 둥그렇게 떴다. 11년 전으로 돌아간 두 사람을 감싸고 있던 얇은 유리막이 와장창- 하고 산산조각이 난 것 같은 느낌이었다. 삽시간에 현실로 돌아왔다.

도대체 이 남자가 지금 무슨 말을 하는 걸까. 제가 봤던 게 지운이 아니라 축구부 주장이라니? 분명 지운을 보다가 그의 옆을 스쳐 지나가거나 그에게 패스를 하는 축구부 주장을 봤을 수는 있다. 하지만 하경에게 축구부 주장은 얼굴조차 기억이 나지 않는 희미한 존재일 뿐이었다. 그저 존재했다는 사실만 기억하는.

그제야 하경은 뭔가가 잘못되었다는 걸 깨달았다. 하지만 지금 이 순간 굳이 그 사실을 바로잡고 싶지도 않았다. '지금 무슨 소리하세요? 제가 좋아했던 사람은 바로 선배였는데!' 하고 이제 와서 뒤늦은 고백을 할 수도 없지 않은가.

분명 뭔가가 잘못됐다. 그게 무엇인지는 정확히 모르겠지만 그가 그리 오해한 채 넘어가는 것도 나쁠 건 없었다. 아니, 차라리 그 편이 본인에겐 더 좋을 수도 있을 것 같았다. 좋아도 싫어도 앞으로는 그와 직장에서 매일 얼굴을 마주 봐야 하는 상황에서 그녀에겐 '자신을 좋아했던 여자'보다는 '동생 친구'인 쪽이 훨씬 나은 포지션인 것 같으니 말이다.

"나는 늘 네가 나를 보는 거라고 생각했어."

휑한 운동장을 바라보며 지운이 말했고 하경은 순간 뜨끔했다. 빨리 화제를 바꿨으면 좋겠는데 아직 끝나지 않은 모양이었다. 이러다 결국 들켜버리면 그땐 진짜 망신도 이런 망신이 없을 텐데. 초조한 마음에 저도 모르게 손에 힘이 꽉 들어갔다. 이제 곧 겨울인데 주먹을 쥔 손에 땀이 맺혔다.

"그런데 그게 아니더라. 네가 나를 보고 있었던 게 아니라 사실은 내가 너를 본 거였어. 그래서 우리 시선이 계속 마주쳤던 거겠지."

하경은 문득 아주 오래전 기억이 하나 떠올랐다. 고등학교를 다닐 때였다. 언제 한번 시험기간에 밤을 새워가며 공부에 집중하는 하경을 본 부모님이 시험 성적에 대해 아주 대놓고 기대를 했던 적이 있었다. 하지만 사실 그 당시에는 그냥 책을 펼쳐놓고 밤새도록 멍하니 시간만 때웠을 뿐 제대로 공부를 했던 게 아니었기에 성적은 형편없었다. 그 탓에 성적표가 나오기 전날까지 하경은 불안함에 쿵쾅거리는 가슴을 부여잡고 살았었는데 지금이 딱 그때와 같았다.

철석같이 그리 믿고 있는 남자를 보며 하경은 쿵쾅거리는 제 심장 소리가 혹시나 들릴까 숨을 죽였다. 그래서 미처 알아듣지 못했다. 그가 뱉은 말의 진정한 속뜻을. 지금 중요한 건 '그가 지금 오해를 하고 있다는 것'이 아니라 '그가 그때 자신을 보고 있었다는 것'일 텐데 말이다.

"그런데 말이야."

문득 지운이 운동장을 향해 있던 시선을 틀어 하경을 똑바로 쳐다봤다. 갑작스러운 그의 시선에 과거 회상에 젖어 있던 하경이 정신을 번쩍 차리고 그를 마주 보았다.

"너는 정말 몰랐어?"

"네? 뭘요?"

어느덧 지운의 얼굴엔 웃음기가 싹 가셔 있었다. 그런 그의 표정과 물음은 마치 자신을 채근하는 것처럼 들려서 하경을 당황스럽게 했다. 눈을 둥그렇게 뜨고 되묻는 하경을 보며 지운이 말했다.

"내가 그때 축구를 목숨 걸고 열심히 했다는 거."

"아, 그건 저도 알아요."

"알아?"

"네. 선배 졸업하던 해에 MVP 따셨잖아요. 저도 기억해요. 그건."

무슨 말인가 싶어서 고개를 갸웃하던 하경이 이내 고개를 끄덕이며 대꾸했다. 사실 그가 축구에 목숨까지 걸었는지는 전혀 몰랐지만 MVP를 딸 정도로 축구부에서 에이스였다는 사실은 누구보다 잘 알고 있었다. 그가 MVP를 따고 상장을 받으러 교단에 올라가던 날 기립박수를 쳤던 몇몇의 여학생들 중에 그녀 역시 포함되어 있었으니까 말이다.

그가 그때 뒤를 돌아보지 않아 정말 다행이었다. 안 그랬으면 진작 들켜버렸을지도 모르겠다. 새삼 그때의 일이 떠올라 하경이 속으로 안도의 한숨을 내쉬는데 지운이 눈썹을 치켜 올리며 다시금 물었다.

"그 이유가 뭔지는 모르고?"

뭐지 이건. 스무고갠가?

아까부터 자꾸만 알쏭달쏭한 질문을 던지는 지운을 보며 하경은 다시금 고개를 갸웃했다. 그 이유라니. 아무리 그를 좋아했다지만 왜 축구를 열심히 했는지 그 이유까지 알 수는 없었다. 게다가 하경은 그가 운동신경이 특별히 뛰어난 천재형이라고만 생각했었지 사실은 노력파였다는 건 오늘 처음 알았는데 말이다.

하경이 도저히 모르겠다는 얼굴을 하자 지운이 짧게 한숨을 쉬었다.

"이렇게까지 신경 안 쓰는 줄 알았으면 축구 할 때 몸 좀 사리는 건데 그랬어."

"네?"

"사실 나 2학년 때까지는 이름만 축구부였어. 운동에는 별로 흥미가 없었으니까. 그랬던 내가 굳이 3학년 때 축구부 활동에 목숨을 걸었던 이유는 단지 너 때문이었어."

"저 때문이었다고요?"

너무도 당황스러운 지운의 말에 하경이 손으로 저를 콕 가리키며 되물었다. 그러자 지운 역시 따라 제 손으로 그녀를 척 가리키며 대꾸했다.

"그래. 온전히 너 때문이야. 너한테 잘 보이고 싶어서 열심히 했던 거니까."

"저한테요? 왜요?"

저를 향한 그의 기다란 손가락을 보며 하경이 빠르게 되물었다. 그녀는 지금 도대체 지금 무슨 말을 하고 있는 건지 도통 알아들을 수가 없었다. 하지만 눈앞이 팽글팽글 돌아가는 하경을 보며 지운은 무슨 그런 당연한 질문을 하느냐는 듯 덤덤한 얼굴로 대꾸했다.

"남자가 좋아하는 여자한테 잘 보이고 싶은 건, 지금이나 그때나 당연한 거 아냐?"

"그거야 그렇긴…… 네?"

'지당하신 말씀입니다.' 하며 고개를 주억거리던 하경의 입에서 경악과도 비슷한 비명이 튀어나왔다. 팽글팽글 돌아가던 그녀의 눈앞이 갑자기 언제 그랬냐는 듯 맑아지더니 지운의 얼굴이 또렷이 보였다.

그는 자신을 빤히 응시하고 있었다. 아주 빤히.

"선배, 지금, 뭐라고 하셨어요?"

분명 두 귀로 똑똑히 들어놓고도 제대로 들은 것이 맞는지 의심이 가서 하경이 천천히 되물었다. 하지만 지운은 전혀 표정 변화도 없이 입을 열었다.

"내 첫사랑이……."

결코 낯설지 않은 '첫사랑'이라는 단어에 하경은 길지 않은 손톱으로 제 손바닥을 꾹 눌러 찍으며 지운의 붉은 입술을 바라보았다. 그의 입술이 벌어지면서 내놓을 말이 한편으로는 너무도 궁금하고, 또 다른 한편으로는 너무도 두려웠다. 설마, 하며 하경은 잇새로 새어 나오려는 숨을 꾹 참았다.

"너였다고 했어, 공하경."

그가 말했다. 11년 전 내가 너를 좋아했노라고.

마치 '오늘 날씨가 참 좋네.'라고 아주 일상적인 말을 내뱉는 사람처럼 그는 너무나 덤덤한 얼굴이었다. 하지만 하경은 덤덤한 그의 얼굴을 보며 아랫입술을 질끈 깨물었다. 이렇게라도 하지 않으면 입술을 비집고 또다시 비명이 튀어나올 것 같아서였다.

하경은 그저 멍하니 서서 지운을 물끄러미 바라보았다. 그녀의 시야에 그의 모습이 가득 들어찼다. 지운은 어쩐지 썩 후련해 보이는 얼굴을 하고 있었지만 하경은 오히려 심장이 벌렁거리고 머릿속이 제멋대로 뒤엉키며 영 복잡해졌다.

내가 지금 도대체 무슨 말을 들은 거야.

확인사살을 했음에도 그녀는 여전히 믿기가 어려웠다.

"그러니까……."

마른하늘에 날벼락이라도 맞은 듯 멍하니 지운만 바라보던 하경이 한참 만에야 운을 뗐다. 크게 일렁이는 제 심장과는 달리 흘러나온 목소리는 다행히도 꽤나 침착했다.

"선배가 날 좋아했다는 거예요?"

"그래."

"며칠 전 술자리에서 말했던 선배의 짝사랑했던 상대가 나라고요?"

"첫사랑이었는데 짝사랑으로 끝나버렸지. 덕분에 말이야."

지운이 장난스럽게 웃으며 말했다. 하지만 하경은 도저히 그를 따라 웃어 보일 수가 없었다. 웃기는커녕 어떤 표정을 지어야 할지도 전혀 모르겠어서 하경은 그저 멍한 얼굴을 한 채로 있을 뿐이었다. 그도 그럴 것이 지운은 지금 놀라울 정도로 자신의 마음과 같은 말을 하고 있었다.

지금 그의 말대로라면 11년 전 서로를 짝사랑했었다는 건데. 이걸 웃어야 할까 울어야 할까.

"선배."

하경의 부름에 지운이 '응?' 하고 되물었다. 하경은 숨을 크게 한 번 들이켜고는 말을 덧붙였다.

"거짓말이죠?"

꽤나 진지한 목소리였다. 명백한 부정의 말에 지운의 눈썹이 움찔거렸다.

"어째서 거짓말이라고 생각하는데?"

"그거야…… 11년 전에 선배는 전혀 티를 내지 않았으니까요. 눈곱만큼도."

"내가 티를 내지 않았던 게 아니라 네가 눈치가 없었던 게 아닐까? 눈곱만큼도 말이야."

어쩐지 비웃는 것처럼 지운이 옅게 픽- 웃는 순간 하경의 얼굴이 붉게 달아올랐다. 사실 지금까지 눈치가 없다는 말은 종종 들었었다. 아니, 사실은 종종이 아니라 만나는 사람들마다 족족 그녀에게 눈치 없다는 얘기를 콕 집어서 할 정도였다.

일머리는 있는데 이상하게 남녀의 애정 문제에 관해서는 유독 둔했다. 그녀가 가장 가까이에 있는 승현과 선영, 두 사람의 분위기가 심상치 않다는 것을 어렴풋이 느끼기 시작했을 때는 이미 그들이 사귄 지 2년이 넘어가고 있었을 정도였으니 말이다.

타인의 연애에만 그러느냐, 하면 그건 또 아니었다. 지금까지 남자들에게 고백을 받을 때마다 하경은 늘 혼자 화들짝 놀랐다. '갑자기 저 남자가 왜?' 하며 하경이 당황스러워하면 주변 사람들은 '너 진짜 몰랐어? 우린 다 알고 있었는데.'라며 그녀의 둔함에 혀를 내두르곤 했다.

하지만 그중 이번이 단연 톱이라고 말할 수 있겠다. 하경은 지금까지 그들에게 관심이 없었을 뿐 제가 둔한 것이 아니라고 주장해왔었는데, 이제 스스로 둔하다는 걸 인정해야만 할 것 같았다. 다른 남자들이야 제 관심밖에 있었으니 눈치를 채지 못했다고 해도 지운은 항상 본인의 사정권 안에 있었으니까 말이다.

아니, 아무리 생각해봐도 이번 건 그녀가 눈치 없기 때문만은 아닌 것 같다. 분명 그녀의 입장에서는 그럴 만도 했다.

언뜻언뜻 보이는 그의 마음이, 그의 친절이 그저 '친구의 동생'이기 때문이라고 철석같이 믿었으니. 11년 전의 그는 자신의 앞에서 유상희의 고백을 받아줄 거라고 말하지 않았던가. 그런데 며칠 전에는 유상희가 아니라 다른 여자를 짝사랑하는 거라고 하더니. 이번에는 그 짝사랑 상대가 자신이라니…….

뒤죽박죽. 엉망진창. 아무리 눈치가 백 단, 천 단인 사람이라도 이 정도면 헷갈리지 않았을까.

"자, 그럼 이제 가볼까?"

지운이 기지개를 쭉 켜며 차를 향해 먼저 성큼성큼 걸어가기 시작했다.

'자, 그럼.'이라니?

하경은 망연한 얼굴로 그 자리에 박힌 듯 서서 그의 뒷모습을 멍하니 바라보았다. 썩 후련해 보이는 그의 뒷모습을 보고 있자니 반대로 제 억장이 무너지는 듯했다.

혼자 짝사랑한다고 여겼던 상대가 나를 좋아했다는 사실을, 나만의 짝사랑이 아니었다는 사실을 알게 됐는데도 하경은 하나도 기쁘지 않았다. 오히려 다 지난 얘기를 굳이 끄집어낸 그가 원망스럽기까지 했다.

말 그대로 이미 11년이나 지난 과거의 일이었다. 11년 전에 그가 자신을 좋아했다고 한들 이제 와서 무슨 소용이 있단 말인가…….

혼란스러운 기색을 애써 지우려는 듯 입술을 질끈 깨문 하경은 지운의 뒤를 따라 걷기 시작했다.

"약속 지켰지?"

지운의 물음에 정신을 차리고 차창 밖을 바라보니 익숙한 풍경이 보였다. 벌써 도착한 모양이었다. 여기까지 무슨 정신으로 왔는지 모르겠다. 흘끗 시계를 확인하니 6시가 되기 딱 5분 전이었다.

집으로 가는 내내 창밖에만 시선을 두고 있던 하경이 자세를 바로 하고 지운을 바라보았다. 아무것도 모른 채 썩 후련해 보이는 그의 얼굴을 보고 있자니 하경의 속에서는 울컥 뭔가가 치밀어 오르는 듯했다.

"왜 여기서 세워요? 집 앞까지 데려다줘요. 약속은 집 앞까지였어요."

어쩐지 말이 곱게 나오질 않았다. 하경이 뿌루퉁하게 대꾸하자 지운이 기다란 손가락으로 핸들을 툭툭 건드리며 말했다.

"시집 안 가고 싶어?"

"여기서 갑자기 시집 얘기가 왜 나와요?"

"나랑 같이 지내는 거 소문나면 너 시집 못 간다잖아. 나는 상관
없긴 한데 넌 괜찮겠어? 내 차에서 내리는 거 정 팀장한테 들켜도
괜찮은 거면 집 앞까지 데려다주고."

장난스럽게 말하며 핸들을 바로잡는 지운의 모습에 그제야 하
경은 지금 자신이 처한 상황을 깨달았다. 조금 전 그가 날린 펀치
가 너무나도 강력했던지라 수한과의 약속은 까맣게 잊고 있었던
것이다. 정작 6시까지 와야 했던 이유가 바로 그 때문이었는데 말
이다.

"아니에요. 감사해요. 여기서 내릴게요."

그가 진심으로 차를 움직이기 전에 하경은 얼른 조수석 문을 열
었다. 오늘 집까지 알아보고 온 마당에 이제 와서 수한에게 들킬
수는 없었다. 고지가 눈앞인데 이럴 때일수록 더 조심해야 했다.

"공하경!"

골목길을 향해 바삐 걸음을 옮기고 있는데 뒤에서 지운이 그녀
를 불러 세웠다. 하경이 걸음을 멈추고 돌아보자 조수석 창문을 내
리고 자신을 보고 있는 지운이 보였다.

"일찍 들어와."

"왜요?"

"왜긴 왜야. 다 큰 여자가 밤늦게까지 다니면 되겠어? 부모님 걱
정하시잖아."

짐짓 진지하게 얘기하는 지운을 보며 하경은 작게 헛웃음을 흘
렸다. 야근 때문에 딸이 늦게 들어오는 날도 온 집 안의 불을 다 끄

고 단잠을 주무시는 그녀의 부모님을 지운도 잘 알고 있으면서 저런 말을 하는 것이 우스웠다.

아까는 첫사랑이라는 둥 핵폭탄을 터뜨리더니 이제는 오빠 노릇이라도 하고 싶은 건가. 하경은 대답 대신 그를 향해 '흥!' 하고 콧방귀를 뀌어주고는 그에게서 완전히 돌아서서 멈췄던 걸음을 다시 걷기 시작했다.

"그래서 일찍 들어오겠다는 거야, 말겠다는 거야?"

뒤에서 꿍얼거리는 지운의 목소리가 들려왔지만 하경은 걸음을 멈추지 않았다. 지운이 봤을 때는 갑자기 툴툴거리는 자신의 모습이 어이없을 수도 있겠지만 지금 그녀는 그의 입장까지 생각 해줄 여력이 없었다. 지금 자신의 머릿속이 넘치도록 복잡했으니까 말이다.

빠른 걸음으로 어느덧 집 앞에 도착한 하경은 골목 입구에서 하차하길 천만다행이었다고 생각했다. 아직 6시가 되지 않았는데도 수한의 차가 이미 집 앞에 세워져 있었던 것이다. 지운마저도 정신이 없었으면 정말 큰일이 날 뻔했지 않는가.

하경은 놀란 가슴을 쓸어내리며 수한의 차 조수석으로 다가갔다. 똑똑. 조수석 창문을 노크하자 멍하니 대문을 바라보고 있던 수한이 고개를 돌려 하경을 바라보았다.

"어? 왜 거기서 나타나요? 대문으로 나올 줄 알았는데."

"볼일이…… 있었거든요."

고개를 갸웃하는 수한의 물음에 조수석에 올라탄 하경은 어색하게 웃어 보였다. 딱히 틀린 말도 아니고 잘못된 일을 한 것도 아니었지만, 그렇다고 사실대로 말할 수도 없는 노릇이 아닌가. 하지만 다행히도 수한은 더 묻지 않고 '그랬어요?' 하고 작게 웃으며 대꾸를 해주고는 차에 시동을 켰다.

극장까지 가는 동안 차 안에서는 뮤지컬이 기대가 된다는 둥 또는 뮤지컬을 볼 때도 팝콘을 사가도 되는 거냐는 둥 하는 소소한 대화가 끊임없이 이어졌다. 아까 전 지운과 함께 있을 때와는 정반대로 편한 분위기였다. 그래서일까. 하경은 저도 모르게 수한과 대화를 하는 순간순간 지운을 떠올리곤 했다. 지운을 떠올렸다는 사실을 인지하는 순간 금세 고개를 내저어 생각을 떨치기는 했지만 말이다.

하지만 그건 뮤지컬을 보는 동안에도 이어졌다. 뮤지컬은 대화처럼 주고받는 것이 아니라 그저 관람만 하면 되는 것이어서 오히려 잡생각이 더 들었다. 정말 보고 싶은 뮤지컬이었고 연출과 연기모든 것이 화려하고 완벽했음에도 하경의 눈에는 전혀 들어오질 않았다.

그녀는 지금 안락한 극장 의자에 파묻혀 있었지만, 마치 아직도 황량한 모래바람이 작게 이는 운동장 한가운데에 서 있는 것만 같았다.

'내 첫사랑이 너였다고 했어, 공하경.'

그에게 이 말을 들은 후로 거짓말을 조금 보태서 하경은 지금까지 백 번도 넘게 곱씹어보고 있었다. 하지만 어떻게 된 게 아무리 잘근잘근 곱씹어봐도 도저히 소화가 되지를 않았다. 그리 어려운 말도 아니었는데 말이다.

'첫사랑이었는데 짝사랑으로 끝나버렸지. 덕분에 말이야.'

분명 장난이었을 테지만 어쨌든 본인을 향한 원망이 조금은 섞여 있는 게 분명한 그의 어조를 떠올리자 그녀의 입술을 비집고 또다시 허탈한 웃음이 흘러나왔다.

도대체 누가 할 소린데……. 마치 제 속에 들어갔다 나온 것처럼 남자는 황당할 정도로 그녀의 마음과도 똑같은 말을 했다.

이미 지난 일이니 그냥 쿨하게 넘어가고 싶었는데 자꾸만 속이 울컥하는 건 어쩔 수가 없었다. 아예 몰랐으면 모를까, 알게 된 이상 자꾸만 '만약 그때 알았더라면…….' 하는 생각이 드는 걸 막을 수는 없었다. 시간을 되돌릴 수 있다면 억만금을 쥐여줘서라도 그때로 되돌아가고 싶을 지경이다. 그때 알았더라면 아마도 학창 시절을 떠올릴 때 이토록 마음이 먹먹하지는 않을 수 있었을 텐데 말이다.

가장 멍청한 게 이미 지나버린 일을 후회하는 거라고 했는데. 하경은 오늘 초등학생들도 다 아는 세상에서 가장 멍청한 일을 하느라 너무도 값진 뮤지컬을 통으로 날려버렸다. 스스로 생각해도 수지가 맞지 않는 장사였다. 세 시간짜리 뮤지컬이 끝나고 극장 안에 불이 켜지는 순간에서야 하경은 자신이 세 시간 동안 얼마나 멍청한 짓을 하고 있었는지를 깨달을 수 있었다.

널 좋아해, 라고 말을 한 것도 아니고 그저 과거에 널 좋아했어, 라고 얘기했을 뿐인데 왜 이렇게 혼자 혼란스러운지 모르겠다. 그는 다 지나간 일을, 그저 추억 얘기를 하듯 가볍게 던졌을 뿐인데 말이다.

장난으로 던진 돌에 개구리가 맞아 죽는다는 말이 이럴 때도 쓰일 수 있다니. 그녀는 지금 그가 무심코 던진 돌에 맞아 정신을 못차리는 개구리가 된 느낌이다.

이게 다 그 못돼 처먹은 남자 때문이다.

하경은 아랫입술을 질끈 깨물었다. 시간이 흐를수록 그를 향한 원망이 한층 깊어져만 간다.

"더 맛있는 거 말하셔도 되는데……."

뮤지컬이 끝나고 늦은 저녁 식사를 하기 위해 수한과 함께 곱창집에 들어오며 하경이 미안한 듯 중얼거렸다. 수한이 곱창이 먹고 싶다고 말해서 오기는 왔는데 아무리 생각해도 뮤지컬에 비하면 곱창은 너무도 약소했다. 게다가 그녀는 뮤지컬을 보는 둥 마는 둥 했지 않은가. 본의 아니게 그의 성의를 무시한 게 되어버려서 미안한 마음이 배가되었다.

"진짜로 가장 먹고 싶은 걸 말한 거예요. 며칠 전부터 곱창이 먹고 싶었거든요."

"그럼 저는 대신 양으로 승부할게요. 배 터질 때까지 드세요!"

"네, 그럼 전 사양 않고 많이 먹을게요."

잠시 후 초벌구이가 된 곱창이 그들의 테이블에 도착했다. 수한이 먼저 집게를 들어버리는 바람에 하경은 그저 젓가락을 입에 물고 불판 위에서 노릇노릇 구워지는 곱창을 바라볼 수밖에 없었다. 맛깔나게 보이는 곱창의 자태에 하경이 침을 꼴깍 삼키고 있는데 수한이 넌지시 질문을 던졌다.

"하경 씨, 나 소주 한 병 시켜도 돼요?"

"소주요?"

"곱창을 보니 소주 생각이 간절해지네."

"근데 차 가지고 오셨잖아요."

"그거야 뭐, 대리 부르면 되죠."

회식 때는 술을 피하고 다른 자리에서는 술을 찾는 모습이라니. 전형적인 직장인의 표본을 보여주는 수한을 보며 하경은 시원하게 웃으며 고개를 끄덕였다. 확실히 곱창이 좋은 소주 안주이기도 했지만 그녀 역시 오늘은 술이 고팠던 것이다. 복잡한 마음은 뜨거운 알코올로 깨끗하게 소독하는 게 최고라는 것이 그녀의 오랜 지론이었다.

표면에 물방울이 송골송골 맺힌 시원한 소주가 테이블에 도착하자마자 두 사람은 누가 먼저랄 것도 없이 한 잔씩 나눠 마셨다. 시원한 소주가 목구멍을 타고 내려가는 순간 뜨겁게 변하면서 그녀의 속에 쏟아부어졌다. 하경의 입에서 절로 캬 하고 작은 감탄사가 흘러나왔다. 하필 그 순간 수한이 하경을 바라보았고 민망해진 하경이 어색하게 웃으며 변명을 주절주절 내뱉었다.

"오늘따라 술이 다네요. 이상하게."

"나도 그래요."

"정 팀장님도요?"

수한이 작게 웃으며 고개를 끄덕였다.

"이런 날 많이 마시면 꼭 위험하던데……."

"우리 그럼 딱 두 병만 마셔요. 각 일 병씩. 내일 출근해야 하니까."

하지만 수한의 제안이 무색하게도 잠시 후 두 사람이 자리에서 일어났을 때는 세 개의 빈 소주병이 그들의 테이블 위에 가지런히 놓여 있었다. 두 병을 비우자마자 아쉽다며 하경이 한 병을 더 시킨 것이었다.

하경은 오늘 술이 왜 술인지 알 것 같았다. 분명 술술 넘어간다고 술이라고 이름을 붙인 것이리라.

"하경 씨, 괜찮아요?"

"네에, 난 괜찮아요. 멀쩡해. 정말."

하경이 고개를 세차게 끄덕이며 대꾸했다. 하지만 반말과 존댓말이 제멋대로 뒤섞이는 걸 보니 결코 멀쩡하지는 않았다.

그녀가 첫 회식을 하던 날 주는 술을 다 받아먹고 취하는 바람에 지금의 부장에게 반말을 하는 실수를 했던 적이 있었는데, 그건 사실 기획팀에 알게 모르게 아직까지 전설로 남아 있었다. 그게 전설로 남아 있는 이유는 그 뒤로 정신을 차린 하경은 늘 회식 자리에서 술을 적당히 먹었기 때문이다. 해서 수한은 오랜만에 그때의 술주정이 반갑기까지 했다.

"하경 씨, 여기서 잠깐만 기다려요."

"왜에?"

"편의점에 좀 다녀오게요. 아주 잠깐이면 되니까 꼭 여기서 기다려야 해요."

하경은 고개를 끄덕이며 곧장 그 자리에 철퍼덕 주저앉았다. 그러고는 아주 자연스럽게 양반다리까지 해 보였다.

단단하게 다리를 꼬고 앉은 하경의 모습에서 꼭 이 자리에서 기다리고 말겠다는 단호한 의지가 보이는 것 같아서 수한은 작게 웃었다. 하지만 그 우스운 광경을 더 오래 지켜볼 수는 없었다. 더 늦으면 아예 드러누울 기세였기 때문이다. 좋은 구경거리를 뒤로한 채 서둘러 편의점으로 향하려고 할 때였다.

"어? 강지운이다!"

수한의 뒤통수에 하경의 카랑한 목소리가 꽂혔다. 낯익은 이름 석 자에 수한의 고개가 절로 돌아갔다.

"너 그거 알아? 너 지이이인짜 못되게 생겼다? 근데! 오늘 보니까아 성격도 진짜 못됐어."

하경의 대화 상대는 흰 털의 길 고양이었다.

"너도 알고 있지? 너 못된 거?"

하경은 풀린 눈으로 열심히 고양이를 노려보며 잔뜩 꼬인 혀로 시비를 걸고 있었다.

"어쭈. 왜 대답을 안 해? 너 지금 나 술 취했다고 무시하는 거야?"

고양이가 대답을 할 리가 있나. 몸을 웅크린 채 자신을 바라보는 고양이에게 잔뜩 뿔이 난 하경을 보며 수한은 풋 웃음을 터뜨리며 그녀에게로 걸음을 떼었다. 고양이와 싸우겠다며 팔을 걷어붙이기 전에 말려야 할 것 같아서였다.

"하경 씨."

수한이 부드럽게 이름을 부르자 하경이 고양이를 노려보느라 숙이고 있던 고개를 들어 올렸다. 그러고는 수한을 척 가리키며 소리쳤다.

"어? 정 팀장이다!"

"네, 정 팀장입니다."

수한이 사람 좋은 미소를 지었다.

"정 팀장님."

수한을 빤히 바라보던 하경이 그를 가리키고 있던 팔을 내리며 한숨을 포옥 내쉬었다.

"나 2팀으로 옮기면 안 돼요? 나 일 진짜 잘하는데."

"그건 나도 알아요. 하경 씨 별명이 '일 잘하는 공 대리'잖아요."

"나 농담하는 거 아닌데……. 2팀으로 진짜 옮겨주면 안 되나……."

고개를 풀썩 숙이며 하경이 중얼거렸다. 그런 모습을 물끄러미 내려다보던 수한은 술주정 그만하고 당장 일어나라는 말 대신 그녀의 앞에 풀썩 주저앉았다.

"왜 갑자기 2팀으로 옮기고 싶어졌어요?"

"……."

"혹시 강 팀장 때문이에요?"

수한의 질문에 하경이 번뜩 고개를 들어 올렸다.

"어떻게 알았어요? 내가 아직 말 안 해줬는데?"

놀랐다는 듯 동그란 눈을 크게 뜨고 묻는 하경의 모습은 마치 어린아이처럼 순진해 보였다. 술을 먹으면 개가 되는 등 인격이 확 바뀌는 사람들이 있는데 하경은 아이가 되는 쪽인 듯했다. 이런 술버릇이 그녀와 퍽이나 잘 어울린다고 수한은 생각했다.

"맞아요. 강 팀장! 다 강지운 때문이야!"

평소 조곤조곤 말하는 타입의 하경이 이토록 빽빽 소리를 지르는 걸 보니 강 팀장에게 쌓인 것이 꽤 많은 모양이었다. 수한은 부드럽게 웃으며 그녀와 눈을 마주쳤다.

"강 팀장이 많이 괴롭혀요?"

"음……. 그건 아냐. 그건 아닌데……."

잠깐 대답을 망설이던 하경이 고개를 내저었다.

"불편해서……."

"강 팀장이 불편해요?"

"네. 불편해요. 어어어어엄청 많이. 지금까지도 불편했는데 앞으로는 더 불편해질 거야. 더 어어어어엄청 많이."

하경은 입을 비죽 내밀었다.

"강지운 바보."

그러고는 욕 같지도 않은 유치한 단어들을 하나씩 툭툭 내뱉기 시작했다.

"멍청이. 해삼. 똥개. 말미잘. 밴댕이."

지운이 얼마나 괴롭혔으면 이럴까. 고등학교 선배라면서 좀 봐주지는 못할망정 많이 괴롭혔나 보다. 듣다 보니 욕이 아니라 애칭처럼 느껴질 정도로 귀여운 단어들을 줄줄이 나열하는 하경을 안쓰럽게 바라보던 수한은 문득 정신을 차리고 먼저 몸을 일으켰다. 언제까지고 길바닥에 앉아 있을 순 없는 노릇이었다. 요즘처럼 SNS가 활발한 시대에 누군가에게 사진이 찍혀 '길거리 술주정뱅이'라는 타이틀로 유명세를 치르게 될지도 모르는 일이고.

"하경 씨, 이제……."

"지 멋대로 이상한 고백이나 하고……."

순간 하경을 일으키려던 수한의 몸짓이 멈칫했다.

"이상한 고백이요?"

"그래. 이상한 고백!"

또 생각하니 울컥하는 듯 하경이 꽥 소릴 질렀다. 그와 동시에 수한의 얼굴에 만연해 있던 옅은 미소가 싹 사라졌다.

"11년이나 지났는데 이제 와서 좋아했었다고 고백하는 게 다 무슨 소용인데? 이제 와서 나보고 어떡하라고? 자기 맘만 그냥 편해지면 단가? 남자가 치사하게!"

하경은 답답한 제 마음을 토해내듯 말하고 있었다. 그녀의 말이 길어질수록 점점 수한의 얼굴은 눈에 띄게 굳어갔다. 하지만 지금 그런 것까지 눈치챌 수 있는 상태가 아닌 하경은 입을 다물지 않았다.

"내가 더 좋아했는데……."

11년 동안 선영을 제외하고는 누구에게도 말하지 않고 꽁꽁 숨겨뒀던 제 마음이었다. 참고 참았지만 결국 이렇게 저도 모르게 터져 나오는, 그런 벅찬 마음이었다.

"지인짜 많이 좋아했는데……."

당사자가 아닌 허공에 제 마음을 뱉어내는 하경의 눈에 눈물이 그렁그렁 고였다.

5. 가짜야, 그거

오늘따라 출근길에 차가 왜 이렇게 막히는지 모르겠다. 답답한 마음에 창문을 내려보았지만 텁텁한 바람에 실려 들어오는 건 도로 위를 빼곡히 메운 차들이 뿜어내는 매연뿐이다. 차라리 답답한 게 낫지. 괜히 매연만 한 사발 들이켠 하경은 얼른 창문을 올렸다. 안 그래도 지끈거리던 머리가 더 아파오는 것만 같았다.

"그래, 머리가 많이 아프시겠지."

조수석에 앉아 지끈거리는 머리를 한 손으로 짚은 채 인상을 찌푸리고 있는 하경을 흘끗 바라본 지운이 혀를 찼다.

"요즘 세상이 어떤 세상인데 다 큰 여자가 필름이 끊길 정도로 술을 먹고 들어와? 무슨 일 났으면 어쩔 뻔했어? 겁이 왜 이렇게 없어?"

지운의 잔소리를 아침부터 지금까지 열두 번도 더 들은 것 같다. 어찌 된 게 한 여사보다 잔소리가 심한 건지. 하지만 하경은 찍 소리도 할 수가 없었다. 그가 하는 모든 말이 맞는 말인 탓도 있지만, 더 중요한 것은 어젯밤 거실에 아무렇게나 널브러져 있던 자신을 방까지 옮겨준 것이 지운이었기 때문이다. 지운이 아니었다면 오늘 아침 모닝콜이 아니라 한 여사의 등짝 스매싱을 맞으며 일어났을 것이다. 그 고통에 비하면 지운의 잔소리는 달콤하다 생각될 정도니, 이 정도는 거뜬히 참을 수 있었다.

"공하경, 너 술 금지야 이제."

지운의 잘 뻗은 손가락이 하경의 이마를 톡톡 건드렸다. 그 덕에 두통으로 잔뜩 구겨져 있던 그녀의 이마가 반듯하게 펴졌다. 하지만 극심한 두통에 그녀의 이마는 금세 다시 구겨지고 말았다.

"선배, 제발 부탁인데 술 얘기 이제 안 하면 안 될까요? 들을 때마다 속이 울렁거려요……."

창문에 머리를 쿵 찍으며 하경이 울먹거렸다. 잔소리쯤이야 달콤하게 들어주고 싶었지만 '술'이라는 단어가 나올 때마다 속이 울렁거려대는 건 참기가 너무 힘들었다. 먹은 것도 없는데 평생 해본 적 없던 차멀미가 날 것 같았다.

대체 어제 얼마나 먹은 건지. 집으로 어떻게 들어왔는지도 기억이 나질 않는다. 곱창을 먹었던 것까지는 기억이 나는데 그 뒤 기억은 마치 스냅사진 몇 장처럼 띄엄띄엄 남아 있을 뿐이었다. 그리고 그 사진들 중 가장 신경 쓰이는 건, 바닥에 주저앉아 있는 자신의 모습이다.

하경은 두 눈을 질끈 감았다. 대체 어제 무슨 일이 있었던 걸까. 하지만 어제 일을 떠올리려고 하면 할수록 생각은커녕 머리만 더 아파올 뿐이다. 그래도 집에 무사히 들어온 걸 보니 별일은 없었으리라. 그저 큰 실수만 없었기를 속으로 빌고 또 빌었다.

"자는 거야?"

"아뇨. 멀미가 날 것 같아서 잠깐 감고 있으려고요."

눈을 감고 있으니 정말로 한결 나았다. 이대로라면 일단 회사까지는 무사히 갈 수 있을 것 같았다. 도착하고 난 후의 문제는 그때 가서 생각할 일이지만 말이다.

"그럼 이제 그만 눈 떠도 돼. 도착했으니까."

갑작스러운 지운의 말에 하경은 눈을 번쩍 떴다. 아직 회사까지 가려면 한참 남았던 것 같은데 벌써 도착했다니 믿을 수 없었다. 초능력이라도 쓴 건가 싶어 얼른 창밖을 내다보는 그녀의 눈에 잔잔하게 일렁이는 물결이 보였다.

물이라니. 그들의 회사는 물은커녕 산도 보이지 않는 시내 한복판에 위치해 있었다.

"선배, 여기는 왜……?"

눈앞에 펼쳐진 낯선 광경에 당황한 하경은 큰 두 눈을 끔뻑였다.

"일단 내려서 바깥 공기 좀 쐬는 게 어때?"

어느덧 차에서 내린 지운은 대답 대신 조수석의 문을 열어주었다. 그와 동시에 차가운 아침 공기가 차 안으로 훅 들어왔다. 매연에 막혀 있던 기도가 뻥 뚫리는 느낌이었다. 오늘 눈을 뜬 후로 처음 느껴보는 상쾌함에 하경은 더 이상 망설이지 않고 땅에 발을 디뎠다.

끝없이 이어지는 기다란 물줄기를 바라보며 하경은 기지개를 크게 컸다. 차가운 강바람이 쫙 편 그녀의 손가락 사이를 스쳐 지나갔다. 상쾌한 공기도 흠뻑 마셔보았다. 이제 제법 차가워진 아침 바람에 벌써 뺨이 얼얼했지만 지금은 오히려 그 느낌이 더 좋았다.

"아, 이제야 좀 살겠다."

절로 감탄이 흘러나왔다. 하경은 다시 한 번 크게 공기를 마시고는 몸을 틀어 지운을 바라보았다. 그는 차에 비스듬히 기대서서 하경을 바라보고 있었다. 그의 뒤로 펼쳐진 노랗게 물든 가을 풍경이 모델 같은 그와 썩 잘 어울렸다.

"고마워요, 선배."

하경은 지운의 곁에 다가가 고개를 살짝 숙여 감사의 인사를 전했다. 지금 이 시간, 이 장소는 그의 배려라는 걸 잘 알고 있다.

"근데 선배, 우리 지각 아니에요?"

사실 더 물을 것도 없었다. 출근 시간에 맞춰 집에서 출발했는데 중간에 딴 길로 샜으니 당연히 지각 확정이었다. 지운은 가볍게 고개를 끄덕였고, 하경은 미안함에 고개를 푹 숙였다. 첫 출근을 한 지 며칠이나 지났다고 지각이라니. 팀원들의 눈 밖에 나기 충분한 일이었다.

"죄송해요. 괜히 저 때문에⋯⋯."

"아까 그대로 가봐야 일 제대로 못했어, 너. 차라리 지각을 해서라도 컨디션을 회복하고 가는 게 나한테도 훨씬 효율적이고."

오늘 아침처럼 잔소리를 늘어놓을 줄 알았는데 의외였다. 하경은 숙였던 고개를 살짝 들고는 지운을 바라보았다. 하경과 눈이 마주친 그는 장난스럽게 씩 웃어 보였다.

"일 잘하는 공 대리가 일을 못하면 팀장인 내가 고생일 거 아냐?"

그래. 강지운은 그런 남자였다. 자신의 실수에는 엄격해도 남의 실수에는 너그러웠고, 타인의 친절에는 한없이 고마워하면서 자신의 친절은 티를 내는 법이 없었다. 너무 잘나서 되레 적이 많을 법도 한데 지금껏 그를 싫어하는 사람을 단 한 명도 본 적이 없을 정도로 대단한 남자. 이성뿐만 아니라 동성에게서도 인정받는, 그런 멋진 사람.

불어오는 바람에 살짝 흩날리는 그의 결 좋은 머리칼을 바라보며 하경은 아랫입술을 질끈 깨물었다.

11년 전 용기를 냈다면, 이 남자와 이루어질 수도 있었을까…….

늘 그랬듯 오늘도 공 대리는 바빴다. 게다가 지각을 한 오늘은 평소보다 두 배로 더 열심히 뛰어다녔다. 그래서 그녀는 어제의 일을 까맣게 잊고 있었다. 점심시간 바로 직전 엘리베이터에서 우연히 수한과 부딪히기 직전까지도 말이다.

"정 팀장님!"

하경은 못 볼 걸 본 사람처럼 화들짝 놀라며 수한을 불렀다. 하지만 수한은 평소와 다름없이 부드러운 미소로 대답을 할 뿐이었다.

"몇 층에 가요?"

"아, 11층이요."

"어제 과음했던 것 같은데, 속은 괜찮아요?"

하경을 대신해 11층 버튼을 누르며 수한이 물었다. 하경은 멋쩍게 웃으며 대답했다.

"사실 아직도 조금 메스껍기는 하지만 참을 만은 해요."

"다행이네요. 난 혹시 하경 씨가 오늘 결근을 하지는 않을까 걱정했는데, 조금 메스꺼운 정도라면 말이에요."

놀리려는 듯 살짝 장난스러운 수한의 말에 하경의 두 뺨이 붉어졌다. 물론 장난이겠지만 어쨌든 결근을 걱정할 정도로 어제 자신의 상태가 많이 나빴다는 얘기가 아닌가.

"안 그래도 제가 먼저 찾아뵙고 인사드리려고 했었는데, 죄송해요. 오늘 너무 정신이 없어서 까맣게 잊고 있었어요. 어제…… 저때문에 고생 많이 하셨죠?"

"음. 고생을 하긴 했죠."

"혹시 제가 어제 뭐 실수한 거 있나요?"

가장 궁금했던 질문을 던진 하경은 수한의 얼굴을 살피며 얼른 덧붙였다.

"물론! 술에 취한 것 자체가 실수였지만. 그것 외에 또 다른 실수를 했다거나……."

"그걸…… 실수라고 해야 하는 건가."

어제 일을 생각하는 듯 수한이 천천히 운을 뗐다.

있나 보다! 실수한 게!

하경은 조마조마한 얼굴로 수한을 바라보았다.

"어제 하경 씨, 고양이랑 싸우려고 했어요."

"네?"

"혼자 길 고양이한테 말을 막 걸더니, 대답 않는다고 시비를 걸더군요."

어제를 떠올리며 수한이 가볍게 싱긋 웃었다. 그와 동시에 하경은 절망의 한숨을 내쉬었다.

고양이에게 말을 걸었단다. 게다가 싸우려고까지 했단다. 대체 나 어제 무슨 짓을 한 거니……. 쥐구멍이 있다면 들어가서 숨고 싶은 심정이다.

술, 정말로 끊어야겠다.

"정말 죄송해요. 입이 열 개라도 할 말이 없네요."

"정말 미안해요 나한테?"

"당연하죠. 못 볼 꼴 보여드린 것 같아 정말 죄송해요. 고양이랑 싸우려던 애를 집까지 무사히 데려다주셔서 정말 감사하고요."

"그렇게 죄송하고 감사하면, 주말에 영화나 한 편 보여줘요."

"네?"

"저번부터 보고 싶은 영화가 있었는데 같이 보러 갈 사람이 없어서 꾹 참고 있었거든요. 꼭 보고 싶은 영화라 그러는데, 어제 고생한 선물로 같이 가주지 않을래요?"

이 상황에서 어찌 거절을 할 수 있겠는가. 하경은 얼른 세차게 고개를 끄덕였다.

"물론이죠! 팝콘도 사드릴게요!"

오랜만의 칼퇴근이었지만 하경이 향한 곳은 집이 아닌 선영과 승현의 신혼집 앞이었다. 선영이 좋아하던 회사 앞 치킨을 포장해 온 하경은 벨을 누르고 난 후에야 맥주를 깜빡하고 사 오지 않았다는 사실을 깨달았다. 맥주는 시원하게 먹어야 한다는 생각에 오면서 선영의 집 앞 슈퍼에 들러 사 오려고 했는데 마음이 급해서 저도 모르게 곧장 집 앞까지 와버린 것이다.

"뭐야. 벨 누르고 한참을 기다려도 안 들어오기에 나와봤더니.

어디 가게?"

엘리베이터 버튼을 누르고 기다리고 있는데 선영이 현관문을 열고 불쑥 나왔다.

"맥주를 안 사 왔어. 금방 갔다 올게."

"난 또 뭐라고. 여기까지 왔는데 그냥 들어와. 맥주는 집에도 많이 있어."

"맥주가 집에 있다고?"

"당연하지. 신혼집에 술이 떨어진다는 얘기 들어봤니?"

그런 얘기는 들어보지 못했지만 술이 안 떨어진다는 얘기 또한 들어보지 못했다. 하지만 지금 그런 세세한 것에 꼬투리를 잡을 여유가 없던지라 하경은 고개를 끄덕이며 집으로 들어갔다.

보통 신혼집에 오면 어떻게 꾸미고 사나 궁금해서 이곳저곳 기웃거리는 것이 정상일 것이다. 하지만 하경은 거실에조차 눈길 한번 주지 않고 곧장 부엌으로 가서는 식탁에 치킨을 올린 다음 의자에 털썩 주저앉았다.

"집 구경도 안 해?"

"그건 나중에."

그녀는 지금 당장이라도 임금님 귀는 당나귀 귀라고 외치고 싶어 안달이 나 있었다.

"뭐야. 대체 뭔데 이렇게 급해?"

캔 맥주 두 개를 가져온 선영이 하경의 앞에 앉으며 고개를 갸웃했다. 하경은 대답 대신 제 앞에 놓인 맥주 캔을 땄다. 탄산 특유의 톡 쏘는 소리가 귓가를 스치자마자 하경은 맥주를 한 모금 들이켰다. 시원한 맥주가 목구멍을 넘어가는 느낌이 썩 괜찮았다.

술을 끊어야겠다고 생각한 게 불과 몇 시간 전이지만 도저히 술의 힘을 빌리지 않고는 이야기를 시작할 수 없을 것 같아서 이번 건 카운트하지 않기로 했다.

하경은 그렇게 제 앞에 놓인 맥주 한 캔을 모두 비운 후에야 이야기를 시작했다. 어제 하루 동안 있었던 아주 길고도 스펙터클한 이야기를.

"꿈꿨니?"

이야기를 하는 내내 가만 듣고만 있던 선영이 처음으로 내놓은 반응은 너무도 쿨했다. 하지만 하경은 그런 반응이 나올 줄 알았다는 듯 빈 캔의 옆구리를 검지로 툭 건드리며 대꾸했다.

"비현실적이긴 하지?"

"와. 말도 안 돼. 진짜."

선영이 입을 쩍 벌렸다.

"그러니까, 그때 너 혼자 짝사랑했던 게 아니라 강지운 선배도 널 좋아했었다고? 서로 짝사랑이라고 생각했던 거라고? 그거 시트콤 아니야? 응?"

"내가 눈치가 없어서 몰랐던 거래. 눈곱만큼도."

"그건 아니지. 네가 눈치 없는 건 맞는데, 눈치 장난 아닌 나도 몰랐잖아."

"그치? 나만 몰랐던 거 아니지?"

"그래. 설마 그 강지운이 너를 좋아하고 있었으리라고 누가 상상이나 했겠어?"

선영의 말은 왠지 기분이 나쁠 정도로 솔직했지만 사실이었다. 그래서 하경은 못마땅한 얼굴로 고개를 끄덕일 뿐이었다.

"근데 아무리 생각해도 빼빼로는 진짜 이해가 안 되는데? 나도 확실히 기억나는데 분명 그때 그 선배 유상희 고백 받아줄 것처럼 말했었잖아. 근데 그게 사실은 유상희에게서 받은 게 아니라 너를 주려고 산 거였다고? 그럼 대체 그땐 왜 그렇게 말한 거지?"

"나도 지금 그게 제일 궁금해. 오빠는 언제 와?"

"이제 올 때 됐어."

선영이 시계를 보며 대충 시간을 가늠해 대답하는 그때였다. 기가 막힌 타이밍으로 초인종이 울렸다. 승현이었다. 역시 양반은 못 되나 보다며 혀를 찬 선영이 빠르게 자리에서 일어나 현관으로 달려갔다.

"자기야! 11년 전에 강지운 선배가 짝사랑했다던 게 하경이 맞아?"

현관문이 열리자마자 생뚱맞게 들려오는 질문에 승현이 눈을 둥그렇게 떴다.

"그걸 어떻게 알았어?"

"그건 됐고. 자기가 알고 있는 거나 다 불어봐. 11년 전 빼빼로데이. 그날 그 사건에 대해서 알고 있는 건 하나도 빠짐없이 모조리 다!"

흡사 취조실의 분위기가 조성되었다. 승현은 현관에서 신발도 벗지 못한 채 서서 선영에게 압도되어 11년 전 그날을 떠올리고 있었다.

"11년 전 그날?"

"그래. 빼빼로데이 말이야. 강지운 선배가 그날 하경이한테 고백하려고 빼빼로 준비했다는 게 사실이야?"

"아아. 그거?"

구체적인 선영의 질문을 듣고 나서야 승현은 드디어 생각이 났다는 듯 고개를 끄덕였다.

"그때 내가 그 녀석 연애 코치를 해줬었지, 참."

"뭐? 연애 코치?"

"응. 그 녀석이 용기가 없어서 고백을 못하고 있는 거 같기에 내가 어드바이스 좀 해줬었어."

"자기야, 설마 그 어드바이스라는 게 질투 유발 작전, 뭐 그런 건 아니지?"

선영이 '제발 아니라고 말해줘.' 하는 간절한 눈동자로 승현을 바라보았다. 하지만 승현은 그녀의 눈빛에 담긴 뜻을 전혀 읽지 못하고 천진난만하게 웃으며 선영의 억장을 무너뜨리는 대답을 뱉어냈다.

"음. 질투 유발 작전이라기보다 인기 있는 남자라는 걸 어필하라고 했지. 그리고 걔가 워낙 여자들한테 단호박처럼 굴었잖아. 그래서 여자랑 연애할 마음이 은근히 있다는 것도 보여주라고……."

"야, 이 화상아! 그걸 조언이라고 했어!"

더 들을 가치가 없다고 판단한 선영이 승현의 말을 뚝 끊으며 꽥 소리를 내질렀다. 답답해도 이렇게 답답할 수가! 선영은 이딴 걸 조언이랍시고 친구에게 해준 제 남편보다도 이딴 걸 곧이곧대로 받아들인 지운이 더 어이가 없었다.

몰랐는데 강지운은 여자들한테 인기만 많았지 이런 쪽으로는 순 허당이었던 모양이다. 그렇지 않고서야 그 당시 연애를 책으로만 배웠던 모태솔로 공승현에게 연애에 관해 조언을 받았을 리가 없지.

지끈거리는 머리를 손으로 탁 짚은 선영이 승현을 노려보았다.

"당신 때문에 강지운 선배가 하경이한테 고백도 못 하고 짝사랑으로 끝낸 거야? 응?"

"그게 어떻게 나 때문이야?"

승현의 눈썹이 꿈틀거렸다.

"하경이가 그날 딴 놈한테 고백할 거라고 해서 그 녀석이 타이밍 놓치고 못 한 거지."

"딴 놈이라니?"

"그래, 하경이가 축구부 주장 좋아했다며."

"누가 그래?"

부엌에서 가만 두 사람의 이야기를 듣고만 있던 하경이 불쑥 나타났다. 하경은 반듯한 미간을 잔뜩 구긴 채 이 모든 일의 원흉으로 추정되는 승현을 노려보았다.

"너도 와 있었어?"

"누가 그랬냐고."

"어?"

어제 지운도 분명 그렇게 말했다. 그녀가 축구부 주장을 보고 있었다고.

"내가 축구부 주장 좋아한다는 얘기를 누가 했냐고. 대체."

제 동생이 이토록 사납게 노려보는 건 오랜만이라 승현이 당황하고 있는 사이 선영이 조심스럽게 손을 들어 올렸다. 그러고는 거의 울상인 얼굴로.

"……그건 나야."

"뭐?"

하경이 기가 막힌 얼굴로 되물었다. 무슨 소리를 하느냐고 묻는 하경의 시선을 슬쩍 피하며 선영은 아무것도 모르는 얼굴로 서 있는 승현을 잡아당겼다.

"자기야, 일단 씻고 와."

"왜. 지금 무슨 상황인데? 대체?"

"씻고 나오라니까?"

신혼 초 기 싸움에서 선영이 이긴 듯했다. 낮게 으르렁거리는 선영의 말에 승현은 궁금해 죽겠다는 얼굴을 하면서도 욕실로 쏙 들어갔다.

"축구부 주장⋯⋯."

짧은 정적 끝에 선영이 죽을죄를 지었다는 얼굴로 입을 열었다.

"그거 나야. 내가 그랬어."

"그게 대체 무슨 말이야?"

"아마도 빼빼로데이 다음 날이었던 것 같은데. 너희 오빠가 혹시 네가 강지운 선배 좋아하는 거 아니냐고 묻길래 내가 그런 거 아니라고. 따로 좋아하는 사람 있다고. 그렇게 말했어. 그때 생각나는 대로 뱉어낸 게 내가 평소에 눈여겨보던 축구부 주장이었고⋯⋯."

"농담이지?"

"나도 농담이었으면 좋겠어. 정말로."

"저 말도 안 되는 얘기가 전부 다 진짜라고?"

하경이 멍한 얼굴로 느리게 눈을 껌뻑였다.

"가만 놔뒀으면 알아서 연결됐을 두 사람을 굳이 끊어놓은 게 우리 부부라니⋯⋯. 진짜 미안해서 어떡하니?"

선영은 진심으로 미안해서 죽을 것 같은 얼굴을 하고 하경을 바라보았다. 아주 잠깐 동안 그런 선영의 얼굴을 물끄러미 바라보고 있던 하경이 이내 허탈한 웃음을 흘렸다. 한번 터진 웃음은 쉽사리 멈춰지지를 않았다. 그래서 하경은 한참 동안 실성한 사람처럼 웃을 수밖에 없었다.

세상에는 '모르는 게 약'이라는 말과 '아는 것이 힘'이라는 말이 존재한다. 모순되는 이 두 가지 말 중 굳이 뽑으라고 한다면 하경은 망설임 없이 후자 쪽이었다. 사실 '모르는 게 약'이라는 말은 공감 자체가 되지 않았다. 공부를 할 때도 그랬지만 사회생활을 하면서 무지가 얼마나 위험한지 피부로 직접 느꼈으니까 말이다.

하지만 이제 하경은 알게 되었다. 진실이라는 게 때로는 사람들을 힘들게 할 수 있다는 것을 말이다. 세상에는 정말로 모르는 게 약인 경우도 있었던 것이다.

이번이 그랬다. 차라리 몰랐으면…… 싶었다. 정말로.

"공하경!"

이제 막 어슴푸레 하늘이 밝아지고 있는 새벽녘이었다. 마치 도둑고양이처럼 까치발을 들고 현관으로 향하던 하경이 별안간 뒤에서 들려오는 한 여사의 목소리에 흠칫 놀라며 고개를 돌렸다.

"어, 엄마."

당황한 하경은 말까지 더듬었다. 마치 진짜 도둑질을 하다가 들킨 사람처럼 말이다.

"너 이 시간에 어딜 가니?"

"어딜 가긴. 회사 가지."

거짓말은 아니었다. 회사를 간다는 건 사실이었으니까.

"이 시간에 회사를 간다고?"

"응. 급한 일이 있어서……."

"그러니?"

한 여사가 놀란 얼굴로 하경을 쓱 훑었다. 유독 아침잠이 많은 딸이 깨워달라는 말도 없이 스스로 일찍 일어난 모습은 실로 오랜만이었던 것이다.

"근데 지운이는?"

"선배?"

요즘 계속 함께 출근을 했으니, 한 여사의 입장에서는 자연스러운 물음이었다. 하지만 도둑이 제 발 저리다고 했던가. 하경은 한 여사의 입에서 흘러나온 그의 이름에 티 나게 어깨를 움찔했다.

"그래. 지운이는 같이 안 가? 너희 둘 같은 팀이라며."

그랬지 참. 같은 팀이었지…….

당황한 기색이 역력한 얼굴의 하경은 속으로 어설픈 핑곗거리를 댄 자신의 머리를 콩콩 찍었다.

"글쎄……."

"깨워야 하는 거 아니니?"

"아니야!"

깨우다니! 누구를!

딱히 변명할 거리가 생각이 나질 않아 말을 뭉그적거리던 하경이 다급하게 소리를 내질렀다. 그 바람에 한 여사가 화들짝 놀라 눈을 크게 떴다.

"왜 소리를 지르고 그래? 놀랐잖아."

"미안요. 아무튼 선배는 깨우지 마요. 내가 맡은 일이라 선배랑은 상관없어."

"그런 거야?"

아주 사소한 거짓말인데도 참 못한다. 이놈의 머리는 공부할 때와 일할 때만 잘 돌아간단 말이지. 사실은 살면서 아이큐보다는 이큐가 훨씬 더 도움이 되는데 말이다.

뭔가 미심쩍은 듯 자신을 훑어보는 한 여사의 시선에 하경은 부러 더 과장되게 크게 고개를 끄덕였다.

"응. 엄마! 나 늦었어. 다녀올게요!"

씩씩하게 인사를 끝마친 하경은 혹시나 한 여사가 더 붙잡을세라 미꾸라지처럼 집을 빠져나왔다. 꽤 이른 시간이라 그런지 바깥세상은 쥐 죽은 듯 고요했다. 하경은 동이 채 트지 않은 새벽길을 천천히 걸으며 차가운 공기를 흠뻑 들이마셨다. 마치 새벽 등교를 하던 학창 시절로 돌아간 느낌이었다.

요 며칠 지운의 차로 출근을 하다 오랜만에 버스를 타자 그 느낌이 더 강해졌다. 평소 같았으면 조금이라도 시간을 절약하기 위해서 내리는 문 바로 뒷자리에 앉았겠지만, 오늘은 어쩐지 자연스럽게 맨 뒷자리로 걸음이 향했다. 학창 시절 선영과 함께 마치 지정석처럼 여겼던 자리였다. 성인이 된 이후부터는 내리는 것이 불편해서 뒷자리는 피하게 됐지만 말이다.

열려 있는 창문 틈으로 흘러든 바람이 그녀의 머리칼을 살짝 흐트러뜨렸다. 간지러웠지만 얼굴에 닿는 바람의 느낌이 좋아서 하경은 창문을 닫는 대신 가볍게 머리를 묶었다.

학창 시절에 아침잠을 포기하면서까지 새벽 등교를 했던 이유는, 사실 좀 더 공부를 하기 위해서가 아니라 축구부의 새벽 연습을 보기 위해서였다. 아니, 조금 더 정확하게 말하자면 운동장을 뛰는 지운을 보기 위함이었다.

유니폼을 입고 땀을 흘리는 지운의 모습은 열일곱 소녀의 눈에도 참으로 섹시하게 보였다. 그건 하경에게만 국한되는 것은 아니었던지, 축구부 연습이 있는 날이면 유독 새벽 등교를 하는 여학생들이 많았다.

그랬다. 열일곱의 공하경은 그를 보기 위해 새벽 버스를 탔었다. 그리고 11년이 지난 지금, 스물여덟의 공하경은 그를 피하기 위해 새벽 버스를 타고 있다. 상반된 그 사실에 어쩐지 기묘한 느낌이 들었다. 하지만 하나 확실한 건, 11년 전 탔던 새벽 버스가 훨씬 더 설레었었다는 것이다.

하경은 얼굴에 쓴 미소를 띠며 창문을 닫았다. 그녀를 향해 불어오던 바람이 뚝 멈췄다. 그와 동시에 바람에 실려 그녀에게로 밀려들던 과거의 기억도 끊겼다. 하경의 시선이 창밖으로 향했다. 어느덧 세상은 온통 밝아져 있었다.

빈 사무실에 하경이 1등으로 출근을 한 건 입사 후 처음이었다. 아침잠 때문에 늘 아슬아슬하게 지각을 면하는 정도였던 그녀에게 텅 빈 사무실은 꽤나 낯설게 느껴졌다. 분명 혼자 남아서 야근을 했던 적은 많지만, 확실히 다른 느낌이었다.

"아, 배고파."

저도 모르게 중얼거리고 나서 시계를 보니 평소 아침을 먹는 시간이었다. 아침밥을 거르면 큰일이 난다고 생각하는 한 여사의 밑에서 28년을 살았더니, 어느덧 배꼽시계마저 식사 시간에 대해 정확해진 모양이었다.

하경은 제일 밑에 서랍을 열어 빵 하나를 집어 들었다. 유통기한을 확인했더니 아슬아슬하게 오늘까지였다. 빵은 유통기한이 짧아서 문제라고 잠깐 생각하고는 봉지를 뜯어 빵을 한입 크게 베어 물었다.

우유도 없이 퍽퍽한 빵을 우걱우걱 씹어 먹던 하경은 문득 책상 위에 놓인 작은 거울에 비치는 제 모습을 보고 씹던 것을 뚝 멈추었다. 너무도 처량해 보이는 제 모습에 입맛이 뚝 떨어져버린 것이다.

"이게 대체 뭐 하는 짓이야……."

먹던 빵을 내려놓으며 하경은 길게 한숨을 내쉬었다. 스스로 생각해봐도 기가 막혔다. 그의 얼굴을 마주할 자신이 없어서 꼭두새벽부터 도망쳐 나왔다. 어차피 한 시간 후면 좋으나 싫으나 그의 얼굴을 마주해야 하는 걸 뻔히 알면서도 말이다. 스스로 생각해도 참 멍청한 짓이 아닐 수 없었다.

하경은 그대로 책상 위로 엎어졌다. 방금 전에 먹은 빵이 얹힌 것처럼 가슴이 묵직했다. 하지만 분명 빵 때문만은 아니라는 걸 그녀는 알고 있었다. 어제 선영의 집을 나서는 순간부터 계속 이런 상태였으니까 말이다.

이미 지난 일이라고 쿨하게 넘기려고 했는데, 어제 알게 된 그 사실이 자꾸만 머릿속을 맴돌았다. 생각하면 할수록 억울함이 차오르더니 이제는 화까지 날 지경이었다.

선영과 승현을 원망할 수는 없었다. 그 두 사람이 친구를 위한

답시고 저지른 일이라는 걸 잘 알고 있기 때문이었다. 그렇다고 지운을 원망할 수도 없었다. 그 역시 자신과 같은 입장이었으니까.

그녀가 원망할 수 있는 사람은 아무도 없었다. 그래서 그 누구에게도 향하지 못한 화살은 결국 부메랑이 되어 그녀, 본인에게로 돌아왔다.

지금껏 그가 단 한 번도 바라봐주지 않았다고 생각했다. 그래서 상처를 받았었고, 그를 미워하기까지 했었다. 알고 보니 사실은 마주 보고 있었던 건데 말이다. 일이 꼬이려면 이렇게까지 엉망진창으로 꼬일 수도 있는 모양이었다. 삽질도 이 정도면 거의 대공사 수준 아닌가.

그때 조금만 더 빨리 용기를 냈더라면 뭔가 달라졌을까?

어제부터 계속해서 머릿속을 뱅글뱅글 맴도는 질문을 다시금 떠올린 하경은 작게 고개를 내저었다. 이제 와서 '그때 그랬더라면' 하고 생각을 한들 뭐가 달라지겠는가. 속만 더 쓰리지.

하경은 지금껏 28년을 살아오면서 처음으로 눈치 없는 자신이 원망스러워졌다.

차라리 끝까지 몰랐으면 좋았을 텐데…….

"안될 사람은 뒤로 넘어져도 코가 깨진다더니…….."

하경이 한숨 섞인 혼잣말을 내뱉자 곧바로 기대하지도 않았던 대답이 날아들었다.

"코는 무사한 것 같은데?"

별안간 머리 위에서 들려온 목소리에 하경은 온몸의 신경이 얼어붙는 것만 같았다. 장난기가 살짝 섞인, 그러나 결코 가볍게 들리지는 않는 부드러운 목소리. 굳이 확인을 하지 않아도 상대를 알 수 있었지만 하경은 뻣뻣한 동작으로 상체를 일으켰다.

"일찍 오셨네요."

"나도 모르는 새에 우리 팀에 바쁜 일이 생긴 것 같아서 말이야."

어색하게 아침 인사를 건네는 하경을 삐딱하게 내려다보며 지운이 말했다. 뼈가 담긴 말이었다. 아마도 한 여사에게서 얘기를 전해 들은 모양이었다. 물론 그것이 거짓말이라는 것도 알아버렸을 테고. 잔뜩 경직되어 있는 그녀의 입가가 미세하게 떨렸다.

"P백화점 행사에 들어갈 광고 업체 선정 때문에요. 어제 이 자료를 깜빡 잊고 회사에 놓고 가서……."

"그건 분명히 다음 주까지만 결정하면 된다고 했을 텐데?"

"하루라도 빨리 결정하면 좋잖아요. 다음 단계로 가는 것도 쉽고……."

제 입으로 말했지만 참으로 구차한 변명이 아닐 수 없었다. 지운의 눈썹이 티 나게 삐뚤어지는 것이 충분히 이해가 될 정도로.

"우리 공 대리가 아주 일을 열정적으로 하네. 우수사원에 관한 공문이 내려오면 그땐 잊지 않고 공 대리를 추천해주도록 하지."

한껏 빈정거림의 말을 내뱉은 후 자리로 돌아가는 지운의 뒷모습을 보자 하경의 속에서 뭔가가 울컥하고 솟아올랐다. 하지만 하경은 재빨리 스스로 감정을 삭일 수밖에 없었다. 그에게 사실대로 말할 생각이 없었기 때문이다.

당신이 내 첫사랑이었어요. 11년 전, 당신만 날 좋아했던 게 아니었어요. 우리는 서로를 좋아했던 거예요.

이렇게 고백을 할 수는 없지 않은가. 이제 와서 사실을 말해봤자 변할 건 없을 것이다. 아니, 오히려 상황이 더 엉망이 돼버릴게 분명했다. 이 사실을 알게 되면, 이미 다 끝났다고 생각하고 가볍게 과거 얘기를 했던 그 역시 지금의 자신처럼 많이 혼란스러워할지도 모르니까.

11년의 시간이 아깝고, 허무하고, 억울하고…….

하경은 살짝 고개만 틀어 지운을 흘끗 바라보았다. 자리에 앉아 서류 정리를 하고 있는 지운의 모습이 보였다. 분명 역광을 받고 있음에도 어쩐지 빛이 나는 뽀얀 얼굴. 하경은 11년 전보다 선이 굵어져 한층 더 멋있어진 그의 얼굴을 두 눈에 잠깐 동안 가뒀다.

지운이 서류 한 장을 넘겼다. 하경은 그제야 혹여나 들킬세라 제 눈에 담긴 그를 털어내고 고개를 원위치 시켰다. 왠지 모르게 아랫배의 깊은 곳이 욱신거린다. 기분 나쁜 통증에 아랫입술을 질끈 깨물었다.

이럴 것 같아서……. 이럴 것 같아서 꼭두새벽부터 도망친 거였다. 이렇게 또다시 그가 욕심날 것 같아서. 말도 안 되게 시간을 되돌리고 싶어질 것 같아서. 원망할 존재가 없는데 누구라도 마냥 원망하고 싶어질 것 같아서.

이렇게…… 가슴이 시릴 것 같아서.

구름 한 점 없이 높은 하늘은 푸른 유리처럼 맑고 새파랬다. 이제는 하늘만 봐도 제법 가을임을 실감할 수 있었다.

점심 식사 후 기획1팀 여직원들은 회사 옥상정원에서 티타임을 갖기로 했다. 예전엔 일주일에 한 번 정도는 이렇게 모여 티타임을 가졌었다. 하지만 갑작스러운 팀장의 부재로 인해 최근 한동안 바빴던 탓에 사무실이 아닌 옥상정원에서 다 함께 모이는 것은 꽤 오랜만이었다. 늘 습관처럼 마시는 탕비실표 인스턴트커피가 아니라 바리스타가 직접 내린 커피를 손에 든 여자 넷은 오랜만에 느껴보는 여유로움을 한껏 만끽해보았다.

"으음. 향 좋아. 역시 식후에는 커피죠."

주희가 눈을 살짝 내리깐 채 커피 향을 음미하며 작게 탄성을 뱉었다.

"벌써 10월이네요. 시간 참 빠르다."

"전요. 세 달 후면 한 살 더 먹는다는 생각에 소름이 돋아요. 20살이 됐다고 좋아했던 게 엊그제 같은데."

매일 들고 다니는 작은 손거울로 제 얼굴을 비춰보며 윤주가 울상을 지었다. 같은 또래인 주희 역시 절실하게 동감한다는 듯 고개를 주억거렸다.

"윤주 씨는 아이크림 혹시 써요?"

"당연하죠. 저는 열일곱부터 썼어요."

"와. 대단하다. 난 귀찮아서 일주일 이상은 못 바르겠던데."

"어머, 안 돼요. 여자 나이 스물다섯부터 노화 시작되는 거 몰라요? 그 잠깐이 귀찮다고 여자 인생을 포기할 셈이에요?"

여자 인생이라……. 마음 같아서는 누구 앞에서 지금 나이를 논하고 있냐고 한 소리 하고 싶었지만, 기초화장은 지금껏 스킨과 로션이 전부였던 하경은 그저 아이스커피를 한 모금 들이켤 뿐이었다. 저 두 여자의 대화에 자칫 잘못 끼어들었다가는 당장 '여자 실격'이라는 판정을 받을지도 모르겠다.

"근데 미진 씨는 오늘 한마디도 없네?"

주희와 함께 화장품 브랜드며 메이크업 방법 등에 대해 열변을 토하던 윤주가 별안간 미진을 걸고넘어졌다. 그 덕분에 모두의 시선이 조용히 휴대폰을 보고 있던 미진에게로 쏠렸다. 하경도 이상하다고 생각하고 있었다. 그도 그럴 것이 미진은 업무 외 이야기에서는 막내답게 좋알좋알 떠드는 타입이었다.

"요즘 틈만 나면 휴대폰만 보는 것 같던데 또 폰만 보고 있네."

"아, 그게⋯⋯."

"미진 씨, 혹시 남자 생겼어?"

눈을 가늘게 뜬 윤주가 제법 날카롭게 질문을 던졌다. 그러자 폰을 손에서 내려놓으며 배시시 웃는 미진의 두 뺨에 붉은 홍조가 든다. 아무래도 윤주가 제대로 맞힌 것 같았다.

"아직 정식으로 사귀는 건 아닌데⋯⋯."

미진을 제외한 여자 셋의 눈빛이 반짝였다. 역시 여자들끼리만 모였을 때 남자 얘기가 빠지면 섭섭한 법이다.

"누구야?"

"뭐 하는 사람인데?"

"혹시 우리가 아는 사람이야?"

"잘생겼어?"

윤주와 주희가 번갈아가며 질문 공세를 쏟아부어댔다. 대답할 겨를도 주지 않고 겹겹이 쌓이는 질문들을 곤란한 얼굴로 듣던 미진은 한참 만에야 작은 입을 열었다. 그러고는 질문에서 많이 벗어난 한마디를 뱉어냈다.

"첫사랑이에요."

일순 하경의 심장이 덜컥 내려앉았다. 갈증이 났다. 곧바로 들고 있던 아이스커피의 반을 벌컥벌컥 들이켰지만 갈증은 쉬이 사라지지 않았다.

"고등학교 때 제가 많이 좋아했던 친구였어요. 졸업하고 연락이 완전히 끊겼었는데 얼마 전에 우연히 다시 만나게 돼서 요즘 연락하고 지내요."

"에이, 더 들을 것도 없네."

기대감에 부푼 듯 얘기를 듣던 윤주가 혀를 쯧 찼다.

"아직 정식으로 사귀는 건 아니라고 했지? 그럼 이쯤에서 그냥 관둬, 미진 씨. 친구로만 지내."

"네? 그게 무슨 말씀이세요?"

"이뤄지지 않았던 첫사랑 오랜만에 다시 보니까 가슴이 떨리고, 두근거리고, 설레고, 막 그러지?"

요즘 느끼고 있는 그 감정 그대로였다. 미진은 고개를 끄덕였다. 그와 동시에 윤주는 그럴 줄 알았다는 듯 혀를 한 번 더 쯧 차고는 들고 있던 커피를 테이블 위에 탁 소리 나게끔 내려놓았다.

"가짜야, 그거."

"가짜라니?"

윤주의 단호한 말이 끝나기 무섭게 튀어나온 질문의 주인은 미진이 아니었다. 하지만 다행히도 윤주는 미진보다 더 심각한 얼굴을 한 하경의 질문에 별다른 의구심을 갖지 않고 대꾸해주었다.

"첫사랑을 만나서 느끼는 감정은 예전에 가슴에 묻어두었던 그날의 감정이에요. 지금 눈앞에 나타난 그 사람이 아니라 예전에 자신이 좋아했던 사람에게 느끼는 감정. 그러니 가짜죠."

입이 바싹바싹 말랐다. 또다시 갈증이 인다. 하경은 남은 커피를 모조리 마셔버렸다. 하지만 여전히 채워지지 않는 갈증에 그녀는 저도 모르게 들고 있던 빈 컵을 꽉 그러쥐었다.

"근데 생각해봐요. 급식 메뉴 걱정하던 아이가 이젠 주름 걱정을 하는 나이가 됐어요. 완전히 달라졌다고요. 내가 이렇게 변했는데 그 사람은 안 변하고 그대로겠어요? 사람들은 보통 타인의 시계에는 무심하죠. 그래서 많은 사람들이 이런 뻔한 실수를 하는 거예요. 그러다 막상 만나보니 떡볶이만 먹어도 행복했던 그때의 그 사람이 아닌 걸 알게 되는 거죠. 세월에 변해버린 모습에 서로 실망하게 되고 그제야 깨닫게 돼요. 아, 내가 좋아했던 건 어린 날의 그 사람이었어, 라고. 하지만 그땐 늦었어요. 이미 아름다웠던 첫사랑의 추억 위로 지금의 모습이 덮어진 뒤니까."

철저하게 윤주의 주관적인 생각이기는 했지만 듣다 보니 틀린 말은 딱히 없는 것 같았다. 중간중간 저도 모르게 고개가 끄덕여지기도 했다. 사실 지금껏 마음에 품은 남자는 열아홉 강지운이 끝인 모태솔로 하경에게는 윤주의 말을 듣는 것이 마치 연애 교과서를 읽는 것처럼 느껴졌다.

마치 연애 칼럼니스트처럼 자신의 의견을 시원스럽게 내뱉은 윤주는, 그저 멍한 얼굴로 자신을 쳐다보는 여자 셋을 향해 가볍게 어깨를 으쓱해 보였다.

"사실 이쯤 되면 우리도 잘 알잖아요? 추억은 추억으로만 남겨둘 때가 가장 아름다운 법이라는 거."

윤주의 말에 누구도 반박하지 못했다. '왜? 예외가 있을 수도 있잖아.'라고 되묻기엔 그들은 더 이상 어리지 않았다. 하경 역시도 처음 그를 다시 만났을 때 그렇게 생각했었고.

한 여사의 전화를 받은 건 퇴근 후 집으로 가는 지운의 차 안에서였다. 오후에 장을 보러 가려다 현관에서 발목을 삐끗했다며 못 본 장을 대신 봐 와달란 거였다. 찜질 잘하고 있으니 발목 걱정은 말고 불러주는 품목이나 멍청하게 빠트리지 말고 잘 사 오라는 한 여사의 핀잔에 하경은 한시름 놨다. 걱정할 만큼 그리 심하게 다친 건 아닌 모양이었다.

한 여사가 불러준 리스트의 중간쯤에 있는 품목인 라면을 집어 든 하경은 다른 한 손에 들려 있는 종이를 살폈다. 그다음은 고등어. 다음 품목을 확인한 하경이 종이에서 시선을 떼고 고개를 돌렸다.

"선배, 아까 생선 코너……."

입구에 있었죠. 뒷말을 삼킨 하경이 두 눈을 껌뻑였다. 당연히 뒤에 있을 거라 생각했던 지운의 모습이 보이지 않는다. 게다가 반쯤 물건이 담겨 있는 카트까지도. 조금 전까지만 해도 카트를 끌며 뒤를 졸졸 잘 따라오던 지운이었다.

화장실에 간 걸까. 하지만 지운이 굳이 수고스럽게도 화장실까지 짐이 들어 있는 카트를 끌고 갈 만큼 멍청한 사람은 아니었다. 설마 하경을 두고 혼자 집에 간 것도 아닐 텐데, 대체 이 남자는 말도 없이 어디로 사라졌단 말인가.

주위를 두리번거리던 하경은 짧게 한숨을 내쉬었다.

혹시나 하는 마음에 그 자리에 가만히 서서 기다려도 보았지만, 몇 분이 지나도 지운이 이곳으로 돌아올 기미는 보이지 않았다. 대형마트 안에서 길을 잃기라도 한 걸까. 결국 하경은 직접 지운을 찾아 나서기로 했다.

라면 봉지를 한 손에 든 채 이 코너, 저 코너를 기웃거리던 하경이 지운을 발견한 것은, 생선 코너로 가는 길목에 쭉 늘어져 있는 시식 코너 앞에서였다.

"정말 텔레비전에 나오는 사람 아니야?"

주황색 위생 모자와 앞치마를 두른 시식 코너 아주머니는 목을 쭉 빼고 지운의 얼굴을 요리조리 살폈다. 모공 하나하나까지 관찰하려는 듯 뚫어져라 보는 그 시선이 부담스러울 법도 한데 지운은 가볍게 웃으며 고개를 내저었다.

"네. 정말 아니에요."

"이상하네. 내가 분명히 어디서 본 것 같은데……."

훤칠한 키에 또렷한 이목구비. 범상치 않은 그의 외모에 이렇게 오해를 받는 것은 사실 왕왕 있는 일이었다. 한국에 처음 들어왔던 날은 공항에 있던 여고생 무리가 달려와 무턱대고 같이 사진을 찍어달라 요구했던 적도 있었다.

"아님 말지 뭐! 아무튼 이거 먹어봐."

노랗게 잘 익은 돈가스튀김 조각을 하나 콕 찍더니 지운에게 건넨다.

"방금 먹었는데……."

"이건 지금 바로 튀긴 거라 아까 것보다 더 맛있을 거야. 아, 해봐 얼른."

아주머니가 보채자 지운은 하는 수 없이 입을 아- 벌렸다. 키가 작은 아주머니를 배려해 허리까지 살짝 숙이면서 말이다. 그 모습은 언뜻 보면 사이좋은 장모와 사위처럼 보이기도 했다.

얼씨구. 팔짱을 낀 채 그들을 보며 서 있던 하경은 콧방귀를 뀌었다. 말도 없이 사라져서는 고작 돈가스를 얻어먹고 있는 모습이라니. 강지운과 참으로 어울리지 않지 않은가.

그 뒤로도 하나 더 먹으라는 아주머니와 이제 됐다는 지운의 실랑이는 몇 번 더 계속됐다. 무시하고 이제 그만 가버리면 될 텐데 왜 굳이 저기 서서 먹네, 마네, 하고 있는지 통 이해가 되질 않는다. 가서 질질 끌고 오기라도 해야 하는 걸까, 하고 생각할 때쯤이었다. 드디어 하경을 발견한 지운이 옆에 세워뒀던 카트를 끌고 하경에게 다가왔다.

"말도 없이 그냥 가면 어떡해요? 찾았잖아요."

"미안. 맛만 보고 금방 가려고 했는데, 생각보다 너무 맛있어서."

하경의 바로 앞에 도착한 지운이 하경 쪽으로 손을 척 내밀었다. 그의 손에는 이쑤시개에 꽂혀 있는 돈가스 한 조각이 들려 있었다.

"지금 바로 튀긴 거라 되게 맛있어."

아까 아주머니가 자신에게 했던 말을 그대로 읊으며 지운은 씩 웃었다. 하경이 대꾸 없이 보고만 있자 이번에는 아예 하경의 코앞까지 돈가스를 내밀었다.

"자, 얼른."

지운의 재촉에 하경은 저도 모르게 입을 아- 벌렸다. 그와 동시에 하경의 입속으로 돈가스가 쏙 들어왔다. 돈가스를 먹을 생각은 전혀 없었는데 왜 그랬는지는 모르겠다. 그녀가 맛있게 먹어주길 기대하는 반짝이는 눈빛 때문이었을까.

"맛있지?"

입안에 있는 돈가스를 깨물었다. 그의 말대로 갓 튀겨서 그런지 따뜻하고 고소하니 맛있다. 하경은 작게 고개를 끄덕였다. 작은 입술을 오물거리는 그녀의 모습을 바라보는 지운은 꽤나 뿌듯해 보였다.

하경의 시식이 끝나자 지운은 들고 있던 이쑤시개를 버려야겠다며 시식 코너로 향했다. 저러다 또 잡히지. 지운의 뒷모습을 보며 하경은 그렇게 생각했다. 그리고 역시나 아까 그 아줌마에게 다시금 붙잡힌 지운이 난감한 얼굴로 하경을 돌아보았을 때, 하경은 저도 모르게 풋 웃어버렸다. 그 모습이 꽤나 귀엽게 느껴졌기 때문이다. 그러다 문득 방금 스스로 한 생각에 소스라치게 놀랐다. 그녀의 얼굴에서 웃음기가 사라졌다.

귀엽다니? 강지운이 귀엽다니?

그와는 전혀 어울리지 않을 것 같던 형용사를 자연스럽게 붙인 본인이 너무도 놀라웠다. 하지만 그보다 '귀엽다'라는 형용사가 자연스러워진 지운이 조금 더 놀라웠다.

하경은 지운을 물끄러미 바라보았다.

그러고 보니 지운은 참 많이 바뀌어 있었다. 어쩌면 원래 이런 모습이라는 걸 하경만 몰랐을 수도 있지만, 어쨌든 하경이 기억하는 지운과 지금의 지운은 확실히 달랐다. 그땐 어디로 봐도 반듯하기만 한 정육면체 같은 느낌이었다면 지금의 그는 원기둥에 가까운 것 같다. 자로 잰 듯 반듯하지만 날이 선 게 아니라 둥근 느낌.

'첫사랑을 만나서 느끼는 감정은 예전에 가슴에 묻어두었던 그날의 감정이에요. 지금 눈앞에 나타난 그 사람이 아니라 예전에 자신이 좋아했던 사람에게 느끼는 감정. 그러니 가짜죠.'

　그렇구나……. 내가 좋아했던 그 사람은 이제 없는 거구나.

　가슴이 시큰거린다. 하지만 또 한편으로는 어쩐지 마음이 편해지는 것 같기도 하다.

　그래. 엇갈렸던 그 시간들에 대한 아쉬움은 이제 잊어야겠다. 이미 그 시간들은 먼 과거가 되었고, 아무리 용을 쓰며 그리워해도 결코 돌이킬 수 없으니까.

　최근 끊임없이 일렁이던 마음속의 파도가 서서히 잦아들기 시작했다. 엉망진창으로 뒤엉켜 있던 머릿속도 서서히 맑아지는 것 같다. 하경은, 실랑이 끝에 결국 돈가스 하나를 더 입에 물고서 돌아오는 지운을 바라보며 가볍게 웃었다.

　이제 더 이상 열일곱의 공하경과 열아홉의 강지운은, 없다.

　그러니 첫사랑의 미련도 이제 정말 버려야겠지. 지금 눈앞에 있는 남자는, 자신이 짝사랑했던 그 남자가 아니니까.

6. 다 지난 일이니까

일요일의 영화관은 많은 사람들로 복작였다. 전광판에는 '예약'
이라는 노란 글씨보다 '매진'이라는 빨간 글씨가 더 많이 눈에 띈
다.

"예약 안 했으면 오늘도 못 볼 뻔했네요."

영화 상영 시간을 기다리며 나란히 의자에 앉아 전광판을 바라
보던 수한이 손에 든 영화표를 가볍게 흔들며 씩 웃었다. 수한이
미리 예매를 하지 않았다면 두 사람은 오늘 그의 말대로 허탕을
칠 뻔했다. 수한이 보고 싶다던 영화가 요즘 인기를 끄는 작품이었
던지, 하경이 영화관에 도착했을 때부터 이미 모든 시간이 매진이
었던 것이다.

"죄송해요. 제가 영화 보여드리기로 한 건데……."

고개를 푹 숙인 하경은 팝콘 상자 바닥을 만지작거렸다. 그녀가

신경 써야 하는 부분이었다. 하지만 하경은 영화관에 도착하기 전까지도 영화를 미리 예매해야 한다는 생각은 눈곱만큼도 하지 못했다.

"농담이에요. 농담."

예상보다 더 미안해하는 하경의 모습에 당황한 수한이 얼른 손사래를 쳤다.

"그냥 웃자고 한 농담이었어요. 안 웃겼으면 미안해요."

"왜 정 팀장님이 사과를 하세요."

멋쩍게 웃으며 괜한 사과를 하는 수한을 보며 하경이 풋- 웃었다.

"아, 드디어 웃었다."

"네?"

"하경 씨 오늘 표정이 계속 어두워서 걱정했거든요. 혹시 뭐 신경 쓰이는 일 있어요?"

티를 낼 생각은 없었는데 저도 모르게 뻔히 티가 났나 보다. 수한의 물음에 하경은 조금 전 집을 나설 때를 떠올렸다.

외출 준비를 끝마친 그녀가 거실로 내려왔을 때 주방에서 한 여사는 분주하게 움직이고 있었다. 하경이 시계를 확인했을 땐 5시였다. 부부동반 모임 때문에 집에서 5시 30분엔 출발을 해야 한다더니 외출 준비는 않고 주방에서 무얼 하고 있는 건지. 호기심이 생긴 하경이 주방으로 들어가자 고소한 냄새가 그녀의 코를 자극했다.

한 여사가 만들고 있는 건 죽이었다. 제주도에 사는 지인에게서 받은 싱싱한 전복을 아낌없이 넣고 끓이는 한 여사표 전복죽은 아파서 입맛이 없을 때도 한 그릇을 뚝딱 해치울 수 있을 정도로 별미였다. 하지만 그 죽을 왜 지금? 의아해하는 하경에게 한 여사가 핀잔을 주듯 말했다.

'아프잖아, 지운이.'

한 여사는 사람이 하루 종일 끙끙 앓는데 어쩜 그리 무심할 수가 있냐고 제 딸을 향해 눈을 흘겼다. 그제야 하경은 지운이 어제부터 수시로 콜록거리며 잔기침을 하던 것이 생각났다.

그녀가 기억하기로 지운은 어릴 때도 이맘때만 되면 감기에 걸렸던 것 같다. 자주 아프지는 않았지만 한 번씩 아플 때면 학교도 빠질 정도로 심하게 앓아누웠다. 그때마다 한 여사는 승현의 손에 전복죽을 들려서 보내곤 했었다.

이번에도 많이 아프려나. 일요일이라 병원 문도 안 열고, 부모님은 부부동반 모임에 가서 늦으실 텐데.

약속 시간이 다 됐는데 갑자기 펑크를 낼 수도 없어 나왔지만 역시 환자를 집에 혼자 두고 온 게 마음에 걸렸다. 하경의 미간이 살짝 구겨졌다. 그때 입구에 서 있던 영화관 직원의 입에서 두 사람이 보기로 한 영화 상영 시간이 10분 남았다는 안내가 나왔다.

하경은 살짝 숙이고 있던 고개를 들었다. 그녀를 바라보고 있던 수한과 눈이 마주쳤다. 잔뜩 걱정스러운 얼굴이다.

"아뇨, 그런 거 없어요."

살짝 눈웃음을 지으며 하경은 자리에서 일어났다.

"이제 들어가도 된대요. 얼른 가요, 우리."

어린애도 아니고 다 큰 어른인데 집에 혼자 둔다고 무슨 일이 생길까. 정 상태가 안 좋으면 119를 부르든 하겠지, 뭐. 모르는 길도 스마트폰 어플을 통해 거뜬히 찾아올 정도로 워낙 똑똑한 남자가 아니던가.

하경은 엉덩이를 툭툭 털며 머릿속을 맴돌던 생각도 함께 털어냈다.

"크림스파게티 하나, 해물스파게티 하나요."

영화가 끝나고 영화관과 같은 건물에 있는 스파게티 전문점에 왔다. 9시. 식사를 하기에는 늦은 시간이었지만 가게 안은 제법 많은 사람들이 있었다. 그중에는 두 사람과 같은 영화를 봤던 커플들도 눈에 띄었다.

"영화 별로였어요?"

주문을 마친 수한이 컵에 물을 따라 하경의 앞으로 쓱 밀어내며 물었다.

"영화 보기 전에 미리 물었어야 했는데. 혹시 이런 장르 안 좋아해요?"

"아니에요. 재미있었어요."

하경이 깜짝 놀라며 고개를 내저었다. 하지만 수한은 그녀의 말을 믿지 않는 눈치였다.

"영화 보는 내내 한 번도 웃는 걸 못 봤어요. 하경 씨 반응을 보고 있자니 이게 코미디 영화인지 SF물인지 저까지 헷갈리던데요?"

뜨끔했다. 만약 누군가가 오늘 본 영화의 줄거리를 묻는다면 제대로 설명할 자신이 없을 정도로 좀처럼 영화에 집중하지 못했다.

사실 주인공이 마지막에 죽었는지 살았는지도 모르겠다. 그래도 코미디 영화라니 아마 주인공을 죽이진 않았겠지.

"다음부터는 보고 싶은 영화가 아니면 영화 보기 전에 말해줘요. 알겠죠?"

"네에."

코미디 영화를 싫어하는 건 아니었는데. 하지만 하경은 솔직하게 말하는 대신 어색하게 웃으며 수한의 시선을 피해 창밖으로 고개를 돌렸다.

6층이라 그런지 풍경이 훤히 잘 보였다. 하늘은 깜깜한데 내려다보이는 거리는 화려한 네온사인 때문에 눈이 부실 정도로 밝았다. 외국인들이 우리나라에 오면 제일 먼저 놀라는 게 밤거리라던데. 지금 보니 충분히 그럴 수 있을 것 같았다.

"야경이 멋지네요."

하경을 따라 창밖 풍경을 바라보던 수한이 부드럽게 말했다. 하지만 하경은 야경에서 눈을 뗀 지 오래였다. 그녀의 시선은 가게 벽에 달린 전자시계를 향하고 있었다.

9시. 지금까지 아무 소식이 없는 걸 보니 괜찮은 모양이다. 무슨 일이 있었다면 병원에서든 경찰에서든 진작 연락이 왔겠지. 지금쯤이면 부부동반 모임을 끝낸 부모님도 집에 가셨을 거다. 늘 그랬으니까.

그렇게 생각하니 불편했던 마음이 조금은 가시는 것 같았다. 이젠 스파게티를 먹는대도 체하지 않을 수 있을 것 같다.

"하경 씨."

"네?"

시계에서 눈을 떼고 수한을 바라보았다. 그는 테이블 위에 양팔을 올리고서 턱을 괸 채 하경을 물끄러미 바라보고 있었다.

"사실 나, 할 말이 있어요."

마냥 부드럽기만 하던 얼굴이 평소와 달리 꽤나 심각해 보였다.

"할 말…… 이요?"

상대가 평소와 다르게 나오니 하경 역시 덩달아 긴장해버렸다.

도대체 어떤 어려운 말을 하려고 저렇게 심각한 표정인 거지. 회사에 무슨 일이 생기기라도 한 걸까.

그녀의 속에 정체 모를 불안감이 스멀스멀 피어오를 때였다. 빈 의자 위에 올려 두었던 하경의 핸드백이 드르륵, 드르륵 진동하기 시작했다. 원목의자라 진동 소리가 컸다. 하경은 수한의 눈치를 잠깐 살피다 휴대폰을 꺼내 들었다. 액정에 뜨는 발신인은 한 여사였다.

"죄송해요. 잠깐 전화 좀 받고 올게요."

약간 김빠졌다는 듯 경직됐던 얼굴을 푼 수한이 가볍게 고개를 끄덕였다. 하필이면 이 타이밍에 전화가 올 건 뭐란 말인가. 하경은 수한의 말을 끊은 것을 미안해하며 얼른 휴대폰을 들고 가게 밖으로 나갔다.

-혹시 아직 밖이니?

전화를 받자마자 다짜고짜 한 여사가 물어왔다.

"응. 이제 저녁 먹으려고."

가볍게 대꾸했다. 하지만 곧 그녀의 얼굴에 당혹감이 스쳤다. 벽에 살짝 기대고 있던 등을 얼른 뗐다.

"설마 엄마도 아직 밖이야?"

-그래. 오늘따라 네 아버지가 신이 나서는 2차를 꼭 가야겠다고 하시네. 평소엔 술자리 안 내켜 하던 양반이…….

왜 하필 오늘이란 말인가. 하경은 이마를 탁 짚었다.

"많이 늦어?"

-보니까 12시는 넘어야 끝날 것 같네.

한 여사는 짧게 한숨을 내쉬었다.

-되도록이면 네가 집에 빨리 좀 들어가 볼래? 좀 전에 지운이한 테 전화했는데 안 받더라. 집으로 해도 안 받고. 자는 건지 아니면 기절을 한 건지…….

"아까 선배 몸 상태 어때 보였어? 많이 안 좋아 보였어?"

집에서 나오기 전 지운의 얼굴이라도 보고 가야 하나, 말아야 하나 그의 문 앞에서 한참을 망설이다 결국 그냥 나와버렸다. 이렇게 신경이 쓰일 줄 알았으면 얼굴이라도 보고 오는 건데.

-말로는 괜찮다고 걱정 말라던데 눈도 제대로 못 뜨더라. 온몸은 불덩이고. 무슨 감기를 그렇게 심하게 앓는지 모르겠어.

순간 끙끙 앓고 있는 지운의 모습이 머릿속에 떠올랐다. 눈도 제대로 못 뜰 정도라면 얼마나 아프다는 걸까. 하경은 아랫입술을 비틀었다.

"알았어. 내가 가볼게."

통화를 끝마친 하경은 빠른 걸음으로 가게 안으로 들어갔다. 그녀가 자리에 도착했을 땐 마침 음식들이 세팅되고 있었다. 김이 모락모락 나는 스파게티 두 그릇을 테이블 위에 가지런히 올려놓는 종업원 너머로 수한이 보였다. 난감한 일이었다. 사실대로 말을 할 수도 없는데 대체 어떤 말로 양해를 구해야 할까. 재빨리 머리를 굴려보았지만 딱히 떠오르는 구실이 없다.

"딱 맞춰서 왔네요?"

종업원이 비키자 초조하게 서 있던 하경의 모습이 드러났다. 수한과 시선을 마주치는 순간 하경의 머릿속은 하얘졌다. 그러고는 의지와는 상관없이 입이 절로 움직였다.

"죄송해요."

"네?"

뜬금없는 사과에 수한이 의미를 모르겠다는 듯 되물었다.

"먼저 가봐야 할 것 같아요. 오빠가…… 많이 아픈데 집에 혼자 있거든요."

애초에 거짓말을 잘하는 타입이 아니었다. 지운을 오빠로 둔갑시키는 정도가 그녀에겐 최선이었다.

수한은 대답 없이 물끄러미 하경을 바라보기만 했다. 그 시선을 마주할 자신이 없어서 슬그머니 시선을 내리깔았다.

"죄송해요, 정말."

어째서 이 사람에겐 이렇게 미안할 일들만 계속 생기는 걸까.

수한에게서 승현의 결혼 축하 인사를 전해 들은 적이 있다는 걸 깨달은 건 현관문을 열기 바로 직전이었다.

맙소사. 하경의 얼굴에 경악과 같은 어떤 것이 스쳤다.

도대체 그는 뭐라고 생각했을까. 자신이 거짓말을 한다는 걸 알았을까. 아니면 승현의 부인을 남편이 아픈데도 방관하는 이상한 여자라고 생각했을까. 그것도 아니면 승현을 부인에게 버림받은 불쌍한 남자라고 생각했을까.

현관문을 열며 하경은 생각했다. 뭐가 됐든 거짓말을 눈치챈 건 아니었으면 좋겠다고. 어차피 오빠 부부와 수한이 마주칠 일은 없을 테니까 말이다.

집 안은 고요했다. 깜깜한 적막이 무겁게 흐르는 거실을 보며 어쩌면 지운이 집에 없을 수도 있겠다는 생각이 들었다.

몸이 괜찮아져서 외출을 한 거라면, 그래서 한 여사의 전화를 받을 수 없었던 거라면 택시비로 2만 원이나 지출하며 날아온 나는 억울해서 어떡하나. 아니, 차라리 그러는 편이 나으려나.

하지만 이것이 쓸데없는 고민이었다는 걸 하경은 곧 알 수 있었다. 문이 열리자마자 더운 열기가 그녀를 훅 덮쳤다. 아직 보일러를 틀지는 않았을 텐데 방 안의 공기는 데워져 있었다. 사람의 형태도 잘 보이지 않는 어두운 방 안에는 불규칙한 호흡 소리만 가득했다.

방에 불을 켜는 대신 방문을 활짝 열었다. 2층 복도의 불빛이 방 안으로 흘러들어와 어느 정도 사물이 분간이 되었다. 지운의 모습도 보였다. 그는 마치 죽은 사람처럼 침대에 널브러져 있었다. 거친 호흡을 뱉어내지 않았다면 숨은 쉬는지 코끝에 손을 대봤을 것이다.

"선배."

침대 곁으로 다가가 조심스레 지운을 불러보았다. 하지만 돌아오는 대답은 여전히 불규칙한 숨소리뿐이다. 깊게 잠든 모양이었다. 하경은 바닥에 떨어져 있는 물수건을 주워들며 침대가에 엉덩이를 살짝 걸쳤다. 아마 한 여사가 올려뒀을 물수건은 이미 물기가 다 날아가고 퍼석해져 있었다.

좀 괜찮은 건가.

허공에서 잠깐 망설이던 하경의 손이 지운의 매끈한 이마에 조심스레 닿았다. 혹여나 깨울까 손끝만 살짝 댔다가 천천히 손바닥을 펴보았다. 열기가 있었지만 뜨거운 정도는 아니었다. 다행히도 열은 많이 내린 모양이었다. 후우, 안도의 한숨이 흘러나왔다.

이마에서 손을 떼고 지운의 얼굴을 살폈다. 움푹 파인 눈, 마른 입술, 한층 더 날카로워진 턱선. 이른 아침에도 늦은 밤에도 반짝반짝 빛나던 얼굴이 하루 새 많이 상했다. 그래도 잘난 건 여전했지만.

어? 잘생긴 얼굴을 감상하던 하경의 눈이 별안간 둥그렇게 커졌다. 고개를 살짝 숙여 지운에게 좀 더 가까이 다가갔다. 잘못 본 게 아닌 모양이었다. 짙은 눈썹 위에는 작고 흐린 흉터가 있었다. 분명 하경도 알고 있는 것이었다.

언제였더라. 점심시간이었던가, 방과 후였던가. 정확하게 기억이 나진 않지만 어쨌든 장소는 확실히 학교였다. 그날도 하경은 어김없이 창가에 서서 축구하는 지운을 몰래 훔쳐보고 있었다.

공을 따라 이리 뛰고, 저리 뛰고. 상대편의 골대 앞에서도, 운동장 중앙에서도, 본인 편 골대 앞에서도 공이 있는 곳이라면 어디든 달려가는 지운을 보며, 대체 그의 포지션이 뭘까 궁금해할 때였다. 선영이 무슨 이유에서였는지 '공하경!' 하고 빽 소리를 내질렀다. 선영의 목소리가 어찌나 컸는지 깜짝 놀라 뒤를 돌아보려 할 때 이번에는 멀리서 '지운아!' 하는 소리가 들렸다. 선영에게 향하던 고개가 소리가 나는 쪽으로 빠르게 돌아갔다.

축구를 하던 사람들이 지운의 주위로 몰려들기 시작했다. 사람들의 중심에 선 그는 두 팔로 자신의 얼굴을 감싸고 있었다. 날아오는 공에 얼굴을 정통으로 맞은 듯했다. 그가 손을 떼자 주위의 웅성거림이 더 심해졌다.

멀리서 보고 있는 하경의 눈에도 피부가 찢어져 피가 나는 게 보일 정도로 상처는 심각해 보였지만, 지운은 괜찮다며 그대로 경기를 재개했다. 그러고는 정말이지 아무 일 없었던 사람처럼 운동장 위를 누구보다 쌩쌩 날아다녔다.

그러게 다들 양호실로 가랬는데 괜찮다고 고집을 피우더니, 기어이 흉터가 남았구나. 하경은 떠오르는 옛 기억에 살며시 웃으며 그의 흉터를 손끝으로 조심스럽게 쓸어보았다. 하긴, 이런 작은 흉터쯤은 신경 안 써도 됐겠다. 이런 작은 흉터는 그의 미모에 전혀 흠이 안 되는 것 같으니까.

"진짜 잘생기긴 했네……."

저도 모르게 속마음이 불쑥 튀어나왔다. 그때 지운의 기다란 속눈썹이 파르르 떨리는 것이 보였다. 헉. 하경은 기겁을 하며 얼른 지운의 얼굴에서 손을 떼고 제 입을 막았다.

짧은 순간, 마치 시공간이 멈춘 것만 같았다. 숨을 죽이고 지운을 바라보았다. 하지만 지운은 더 이상 움직이지 않았다. 다행히도 깬 건 아닌가 보다. 하경은 놀란 가슴을 쓸어내렸다.

빨리 여기서 벗어나야 했다. 자는 얼굴을 몰래 훔쳐봤다는 걸 본인에게 들킬 순 없었다. 그건 너무도 변태 같으니까.

마른 수건을 챙겨 들고서 지운의 눈치를 보며 자리에서 천천히 일어나던 순간이었다. 별안간 지운이 하경의 손목을 탁 붙들었다. 그러고는 놀랄 새도 없이 자신의 쪽으로 하경을 확 잡아당겼다.

풀썩. 하경의 몸이 지운의 위로 고꾸라졌다. 상황 판단이 잘 안 돼서 이불에 뺨을 댄 채 눈만 껌뻑이고 있는데 지운의 다른 팔이 그녀의 어깨 위로 턱 올라왔다. 완전히 안긴 자세가 되어버렸다.

"……선배?"

조심스레 불러보았다. 하지만 지운에게서는 대답이 없다.

"선배, 일어났어요……?"

또다시 조심스러운 물음. 이번에도 대답이 없다. 그저 새근거리는 숨만 그녀의 동그란 정수리에 뱉어낼 뿐이다.

잠결에 그런 걸까. 하긴, 제정신이라면 이런 짓을 할 리가 없지. 하경의 입이 불퉁 튀어나왔다. 무슨 이따위 능글맞은 잠버릇이 다 있담.

지금이라도 벌떡 일어나 잠을 깨워버릴까 하다 그만뒀다. 등 뒤에 닿는, 뜨거운 몸이 전해주는 온기가 딱히 나쁘지 않아서였다. 머리 위로 새근거리는 지운의 숨소리가 제법 크게 들렸다. 처음보단 훨씬 편안해진 숨소리다.

잠깐만 이렇게 있어야지.

몸을 일으키는 대신 가만히 눈을 감았다. 하경은 지금 그가 잠들어 있어서 다행이라고 생각했다. 쿵쾅쿵쾅 요란스럽게도 두근거리는 자신의 심장 소리를 들키지 않을 테니까.

모니터에 시선을 고정한 채 자판을 두드리던 하경은 기지개를 쭉 켰다. 그래도 성에 안 차는지 왼쪽으로 몸을 젖혔다가 또 오른쪽으로 몸을 젖히며 가볍게 스트레칭을 했다. 오늘따라 몸 구석구석이 뻐근하다.

어제 지운의 방에서 불편한 자세를 한 채 그만 까무룩 잠에 들어버렸다. 자정이 넘어서야 하경은 열린 방문 너머에서 들리는 부모님이 오시는 소리에 잠에서 깼다. 여전히 지운이 잠들어 있다는 것을 확인한 하경은 조심스럽게 방을 빠져나왔다. 하경이 제 방에 들어오고 난 후 곧바로 한 여사가 지운을 살피기 위해 2층으로 올라오는 소리가 들렸다. 콩콩 뛰는 가슴을 쓸어내렸다. 천만다행이었다.

자세를 바로 하다 슬쩍 고개를 돌려 지운을 바라보았다. 평소보다는 조금 수척해 보이기는 하지만 어제에 비하면 반짝이는 얼굴이다.

어제의 나는 저 잘난 얼굴에 홀렸던 걸까.

그녀의 머릿속에 어제의 기억이 몽글 떠올랐다. 이불 너머에서도 느껴지던 따뜻한 체온. 등에 닿던 심장박동 소리. 달콤한 그의 향기. 그리고 조금은 뜨거웠던 숨결까지…….

아니, 이건 아니다! 맙소사. 지금 무슨 생각을 하는 거람.

하경은 얼른 고개를 내저었다. 하지만 이미 어제의 감각들은 아주 생생하게 떠오른 뒤였다. 얼굴이 화끈해졌다. 양손으로 뜨겁게 달아오른 양 볼을 감쌌다. 한숨이 절로 나왔다. 마치 변태가 되어버린 기분이다.

"공 대리님."

누가 볼세라 붉어진 얼굴을 식히는 하경의 어깨를 주희가 살짝 건드렸다.

"엠티 얘기 들으셨어요?"

"엠티?"

책상 위에 있는 달력을 흘끗 보았다. 벌써 시간이 이렇게나 흘렀던가. 요즘 정신이 없어서 까맣게 잊고 있었다.

기획팀은 매년 이맘때면 단체 엠티를 다녀왔었다. 1팀과 2팀으로 나누어지면서 회식보다 더 강력한 친목 도모가 필요하다는 것이 부장의 주장이었다. 그러나 말이 친목 도모지, 사실 그냥 유부남들이 당당하게 외박하고 당당하게 술독에 빠질 수 있는 그런 날, 그 이상도 그 이하도 아니었다. 그러고 보니 평소에는 가정적인 부장도 1년에 한 번 정도는 맘껏 자유를 즐기고 싶어서 만든 아이디어일지도 모르겠다.

"이번 주말에 간다던데요? 2팀은 벌써 다 알고 있더라구요."

"그래?"

주말이면 4일이 남아 있다. 1박 2일 스케줄을 고작 4일 전에 알게 됐지만 하경은 별로 놀랍지 않았다. 그러려니 했다. 시기는 이맘때로 늘 같았지만 정확한 날짜는 늘 부장의 입맛대로였으니, 아마 기획팀의 누구도 그녀와 같은 반응일 것이다.

"근데 주희 씨, 엠티 얘기하면서 왜 이렇게 들떴어?"

"어머, 티 나요?"

헤헤- 웃으며 주희가 말했다.

"사실 이번 엠티는 좀 기대가 돼요."

"작년엔 그렇게나 가기 싫어하더니, 왜?"

"회사 밖에서의 강 팀장님 모습을 볼 수 있는 거잖아요."

혹여나 지운이 들을까 주희는 목소리를 낮췄다.

"특히나 사복 입은 모습이 너무 기대돼요. 옷걸이가 완벽하니 뭘 입어도 멋있겠죠? 정장도 잘 어울리지만 왠지 사복이 더 잘 어울릴 것 같은 느낌이 든단 말이에요."

평소에도 눈썰미가 좋다고 생각이 되긴 했지만 역시 보통이 아닌 모양이었다. 주희의 말대로 지운은 깍듯한 정장보다는 사복이 훨씬 더 잘 어울렸다. 퇴근 후 편한 옷으로 갈아입은 지운을 볼 때면 질리지도 않고 매번 감탄할 정도였으니까 말이다.

"사실 말을 안 해서 그렇지 윤주 씨도 그렇고 2팀 사람들도 다 저처럼 생각할걸요? 공 대리님이야 워낙에 남자한테 관심이 없으시니까 모르겠지만."

남자한테 관심이 없는 것처럼 보였나 보다. 딱히 눈에 들어오는 남자가 없어서였을 뿐, 그런 건 결코 아닌데 말이다. 뒷말에 뜨끔했지만 하경은 그냥 어색하게 웃고 말았다.

기획팀뿐만 아니라 회사 전체에서 지운의 인기는 꽤 대단했다. 지운이 구내식당에서 점심을 먹는 날이면 평소보다 여직원들이 훨씬 많이 보였다. 몇몇은 일부러 기획팀을 찾을 구실을 만들어 지운을 보고 가기도 했다. 아마 이번에도 기획팀 엠티에 따라오고 싶어 하는 타 부서 여직원들이 꽤 있을 것이다.

그러고 보니 엠티는 1박 2일이었다. 지운이 자는 모습을 다른 사람들도 보게 되는 걸까. 까칠하고 반듯해 보이는 평소 이미지와는 달리 자는 모습은 마냥 어린아이 같다는 걸, 이제는 다들 알게 될까.

하경은 모니터로 시선을 돌렸다. 자판 위에 손도 올려놨지만 손가락은 움직이지 않았다. 모니터 위에서 깜빡이는 커서를 물끄러미 바라보던 그녀는 생각했다.

왠지 그건 싫어, 라고.

회사 앞 커피숍에서 사 온 커피 두 잔을 들고 하경은 기획2팀 사무실을 찾았다. 저번처럼 까먹지 않고 제때 사과를 하기 위해서였다. 다행히 수한은 사무실에 있었다. 하경은 다른 직원들의 눈치를 보며 조심스럽게 수한을 옥상으로 불러냈다.

"오빠분은 좀 어때요?"

옥상에 도착한 수한이 커피를 받아 들며 부드럽게 미소 지었다. 몇 번째나 계속되는 그녀의 실수에 기분이 나쁠 법도 한데 단 한 번도 기분 나쁜 티를 낸 적이 없었다. 그래서인가 보다. 이렇게 미안해 죽을 것 같은 마음이 드는 건.

"많이 좋아졌어요. 덕분에요."

"그렇구나. 스파게티를 포기하고 간 보람이 있어서 다행이네요."

가볍게 웃는 수한을 보며 하경은 내심 안도했다. 다행히 거짓말을 한 게 들키진 않은 모양이었다. 신혼부부의 이미지에 누를 끼친 것은 미안했지만.

"참, 그런데 어제 할 말이 있다고……."

"아, 그거요?"

수한은 대답 대신 커피를 한 모금 들이켰다. 하경은 얌전히 그의 입에서 다음 말이 나오길 기다렸다. 잠깐 뜸을 들이는가 싶더니 수한이 말했다.

"궁금해요?"

어제와 달리 장난스런 표정이다.

"당연하죠."

"근데 말 안 해줄래요."

"네? 왜요?"

"음, 글쎄요. 먹고 싶던 스파게티를 못 먹은 것에 대한 심술쯤으로 해둘까요?"

중요한 얘기는 아니었던 걸까. 하지만 그렇게 생각하기엔 어제 수한의 표정은 사뭇 진지했었는데 말이다.

"정말 얘기 안 해주실 거예요?"

"다음에 할게요."

"다음에요?"

"네. 아주 시간이 많이 지난 다음에요."

수한의 대답이 너무 깔끔해서 하경은 궁금해도 더 이상 캐물을 수가 없었다. 그다음이 언제인지는 모르겠지만 다음을 기약하는 수밖에.

수한의 시선은 저 멀리 어딘가를 향하고 있었다. 하경 역시 수한을 따라 멀리 시선을 던졌다.

푸른 하늘 바로 밑의 커다란 산은 듬성듬성 노란 물이 들어 있었다. 그러고 보니 출근길에도 단풍나무를 심심찮게 봤던 것 같다.

단풍놀이를 마지막으로 갔던 게 언제였더라. 아마 대학교 1학년 때였지 싶다. 승현과 선영을 따라 간 단풍놀이가 처음이자 마지막 단풍놀이였다. 하필이면 승현과 선영이 한창 좋을 때라 안타깝게도 단풍보단 그들의 애정 표현을 더 많이 봤었지만. 그때 하경은 생각했다. 단풍놀이만큼은 꼭 남자 친구와 오겠노라고. 그렇게 지금까지 여섯 번의 단풍놀이를 놓쳤다.

픽, 헛웃음이 샜다. 대신 공기가 빠진 입에 커피를 가득 채워 넣었다. 당연한 얘기지만 오늘도 커피는 쓰다.

두 사람의 티타임은 짧게 끝났다. 이제 슬슬 업무 복귀를 해야 했다. 함께 엘리베이터를 타고 내려와 같은 층에 내린 두 사람은 각각의 사무실로 가기 위해 흩어졌다.

수한에게서 등을 지고 사무실을 향해 걷고 있을 때였다. 별안간 그녀의 뒤에서 익숙한 인기척이 느껴졌다.

"저번부터 생각했던 건데, 공 대리랑 정 팀장, 참 사이가 좋아?"

대체 또 무슨 소리를 하려고. 잔뜩 빈정거리는 목소리에 하경은 고개를 획 돌려 지운을 쳐다보았다.

"정 팀장한테 갖다 준 커피, 그거 5,000원짜리였지?"

"그런데요?"

덤덤하게 되물었다. 정확하게는 4,800원이었지만.

"자기네 팀장은 고작 500원짜리 자판기 커피를 마시는데 다른 팀 팀장에게 5,000원짜리 커피를 사다 준 부하 직원에 대해서 어떻게 생각해, 공 대리?"

지운은 제 손에 들린 자판기 커피를 일부러 하경에게 보이게끔 홀짝 마셨다. 대체 내가 누구 땜에 그 5,000원을 날렸는데. 하경의 반듯한 미간이 구겨졌다.

"그럴 만한 이유가 있을 거라고 생각해요."

"나는 공 대리와 다른 생각인데."

"어떤 생각이신데요."

"아마도 그 부하 직원이 다른 팀 팀장과 사내 연애를 하는 게 아닐까, 뭐 그런?"

"그런 거 아니거든요!"

이 남자가 대체 무슨 소릴 하는 거람. 하경은 결국 참지 못하고 팩 쏘아붙였다. 하지만 지운은 전혀 개의치 않는다는 듯 여유로운 얼굴로 하경의 손을 덥석 잡았다.

"뭐 하는 거예요, 지금?"

화들짝 놀라며 하경이 물었지만 지운은 대꾸 없이 그녀의 손바닥이 천장으로 가게끔 활짝 펼쳤다. 그러고는 자신이 들고 있던 빈 종이컵을 반듯하게 그녀의 손바닥 위에 내려놓는다.

하경의 시선이 제 손바닥 위에 있는 종이컵을 스쳐 지운에게서 뚝 멈췄다. 그는 묵묵히 제 할 일을 끝낸 것이 꽤나 뿌듯한 듯 보였다.

"그런 게 아니라면……."

종이컵이 올라가 있는 손바닥을 하경의 품으로 슥 밀어주더니, 이내 입꼬리를 올리며 싱긋 웃는다.

"정 팀장보다는 강 팀장을 좀 더 챙겨야 한다고 생각해. 나는."

며칠 전 선영에게 곧 집들이를 할 거라는 연락을 받았었다. 하지만 집들이 날짜가 오늘이라는 사실을 알게 된 건, 퇴근을 딱 한 시간 남겨뒀을 때였다.

"설마, 지들도 양심이 있으면 집들이 선물 가지고 뭐라고 하지는 않겠죠?"

급하게 오느라 집들이 선물을 준비할 시간이 없었다. 결국 두 사람이 산 것은 대표적인 집들이 선물인 휴지였다. 그래도 혹시 몰라 두루마리 휴지, 갑 티슈, 물티슈까지 아주 종류별로 사 오기는 했다.

"글쎄. 그 두 사람이 그다지 양심이 있는 캐릭터는 아니었던 것 같은데."

뒷좌석에서 휴지 삼총사를 꺼낸 지운이 그중 가장 가벼운 두루마리 휴지를 하경에게 건네며 사뭇 진지한 표정으로 말했다. 그래. 정상적인 캐릭터들은 절대 아니지. 하경도 백번 동감하며 고개를 끄덕였다.

휴지를 한 아름 안고 엘리베이터를 기다리고 있는데, 두 사람의 옆에 철가방 두 개가 턱 놓였다. 철가방을 동시에 두 개나 들고 다니는 배달원은 처음 보는 것 같다. 신기한 광경에 그쪽으로 시선을 보내는 순간 이쪽을 보고 있던 배달원과 하경의 눈이 마주쳤다. 그리고 그녀보다 먼저 배달원이 어색하게 웃으며 고개를 돌리는 것을 보는 순간 하경은 생각했다. 철가방 두 개보다 휴지 삼총사를 들고 있는 쪽이 더 이상한 광경이었을지도 모르겠다고.

뭔가 불길한 예감이 드는 건 그때부터였다.

철가방을 비집고 흘러나오는 고소한 냄새에 공복인 속이 반응하기 시작할 때쯤, 1층에 도착한 엘리베이터 문이 열렸다. 배달원이 먼저 철가방 두 개를 들고 엘리베이터에 올라탔다. 그 뒤를 따라 올라탄 하경이 숫자판을 보는데, 그녀가 누르려고 했던 숫자에는 이미 불이 들어와 있었다.

"설마 아니겠죠?"

하경의 시선이 철가방을 지나 옆에 있는 지운을 향했다. 지운도 그녀와 같은 생각을 하고 있었는지 어색하게 웃었다.

"에이, 설마."

"그죠?"

하지만 사실 두 사람은 이미 예감하고 있었다. 저 철가방 두 개

속의 음식이 그들의 저녁 식사가 되리라는 것을. 그래서 두 사람은 같은 층에 내린 배달원이 그들보다 먼저 신혼부부네 집 벨을 누르는 모습을 보고도 그다지 놀라지 않을 수 있었다.

"어? 두 사람 일찍 왔네?"

계산을 끝마친 승현이 배달원과 바통 터치를 하듯 나타난 하경과 지운을 반겼다. 음식을 거실 테이블로 옮기고 있던 선영도 인사를 건넸다.

"왔어?"

"그래. 왔다. 배달 음식이랑 같이."

신발을 벗은 하경은 현관에 놓여 있는 탕수육 소스를 들고 선영이 있는 거실로 향했다. 뭐 때문에 하경의 입이 불퉁 튀어나왔는지 알겠다는 듯 선영이 헤헤- 웃었다.

"미안. 며칠 전에 네 오빠 회사 사람들 집들이하느라 무리했더니, 몸살이 나서 말이야."

"네 SNS 봤어. 듣도 보도 못한 음식들도 보이더라. 그때 음식 차렸던 상다리는 무사해? 응? 그 사람들 입만 입이고 내 입은 주둥이야?"

"어머, 얘 좀 봐. 네가 남이야?"

하경이 툴툴거리자 선영이 '네가 남이야?' 스킬을 발동했다. 예전에는 이 말을 들으면 '그럼 남이지!'라고 발끈할 수 있었는데 이제 하경은 아무 말도 할 수가 없었다. 정말로 남이 아니라 가족이 됐으니까.

"이게 다 뭐야?"

"뭐긴 뭐야. 집들이 선물이지."

현관 쪽에서 승현과 지운의 대화가 들렸다. 승현이 이제야 휴지 삼총사를 발견한 모양이었다.

"집들이 선물이 왜 휴지야?"

"원래 집들이 선물로 휴지 제일 많이 하잖아."

"야, 강지운! 공하경! 너희가 남이야?"

아니, 이 바퀴벌레 한 쌍 같은 커플이 진짜! 아무리 코에 걸면 코걸이, 귀에 걸면 귀걸이라지만 이건 너무하지 않은가. 남이 아니라서 집들이 음식은 배달 음식으로 때워도 되고, 남이 아니라서 집들이 선물은 거창한 걸 해왔어야 한다는 논리라니.

"아, 됐거든! 휴지 삼총사가 배달 음식에는 딱 맞거든!"

하경이 승현이 있는 현관 쪽을 향해 빽 소리를 내질렀다. 집들이 선물로 선영이 그리 노래를 불러대던 공기청정기나 하나 해주려고 했는데, 그럴 마음이 쏙 들어가버렸다. 장가가고 좀 변했을까 했는데, 얄밉고 재수 없는 건 어쩜 그대로일까. 흥. 해주나 봐라.

어릴 때부터 남매는 참 자주 싸웠다. 나이 차이가 적고 사이가 워낙 가까웠던지라 더 그랬던 것 같다. 나이가 들고는 제법 싸움이 줄어들긴 했지만 여전히 철 안 든 오빠와 마냥 순하지만은 않은 여동생은, 톰과 제리였다.

"그러지 말고 집 구경이나 해. 저번에 왔을 때 못 했잖아. 응?"

그런 두 사람을 가까운 곳에서 지겹도록 지켜봤던 선영이 잔뜩 뿔이 난 하경을 달래듯 안방 쪽으로 그녀의 등을 밀었다. 하경은 못 이기는 척 안방으로 향했다. 물론 중간에 눈이 마주친 승현과 눈싸움을 하는 것도 잊지 않았다.

"어때?"

"진짜 신혼집처럼 꾸며놨네."

우와. 방을 둘러보며 하경은 감탄했다. 입을 쩍 벌린 그 모습에 옆에 선 선영이 픽 웃었다.

"그럼 가짜 신혼집처럼 꾸며놨을까 봐?"

"너 집 꾸미는 것 같은 일에 흥미 없었잖아."

"그랬지. 근데 부모님 집이 아니라 내 집이다, 생각하니까 흥미가 생기더라고."

작은 금빛 꽃무늬가 사선으로 박힌 흰색의 벽지가 마치 빛이 방 안으로 쏟아지는 것처럼 밝게 비추어주고 있었다. 화장대부터 시작해서 옷장, 침대까지 벽지와 색을 맞춰 모두 흰색이었다. 하지만 가구마다 모두 포인트가 있어서 너무 단조롭다고 하기보단 깔끔하고 세련된 느낌이었다.

처음에 선영에게서 침실의 가구는 온통 흰색으로 한다는 얘기를 들었을 땐 언뜻 정신병동을 떠올렸는데 완전히 달랐다. 따스한 햇볕이 창가로 들어오는 주말 아침, 이런 방에서 눈을 뜨는 기분은 어떨까. 상상만 해도 따뜻하고 상쾌해지는 느낌이다. 하경은 아주 잠깐, 이곳이 자신의 방이었으면 좋겠다는 생각을 했다.

"그래서, 나 조카는 언제 볼 수 있어?"

"뜬금없이 웬 조카?"

"괜히 심심해서 침실을 이렇게 정성 들여 꾸미지는 않았을 거 아냐."

"글쎄다. 눈치 없는 네 오빠가 그리 깊은 속뜻을 언제쯤 알아주려나 모르겠네."

제법 수위 높은 농담을 주고받은 두 여자는 서로 마주 보며 킥킥 웃었다. 교복을 입고서 학교 선생님들을 주제로 삼아 농담 따먹기를 했던 게 엊그제 같은데. 우리는 언제 이런 짙은 농담을 아무렇지 않게 주고받을 정도로 나이가 들어버렸을까.

하루 이틀도 아니고 28년째 꾸준히 하루도 빼놓지 않고 나이를 먹고 있었는데, 요즘 들어 새삼 신경이 쓰였다. 그건 아마 이따금씩 불쑥불쑥 떠오르는 열일곱의 공하경 때문일 것이다. 풋풋했던 그때와 스물여덟의 지금을 나는 계속 비교하고 있었던 걸까.

괜스레 입이 쓰다. 하경은 침을 한 번 꼴깍 삼키고는 방 구경을 마저 하기 위해 몸을 틀었다.

그녀의 눈에 들어온 것은 한쪽 벽면을 가득 채우고 있는 사진액자였다. 네 개의 액자가 규칙적으로 걸려 있었는데, 큰 액자 둘은 신혼부부가 함께 찍은 웨딩 사진과 신부의 독사진이었고, 작은 액자 둘은 결혼식 당일 가족들과 찍은 단체 사진과 친구들과 찍은 단체 사진이었다.

웨딩 사진과 독사진은 이미 식장에 전시된 것들을 봤던 터라 굳이 시선을 오래 두지 않았다. 하경의 시선은 자연스럽게 곧바로 단체 사진으로 옮겨갔다.

가족들과 찍은 단체 사진을 보니 새삼 친척이 많다는 생각이 들었다. 사실 승현의 결혼식 당일, 신랑 측에 있던 사람들 중 승현의 회사 사람들을 제외해도 절반은 낯선 얼굴이었다. 제 앞에 서 있는 사람이 누구인지 몰라 멀뚱멀뚱 있던 하경은 '오촌 당숙이셔.'라는 한 여사의 힌트를 받고 나서야 꾸벅 늦은 인사를 하기도 했다. 사촌도 아니고 무려 오촌. 하지만 이제는 길에 지나가다 마주쳐도 알아볼 수 있겠다고 생각하며, 옆의 액자로 시선을 옮겼다.

이번에는 신랑 측뿐만 아니라 신부 측까지 아는 얼굴이 제법 보였다. 신랑과 신부, 둘 다와 막역한 사이였으니 당연한 일이겠지만. 아는 얼굴들을 쓱 훑어보다 자신의 얼굴을 찾았다. 그녀는 조금 전과 달리 신랑 측이 아닌 신부 측에 서 있었다.

아까 본 것과 달리 이 사진 속의 하경은 표정이 딱딱하게 굳어 있었다. 어딘가 불편한 사람처럼 보이기도 했다. 아니, 그렇게 보이는 게 아니라 사실이 그랬다. 이 사진을 찍을 때 그녀는 뜬금없이 등장한 첫사랑과 나란히 서 있는 것이 한없이 불편했었다.

이럴 줄 알았으면 억지로라도 웃을걸. 그리 생각하며 사진을 들여다보고 있는데 순간 뭔가 이상한 점을 발견했다. 하경의 눈이 둥그렇게 커졌다.

"아 참, 그 사진!"

하경의 시선이 한곳에 머물러 있는 이유를 안다는 듯 선영이 먼저 운을 뗐다.

"안 그래도 너한테 말하려고 했는데 깜빡했네. 나도 처음에 보고 아무래도 선배가 사진 찍을 때 타이밍을 잘못 잡았나 했거든? 근데 업체한테서 받은 세 장 전부, 저렇게 찍혀 있는 거 있지."

선영의 말을 들으며 사진 속 지운을 빤히 들여다보았다. 모두가 정면의 카메라를 바라보고 있는 와중에 혼자 잘빠진 옆선을 자랑하고 있다. 그의 시선은 자신의 옆자리를 향하고 있었다. 그리고 그곳엔 하경이 있다.

"계속 너 보고 있었나 봐, 그때."

"왜 그랬을까."

저도 모르게 중얼거렸다.

"첫사랑과의 재회가 너무 감격적이라 사진 찍는 줄도 몰랐나 보지, 뭐."

혼잣말이었는데 선영은 친히 대꾸를 해주었다. 그러자 곧바로 또 다른 대답이 날아들었다.

"아마 그랬을걸?"

뒤에서 들려오는 낮은 목소리에 깜짝 놀란 두 여자는 황급히 고개를 돌렸다. 그곳에는 언제부터 와 있었는지 모를 지운이 팔짱을 낀 채 여유롭게 서 있었다. 그는 놀란 토끼 눈으로 자신을 바라보는 두 여자의 시선에도 아랑곳 않고 느긋하게 사진을 훑었다.

"사진 잘 나왔네."

스스로가 생각해도 제 옆모습이 마음에 들었던 걸까. 한껏 만족스러운 표정으로 사진에서 시선을 뗀 그는, 사진이 잘 나왔다는 그말 한마디만 남겨놓고 홀연히 방을 나갔다.

"오, 완전 쿨한데. 미국에서 살다 와서 그런가?"

그가 사라진 방문을 향해 선영이 엄지를 척 치켜 올리며 장난스럽게 웃었다. 하지만 하경은 실없는 농담을 받아줄 정신이 없었다. 지금 그녀의 머릿속엔 온통 한 가지 생각뿐이었다.

왜 그랬을까. 왜 날 보고 있었을까. 내가 그토록 당신을 피하려고 애쓰던 그때, 어째서 당신의 시선은 날 향하고 있었던 걸까.

갑자기 가슴이 답답해져왔다. 마치 고구마를 잔뜩 먹다가 체하기라도 한 것처럼.

배달 음식이라고 불평불만을 했던 것과 달리 접시는 깨끗하게 비워졌다. 승현이 음식 그릇을 깨끗하게 정리해 밖에 내놓으러 간 사이 선영은 과일을 내왔다.

"내가 깎을까?"

새빨간 사과 하나를 들고 조각을 하듯 푹푹 파내는 선영을 향해 하경이 손을 내밀었다. 어렸을 때부터 손재주가 젬병이던 선영이 그래도 이제는 결혼한 새댁이라고 용을 쓰는 모습이 기특하기는 했지만, 만신창이가 되어가는 사과를 더는 지켜볼 수가 없었다.

"아냐, 아무리 딸랑 휴지를 사 왔지만 그래도 손님인데 시켜먹을 순 없지."

"공기청정기 보내줄게. 그러니 과일 내놔."

"어머, 그럴래?"

장난스럽게 웃으며 선영은 얼른 들고 있던 칼을 내려놓았다.

"그래, 우리 하경이가 안 어울리게도 과일을 참 예쁘게 잘 깎아요."

때마침 거실로 들어오며 승현도 거든다. 부부는 닮는다더니. 어쩐지 점점 닮아가는 신혼부부를 보며 한숨을 길게 내쉰 하경은 칼과 사과를 집어 들었다.

금세 동그란 접시 위에는 잘 깎인 사과 조각들이 놓였다. 네 사람이 먹기엔 턱도 없을 것 같아서 하경이 사과 하나를 더 집어 들었을 때였다. 귀여운 동물 모양의 이쑤시개 하나가 불쑥 나타나더니 사과 한 점을 콕 집어갔다.

"자기야. 아, 해."

"사과 마저 다 깎고 나면 하경이랑 같이 먹지."

"누가 먼저 먹으면 뭐 어때. 나 팔 아파. 얼른 아, 해."

승현의 성화에 선영은 하경의 눈치를 살피면서도 못 이기는 척 사과를 받아먹었다.

"맛있어?"

"응! 자기가 줘서 더 맛있는 것 같아."

이 신혼부부는 늘 이런 식이었다. 싸울 땐 미친 듯이 싸우면서 좋을 땐 또 언제 그랬냐는 듯 너무 좋았다. 아무리 좋고 말고는 두 사람의 사정이라지만, 문제는 싸울 때도 주변 사람들을 신경 안 쓰는 것처럼 좋을 때도 주변 사람을 신경 쓰는 법이 없다는 것이었다. 지금 이 순간처럼.

"거기 두 사람, 좀 참아줄래? 신혼인 건 알겠는데, 손가락이 오그라들어서 사과를 못 깎겠잖아."

"질투하기는."

참다 참다 뱉은 하경의 한마디에 승현이 흥 콧방귀를 뀐다.

"질투 아니거든?"

"맞거든?"

"내가 아니라는데 뭐가 맞아, 맞길."

"아닌 척 그만하지? 딱 봐도 너 지금 질투하는 거, 완전 티 나거든?"

평소 하경은 다른 사람들 앞에서는 좀처럼 날을 세우지 않는 편이었지만, 이상하게도 유독 승현의 앞에서는 절대 지려는 법이 없었다. 물론 승현 역시 동생에게는 져주는 법이 없는 자비 없는 오빠였고. 해서 이대로 두면 두 사람이 언제까지고 유치한 말싸움을 길게 이어나가리라는 것을 잘 아는 선영이 이번에도 역시 중재를 하기 위해 나섰다.

"참! 지운 선배. 늦었지만 죄송해요."

화제를 돌리려는 듯 급하게 튀어나온 선영의 말에 지운이 고개를 갸웃했다.

"죄송해? 뭐가?"

"11년 전에 허위사실 유포했던 거요. 공소시효도 한참 지났겠지만, 또 고의도 아니었지만 그래도 아무튼 결과적으로는 두 사람을 방해한 거니까 사과는 해야죠."

11년 전? 허위사실?

선영의 입에서 튀어나온 두 단어에 하경의 눈이 둥그렇게 커졌다. 설마 하는 마음에 승현을 노려보고 있던 시선을 황급히 선영에게로 옮겼을 때였다. 선영의 입이 잠깐의 망설임도 없이, 설마 했던 그 말을 기어이 뱉어내고야 말았다.

"하경이의 첫사랑이 축구부 주장이라고 헛소리했던 거, 다시 한번 진심으로 사과드립니다."

"그게 무슨 소리야?"

속으로 경악을 내지르는 하경보다 지운이 빨랐다. 무슨 소리인지 전혀 모르겠다는 듯 되묻는 지운의 모습에 선영은 얼른 하경을 쳐다보았다. 그리고 이보다 더 굳을 수 없을 것처럼 잔뜩 얼어 있는 하경의 얼굴을 마주한 그제야 뭔가가 잘못됐다는 걸 느낀 모양이었다. 선영은 하경의 눈치를 보며 조심스럽게 대꾸했다.

"어라, 아직도 몰랐어요? 하경이 첫사랑도 선배였다는 거. 선배가 먼저 고백했다기에 하경이도 당연히 이야기를 한 줄 알았는데……."

평소에는 그토록 눈치 빠르던 선영이었는데 어째서 두 사람의
일에서만 이렇게 말도 안 되는 오지랖을 부리는 걸까. 11년 전에도
그렇고, 이번에도 그렇고. 하지만 이미 엎질러진 물을 주워 담을
수도 없는 노릇이었다. 답답한 마음에 하경은 그저 선영을 원망스
럽다는 듯 노려볼 뿐이었다.

"사실이야?"

다그치는 물음에 하경은 지운을 바라보았다. 무슨 말을 해야 할
까. 잠깐 고민해봤지만 이 말도 안 되는 상황에서 벗어날 수 있는
묘책은 따로 없는 듯했다. 결국 그녀는 고개를 끄덕였다.

"네. 아마도요."

하경의 대답에 승현의 눈이 커졌다. 전혀 예상하지 못했던 일이
었다. 지금껏 지운의 짝사랑으로만 알고 있었는데 그게 아니었다
니 당연히 놀랄 수밖에. 하지만 정작 당사자인 지운의 눈은 오히려
가늘어졌다.

"왜 말하지 않았어?"

나도 몰랐으니까. 당신이 얘기해주기 전까지. 선영이에게서 듣
기 전까지. 정말 아무것도 몰랐으니까. 나 역시도 그저 나만의 짝
사랑이라고, 당신과 똑같이 11년을 마음 아프게 오해했었으니까.

하고 싶은 얘기들이 입안을 맴돌았다. 하지만 하경은 변명과도
같은 수많은 말들을 꾹 삼키고는 딱 한마디를 내뱉을 뿐이었다.

"다…… 지난 일이니까요."

마른 입술 사이로 흘러나온 목소리는 제법 단호했다. 그에게 비
밀을 만들었던 그 순간부터 혼자서 미련을 떨고 청승을 떨다, 결국
아무것도 변하지 않는다는 것을 깨달은 하경의 목소리엔 분명 어

떤 확신이 있었다.

지나간 비밀을 혼자 간직했던 건 당신을 위한 거였다고. 이루어지지 못한 그 시절을 안타까워하며 밤마다 어리석은 감정 소모를 했던 건 나 혼자로 족하다고.

지운과 시선이 마주쳤다. 하경은 굳이 그 시선을 피하지 않고 덤덤하게 마주했다. 평소보다 한층 더 짙어 보이는 그의 새카만 눈동자는 그런 하경을 꽤 오랫동안 담아두었다.

"그랬구나."

픽- 그의 붉은 입술을 비집고 실소가 흘러나왔다.

"넌 끝까지 얘기할 생각이 없었구나."

"……."

"그래. 다 지난 일이니까."

가슴이 시큰거린다. 지금껏 혼자 수십 번 생각했던 말인데. 스스로를 다독이려 수십 번 되뇌었던 말인데. 그래서 내 입으로도 뱉었던 말인데. 아이러니하게도 막상 그의 입에서 나오는 걸 들으니 마음이 아파왔다.

그가 이렇게 말을 할 줄 알았으면서. 혹시 나는 그의 입에서 지난 일이 아니라는 얘기가 듣고 싶었던 걸까. 지금 그도 나처럼 혼란스럽다는 얘기가 듣고 싶었던 걸까…….

어쩌면 그래서였는지도 모르겠다. 나 역시 당신을 좋아했다는 얘기를 지금까지 하지 않고 꽁꽁 숨겨뒀던 것은.

모든 걸 알고도 지금처럼 다 지나간 일이니까, 하고 쿨하게 웃어버릴까 봐. 나에겐 몇 날 며칠을 미련으로 잠 못 들게 했던 그 이야기가, 당신에겐 그저 지나간 이야기, 그 이상도 그 이하도 아닌 것 같아서. 이미 다 지나갔다고 생각하는 당신과 달리 나 혼자 이리저리 흔들리는 모습이 너무 비참한 것 같아서.

열아홉 강지운이 아니라 서른의 강지운에게 또다시 설레고 있다는 걸 들키고 싶지 않아서······.

7. 같이 가

"공 대리님, 오늘은 어쩐 일로 버스를 타고 가시네요? 요샌 퇴근 시간마다 갑자기 어디론가 사라지시더니."

퇴근 후 회사 앞 버스 정류장으로 향하는 길에 주희가 물었다. 주희의 말대로 요즘은 계속 지운의 차로 출퇴근을 했던지라 버스를 타는 건 오랜만이었다.

"그래서 저는 연애하시는 줄 알았어요."

"연애는 무슨. 그런 거 아니야."

"정말 아니에요? 매일 데리러 오던 그분과 싸웠다거나, 하는 그런 로맨스는 정말 없어요?"

장난스럽게 물고 늘어지는 주희를 향해 하경은 가볍게 웃으며 고개를 내젓는 걸로 대답을 대신했다. 주희는 김빠진다는 표정을 했지만, 최근 그녀가 왜 버스를 타지 않았는지에 대해서는 더 깊게 캐묻지 않았다.

"아침저녁으로 이젠 꽤 춥네요. 벌써 겨울이 오려나 봐요."

주희의 말대로 살갗에 닿는 바람이 제법 찼다. 이럴 줄 알았으면 두꺼운 코트라도 입고 오는 건데 그랬다. 하필이면 이렇게 추운 날일 건 또 뭐람. 하경은 점심 무렵 반차를 쓰고 사라진 지운을 생각하며 입을 비죽였다.

지운이 폭탄 발언을 내뱉은 건 오늘 아침이었다. 출근 준비를 끝내고 늘 그렇듯이 가족과 다 함께 아침밥을 먹던 중 지운이 말했다.

'오늘 새집으로 들어가려구요.'

갑작스러운 통보에 하경보다 한 여사의 눈이 더 커졌다. 하지만 갑작스럽게 생각한 건 하경네 식구들뿐, 지운은 이미 며칠 전부터 이사 준비를 했다고 했다. 하경과 함께 갔던 부동산에 들러 집 계약을 끝냈고, 토요일에는 가구도 다 들여놨다고 했다. 그래서 일요일에 그토록 끙끙 앓았냐는 질문에 나이를 먹어서 그런가 보다며 지운은 웃었다.

'왜 이렇게 급하게 굴어. 주말에 느긋하게 이사하는 게 더 낫지 않니?'

'주말엔 회사에서 엠티가 있어서요. 옮길 짐도 많지 않고. 그냥 좀 여유 있는 오늘 반차 쓰고 옮기는 게 효율적일 것 같아서요.'

왜 이렇게 갑작스럽게 얘기를 해준 건지. 집은 전에 함께 봤던 세 군데 중 한 곳으로 결정한 건지. 가구는 어떤 걸로 골랐는지. 궁금한 것이 많았지만 평소처럼 함께 출근하는 차 안에서도 하경은 아무것도 묻지 못했다. 네가 상관할 일이 아니잖아, 라고. 입을 굳게 다물고 운전에만 집중하는 지운의 옆모습이 마치 그리 말하는 것 같았기 때문이다.

회사에서도 지운과는 말할 겨를이 없었다. 반차를 쓸 예정이라 바빴는지 지운은 서류에만 집중을 했고, 오늘따라 공 대리가 강 팀장에게 업무적으로 보고할 일이 하나도 없었던 탓이었다. 그렇게 지운은 사무실을 나가는 그 순간까지도 그녀와 좀처럼 눈을 마주치지 않았다. 좁은 사무실 안에서 한 번은 스칠 법도 한데, 마치 일부러 피하는 사람처럼 단 한 번도.

"지운이는 아까 갔다."

현관에서 신발을 벗고 있는 하경을 발견한 한 여사가 잘 다녀왔냐는 인사 대신 처음 한 말이었다. 툭 내뱉는 말투를 보아하니 지운이 나간 게 꽤나 섭섭한 모양이었다.

"근데 너 정말 몰랐어?"

"뭐가?"

"지운이 집 나가는 거 말이야. 걔가 어디 이렇게 예의 없이 행동하는 애니? 네가 미리 들어놓고 말하는 걸 잊은 거 아니야?"

한 여사의 말이 맞았다. 지운은 절대 이런 식으로 일을 처리할 캐릭터가 아니었다. 그래서 하경 역시 오늘 지운의 행동이 당황스러웠던 참이었다.

"그런 거 아니야. 나도 진짜 몰랐어."

"어쩜. 그래도 한솥밥 먹고 그랬는데, 무심하기도 하지, 우리 딸."

고개까지 절레절레 흔들며 한 여사는 하경을 완전히 정도 없는 무심한 캐릭터로 몰아가고 있었다. 지금까지 단 한 번도 그에게 무심했던 적은 없었다. 정말로 그가 티를 한 번도 낸 적이 없었을 뿐. 하지만 더 얘기해봐야 한 여사가 제 말을 들어줄 것 같지 않아 하경은 가타부타 말없이 2층으로 향했다.

2층에 도착한 하경은 제 방으로 곧장 향하는 대신 지운이 쓰던 승현의 방 앞에 멈춰 섰다.

똑똑- 하경은 조심스럽게 문을 두드려보았다. 지운이 이 집에 온 후로는 승현이 방을 쓸 때와는 달리 노크를 잊은 적이 한 번도 없었다. 예상대로 평소와 달리 방문 너머는 조용했다. 고요한 방문을 보며 잠깐 망설이던 하경은 이내 방문을 벌컥 열어젖혔다.

방문이 열리며 휑한 방 안의 냉기가 그녀에게 고스란히 전해졌다. 버스 정류장에서 맞은 바깥바람보다 더 서늘하게 느껴져서 하경은 살짝 몸을 떨며 방 안을 바라보았다. 열린 방문 너머로 보이는 방의 광경은, 승현이 이 집을 떠나던 그날과 똑같았다. 너무도 같아서 마치 강지운이란 남자는 이곳에 머문 적이 없는 것처럼 보일 정도였다.

"……정말 갔네."

멍한 눈으로 방을 훑은 하경이 낮게 읊조렸다. 이 집에서 삼십 평생을 살았던 승현이 떠났을 때보다 고작 한 달 남짓 머물렀던 지운이 떠난 지금이 더 허전하게 느껴지는 이유는 왜일까. 텅 빈

방을 보고 있자니 가슴 깊숙한 곳에서 찬바람이 부는 듯 서늘한 기분마저 들었다.

물끄러미 방 안을 응시하던 하경은 더 이상 볼 것 없는 방을 등지고 나섰다. 덜컥, 하고 닫히는 방문 소리가 오늘따라 유난히도 크게 느껴진다.

언젠가는 그가 떠나리라는 것을 알고 있었다. 그게 조만간의 일이라는 것까지도 이미 알고 있었다. 게다가 아침마다 마주치는 게 불편해 그가 이 집을 하루빨리 나가주길 바랐던 건 그녀, 본인이었다.

하지만…….

"이건 너무 갑작스럽잖아."

저도 모르게 볼멘소리가 입에서 튕겨져 나온다.

제 방으로 돌아온 하경은 외출복도 갈아입지 않은 채 벌러덩 침대에 드러누웠다. 그녀의 얼굴 위로 형광등 불빛이 눈부시게 쏟아져 내렸다. 살짝 인상을 찌푸리며 팔을 이마에 올려 빛을 가렸다.

그가 떠나면 속이 후련할 거라고 생각했다. 더 이상 아침에 퉁퉁 부은 얼굴을 가리려고 노력하지 않아도 되고, 아침밥을 먹을 때 마음 편하게 밥 한 공기를 깨끗하게 비워도 되고, 아침마다 혹시라도 지운과 함께 출근하는 걸 팀원들의 눈에 띌까 전전긍긍하지 않아도 되니까.

그래. 아무리 생각해봐도 이건 잘된 일이 맞는 것 같다. 그런데 어째서 속이 후련하지만은 않은 걸까. 아니, 속이 후련하기는커녕 어쩐지 씁쓸하기까지 한 것 같다.

"아, 됐어. 됐어. 씁쓸하기는 무슨. 다 잘된 거야."

하경은 머리를 세차게 흔들며 마치 자신을 세뇌라도 시키는 것처럼 중얼거렸다. 이 이상 복잡한 생각을 하고 싶지는 않았다. 이제야 모든 게 제자리로 돌아간 것뿐이었다. 그렇게 생각하면 문제 될 건 아무것도 없었다.

자리에서 벌떡 일어났다. 그리 큰일도 아닌데 상심한 사람처럼 언제까지고 누워 있을 수는 없는 노릇이었다. 외출복으로 갈아입으려 옷장으로 향하던 하경은 문득 뭔가 이상한 느낌에 걸음을 멈췄다. 그러고는 침대 밑으로 비죽 튀어나온 붉은 상자의 귀퉁이를 빤히 응시했다.

다시 봐도 확실히 이상했다. 분명 그녀가 마지막으로 상자를 봤을 때 일부러 아주 깊숙이 넣어뒀었는데 말이다.

잠옷으로 갈아입는 것도 잊은 채 하경은 넙죽 바닥에 엎드려 침대 밑 공간을 살폈다. 곧 그녀의 눈에 상자의 위치 말고도 이상한 점이 또 하나 발견되었다. 침대 밑에 두었던 공구함이 없었다. 누군가가 들어왔던 게 분명했다. 사실을 확인한 하경은 재빨리 자리에서 일어나 방을 나섰다.

"엄마, 혹시 내 방에 들어왔었어?"

"아니?"

거실에서 일일 연속극을 보고 있던 한 여사가 심드렁하니 고개를 저었다.

"정말 아니야? 침대 밑에 있던 공구함이 사라졌던데."

"아, 맞아. 공구함 땜에 네 방 갔었네, 오늘."

하경이 고개를 끄덕일 때였다. 한 여사가 말을 덧붙였다.

"가기 전에 지운이한테 부엌 선반 좀 달아달라고 부탁했었거든.

네 아버지가 그런 거 도와주는 양반이니, 어디."

순간 하경의 낯빛이 확 어두워졌다. 그녀의 불길한 예감은 항상 틀린 적이 없었다. 그리고 지금 어마어마하게 커다란 불길한 예감이 몸을 감싸왔다.

"공구함, 엄마가 가져간 거지?"

"지운이가 갖다 줬지. 공구함, 그거 제법 무겁잖니. 난 요새 손목이 약해져서 그런 거 못 들어, 얘."

다른 사람들도 그런 걸까. 아니면 유독 그녀만 이렇게 촉이 좋은 걸까. 만약 후자라면 회사는 때려치우고 길바닥에 돗자리를 깔아야 하는 건 아닐까. 무슨 일 있느냐는 한 여사의 물음을 뒤로하고 방으로 향하는 내내 하경은 진지하게 고민했다.

"설마 이걸 보진 않았겠지……."

상자를 물끄러미 내려다보며 중얼거렸다. 필요한 건 공구함이었으니 공구함만 가지고 방을 나갔을 거다. 이 빛바랜 빨간 상자는 누가 봐도 사생활 덩어리인데, 남의 사생활을 훔쳐볼 만큼 무례한 사람은 아니니까.

"앞으로 10년간은 더 열어볼 일이 없을 줄 알았는데……."

헛웃음이 흘렀다. 얼마 전 이 상자를 침대 밑에 꽁꽁 숨겨두면서 절대로 다시 이것을 꺼내보지 않으리라 결심했었는데 한 달도 채 지나지 않아 이것을 다시 보게 될 줄이야. 그것도 제 손으로 꺼낸 게 아니라 타의에 의해서 말이다.

하경은 조심스럽게 상자 뚜껑을 열었다. 지금껏 11년을 봉인해두었는데 그에 비해서 상자가 너무 쉽게 열려서 허무한 느낌까지 들었다.

열린 상자를 물끄러미 들여다보고 있자니 11년 전이 생생하게 떠오르기 시작했다. 사실 업무 외에는 기억력이 그리 좋은 편은 아닌데 그와 관련된 것은 신기하게도 아주 정확하게 기억하고 있었다. 11년이 지났는데도 마치 어제의 일이었던 양 말이다.

상자 속에 들어 있는 또 다른 작은 상자를 꺼냈다. 그 속에 들어 있는 건 작은 큐빅이 촘촘히 박혀 있는 리본 모양의 머리핀이었다. 지운에게 고등학교 입학 축하 선물로 받은 것이었는데 선물을 받은 그날 착용해본 것 외에는 계속 이 상자 속에 넣어두었었다. 혹여나 닳을까 차마 머리에 꽂을 수가 없었던 것이다. 그가 이것을 건넬 때 그냥 길가 좌판에서 파는 싸구려 머리핀이니 부담 갖지 않아도 된다고 말했지만 그 당시 하경에게는 다이아몬드보다 더 값져 보였다.

"순수했구나. 큐빅이 다이아몬드보다 더 값져 보였다니."

지금이라면 어림도 없을 텐데 말이다. 하경은 피식 웃으며 핀을 내려놓고는 한편에 놓여 있던 스티커 사진을 꺼내 들었다. 하경과 지운, 승현 그리고 선영까지 네 사람이 함께 찍은 사진이었는데 이것이 지운과는 처음이자 마지막으로 함께 찍은 유일한 사진이었다. 졸업식 때 그와 함께 사진을 찍을 기회가 있었지만 그땐 그를 피하기 바빴던지라 결국 찍지 못했었다.

네 사람이 함께 찍은 사진을 한참 내려다보던 하경은 그것을 다시 내려놓고 이번에는 상자의 절반 이상을 차지하고 있는 부피 큰 무언가를 들어 올렸다. 빨간 바탕에 흰 땡땡이 무늬 포장지에 예쁘게 포장된 이것은 바로 11년 전 그에게 건네지 못했던 빼빼로였다. 어쩌면 지운의 손에 곱게 전달될 수도 있었는데 사소한 오해로 오랜 시간 상자 안에 갇혀 이렇게 못 먹을 음식 쓰레기가 되어버린 그것을, 하경은 아주 오랫동안 물끄러미 내려다보았다.

그러다 문득 의문이 들었다. 나는 왜 아직 이것들을 버리지 않고 간직하고 있었던 걸까. 머리핀은 지금 와서 사용하기에는 너무 유치하고, 스티커 사진 속의 그녀는 그다지 예쁜 모습이 아니었고, 유통기한이 한참 지나버린 빼빼로는 더 이상 먹을 수도 없는데……

'다…… 지난 일이니까요.'

'그래. 다, 지난 일이니까.'

대체 뭐 때문에 나는 이걸 버리지 못했을까.

하경은 지운에게서 받은 빼빼로까지 모두 상자에 담고는 다시금 상자를 봉인했다. 그러고는 침대 밑으로 슥 밀어 넣었다. 여전히 상자의 위치는 눈에 띄지 않는 침대 밑이다. 하지만 손만 살짝 뻗으면 닿을 수 있는 거리였다.

시간은 빠르게 흘러 엠티를 가는 토요일이 되었다. 비라도 쏟아졌으면 했는데 날씨는 쾌청하기만 했다. 주말에 날씨가 맑은 걸 보고 실망한 적은 살면서 아마 이번이 처음이었을 것이다. 맑은 하늘을 올려다보던 하경은 한숨을 내쉬며 옷장 문을 열었다.

캐주얼한 복장이 허용되는 오늘, 그녀가 선택한 건 회색 후드티와 짙은 색 계열의 청바지였다. 분명 더할 나위 없이 편한 차림이었지만 왠지 평소에 입던 정장보다 더 불편한 느낌이 들었다. 그건 마음이 불편한 탓일까.

지금 그녀의 집에는 지운이 있었다. 어젯밤 한 여사가 엠티 가는 날이라도 여유롭게 집에 들러 아침을 먹으라고 권했던 것이다. 한 달이 넘도록 이 집에 있었고 고작 집에 없었던 날은 3일밖에 안 되는데도 이상하게 그가 처음 이 집에 왔던 날처럼 어색하고 불편했다. 해서 하경은 늦잠을 핑계로 오늘 아침밥을 포기했다.

준비를 끝마치고 방을 나서는 순간 지운의 모습이 보였다. 벌써 아침밥을 다 먹은 건지 그는 2층 거실 소파에 앉아서 여유롭게 신문까지 펼쳐 들고 있었다. 얼굴에 그늘이 드리운 하경과는 달리 그의 얼굴은 쾌청한 날씨만큼이나 밝았다.

"준비 다 됐어?"

"네? 아, 네."

자연스러운 물음에 하경은 새삼 흠칫하며 어버버거렸다. 그도 그럴 것이 두 사람 간에 접점이 사라진 후부터, 그러니까 그는 이 집을 나간 그날 이후부터 그녀를 철저하게 부하 직원으로만 대했다. 평소 다른 직원들한테 하던 것처럼 하경에게도 꼬박꼬박 존대를 썼었던 것이다.

"그럼 이제 슬슬 출발하지."

보고 있던 신문을 반으로 탁 접으며 지운이 자리에서 슥 일어났다. 그리고 그 순간 하경은 역시 패션의 완성은 얼굴이라는, 절대 불변의 법칙을 다시 한 번 떠올렸다. 이미 슈트 외의 사복 차림도 꽤나 잘 어울린다는 것을 알고 있기는 했지만, 캐주얼한 차림까지도 이렇게 잘 어울릴 줄은 몰랐었다. 정장이 아닌 사복을 입은 모습을 오랜만에 봐서 더 그렇게 느껴지는 걸 수도 있겠지만. 어떻게 사람이 뭘 입어도 굴욕이 없을 수가 있는지. 거적때기를 걸쳐놔도 패션으로 소화를 시키지 않을까.

새삼 감탄하며 지운을 훑던 하경의 눈이 별안간 둥그렇게 커졌다.

"선배, 잠깐만요."

벌써 계단에 발을 딛고 있는 지운을 하경이 다급하게 불러 세웠다.

"왜?"

"저 옷 좀 갈아입고 올게요."

"옷을 왜?"

지운이 이해할 수 없다는 듯 되물었다.

"그게……."

말끝을 흐리는 하경의 시선은 지운의 상의를 향하고 있었다. 공교롭게도 그는 지금 자신이 입고 있는 옷과 비슷한 회색 후드 티를 입고 있었다. 물론 상표도 다르고 디자인도 달랐지만, 언뜻 보면 꼭 같은 옷처럼 보였다. 꼭 커플 티를 입은 것처럼 말이다.

"이게 왜?"

그녀의 시선을 따라 고개를 살짝 숙여 제 옷을 확인한 지운이 덤덤하게 되물었다.

"그게, 그러니까……."

하경은 이번에도 말을 제대로 끝맺을 수가 없었다. 입안에서 맴도는 '커플 티'라는 말을 차마 뱉어낼 수가 없었기 때문이다. 아무런 생각이 없어 보이는 남자 앞에서 혼자 의식한 티를 낼 수는 없는 노릇이었다. 다른 것도 아니라 회색 후드 티는 흔하디흔한 아이

템이 아니던가. 곤란함에 하경의 반듯한 미간이 절로 구겨졌다.

"옷이 갑자기 찢어진 거 아니면 그냥 가지그래? 시간 별로 없는데."

지운이 손목시계를 내려다보며 재촉했고 결국 하경은 잡고 있던 문고리에서 슬그머니 손을 떼었다. 그녀는 일말의 가능성에 기대를 걸어보기로 했다.

부디, 누군가가 회색 후드 티를 입고 와주기를.

"어? 뭐예요, 두 사람? 설마 커플 티?"

그럼 그렇지. 역시나 기적은 일어나지 않았다. 일부러 시간 차를 두고 회사 앞에 도착했음에도 주희가 뒤늦게 등장한 하경을 보고는 눈을 둥그렇게 뜨며 물었다. 그녀의 말이 끝나기가 무섭게 모여 있던 팀원들의 시선이 모두 지운과 하경을 향했다. 결국 하경이 우려했던 것처럼 두 사람을 번갈아보는 팀원들의 얼굴에 묘한 의심이 싹트기 시작했다.

"정말이네! 완전 커플 티인데?"

"강 팀장님이랑 공 대리님! 대체 어떻게 된 거예요?"

직원들이 저마다 의심이 가득 담긴 질문을 던져댔다. 기획2팀 직원들의 시선 역시 심상치 않았다. 순식간에 시선들이 두 사람에게 집중되어버리자 그제야 제가 실수를 했음을 깨달은 주희가 하경을 향해 두 손을 모아 보였다. 그냥 신기해서 가볍게 던진 말이었는데 이렇게까지 일이 커질 줄은 미처 예상치 못했다.

"어머, 강 팀장님도 회색 후드 티를 입으셨네요? 신기해라."

하경은 마치 지금 막 지운의 옷을 발견해서 놀랍다는 듯 눈을 깜빡였다. 하지만 누가 봐도 어색함의 극치를 달리는 발연기였다. 앞으로 아이돌의 발연기에도 절대 욕은 할 수 없으리라. 하경은 민망함에 주먹을 꽉 쥐었다.

"우와, 공 대리님. 지금 되게 어색했어요. 더 수상한데……."

"수상하긴 뭘 수상해? 생사람들 잡고 있어. 안 그래요, 강 팀장님?"

하경이 억지로 미소를 지으며 도와달라는 듯 지운을 바라보았다. 하지만 고작 들려오는 대답이 이거다.

"글쎄요, 확실히 공 대리가 방금 어색하기는 했던 것 같은데?"

이 남자가 진짜!

하경이 도끼눈을 뜨고 노려보았지만 지운은 어깨를 가볍게 으쓱해 보일 뿐이었다. 아무래도 지금 이 상황이 당황스러운 건 그녀뿐인 듯했다. 혹여 이상한 소문이라도 날 경우에 시집을 못 가게 되는 것도 당연히 그녀뿐일 거고.

혹시 복수를 하는 걸까? 그녀가 11년 전의 비밀을 홀로 숨겼던 게 괘씸해서? 그런 거라면 이쪽에서는 좀 많이 억울한데.

"자, 다들 농담은 이쯤에서 그만하는 게 어때요?"

하경의 머릿속에 별의별 생각이 다 들 때쯤, 수한이 중재에 나섰다.

"오늘만큼은 공 대리 심기 거스르면 안 되는 거 다들 알잖아요. 뭐, 안주 없이 깡소주만 들이켜고 싶은 사람들은 계속해도 좋고."

수한의 장난스러운 말에 모두들 정신이 번쩍 뜨이는 듯했다.

엠티 때마다 요리는 항상 하경의 몫이었다. 아쉽게도 기획1팀과 기획2팀을 통틀어 요리를 잘하는 여자는 하경뿐이었던 것이다. 간단한 안주뿐만 아니라 다음 날 해장국까지도 모두 그녀가 도맡아서 엠티 때는 '공 대리' 대신 '공 엄마'로 불리기도 했다.

언젠가 한번은 하경이 사정이 생겨서 윤주에게 해장국을 맡긴 적이 있었다. 그런데 그날 다들 분명 해장국을 먹었는데 해장은커녕 오히려 속이 더 뒤집힐 뻔한 이상한 일을 겪은 뒤로 하경의 존재감은 전보다 열 배쯤은 더 부각되었다. 엠티에서 없어서는 안 될 절대적인 존재랄까.

그러니까 수한의 말대로 오늘은 '공 엄마'의 심기를 거슬러서는 안 되는 날이었던 것이다. 그제야 상황 판단을 제대로 한 직원들이 너도나도 하경에게 의심 가득한 질문 대신 '죄송해요. 공 대리님!' 하는 진심 어린 사과를 건네었다. 다들 또다시 지옥 같았던 해장국은 맛보고 싶지 않은 모양이었다.

순식간에 상황 정리가 말끔하게 됐다. 하경은 새삼 수한을 존경스럽다는 듯 바라보았다. 그는 싫은 소리를 결코 꺼내는 법이 없었지만, 그럼에도 불구하고 늘 리더십 있게 팀원들을 잘 이끌어나갔다. 부하 직원들의 눈에는 윽박지르며 압도하는 상사보다는 수한 쪽이 훨씬 더 '좋은 상사'처럼 보이는 것은 당연할 터. 하경 역시도 그런 수한의 부드러운 카리스마를 닮고 싶다고 늘 생각했다.

"고맙습니다, 정 팀장님."

팀원들의 사과에 가볍게 응해준 하경이 수한에게 다가가 고개를 꾸벅 숙였다.

"고마워할 거 없어요. 나 방금 로비한 거니까."

"로비요?"

생뚱맞은 어휘 선택에 하경이 고개를 갸웃하자 수한이 장난스럽게 웃으며 고개를 끄덕였다.

"네. 로비. 공 대리한테 잘 보여야 맛있는 거 얻어먹을 수 있을 것 같아서요."

난 또 뭐라고. 하경 역시 장난스럽게 웃으며 대꾸했다.

"그렇다면 그 로비 성공하신 것 같아요. 지금 막 정 팀장님 그릇엔 건더기를 많이 넣어드리고 싶다는 생각을 했거든요."

"그럼 나 오늘 저녁 기대해도 되는 거예요?"

"기대하셔도 좋아요. 국자를 쥔 권력이 얼마나 대단한지 보여드릴 테니까요."

하경이 주먹을 다부지게 쥐어 보이며 씩씩하게 대꾸하는 순간이었다. 주머니 속 그녀의 휴대폰이 울렸다.

"잠깐만요."

수한에게 양해를 구한 다음 휴대폰을 확인한 하경의 눈이 둥그렇게 커졌다. 발신자가 부장이었던 것이다. 입사 후 지금까지 부장에게 다이렉트로 전화가 온 일은 손에 꼽을 정도였다. 그리고 부장의 전화는 유쾌한 내용을 전해주는 법이 없었다.

놀람과 걱정이 섞인 얼굴의 하경이 얼른 전화를 받았다.

"네, 부장님!"

-아직 출발 전이지?

인사 따위 생략하고 바로 이어지는 질문에 하경은 황급히 '네.' 하고 대꾸했다. 미리 대절해두었던 버스가 도착하기 딱 5분 전이었다.

-빠진 사람은 없고?

부장은 무엇보다도 팀워크를 중시하는 사람이었다. 부장의 말이 끝나기가 무섭게 하경은 빠르게 주변을 살펴보았다. 지금 이 자리에 없는 건 늘 따로 출발하는 부장뿐인 듯했다. 그래도 혹시나 하는 마음에 한 번 더 꼼꼼하게 개개인의 얼굴을 확인한 후에야 하경은 또다시 '네.' 하고 짧게 대답했다.

-그래. 다행이군.

부장은 흡족한 듯 말했지만 하경은 오히려 불안해졌다. 아무리 팀워크를 중시하는 사람이라도 고작 팀원들이 모두 모였는가에 대해 물으려고 굳이 전화를 하지는 않았을 터. 도대체 무슨 얘기를 하려고 서론이 이다지도 길다는 말인가. 긴장감에 휴대폰을 쥔 하경의 손에 땀이 차려고 할 때였다.

-공 대리, 사실은 내가 회사에다가 아주 중요한 것을 놓고 와서 말이야…….

부장실에 조심스럽게 들어간 하경은 책상 위에 가지런히 놓여 있는 물건을 보며 하, 하고 허탈한 한숨을 내쉬었다. 조금 전 부장이 말했던 '아주 중요한 것'의 정체는 바로 이 '윷놀이 세트'였다. 화투나 카드를 즐기지 않는 부장에게 윷놀이는 엠티 때 최고의 놀이였던 것이다. 어제 미리 챙겨두었다가 깜빡하고 놓고 갔던 모양이었다.

"난 또 뭐 얼마나 중요한 일이라고……."

하경은 식은땀에 젖은 손바닥을 바지에 벅벅 문질러 닦아내고는 윷놀이 세트를 집어 들었다.

별게 아닌 걸 확인했으니 이제 하경에게는 빨리 내려가는 일밖에 남지 않았다. 부장의 전화를 끊자마자 대절해두었던 버스가 도착했으니, 지금쯤 팀원들은 모두 자리를 잡고 앉아 그녀를 기다리고 있을 것이었다.

집합 장소에 도착하자 그녀의 예상대로 모두 버스에 올라타 있었다. 하경은 멈춰 있는 버스를 한 번 보고는 가방을 놓아두었던 곳으로 시선을 옮겼다. 하지만 그녀의 가방은 흔적도 없이 사라져 있었다. 아무래도 주희가 자신의 것까지 챙겨준 모양이라고 생각하며 하경은 윷놀이 세트를 손에 달랑 든 채 가볍게 버스에 올랐다.

하지만 버스에 오르는 순간 하경은 더 이상 가벼운 기분일 수가 없었다. 지운의 옆에 떡하니 자리한 자신의 가방을 보고 있자니 한 손에 들고 있는 윷놀이 세트가 마치 벽돌이라도 되는 듯 무겁게만 느껴졌다.

하경은 자신이 미리 부탁한 것도 아니었으면서 괜히 주희를 원망스러운 눈길로 쳐다보았다. 하지만 주희가 그런 그녀의 눈빛을 읽을 수 있을 리가 만무했다. 하경은 속으로 한숨을 길게 내쉬며 천진난만한 얼굴로 자신을 바라보는 주희에게서 시선을 거두었다.

"뭐 하세요, 공 대리님? 얼른 자리에 앉으세요. 늦겠어요."

잔뜩 골이 난 윤주의 목소리가 하경의 귓가에 박혔다. 지운의 옆에 있는 가방 때문인지 아까보다 한층 더 사나운 눈초리였다. 아무래도 지운의 옆에 앉아서 가고 싶었던 모양이다. 마음 같아서는 '왜 날 노려봐? 내가 부탁이라도 했어?' 하고 덩달아 쏘아붙이고 싶었지만, 지금 자신이 자리에 앉지 않으면 늦을지도 모른다는 말은 사실이었기에 하경은 입을 꾹 다물고 지운의 옆자리에 앉을 수밖에 없었다.

"이렇게까지 안 챙겨주셔도 괜찮은데……."

"고맙다는 인사로 듣지요, 공 대리."

가벼운 그 말에 하경의 얼굴이 잔뜩 일그러졌다. '정말 제 말이 고맙다는 인사로 들렸어요?' 하고 되묻고 싶은 마음이다. 하지만 그렇다고 정말 따져 물을 수는 없는 법. 해서 하경은 마치 화보의 한 장면처럼 보이는 지운의 잘생긴 옆모습을 마지막으로 한 번 더 노려본 다음 고개를 그의 반대편으로 휙 틀었다.

도대체 이해를 할 수가 없었다. 분명히 요 며칠 보이지 않는 선을 긋고 거리를 두는 느낌이었는데, 오늘은 또 이렇게 갑자기 확 다가왔다. 그것도 아무렇지 않은 표정으로. 도대체 어느 장단에 맞추라는 건지 혼란스러울 지경이다. 빠르게 휙휙 지나가는 차창 밖의 풍경들을 바라보던 하경은 이내 눈을 꾹 감았다.

정말 이 남자의 머릿속엔 뭐가 들어 있는 걸까…….

서울에서 겨우 두 시간을 달려왔을 뿐인데 주변의 경관은 확연히 바뀌어 있었다. 숨 막히게 높은 빌딩 숲이 아닌 대자연의 진짜 숲은, 그 자체만으로도 지친 도시인들에게 '힐링'이 되기 충분했다.

그러나 그들의 '힐링'은 정말 그것만으로 끝이었다. 예약한 펜션에 도착하자마자 짐을 풀기가 무섭게 술판이 벌어졌다. 하지만 누구도 불평을 꺼내는 이는 없었다. 흐르는 맑은 물에 발도 살짝 담그거나 여유롭게 눈을 감고 찌르르 울어대는 산새들의 노랫소리를 감상하는 것은 엠티에서 사치라는 것을 모두 잘 알고 있었기 때문이었다.

단지, 일사천리로 진행되는 술판을 바라보며 지운이 '해가 중천에 떠 있는데 벌써 술이라고?'라며 어리둥절해하긴 했다. 물론 그역시 곧 아주 자연스럽게 한국 회사의 엠티 문화를 받아들였지만 말이다.

해가 중천에 떴을 때부터 시작된 술판은 해가 지고도 계속해서 이어졌다. 1차였던 바비큐 파티를 끝내고 펜션 안으로 모인 사람들은 약속이라도 한 듯 각기 흩어져 저마다 분주하게 움직이기 시작했다. 기획팀 엠티의 가장 하이라이트인 윷놀이를 시작해야 할 시간이 다가왔기 때문이었다. 몇몇은 윷놀이 판을 벌이기 위해 청소를 시작했고, 몇몇은 술과 음료 등을 방으로 옮겼으며, 몇몇은 윷놀이 판이 완성되기 전까지 부장의 대화 상대가 되어주고 있었다.

팀워크를 무엇보다 중요하게 생각하는 부장이었기에 팀원들은 그 누구도 윷놀이에서 자유로울 수 없었다. 하지만 단 한 사람 예외가 있었으니, 바로 안주를 도맡는 '공 엄마'인 하경이었다.

"공 대리님, 저도 요리나 배워둘 걸 그랬나 봐요."

방으로 가져가기 위해 음료수를 품에 한가득 안은 주희가 주방을 나서다 말고 하경에게 속삭였다.

"요리하는 게 싫어서 시집도 안 갈 거라더니?"

"아, 그거요? 꽤 오래전에 바뀌었어요."

"바뀌었다고?"

"네. 부장님 같은 시아버지 만날까 봐 시집 못 가는 걸로."

주희가 장난스럽게 눈을 찡긋거리며 말했다. 하지만 하경은 지금 그녀가 하는 말이 완전히 농담만은 아니라는 것을 알 수 있었다. 하경 역시도 입사 후 첫 엠티 때는 예외 없이 윷놀이 판에 끼어야만 했다. 그리고 그날 처음으로 상사 스트레스가 어떤 것인지를 뼈저리게 느낄 수 있었다.

부장과의 윷놀이에는 무언의 규칙이 있었다. 부장과 한편이 된 자는 이기기 위해 수단과 방법을 가리지 말아야 했으며, 부장과 다른 편이 된 자는 지기 위해 수단과 방법을 가리지 말아야 했다. 하지만 여기서 중요한 것은, 너무 티를 내서 져도 안 된다는 것이었다. 부장의 입에서 '자네, 지금 일부러 나한테 져주는 건가?'라는 말이 나오는 순간, 윷놀이 판의 분위기는 한층 더 어두워지게 되니까 말이다.

한마디로 이래도 안 되고 저래도 안 되는, 뭘 해도 그저 부장 눈치만 봐야 하는, 그야말로 숨 막히는 전쟁터 같은 곳이랄까.

"힘내, 주희 씨. 꼭 팀장님 편 되길 기도해줄게."

"그나마 낫겠네요. 고마워요, 공 대리님."

위로 같지도 않은 위로를 건네받은 주희는 씁쓸하게 웃으며 결전지인 방으로 향했다. 그런 그녀의 뒷모습이 꼭 도살장에 끌려가는 무엇 같다고 생각하며, 하경은 속으로 요리 실력을 물려주신 한 여사에게 새삼 고마움을 느꼈다.

어느덧 윷놀이 준비가 완료되고 하경을 제외한 모두가 방 안으로 모여들기 시작했다. 마지막으로 들어간 나윤주가 방문을 닫는 것을 확인한 하경은 그제야 식탁 의자에서 엉덩이를 떼고 일어났다.

"자, 이제 실력 발휘 좀 해볼까?"

앞치마를 둘러맨 하경은 안주 준비를 하기 위해 냉장고 문을 열었다. 냉장고에는 아침에 장을 봐온 재료들이 한가득 들어 있었다. 하경은 슬쩍 눈으로 냉장고 안을 훑은 다음 필요한 재료들을 꺼내기 시작했다. 애호박과 당근, 양파 같은 기본 야채들과 아까 바비큐 파티에서 먹다 남은 고깃덩어리, 그리고 고추장까지 모두 식탁에 올려놓은 하경은, 수북이 쌓인 재료들 사이에서 왠지 모를 허전함을 느꼈다.

"아, 김치!"

자세히 보다 보니 제일 중요한 김치가 보이질 않았다. 하경은 눈에 불을 켜고 주방을 샅샅이 뒤지기 시작했다. 김치는 그녀의 요리 핵심 재료로 꼭 필요했기 때문이다. 하지만 아무리 주방 이곳저곳을 뒤져보아도 김치는 보이지 않았다. 아까 바비큐 파티를 할 때까지만 해도 분명 김치가 있었던 것 같은데 말이다.

하경은 하는 수 없이 닫혀 있는 방문을 조심스럽게 열었다. 이제 막 시작한 윷놀이였지만 부장을 제외한 사람들의 표정은 하나같이 두세 시간은 내리 윷놀이만 한 것처럼 지쳐 있는 것이 보였다.

"하경 씨, 무슨 일이에요?"

다들 부장의 눈치를 보느라 하경이 들어왔다는 사실을 깨닫지 못하고 있는 와중 수한이 제일 먼저 그녀를 발견하고는 다가왔다. 하경을 부르는 수한의 목소리에 지운의 시선 역시 그녀에게 향했으나, 이미 하경의 시선은 수한에게 고정되어 있었다.

"바쁘신데 죄송해요. 주방에 김치가 안 보여서요. 혹시 아까 먹고 남은 김치 어디에 뒀는지 아세요?"

"김치요? 아까 다 먹은 것 같은데⋯⋯."

젠장. 하경은 속으로 깊게 한숨을 내쉬었다.

"혹시 이 근처에 슈퍼가 있나요?"

"슈퍼요? 김치 사러 가려구요?"

"네. 김치가 메인 재료거든요."

안주로 하기에는 맛도 좋고 시간도 얼마 안 걸리는 김치찌개와 돼지김치볶음을 포기할 순 없었던 하경이 고개를 끄덕였다.

"잠깐만 기다려요. 나랑 같이 가요."

"괜찮아요. 저 혼자 가도 돼요. 길만 알려주세요."

"그래도 이 시간에 여자 혼자 보내기엔⋯⋯."

"정 팀장! 자네 차례인데 뭘 하는 거야?"

수한의 말이 끝나기도 전에 부장의 고함 소리가 두 사람 사이를 파고들었다. 하경이 흘낏 윷놀이 판을 보니 부장 팀이 조금 뒤처지고 있는 중이었고, 수한은 하필 부장과 다른 편인 듯했다.

"전 괜찮으니까 어서 가보세요."

부장과 하경 사이에서 잔뜩 곤란하다는 표정을 짓고 있는 수한을 향해 하경이 가볍게 웃어 보였다. 부장은 자신을 애타게 불러대고 있고 하경은 괜찮다고 가보라고 하는데도 뭐가 문제인지 수한은 잠깐 동안 더 고민하더니 이내 한숨을 내쉰다.

"나는 항상 타이밍이 왜 이럴까요."

"네?"

어쩐지 자조적으로 들리는 목소리에 하경이 의아한 듯 되물었다. 하지만 수한은 아무것도 아니라며 고개를 작게 내저으며 살짝 웃었다.

"뒷문으로 나가서 쭉 내려가면 있어요. 같이 못 가줘서 미안해요. 조심해서 다녀와요."

분명 그가 미안해할 일이 아니건만, 진심으로 미안해하는 수한을 향해 하경은 다시 한 번 정말로 괜찮다며 고개를 내저었다. 미안한 일이라면 이쪽이 훨씬 많이 했을 텐데 고작 이런 일로 사과를 듣는 것이 오히려 민망한 일이었다.

하지만 수한은 끝내 부장이 '정 팀장!' 하고 한 번 더 소리쳤을 때서야 윷놀이 판으로 돌아갔다. 하경은 괜히 자신 때문에 한 소리 들은 수한에게 미안해져서 얼른 방문을 닫고 나왔다.

"같이 가."

슈퍼에 가기 위해 펜션 현관에서 신발을 신고 있을 때였다. 뒤에서 익숙한 목소리가 들렸다. 굳이 확인하지 않아도 누군지 충분히 알 수 있었지만 하경은 고개를 들어 상대를 바라보았다.

"혼자 가도 돼요."

"나도 어차피 담배 사러 갈 생각이었어."

담배를 폈던가? 하경이 고개를 갸웃하는 사이 지운은 이미 신발을 신고 있었다.

"중간에 막 나오는 거 부장님이 싫어하실 텐데요."

"괜찮아. 윷놀이 모른다고 처음부터 깍두기 신세였으니까."

지운이 가볍게 어깨를 으쓱해 보였다. 아마 부장 팀에 속해 있었던 모양이다. 있어도 그만이고 없어도 그만인 존재였다는데, 더 이상 혼자 간다고 우기는 것도 오버인 것 같아 하경은 입을 다물고 나머지 신발을 마저 신을 수밖에 없었다.

슈퍼가 있다는 뒷문 쪽으로 향할수록 펜션에서 흘러나오는 불빛이 줄어들어 금세 주위가 깜깜해졌다. 듬성듬성 가로등이 세워져 있었지만 오래돼서인지 그것에서 흘러나오는 빛은 희미하기만 했다. 게다가 산중턱이라 그런지 목덜미를 스치는 바람이 도심의 밤바람과는 차원이 다르게 제법 매서웠다. 확실히 혼자 왔으면 꽤나 무서웠을 법한 시골길이었다.

"추워?"

몸이 살짝 움츠러드는 것을 눈치챘는지 지운이 물었다. 하경이 고개를 내저었지만 지운은 이미 걸음을 멈춘 상태였다. 살짝 앞서 걷던 그는 그녀의 앞으로 성큼성큼 다가와 바로 코앞에서 멈춰 섰다.

"목을 따뜻하게 하면 덜 추울 거야."

지운이 허리를 살짝 숙이자 두 사람의 얼굴이 가까워졌다. 힉! 깜짝 놀란 하경이 숨을 들이켜는 순간 지운의 손이 눈앞으로 슥 다가오더니, 이내 그녀의 뒷목에 달린 후드를 집어 올려 씌워주었다. 그러고는 망설임 없이 후드에 달린 줄을 죽 잡아당겨 꽁꽁 묶어주기까지 한다.

갑작스럽고 과감한 그의 손길에 하경은 가만히 서서 그저 큰 눈만 껌뻑거릴 뿐이었다.

어설프지만 확실하게 리본 매듭까지 완성한 지운은 숙였던 허리를 펴고는 하경을 내려다보았다. 한 손으론 여전히 매듭을 손에 쥔 채로 하경을 보던 지운은, 자신의 작품이 만족스러운지 한쪽 입꼬리를 말아 올렸다.

"꼭 다람쥐 같네."

톡. 기다란 검지가 하경의 보드라운 볼을 살짝 건드렸다. 그와 동시에 긴장하고 있던 그녀의 몸은 완전히 뻣뻣하게 굳어버렸다.

"어때?"

"네?"

"아까보다 덜 춥지?"

"아…… 네."

하경이 얼떨떨한 얼굴로 고개를 끄덕이자 그제야 지운은 쥐고 있던 매듭을 놓았다. 그러고는 하경을 등진 채 제 갈 길을 성큼성큼 앞서 걷기 시작했다.

지금…… 도대체 무슨 일이 일어난 거지?

너무도 갑작스러운 일이라 상황 판단이 잘 되질 않았다. 하지만 곧 정신이 돌아오자 얼굴이 뜨겁게 달아올랐다. 그의 말대로 목을 따뜻하게 했기 때문일까. 언제 그랬냐는 듯 추위는 싹 가시고 오히려 후끈한 열이 올라왔다.

멀어져 가는 지운의 너른 등짝을 멍하니 바라보던 하경은 손을 들어 제 뺨을 감쌌다. 그의 손길이 닿았던 자리가 유독 화끈거리는 것 같다.

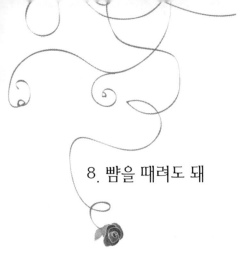

8. 뺨을 때려도 돼

슈퍼는 꽤 먼 곳에 있었다. 짧지 않은 거리를 음악도 없이 단둘이 걸었음에도 두 사람 사이에는 침묵만이 흘렀다. 굳이 얘깃거리를 만들어내지 않는 이상 두 사람 사이에 침묵이 흐르는 게 당연했지만 하경은 어쩐지 이 침묵이 고마웠다. 지금 상태로는 제대로 된 대화는커녕 왠지 자신이 동문서답을 할 것 같아서였다.

슈퍼로 향하는 내내 하경은 자신의 심장이 불규칙하게 뛰어대는 것을 가라앉히려 용을 써야 했다. 혹여나 심장 소리가 들릴까 적정거리를 유지하며 뒤따라가던 그녀는 슈퍼에 도착하자마자 재빠르게 김치가 있는 코너로 걸음을 옮겼다.

그녀가 망설임 없이 포장된 김치를 들었을 때였다.

"담배 하나 주세요."

"어떤 걸로 드릴까요?"

"음, 제일 잘나가는 걸로요."

슈퍼 주인과 지운의 대화에 하경은 김치를 들고서 계산대로 향하려던 걸음을 멈추었다. 그러고는 계산대 앞에서 어색하게 담배를 받아드는 지운의 옆모습을 물끄러미 바라보았다.

담배…… 안 피우는구나. 역시.

지금까지 그가 담배 피우는 모습을 한 번도 본 적이 없어서 혹시나 했는데, 역시나였다. 대체 왜 그런 거짓말을 했을까. 팀원 중 누군가에게서 부탁받은 거라면 '제일 잘나가는'이 아니라 정확한 종류를 말했을 텐데. 혹시 걱정돼서 따라와준 걸까…….

잠깐 동안 그 자리에서 지운을 응시하던 하경은 이내 멈췄던 걸음을 다시금 옮겼다. 그의 옆에 서서 계산을 하면서도 하경은 굳이 담배에 대한 이야기를 끄집어내지 않았다. 무슨 대답을 들어도 마음이 불편할 것 같았기 때문이다.

"이리 줘."

계산을 끝마치고 슈퍼를 나서는데 지운이 손을 내밀었다. 하경은 고개를 저었다.

"괜찮아요."

그녀의 입에서 습관처럼 괜찮다는 말이 나옴과 동시에 지운의 눈썹이 씰룩였다. 그는 못마땅한 얼굴로 하경을 빤히 바라보다가 그녀의 손에 들린 봉지를 휙 빼앗아들었다. 그러고는 다시금 성큼성큼 먼저 걸음을 옮기기 시작한다.

그의 뒤를 따라 걸으며 하경은 아랫입술을 질끈 깨물었다. 스스로도 자신의 행동이 이해가 되질 않았다. 그저 고맙다는 말 한마디가 뭐가 그리 어려운 건지. 둘만 있는 게 왜 이렇게 불편하고 신경이 쓰이는지 모르겠다.

지운을 다시 만난 뒤로 그녀의 머릿속엔 모든 것이 물음표 천지였다. 하지만 수많은 물음표 중 어느 것 하나도 명쾌하게 답이 나온 것은 없었다. 특히나 제일 알 수 없는 건 다름 아닌 자신의 마음이었다. 마치 희뿌연 연기에 둘러싸여 완전히 길을 잃은 것처럼, 답답하고 또 답답할 뿐이다.

왜일까. 이미 첫사랑은 끝났다는 걸 스스로가 인정했다고 생각했는데. 그래서 이제 지운을 봐도 아무렇지 않을 거라고 생각했는데. 하지만 어째서 아직도 그를 보면 심장이 이렇게 뛰는 걸까. 지금 눈앞에 있는 건 열아홉의 강지운이 아니라 서른의 강지운이 분명한데……

같은 길이었지만 돌아가는 길은 이상하게도 더 멀게만 느껴졌다. 단 한마디도 없이 그저 묵묵히 걷기만 하는 이 상황은 아까와 마찬가지의 침묵임에도 미묘하게 뭔가 다른 느낌이었다.

숨이 막힐 것 같은 무거운 침묵에, 속으로 어서 이 길이 끝났으면 좋겠다고 간절히 바라는 찰나였다. 빠르게 걷고 있던 하경의 발이 추운 날씨 탓에 살짝 언 흙바닥에 미끄러졌다. 앞서 걷는 지운의 뒷모습만 직시하며 걷느라 미처 바닥을 살피지 못했던 것이다. 게다가 하필이면 내리막길이었다.

아차, 하는 순간 그녀의 몸은 이미 뒤로 나자빠질 만반의 준비를 하고 있었다. 그녀의 둔한 운동신경이 말했다. 이미 늦었으니 포기하라고. 해서 하경은 지금 나자빠지는 것이 얼마나 자신을 민망하게 만들지 이미 알았음에도 순리를 따르기로 했다. 어차피 넘어질 텐데 괜한 짓 해서 더 우습게 넘어지는 것보다야 이대로 자연스럽게 넘어지는 것이 훨씬 나을 테니까 말이다. 그렇게 하경은 순리에 몸을 맡긴 채 두 눈을 질끈 감았다.

하지만 이상한 일이었다. 1초가 지나고 2초가 지나고 3초가 지났지만, 그녀가 예상했던 엉덩이의 통증이 느껴지지 않았다. 오히려 예상했던 시골 흙바닥의 냉기 대신 포근한 온기가 온몸을 감싸고 있었을 뿐이다.

이쯤 되자 무슨 상황인지 대충 예상이 되었다. 도대체 언제 여기까지 온 것일까. 자신의 허리를 단단히 받친 그의 탄탄한 두 팔이 느껴짐과 동시에 하경은 두 눈을 번쩍 떴다. 그러자 기다렸다는 듯 그녀의 시야에 지운의 아름다운 얼굴이 가득 들어찼다.

"힉……!"

저도 모르게 입에서 놀란 신음이 튀어나왔다. 하경은 마치 못 볼 꼴을 봤다는 듯 두 눈을 질끈 감았다.

"눈 떠, 공하경."

낮게 깔리는 그의 목소리가 하경의 귓속을 파고들었다. 목소리만 들어도 알 수 있을 것 같았다. 지금 그의 얼굴이 얼마나 굳어졌는가를 말이다. 낮게 으르렁거리는 그의 목소리를 감히 거역할 수가 없어서 하경은 천천히 감은 눈을 떴다. 다시 한 번 시야 가득 그의 얼굴이 들어왔다. 역시나 그의 얼굴은 딱딱하게 굳어 있었다.

"내가 말했지. 내 시선 피하지 말라고……."

뜨거운 그의 눈빛이 하경의 시선을 집요하게 좇았다. 숨결이 닿을 만큼 가까운 거리에서 그의 시선을 피하기란 쉬운 일이 아니었다. 더 이상 숨을 참을 수도, 그렇다고 그의 시선을 피할 수도 없어서 하는 수 없이 하경은 지운과 시선을 똑바로 맞추었다.

"참으려고 했어."

한숨이 스며든 낮은 목소리와 함께 하경의 허리와 손목을 감싼 팔에 힘이 가득 들어갔다. 그녀를 가득 담은 그의 새카만 눈동자는 옅게 흔들렸다.

"그래……. 네 말대로 이미 다 지난 일일 뿐이니까."

지금껏 딱딱하게 굳어만 있던 그의 얼굴이 순식간에 무장 해제 가 된 듯 일그러졌다. 그 모습을 바라보며 하경은 어떤 말도 할 수 가 없었다. 허리가 꺾여 있는 자세가 불편했지만 그저 숨만 꼴깍 삼킬 뿐이었다.

"근데 안 되겠다."

얼마나 힘을 줬는지 질끈 깨문 그의 아랫입술에 핏방울이 살짝 맺혔다.

"더는 못 하겠어."

제 품에 안겨 있는 하경을 잠깐 내려다보던 지운은 그녀의 허리 를 받치고 있던 팔에 힘을 풀었다. 거친 눈빛과 달리 제 품에서 하 경을 떼어놓는 그의 행동은 아주 조심스러웠다. 마치 굉장히 소중 한 것을 다루는 듯이.

"참는 거, 이제 안 할래."

그녀의 발이 바닥에 닿는 순간, 부유하던 공기의 흐름이 뚝 멈 추는 듯했다. 똑바로 마주 보고 선 두 사람의 주위로 고요보다 더 짙은 침묵이 그득하게 깔렸다.

품에서 벗어나기는 했지만 그는 여전히 그녀의 손목을 놓아주 지 않고 있었다. 아까부터 붙잡혀 있던 손목은 이제 피가 통하지 않을 지경이었다. 하지만 하경은 제 팔을 빼내는 대신, 얌전히 서서 그의 입에서 나올 다음 말을 기다렸다. 어쩐지 꼭 그래야만 할 것 같았기 때문이다.

"처음엔 헷갈렸어."

한참 만에야 그의 붉은 입술이 달싹였다.

"이 감정이 어쩌면 그냥 첫사랑을 다시 만난 설렘일지도 모른다고 생각했었으니까."

"……."

"그런데 너도 날 좋아했다는 사실에 심장이 미친 듯이 떨려. 왜 그때 제대로 내 맘을 표현하지 못했을까. 그게 너무 후회가 돼서 자다가도 벌떡벌떡 일어나게 돼. 나는 이렇게도 지난 11년이 아까워 죽겠는데, 억울해 죽겠는데, 그냥 과거였을 뿐이라 말하는 너한테 울컥 화가 나. 그래서 나도 너처럼 그냥 다 지난 일이었다, 생각하고 싶은데 그것도 내 맘대로 안 돼서 미치겠어. 정신 차려보면…… 언제나 내 시선 끝에는 네가 있어."

듣기 좋은 중저음의 목소리가 귓가로 넘실넘실 흘러들어왔다. 아까부터 그녀는 멍하니 지운의 말을 가만히 듣고만 있는 것처럼 보였지만 사실은 도대체 그가 무슨 말을 하는 건지 헷갈려 머릿속으로 혼자 수없이 되뇌고 있는 중이었다.

아까 먹은 술기운이 갑자기 올라와서일까. 그가 하는 말이 바로바로 정리가 되질 않았다.

"그래서 확신했어."

하지만 지운은 하경에게 어지러운 머릿속을 정리할 여유를 주지 않고 곧장 덧붙였다.

"11년 전 끝났다고 생각했던 내 첫사랑이 사실은 아직 끝나지 않았다는 걸."

지운의 새카만 눈동자에 하경의 모습이 가득 들어찼다. 하지만 그건 결코 열일곱의 공하경이 아니었다. 언제부터였을까. 확실히 지금의 그는 스물여덟의 공하경을 제대로 바라보고 있었다.

꼴깍. 새카만 그의 눈동자를 제대로 마주하고 있던 하경이 마른 침을 삼켰다. 이미 그가 조금 전 자신을 붙잡았을 때부터 대충 예상했던 흐름이었다. 하지만 막상 그의 입을 통해서 말을 듣고 나니 예상했든 안 했든 당황스러운 건 어쩔 수 없었다.

"난 여전히 네가 좋아, 공하경."

숨을 고를 틈도 없이 그녀에게 던져진 건 완벽한 돌직구였다. 그리고 그것은 정확하게 그녀의 가슴에 꽂혔다. 피할 틈 따위는 없었다.

지운이 손목을 잡고 있던 손에 힘을 풀었다. 덕분에 하경의 손목은 자유로워졌건만 반대로 마음은 너무도 무겁기만 했다.

"선배……."

대답을 기다리는 듯 자신을 바라보는 지운에게 무슨 말이든 해야 할 것 같아 입을 떼기는 했지만 사실 무슨 말을 해야 할지 감이 잡히질 않았다. 지금 이 상황은 그녀가 꿈에서도 생각해본 적이 없었기에 당황스럽기만 했다.

아니, 사실 한 번쯤은 꿈을 꿔봤던 것 같다. 아니, 그것도 아니다. 사실은 수백 번, 수만 번쯤…….

"너한테는 지금 이게 갑작스럽다는 거 알아."

이미 지난 일이라고 못 박고 그때의 감정을 외면만 했던 탓일까. 충분히 이해한다는 듯 잠깐 그녀에게 시간을 내어주고는, 지운은 다시금 운을 뗐다.

"그래도 어쩔 수 없어. 오늘 말 못하면 또 11년 전처럼 후회하게 될 것 같으니까 말이야. 이번엔 어긋나고 싶지 않아, 나는."

단단한 입매를 보니 제대로 작정을 한 모양이었다. 이미 피하기가 늦었다는 사실을 깨달은 하경은 시선을 아래로 내리깔았다. 도저히 그와 시선을 마주하고 있을 자신이 없어서였다.

"너는 아니야?"

그의 짧은 물음은 묘한 느낌이었다. 간절히 애원하는 것 같기도 하고, 또 불안에 떠는 것 같기도 했다. 그 떨림이 천하에 강지운과는 전혀 어울리지 않아서일까. 어쩐지 가슴이 시큰거린다.

"정말로 다 지나간 일일 뿐이야?"

그의 입에서 뱉어진 건 또다시 같은 질문. 하지만 그녀는 이번에도 대답을 할 수가 없었다. 다 지나간 일이라고. 매일 그렇게 스스로에게 세뇌를 걸 듯 생각하고 또 생각했었건만 어쩐지 대답이 쉬이 나가지 않았다.

질문에 쉽게 대답하지 못하고 망설이는 하경의 머리 위로, 11년을 참았던 목소리가 이제는 1분도 더 참아줄 수 없다는 듯 매섭게 날아들었다.

"그렇다면 왜 안 버렸어. 내가 사준 머리핀, 나랑 찍은 사진, 나에게 주려 했다던 빼빼로까지도. 왜 아직도 가지고 있는 건데, 너."

역시…… 봤구나.

하경은 아랫입술을 꾹 깨물었다. 사실 어젯밤 상자 뚜껑에 먼지가 하나도 없는 것을 보고 대충 예상은 했었다. 그저 아니길, 나만의 착각이길 빌었을 뿐.

얼굴이 달아올랐다. 치부를 들킨 느낌이다.

나조차도 내 자신이 미련스럽게 느껴져서 쉽게 꺼내볼 수 없었던 건데…….

그가 어제 상자 속에 가득 담긴 자신의 미련의 파편들을 하나하나 확인했을 걸 생각하니, 정신이 아득해지는 것만 같았다. 지금까지 꽁꽁 숨긴 채 겉으로는 아닌 척, 내숭을 실컷 부렸던 제 모습을 그는 다 알아버렸을까. 부끄럽고 민망하고 속상해서 눈물까지 핑-돌았다.

갈 곳을 잃은 시선은 자꾸만 바닥을 향했다. 하지만 바닥을 향해 있던 시선은 곧 지운의 시선과 마주해야만 했다. 지운이 그녀의 두 뺨을 감싸더니 제멋대로 그녀의 얼굴을 들어 올린 것이다.

"공하경."

더 이상 피하지 말라고. 이제 그만 도망치라고. 그녀를 향한 단호한 눈빛이 그리 말하는 것만 같았다.

"만약 내가 착각한 거라면. 단지 버리기 귀찮아서 그냥 둔 거였다면 내 뺨을 때려도 돼."

뺨을 때리라니? 이해할 수 없는 그의 말에 의문을 품었을 때였다. 눈앞으로 그의 얼굴이 한층 더 가까워지는 것 같더니 놀랄 새도 없이 곧 입술에 보드라운 뭔가가 닿았다.

어렸을 적 그를 볼 때마다 문득문득 상상하곤 했었다. 그와 입을 맞춘다면 어떤 느낌일까, 하고. 아무리 혼자 상상해봐도 그 느낌을 알 수는 없었는데, 11년 만에 처음 닿은 그의 입술은 따뜻했다. 분명 여러 가지 생경한 느낌들이 그녀의 안으로 쏟아지고 있었다. 하지만 머릿속이 백지장이 되어버려서 그 다른 느낌이 어떤 것인지 정확하게 알 수가 없었다. 다른 생각을 할 여유가 없었다. 그저 따뜻하다는 생각밖에는.

하지만 그 따뜻함은 그녀의 입술에서 오래 머물지 않았다. 지운의 입술이 떨어지는 순간 그녀의 입술엔 언제 그랬냐는 듯 다시 산중턱의 냉기가 돌았다. 그리고 그것은 처음보다 한층 더 차갑게 느껴졌다.

"분명히 11년은 긴 시간이야. 어린 시절의 풋사랑쯤 잊기에는 충분한 시간이라는 거, 인정해. 너한테 그때의 감정을 바라는 거 아니야. 그냥, 열아홉의 강지운이 아니라 서른의 강지운도 좀 봐달라고……. 너도 나처럼 흔들리는 거라면, 다 지나간 일이라고 나 밀어내지만 말고 솔직하게 얘기해달라고……."

항상 여유가 넘치던 그의 얼굴이 초조함으로 일그러졌다. 늘 흔들림 없던 눈빛은 바람 앞의 등불처럼 힘없이 흔들리고 있었다. 대답을 망설이는 자신의 모습에 불안해하는 것 같았다.

그의 오해가 더 깊어지기 전에 제 마음을 고백해서 그의 얼굴에 깃든 불안감을 지워줘야 한다는 것을 그녀도 알고 있었다. 하지만 지금까지 너무 오랜 시간 삭혔기 때문일까. 묵은 감정이 쉽게 밖으로 뱉어지지가 않는다.

"뺨…… 때릴 거야?"

너무도 오래 입을 꾹 다물고 있는 그녀의 침묵을 나쁘게 해석한 모양이다. 그녀의 눈치를 한껏 보며 지운이 조심스럽게 묻는다.

혹시라도 거절일까 봐. 제 마음과 같지 않다는 대답을 할까 봐. 그래서 고백 안 한 것만 못한 사이가 되어버릴까 봐. 자신이 지금껏 걱정했던 그 감정들을 고스란히 그가 걱정하고 있다는 게, 둔하

디둔한 그녀의 눈에도 훤히 보인다.

어떻게 지금까지 몰랐을까. 날 보는 그의 눈빛이 이렇게도 애틋하기만 한데…….

어떻게 지금까지 깨닫지 못했을까. 그런 그를 보는 내 마음이 이렇게도 애틋하기만 한데…….

나는 도대체 무슨 자신감으로 이 감정들을 지울 수 있을 거라 생각했을까. 그와 마주 보는 것만으로도 이렇게 가슴이 터질 것처럼 벅차기만 한데…….

눈이 시리다.

하경은 입술을 질끈 깨물었다. 그러지 않으면 눈물이 떨어져버릴 것만 같아서.

"아뇨."

한참 만에야 하경은 고개를 내저었다. 영원히 떨어지지 않을 것만 같던 그녀의 입술이 떨어져서일까. 아니면 그 대답이 의외여서였을까. 그것도 아니면 둘 다 때문일까. 하경을 바라보고 있던 지운의 눈이 둥그렇게 커졌다.

"……좋아해요."

기어이 참았던 눈물이 툭 바닥에 떨어졌다. 슬픔의 눈물이 아니었다. 이건 분명 후련함. 그래, 11년 동안 참았던 감정을 터트린 것에 대한 후련함의 눈물이었다.

그를 만난 뒤로 지금껏 하루에 열두 번도 넘게 스스로를 세뇌시켰다. 다 지나간 일이라고. 그저 어린 날의 첫사랑이었을 뿐이라고. 어른이 된 지금 이제 더는 아니라고. 그에겐 이미 다 지난 일일 테니까. 나만 아직도 현재진행형인 건 너무도 미련한 것처럼 느껴져서.

그러니 저도 모르게 자꾸만 그를 향하는 시선을, 마음을 제발 멈추라고. 그렇게 수없이 열일곱의 상처받은 내 마음을 다독였었다.

이제는 깨끗하게 정리할 수 있다고 생각했다. 그는 여전히 오르지 못할 나무였고, 자신은 더 이상 열일곱 사춘기 소녀가 아니니까. 아닌 건 아닌 거라고. 그 정도는 인정할 수 있는 나이라고. 11년 전과 달리 이번엔 내 마음을 내 멋대로 할 수 있을 줄 알았다.

그런데 아무래도 그게 아니었던 모양이다. 그의 고백을 듣자마자 이렇게도 눈물과 감정들이 왈칵 쏟아져버릴 것 같은 걸 보니, 나는 내 마음을 정리를 한 게 아니라 그저 참았던 것 같다.

들키고 싶지 않아서. 아마도 그때처럼 또다시 상처받고 싶지 않아서…….

하지만 이젠 깨끗하게 인정할 수밖에 없다. 스물여덟의 그녀를 설레게 했던 건, 추억 속의 첫사랑이 아니라 지금 눈앞에 있는 이 남자였다는 걸. 11년 만에 그녀의 철벽을 뚫은 건, 애석하게도 또 11년 전과 같은 사람이라는 것을.

"나도…… 여전히 선배가 좋아요."

한 번이 어렵지 두 번은 쉬웠다. 마음을 솔직하게 인정하고 나니 그동안은 어떻게 참았나 싶을 정도로 크고 깊은 감정이 파도가 되어 그녀의 안으로 밀려들어 왔다. 그리고 그 감정은 작은 그녀의 속에 있기엔 너무도 벅차서 자꾸만 입 밖으로 새어 나가려 했다.

얼마나 하고 싶었던 말인가. 당신을 알게 된 후로 나는 얼마나 이 말을 많이 참아야 했던가. 그리고 또 얼마나 오랫동안 참아야 했던가. 사실 나는 꽤 오랫동안 애타게 기다렸다. 이렇게 당신 앞에서 내 마음을 온전히 드러내놓는 날이 오기를. 언젠가 벅찬 이 감정을 당신에게 전하는 날이 오기를.

하지만 하경은 11년을 참았던 고백을 이쯤에서 멈출 수밖에 없었다. 갑자기 지운이 그녀를 끌어안아버린 것이다. 한층 더 짙어진 달콤한 향이 그녀의 코를 찔렀다. 순간 아찔한 기분이 들기는 했지만 싫은 느낌은 아니었다. 버스에서 우연히 그의 품에 안겼을 때보다, 잠자는 그의 품에 몰래 안겼을 때보다 당당하게 그의 품에 안긴 지금이 훨씬 더 두근거렸다.

단단한 지운의 품에 갇힌 하경은 두 눈을 천천히 감은 채 귓가에 울리는 그의 심장 소리에 귀를 기울였다. 쿵쾅쿵쾅. 천하에 강지운의 심장이 요란스럽게도 뛰어댄다. 아니, 지금 들리는 심장 소리는 그의 것이 아니라 내 것이려나.

"공하경."

"네."

목덜미에 그의 숨결이 닿았다. 뜨겁다.

"나 이제 안 놔줄 거야."

절대 놓아줄 생각이 없다는 의지를 보여주려는 듯 가냘픈 어깨를 감싸 안은 그의 팔에 힘이 꽈악 들어갔다.

"나중에 가서 물러달라고 하지 마."

설마. 그럴 리가요. 선배나 그러지 마요.

당돌하게 외치고 싶었지만 그의 품에 안겨 그의 고백을 듣는 느낌이 너무 좋아서, 하경은 그저 가만히 그의 부드러운 목소리에 귀를 기울였다.

"나중에 오늘이 실수였다고 해도, 첫사랑의 기억 때문에 착각했던 거라고 해도, 사실은 지금의 내가 아니라 열아홉의 강지운이 좋앗던 거라고 해도, 안 놔. 못 놔. 절대 없던 일로 못 해."

몇 번이고 당부하듯 중얼거리던 지운은 이내 그녀를 안고 있던 팔에 힘을 풀었다. 따뜻하게 감싸주던 체온이 갑자기 사라진 추위를 느낄 새도 없이 지운의 뜨거운 양손이 그녀의 볼을 감쌌고, 놀랄 틈도 없이 뜨거운 열을 머금은 그의 입술이 그녀의 입술 위로 다시금 포개졌다.

가슴이 터질 듯 부풀어 올랐다. 쿵쿵. 귓가를 때리는 커다란 심장박동이 그의 것인지 그녀의 것인지 헷갈릴 정도로 정신이 몽롱해져왔다. 아마 둘 다의 것이겠지만.

하경의 눈이 자연스럽게 감겼다. 수줍게 닫힌 입술을 비집고 그의 뜨거운 숨이 훅 들어오더니 구석구석을 헤집고 다니기 시작했다. 달콤한 그의 향기가 온몸에 퍼져나가는 듯했다. 따뜻하다 못해 더워졌다. 지금이 가을의 끝자락인지 한여름인지 헷갈릴 정도로 뜨거운 입맞춤이었다.

아아. 첫 키스라는 건, 이런 느낌이었구나.

서울에 도착했을 땐 어느덧 깜깜한 어둠이 깔려 있었다. 팀원들은 내일의 출근을 위해 따로 자리를 갖지 않고 회사 앞에서 곧바로 흩어지기로 했다.

힐끔. 그리고 또다시 힐끔. 지운의 차로 함께 집으로 가는 길, 하경은 아까부터 몇 번이고 운전하고 있는 그의 옆모습을 힐끔거리는 중이었다. 어색하리만큼 정면을 향하고 있는 시선과 꽉 다문 입매, 그리고 살짝 치켜 올라간 눈썹까지. 언뜻 보면 화가 난 사람처럼 보일 정도로 그는 아까부터 계속 미묘하게 어두운 기운을 풍기고 있었다. 아마 서울로 오는 버스 안에서부터 쭉 그랬던 것 같다.

그렇게 안절부절못하고 눈치만 보는 사이 지운의 차는 그녀의 집 앞에서 멈췄다. 달리는 차의 소음이 사라지고 나니 차 안에 깔린 적막이 한층 더 무겁게 느껴졌다.

"선배, 혹시…… 화 나셨어요?"

정적을 먼저 깬 건 하경이었다. 그냥 집으로 들어가버릴 수도, 그렇다고 그를 따라 입을 다문 채 언제까지고 앉아 있을 수도 없는 노릇이었으니까 말이다.

"혹시?"

그녀의 입에서 나온 단어가 마음에 들지 않는 듯 지운은 눈썹을 씰룩였다.

뭐야, 진짜 화가 났던 거였어? 예상치 못한 그의 반응에 하경의 눈이 둥그렇게 커졌다. 그녀는 믿을 수 없다는 듯 되물었다.

"화가 났어요? 왜요?"

아무리 생각해봐도 그가 화를 낼 만한 상황은 없었다. 작년에야 눈치 없는 직원 하나가 윷놀이에서 부장을 이겨먹은 탓에 분위기가 험악했었지만, 올해는 팀원들의 눈물 나는 노력으로 다행히 부장은 윷놀이에서 완승을 거머쥐었다. 그 덕에 엠티 분위기는 1박 2일 동안 더할 나위 없이 화기애애하기만 했었는데 말이다.

"정말 그걸 몰라서 물어?"

"네. 정말 모르겠는데요?"

이해할 수 없다는 듯 자신을 똑바로 보는 커다란 눈을 마주 보던 지운은 짧게 한숨을 내쉬었다. 그러고는 무겁게 닫혀 있던 입을 열었다.

"주희 씨, 아침 같이 먹어요."

전혀 어울리지 않는 얇은 목소리.

"주희 씨, 같이 산책이나 할래요?"

조금 더 간드러지는 목소리.

"주희 씨, 서울 갈 땐 나랑 같이 앉아서 가요. 알겠죠?"

이윽고 더 이상 못 들어주겠다 싶은 지경에 다다른 순간, 그제야 하경은 그가 지금 누굴 흉내 내고 있는 건지 눈치챌 수 있었다. 바로 오늘의 그녀를 흉내 낸 것이었다.

"오늘 아침부터 하루 종일 주희 씨, 주희 씨, 주희 씨. 아주 노래를 불렀지, 너. 나랑 눈만 마주치면 그렇게 김주희 씨를 찾아대더라?"

기분이 꽤나 나빴는지 한번 치켜 올라간 그의 눈썹은 좀처럼 내려올 생각을 않았다. 가늘게 뜬 눈은 하경을 매섭게 쏘아보았다.

"나 분명히 말했어. 어제 일, 없던 일로 해줄 생각 없다고."

마치 환불은 절대 불가라고 말하는 옷가게 직원처럼 지운은 단호했다.

아무래도 그녀가 하루아침에 손바닥 뒤집듯 변덕을 부리는 거라 생각했던 모양이었다. 하긴, 누가 봐도 눈치챌 정도로 하루 종일 티 나게 피해 다녔으니 충분히 오해를 살 법도 했다. 그러고 보니 어젯밤 펜션으로 돌아온 후로 그와 한마디도 나누지 않았던 것 같기도 하고.

이 오해를 대체 어떻게 풀어야 할까. 뭐라고 말을 해야 저 고집스럽게 올라간 눈썹을 제자리로 돌릴 수 있을까. 고민하던 그녀는 짧게 한숨을 뱉었다.

"그런 거 아니에요."

"그런 게 아니면?"

"그냥. 왠지 선배 얼굴 보기가 민망해서……."

그렇게 말하는 지금도 하경의 시선은 갈피를 잡지 못하고 방황하고 있었다. 평소에도 지운과 시선을 마주치는 게 편한 적은 없었지만 오늘은 특히 더 그랬다. 하지만 그건 평소와는 전혀 다른 불편함이었다.

사실 어젯밤 펜션으로 돌아온 뒤부터 그의 얼굴을 볼 때마다 이상하게 붉은 입술만 유독 클로즈업되어 보였다. 팀원들과 모여서 마지막 술자리를 가지다가도 그랬고, 아침밥을 먹다가도, 서울로 돌아오기 위해 펜션에서 나설 때도 그랬다. 붉은 입술에 눈이 가면 마치 일부러 연동되게 프로그래밍이라도 해놓은 듯 자연스럽게 어젯밤의 기억이 떠올랐다. 그럴 때마다 하경은 이런 속마음을 들키기라도 할까 봐 황급히 고개를 돌릴 수밖에 없었던 것이다.

순간 어제의 기억을 또다시 떠올린 하경은 재빨리 고개를 내저어 머릿속에 떠오른 영상을 휙휙 지워버렸다. 늦게 배운 도둑질이 무섭다더니. 자신이 딱 그 짝이었다. 큰일 났다, 정말. 이게 다 이 남자 때문이다. 그녀는 고작 첫 키스였는데, 예고도 없이 그렇게 짙은 키스를 한 주제에 여전히 갈증이 난다는 듯, 그는 그녀를 놓아주지 않고 몇 번이나 더 그녀의 입술을 탐했었다. 키스 초보자인 그녀에게 어젯밤은 너무도 강렬했다.

"아, 그랬구나. 민망해서 그렇게 사람을 무시했던 거구나."

이런 속마음을 알 리가 없는 지운은, 핸들에 팔꿈치를 붙이고는 턱을 괸 채 삐딱한 시선으로 하경을 쳐다보며 아주 심드렁하게 고개를 끄덕이기 시작했다.

"민망하면 사람이랑 눈 마주쳤을 때 고개 휙 틀어서 상대방 무안 줘도 되고, 아침 인사까지 씹어도 되는 거구나. 그런 거구나."

"아니, 그게 아니라……."

잔뜩 비꼬는 그를 향해 변명을 내뱉으려던 하경은 이내 입을 꾹 다물었다. 붉은 입술에 자꾸만 눈이 가서 그랬다는, 스스로가 생각해도 변태 같은 그 변명을 어찌할 수 있겠는가. 변태로 낙인찍힐 바엔 차라리 민망해서 사람을 무시하는, 그런 이상한 여자가 되는 게 낫지.

"분명 그럴 의도는 없었지만……. 어쨌든 죄송해요."

"아, 몰라. 나는 이미 상처받았어."

유치원생도 아니고 제 할 말만 하는 이 남자를 어쩌면 좋으리오. 쉽게 기분을 풀 생각이 전혀 없어 보이는 지운을 보며 하경은 한숨을 길게 내쉬었다.

"뭐, 뽀뽀라도 해주면 조금 괜찮아질 것 같기도 하고."

"네에?"

마치 대단한 선심이라도 쓰는 양 구는 지운의 말에 하경의 눈이 둥그렇게 커졌다. 뽀뽀라니. 잘못 들었나 싶어 커다란 두 눈으로 뚫어져라 바라보았지만, 지운은 제 오른쪽 뺨을 톡톡 가리킬 뿐이었다.

"진심이에요?"

당황한 하경이 물었지만 돌아오는 답은 없었다. 그저 눈을 지그시 감은 채 하경의 쪽으로 재 오른쪽 뺨을 완전히 내어줬을 뿐. 뽀뽀를 받기 전에는 결코 물러나지 않겠다는 단호한 의지가 보이는 모습이었다. 어제는 뒤늦게라도 올라온 술기운을 핑계 댈 수라도 있었지, 지금은 너무도 맨 정신이었다. 하지만 평소 그의 고집스러운 성격을 봤을 땐, 그녀가 뽀뽀를 해주지 않는다면 정말 이대로 밤을 새울 수도 있을지도 모를 일이었다.

매끈한 뺨을 멍하니 쳐다보던 하경은 이내 큰 결심을 한 듯 조심스럽게 지운에게로 다가갔다. 그래, 뽀뽀 정도야 뭐. 어젯밤 더 한 것도 했는걸. 스스로를 세뇌시키며 용기 있게 그의 뺨에 입술을 갖다 대려는 순간이었다. 별안간 지운의 고개가 확 틀어지는가 싶더니, 그녀의 입술에 그의 뺨 대신 입술이 닿았다.

"선배!"

생각지 못한 말캉한 느낌에 화들짝 놀란 하경이 그에게서 떨어지며 꽥 소리를 내질렀다. 하지만 지운은 능글맞게도 그저 씩 웃어 보일 뿐이다.

"오늘 아침 일 용서해줄게. 많이 상처받았지만 말이야."

이 남자, 진짜 선수인 걸까.

간밤에 잠을 설쳤더니 정신이 몽롱했다. 아침밥이 코로 들어가는지 입으로 들어가는지도 모르고 대충 식사를 끝낸 하경은 부랴부랴 집을 나서며 시간을 확인했다. 자칫하면 버스를 놓칠 정도로 아슬아슬한 시간이었다. 대충 구두에 발을 구겨 넣은 채 종종걸음으로 현관을 나선 하경은 대문 밖까지 나와서야 구두를 제대로 고쳐 신었다.

회식이나 엠티 등이 끝난 뒤 지각에 유독 더 예민하게 구는 부장이었다. 오늘 지각생은 앞으로 최소 일주일은 부장의 손아귀에서 자유롭지 못하리라. 그 고통을 누구보다 잘 알기에 하경은 지금 달려야만 했다.

준비, 땅! 속으로 외치며 골목 끝을 향해 무작정 달리려는 순간이었다. 속으로 '땅!'을 외치는 것과 동시에 뒤에서 '빵!' 하고 자동차 클랙슨이 울렸다. 놀란 하경이 소리가 나는 곳을 향해 몸을 틀었을 때 보이는 건, 잘빠진 흰색 차였다. 낯설지 않은 차의 등장에 하경의 눈이 둥그렇게 커졌다.

"왜 이렇게 늦게 나와? 한참 기다렸잖아."

운전석 창문을 징- 내린 지운이 대뜸 타박을 했다.

"온다는 얘기 없으셨잖아요."

약속을 미리 한 것도 아니면서 기다렸다고 아침부터 타박이라니. 억울함에 하경의 입이 댓 발 나왔다.

"어제 얘기했잖아."

"어제요?"

"그래."

"진짜예요? 언제요?"

"지금 그게 중요해? 지각하고 싶은 게 아니라면 얼른 타는 게 좋을 텐데."

정곡을 찌르는 지운의 말에 하경은 그제야 아차 싶었다. 당장 뜀박질을 해봐야 이미 타려던 버스는 놓쳤을 테고, 지각을 면하려면 이젠 지운의 차밖에는 답이 없었다. 일단 급한 불은 꺼야지. 하경은 더 망설일 것도 없이 조수석에 넙죽 올라탔다.

"근데 진짜 어제 말한 거 맞아요?"

안전벨트를 매며 하경이 고개를 갸웃했다. 정말로 그가 그런 애길 했다면 잊었을 리가 없었다. 아무리 생각해봐도 금시초문이었다.

"그런 걸 꼭 말로 해야 알아?"

"당연히 말을 해야 알죠. 놀랐잖아요."

그럼 그렇지. 하경은 입을 비죽였다. 이렇게 아침부터 얼굴을 마주할 줄 알았다면 이렇게 엉망으로 나오진 않았을 텐데. 하경은 사이드미러에 비치는 제 얼굴을 흘끗 바라보며 한숨을 쉬었다. 여자 마음은 쥐뿔도 모르는 남자 같으니라고.

"알겠어. 말로 해줄게."

급하게 말려서 부스스해진 머리를 손으로 대충 정리하고 있는데 지운이 말했다.

"내일도 모레도 매일 데리러 갈 거야. 이제 출퇴근 같이해."

"아니에요. 굳이 안 그러셔도 돼요. 이제 한집에 사는 것도 아닌데……"

"사양하지 마. 나는 굳이 그래야겠으니까."

지운은 단호했다.

"기억 안 나? 너 때문에 샀다고 했잖아, 이 차."

그러고 보니 그렇게 말을 했던 것 같기도 하다. 차를 샀던 날도 버스에서 그녀가 트위스트를 췄던 바로 그날이었다. 그것도 점심 시간에 짬을 내서 차를 계약하고, 당일 퇴근 시간에 바로 차를 받을 정도로 그는 급하게 굴었었다.

널 위해 차를 샀다고. 그때 그는 어린아이처럼 들뜬 얼굴로 자신의 새 차를 보여주며 그렇게 말했다. 차가 한두 푼 하는 것도 아니고 자신 때문에 차를 샀다는 게 도저히 믿기지가 않아서 그저 농담이겠거니 하고 넘겼었는데…….

하경의 눈이 둥그렇게 커졌다.

"그럼 그때 하신 말씀이 진짜란 말이에요?"

"그래. 내가 그렇게 너를 신경 쓴다는 티를 냈다고, 이 둔한 여자야."

쯧, 하고 혀를 차는 지운을 보며 하경은 어색하게 웃어 보일 뿐이었다. 스스로도 눈치가 없다는 걸 알고는 있었지만 이렇게까지 심각했을 줄이야. 그의 마음이 꽤 오래전부터 자신을 향하고 있었다는 사실을 알게 됐는데도 마냥 좋아할 수가 없다.

지금 생각해보니 그의 말대로 그는 참 노골적으로 티를 냈던 것 같은데 어떻게 몰랐을까. 하긴, 이번에도 지운이 먼저 고백하지 않았다면 그녀는 언제까지고 제 마음을 몰랐을 수도 있었다.

그가 설마 자신을 아직도 좋아하고 있으리라고는, 감히 상상도 할 수 없었으니까…….

연애 관련 도서라도 사서 읽으면 좀 도움이 될까? 달리는 차창 밖을 바라보며 하경은 진지하게 고민했다.

9. 양 한 마리……

월요일 아침이라 도로에는 차가 많았다. 하지만 다행스럽게도 회사 건물이 보일 때 확인한 시간은 아슬아슬하지만 세이프였다. 회사 건물이 보이는 길모퉁이에서 하경은 안전벨트를 탁 풀었다. 지운과 출근을 할 때면 사람들에게 들키지 않으려고 늘 이쯤에서 먼저 내렸었다. 하지만 언제나 평소처럼 내릴 준비를 하는 하경과 달리 지운은 차를 멈출 생각이 없는 듯했다.

"스톱!"

차가 모퉁이를 돌자마자 하경이 다급하게 외쳤다. 그와 동시에 차는 끼익- 급정거를 했다.

"왜?"

"왜라뇨. 저부터 내려주셔야죠, 선배."

"어째서?"

아니, 어째서라니. 정말로 모르겠다는 듯 천진난만하게 묻는 지운의 얼굴을 보고 있자니 하경은 오히려 더 당황스러워졌다. 해서 대꾸를 할 만한 적당한 말을 찾지 못하고 멍하게 있는데 지운이 말을 이어갔다.

"이제 같이 출근하는 거 사람들이 봐도 되잖아."

"어째서요?"

이번엔 하경이 되물었다.

"우리 이제 아무 사이 아닌 거 아니잖아. 서로의 마음도 확인했는데."

"그래서 사람들한테 대놓고 티라도 내시게요?"

"그럼 안 돼?"

"당연히 안 되죠."

"왜? 우리 회사 규율 중에 사내 연애 금지 조항은 없는 걸로 아는데?"

그의 말대로 사내 연애가 금지된 회사는 아니었다. 하지만 다른 팀인 것도 아니고 한팀인데 팀원들에게 알려져서 좋은 건 없었다. 당장 지운과 회사 일로 대화를 나눌 때마다 얼마나 눈치를 주겠는가. 상상만으로도 끔찍했다. 특히나 지운은 회사 여직원들에게 스타와 다름이 없었으니 그녀의 상상보다 더하면 더했지 덜하진 않을 것이었다.

"너 혹시 나랑 연애하는 거 소문나면 시집 못 갈까 봐 그래?"

그런 하경의 속을 알 리 없는 지운이 물었다. 한 여사와 선영이 했던 말을 담아두고 있었던 모양이었다. 정답은 아니었지만 완전히 틀린 말도 아니었기에 딱히 대꾸를 하지 않고 있는데 지운이 얼른 말을 덧붙였다.

"그건 걱정 마. 내가 책임지고 데려갈 테니까."

순간 그녀의 귓가에 심장이 쿵, 하고 바닥으로 떨어지는 소리가 들렸다. 책임지고 데려간다니……. 이 남자, 지금 자신이 무슨 소리 하는 건지 알고나 있는 걸까? 결코 가볍지 않은 말을 너무도 가볍게 던지는 지운을 보며 하경은 황당함에 입을 쩍 벌렸다.

"이제 티 내도 되는 거지?"

"아니, 선배. 그런 문제가 아니라니까요."

책임진다는 한마디로 너무 깔끔하게 정리가 되어버릴 것만 같아서 하경이 얼른 고개를 내저었다. 하지만 지운은 도저히 납득할 수 없다는 표정이었다.

"그럼 대체 뭐가 문젠데?"

뭐라고 말을 해야 할까. 복잡하고도 미묘한 여자들 사이의 문제를 뭐라고 설명해야 그가 납득을 할 수가 있을까. 잠깐 고민하던 하경은 적당한 답을 찾아내지 못한 채 벌컥 차 문을 열고 내렸다. 그러고는 조수석의 문을 탁, 닫으며 외쳤다.

"아무튼 안 돼요! 절대!"

당신이 너무 잘난 탓이에요, 라고 말을 할 수는 없었다. 다른 사람들에게 또다시 '강지운은 공하경이 못 올라갈 나무'라는 말 따위는 듣고 싶지 않다는 것 역시도.

"공 대리님, 오늘도 야근이세요?"

퇴근 시간. 남들은 짐을 챙기고 있을 때 서류를 정리하고 있는 하경을 보며 주희가 안쓰럽다는 눈초리를 보냈다.

"응. 조금 더 보다가 가야 할 것 같아. 내일 아침까지 넘겨야 하는 서류라서."

"또 홍보팀이 늦게 준 거죠?"

"그렇지, 뭐."

"어쩜 그렇게 매번 기한을 지나서 주는 걸까요? 일부러 그러기도 쉽지 않을 텐데, 진짜 어떤 의미로 보면 대단한 것 같아요. 늦게 주면 우리 쪽에서 고생해야 한다는 거 뻔히 알면서……."

대신 뿔을 내주는 주희를 향해 하경은 대답 대신 가볍게 웃어 보이고는 다시금 서류에 시선을 두었다. 주희의 말대로 매번 있는 일이었다. 신경을 끄고 그냥 그런가 보다 하고 생각하는 게 심신에 이롭다는 걸 그녀는 이미 깨달은 지 오래였다.

"다들 수고했어요. 먼저 가볼게요."

지운의 목소리에 하경은 서류에서 시선을 떼고 흘끗 소리가 나는 쪽을 바라보았다. 오늘따라 누구보다 빠르게 퇴근 준비를 끝마친 지운이 팀원들에게 인사를 하고 있었다. 그러고는 하경과 시선을 마주치기가 무섭게 휙 고개를 틀더니 성큼성큼 사무실을 나가 버린다. 그런 지운의 뒷모습을 물끄러미 바라보던 하경의 입에서 저도 모르게 혼잣말이 흘러나왔다.

"유치해, 진짜……."

오늘 하루 종일 지운은 하경을 투명인간 취급했다. 아니, 티를 내지 말라고 했지 언제 무시를 해달랬나. 하경은 기가 막혔다. 오히려 너무 대놓고 피하는 지운의 행동 때문에 팀원들이 두 사람 사이에 무슨 일이 있는 거 아니냐고 한마디씩 해서 하루 종일 더 곤란하기만 했다. 물론 연애 쪽으로는 전혀 생각도 못 하는 것 같아서 다행이긴 했지만 말이다.

언제는 내가 피하는 모습 때문에 상처받았다더니, 자기는 더하네 뭐! 하경은 입을 비죽이며 서류를 넘겼다.

그렇게 한참 서류에 코를 박고 있던 하경이 탁상시계를 바라보았을 때는 10시였다. 벌써 시간이 이렇게 됐나. 뻐근한 몸을 풀기 위해 기지개를 한 번 크게 쭉 켜고는 자리에서 일어나서 퇴근 준비를 했다.

"아, 배고파."

어느덧 회사를 나와 버스 정류장으로 걸음을 옮기며 하경은 주린 배를 움켜쥐었다. 최근 야근이 많이 줄었던 탓에 비상식량을 신경 안 썼더니 유통기한이 죄다 지나 있었다. 물론 며칠 유통기한이 지난 음식을 먹는다고 큰 탈이 날 건 아니었지만 그래도 찝찝해서 참았더니 배가 여간 고픈 게 아니다.

버스를 포기하고 포장마차에 들러서 우동이라도 먹고 갈까. 추위보다 배고픔을 더 절실히 느끼던 하경이 버스 정류장 바로 앞에서 깊은 고민에 잠겨 있을 때였다. 빠앙- 그녀의 바로 앞에서 자동차 클랙슨이 울렸다.

"선배?"

놀라서 얼른 고개를 든 하경의 눈이 커졌다. 그녀의 앞에 멈춘 것은 버스가 아니라 지운의 차였다. 지운은 오늘 아침에도 그랬던 것처럼 조수석 창문을 내리고는 말했다.

"얼른 타."

오늘 아침에도 그러더니 서프라이즈를 참 좋아하는 모양이었다. 하경은 얼떨떨해하면서도 지운의 말대로 조수석에 올라탔다.

"집에 가신 거 아니었어요?"

"출퇴근 같이하기로 했잖아. 약속은 지켜야지."

하루 종일 무시할 땐 언제고. 속으로 콧방귀를 뀌었지만 그래도 자신을 세 시간이나 기다려준 건 꽤 기특했으니 하경은 그를 용서해주기로 했다. 그리고 그녀가 언제 나올지도 모르면서 조수석에 열선을 미리 데워둔 것 역시 기특하고.

"세 시간 동안 뭐 하셨어요?"

뜨끈한 의자에 완전히 기대 살짝 얼었던 몸을 녹이며 하경이 물었다.

"답사 다녀왔어."

"무슨 답사요?"

"소풍 장소."

그렇게 말하며 지운이 뒷좌석에서 꺼내 든 것은 유명 스시 가게 로고가 박힌 도시락이었다. 점심이나 저녁 시간엔 워낙 사람들이 몰려서 줄을 서지 않으면 먹을 수 없어서 갈 땐 제대로 맘먹고 가야 할 정도로 유명한 가게였다. 스시를 좋아하는 하경이 꽤나 좋아하는 가게이기도 했다. 내가 이 가게 스시를 좋아한다고 얘기를 했었던가. 도시락을 품에 안아 든 하경이 고개를 갸웃하는 동안 지운은 씩 웃으며 말했다.

"소풍 가자, 우리."

"소풍이요?"

"응. 소풍."

이 야밤에 갑자기 웬 소풍이란 말인가. 황당했지만 하경은 더 이상 어떤 것도 물을 수 없었다. 소풍이라 말하는 지운의 모습이 마치 정말 소풍을 가는 어린아이처럼 들떠 보였기 때문이었다.

다른 사람들은 알까. 항상 세상에서 가장 이성적인 사람인 것처럼 보이는 이 남자에게 이렇게 유치한 모습도 있다는 사실을. 아마 꿈에도 모르겠지.

하경은 피식 옅게 웃었다. 그녀 혼자만 아는 그의 모습이 하나둘 늘어나는 것은 꽤나 즐거운 일인 것 같았다.

창밖으로 익숙한 풍경들이 휙휙 지나가더니 어느덧 차는 산길을 오르고 있었다. 도롯가에 줄 세워진 가로등 불빛에 울긋불긋한 단풍이 비췄다. 창밖으로 지나치는 단풍을 물끄러미 바라보고 있던 하경의 '단풍 축제'라는 문구가 들어왔다. 그러고 보니 늦은 시간이었음에도 불구하고 가로등 아래에서 사진을 찍고 있는 연인들의 모습이 곳곳에 보였다.

잠시 후 지운의 차도 한적한 가로등 아래에 멈춰 섰다. 하경은 큰 눈을 껌뻑이며 눈앞에 펼쳐진 광경을 보았다. 저도 모르게 입이 쩍 벌어졌다. 적어도 100년은 더 됐을 법해 보이는 커다란 나무에는 붉은 단풍이 가득 들어 있었다. 마치 수만 송이의 커다란 장미꽃 다발처럼 아름다웠다.

"여기선 이 나무가 제일 크고 예쁘더라."

답사를 다녀왔다더니 정말 이곳에 왔었던 모양이었다. 그녀에게 이렇게 아름다운 풍경을 보여주려고 이곳저곳 혼자 둘러봤을 그의 모습을 떠올리니 가슴이 뭉클했다. 그래. 고맙다는 말은 조금 부족하고 가슴이 뭉클하다는 그 정도가 딱 적당한 것 같았다.

하경은 좀처럼 벌어진 입을 다물 수가 없었다. 도대체 이건 또 어떻게 알았을까. 꽃놀이도 아니고 단풍놀이만큼은 꼭 남자 친구와 함께 오고 싶어 했던 그녀의 마음을. 마치 그녀의 속에 들어갔다 나온 것처럼 그는 그녀가 원하는 것을 신기하게도 딱딱 맞추고 있었다.

소풍답게 밖에서 돗자리를 깔고 도시락을 먹고 싶었지만 산 중턱이라 밖이 너무 추운 관계로 두 사람은 차 안에서 따뜻하게 도시락을 까먹기로 했다. 바람에 우수수 떨어지는 낙엽을 바라보며 차 안에서 도시락을 먹는 것은 꽤나 낭만적이었다. 배가 고팠던 탓인지 풍경이 아름다워서인지 아니면 같이 먹는 사람이 좋아서인지, 평소에도 맛있었던 스시였지만 오늘따라 유독 맛있게 느껴지는 것 같았다.

"여기까지 왔는데 그래도 조금 걸을래?"

"좋아요."

차에서 내리자마자 찬바람이 그녀의 몸을 사정없이 휘감았다. 괜히 걷겠다고 했다. 1초 만에 후회가 들 무렵 지운이 차에 두었던 담요를 꺼내 뒤에서 그녀의 몸을 감싸주었다. 담요에 옅게 밴 그의 향과 따뜻한 온기 때문일까. 마치 그가 백허그를 해주는 것 같은 묘한 느낌이다.

산책길은 꽤나 잘 만들어져 있었다. 구불구불한 차도를 따라 역시나 구불구불하게 만들어진 인도에는 규칙적으로 박혀 있는 불빛이 길을 밝혀주고 있었다. 밤에 단풍놀이를 하는 건 상상도 못했는데 나쁘지 않았다.

"고등학교에 입학하고 바로 다음 날이었나? 내가 너를 봤던 게."

갑작스러운 지운의 말에 하경의 머릿속에도 곧바로 옛 기억이 떠올랐다. 하경은 천천히 고개를 끄덕였다.

"그때 오빠랑 같은 반 친구 몇 명이랑 같이 우리 집에 놀러 왔었죠. 선배가."

그 시절에 승현네 무리는 다섯 명 정도 됐던 것 같다. 하지만 웃긴 것은 분명 똑같이 자주 봤던 오빠 친구들이었는데 지운을 제외하고는 누구도 제대로 기억이 나는 사람이 없다는 것이었다.

"우리가 꽤나 시끄럽게 놀았는데도 2층 테이블에 문제집들을 한가득 펼쳐놓고 꿋꿋하게 공부하고 있었지. 그때 너."

"맞아요. 오빠들 엄청 시끄러웠어요. 고등학생이 아니라 무슨 초등학생들처럼."

하필이면 방에 형광등이 고장 나버리는 바람에 2층 거실에서 공부를 할 수밖에 없었던 날이었다. 숙제가 한가득 있어서 마음은 급해 죽겠는데 오빠 친구들이랍시고 놀러온 고등학생들은 마치 초등학생들처럼 이리저리 뛰어댔으니. 참으로 한심하다고 생각했었더랬다.

"왔다 갔다 몇 번 봤는데 그때마다 조그만 여자애가 엄청 심각한 표정을 짓고 있는 거야. 도대체 얼마나 어려운 문제기에 그러나 싶어서 직접 가서 봤더니 생각보다 너무 쉬운 문제를 들고 끙끙거리고 있는 거야. 어찌나 웃기던지."

"고1이 봤을 때 중2가 푸는 문제는 쉬워 보였겠죠. 당연히."

"아니, 그때 공부하는 네 모습은 마치 전교 1등처럼 보였거든. 그런 애가 심각한 표정으로 풀고 있기에 고등학교 문제집쯤 풀고 있는 줄 알았어."

어쩜 저렇게 기억력이 정확할까. 머리가 너무 좋아도 탈인 게 확실하다. 하경은 킥킥거리는 지운의 옆모습을 노려보며 생각했다. 이 남자의 머리를 몇 대 쥐어박으면 예전 기억이 조금은 흐려질까?

"그렇게 웃겼으면 그냥 지나치지 왜 친절하게 공부를 도와주고 그랬어요."

입을 불퉁 내민 하경이 툴툴거렸다. 그도 그럴 것이 지운이 그렇게 생각하는지도 모르고 승현과 달리 친절하게 공부를 봐주는 지운에게 반했었던 게 그날이었으니까 말이다. 이거 완전히 사기 아니야? 괜히 억울해졌다.

"심각한 표정을 짓는 것 말고 왠지 웃는 얼굴도 보고 싶어져서 말이야."

별안간 지운은 걸음을 멈추었다. 그 덕에 하경의 걸음 역시 덩달아 멈춰졌다.

"설명해줄 땐 어찌나 또 열심히 듣던지."

"그래서 또 웃겼어요?"

"아니, 귀여웠어."

지운은 제 손이 닿는 곳에 있는 붉은 단풍 하나를 똑 따내었다. 그러고는 몸을 빙글 돌려 하경을 바라보았다.

"아마 그때부터였나 봐. 눈을 동그랗게 뜨고 날 빤히 바라보는 네 얼굴이 자꾸 보고 싶어진 게."

하경과 눈을 마주친 지운은 싱긋 웃으며 제 손에 들린 단풍을 건네었다. 하경은 자연스럽게 그가 건네는 단풍을 받아 들었다. 그녀의 손바닥 위에 놓인 조그만 단풍은 꼭 아기 손바닥처럼 귀여웠다.

"이것도 추억 상자에 넣어둬."

"추억 상자요?"

"네 방 침대 밑에 있는 그 은밀한 상자 말이야."

추억 상자라니! 은밀한 상자라니! 짓궂은 지운의 농담에 하경의 얼굴이 제 손에 들린 단풍처럼 붉게 물들었다.

자신과의 추억을 소중하게 담아둔 상자를 보며 그는 무슨 생각을 했을까. 소중하게 꽁꽁 숨겨놓고서는 아닌 척, 다 지난 일인 척 시침을 떼는 그녀를 보며 그는 얼마나 어이가 없었을까. 다시 떠올려도 한없이 부끄러울 뿐이었다.

"아니거든요! 은밀한 상자도 아니고 추억 상자도 아니고 그냥 상자일 뿐이거든요!"

"그래. 그럼 11년 동안 버리지도 않고 소중하게 놔뒀지만, 그냥 상자일 뿐인 거기에 넣어둬."

"안 넣어요!"

능글맞게 말하는 지운을 향해 꽥 소리를 내지른 하경은 성큼성큼 앞서 걷기 시작했다. 하지만 그러면서도 행여나 여린 단풍이 제 손아귀에서 구겨질까 조심스럽게 손에 힘을 주었다.

단풍이 마르기 전에 예쁘게 코팅을 해두어야겠다고 생각했다.

"우리 다녀올 테니까 집 잘 보고 있어. 문 잘 잠그고. 알겠어?"

토요일 저녁. 외할머니 생신을 맞아 아버지와 함께 주말 동안 시골에 내려가 있기로 한 한 여사는 집을 나서며 하경에게 몇 번이고 당부를 했다.

"내가 어린앤 줄 알아?"

"다 컸으면 시집이나 좀 가지그래?"

"또 그 소리! 엄마는 매번 같은 소리 지겹지도 않아?"

"네가 남자는커녕 주말 저녁마다 집에 박혀 있는 꼴이 더 지겹다는 생각은 안 들고?"

역시 말로는 한 여사를 당할 재간이 없다. 한 여사의 시집가라는 잔소리보다 그녀가 집구석에 붙어 있었던 날들이 월등히 많았으니까. 일순간 말문이 막혀버린 하경을 향해 한 여사는 혀를 쯧찼다.

"참. 지운이는?"

"어?"

한 여사의 입에서 갑자기 튀어나온 그의 이름에 하경은 저도 모르게 소스라치게 놀란 티를 냈다.

"너 왜 그렇게 놀라니?"

"응? 내가 놀라긴 뭘."

어색하게 입꼬리를 말아 올리며 웃고 있었지만 하경의 머릿속은 복잡했다. 갑자기 그의 이름은 왜? 혹시 뭔가 눈치를 챈 걸까? 그렇다면 엄청 귀찮아질 텐데 말이다.

"지운이 어때 보여."

"응? 뭐가?"

"얘가 뭘 자꾸 묻고 그래. 지운이 잘 지내냐고 묻는 거잖아, 지금. 어때. 밥은 잘 챙겨 먹고 다니는 것 같아?"

다행히 정말 순수하게 지운의 안부가 궁금해서 묻는 모양이었다. 하경은 그제야 놀란 가슴을 쓸어내리며 대답했다.

"응. 엄청 잘 지내는 것 같더라."

"남자 혼자 사는데 잘 챙겨 먹어봐야 얼마나 잘 챙겨 먹겠어. 조만간 밑반찬이라도 좀 만들어서 가져다줘야겠네."

"됐네요. 이사하는 날 밑반찬 바리바리 들려 보냈다며. 아직 열흘밖에 더 지났어."

"그래도……."

한 여사는 말끝을 흐렸다. 하경의 말대로 그 어마어마한 양의 밑반찬들을 지운이 벌써 다 먹었을 리 없다는 것은 한 여사도 잘 알고 있었다. 그럼에도 한 여사는 지운에게 뭐든 더 챙겨주고 싶은 마음이었다. 지운이 그토록 급하게 집을 구해 나간 것이 본인 탓인 것만 같아서, 지운이 나간 후로 지금까지 마음이 영 불편했던 것이다.

더 말을 하려다 말고 한 여사는 이 나이 먹도록 시집은커녕 흔해빠진 남자 하나 못 물어오고 집에서 밥만 축내는 딸내미를 슬쩍 노려보았다. 만약 조금이라도 두 사람에게 가능성이 있다는 생각이 들었으면 결코 지운을 그냥 내보내지는 않았을 것이다. 하지만 가능성이 전혀 없어 보이는 도박으로 딸의 혼삿길을 막을 수도 없는 노릇이었으니, 한 여사에게는 선택의 여지가 없었다.

저것이 한집에 사는 동안 지운을 제대로 꾀기만 했어도…….

실은 지운과 제 딸이 연애 중이라는 것을 꿈에도 모르는 한 여사는, 그저 사윗감으로 딱 좋을 지운을 놓친 것이 마냥 아까워서 한숨만 길게 내쉴 뿐이었다. 그런 한 여사의 한숨 속에서 뭔가를 읽어낸 하경은 더 귀찮아지기 전에 얼른 말을 돌렸다.

"근데 나는 정말 안 가 봐도 돼?"

"오늘, 내일. 이틀 동안 시집 언제 가느냐는 질문 세례를 받고 싶으면 따라나서도 되고."

지운을 놓친 아쉬움에 한 여사의 목소리가 아까보다 더 뾰족했다.

"아뇨! 전 집을 잘 지키고 있을게요. 용돈이나 잘 전해주세요. 나중에 생신 축하 인사는 내가 전화로 할 테니까."

혹시나 마음을 바꿔 같이 가자고 붙들세라 하경은 얼른 손을 흔들었다.

"아빠 기다리시겠다. 얼른 가봐요."

"저녁 먹은 설거지도 바로 하고."

엄마의 잔소리에는 과연 끝이라는 게 있을까. 시간이 주어진다면 1박 2일 동안 밤새 잠 한숨 안 자고 할 수도 있지 않을까. 문을 닫고 나가는 직전까지도 계속되는 잔소리에 하경은 귀에 딱지가 앉을 지경이었다.

쾅. 현관문이 닫히고 나서야 드디어 귀가 편해졌다. 하경은 살았다는 듯 한숨을 살짝 내쉬고는 한 여사와의 약속을 지키기 위해 부엌으로 향했다.

싱크대 위에는 세 식구가 저녁을 먹고 난 흔적이 가득했다. 한 여사는 손이 큰 편이었다. 혼자 먹든 둘이 먹든, 셋이 먹든 식탁 위에는 늘 진수성찬이었다. 반찬 가짓수가 많은 것이 먹을 때는 마냥 좋았는데 막상 설거지를 하려고 보니 꽤나 귀찮은 일이라는 생각이 들었다. 앞으론 반찬 가짓수를 좀 줄여달라고 해야겠다.

소매를 단단히 걷어 올린 하경은 곧장 수세미를 들었다. 한 여사가 봤다면 고무장갑을 당장 끼라고 잔소리를 퍼부었겠지만, 그녀는 이상하게도 고무장갑을 끼는 것이 불편하고 싫어서 늘 맨손을 고집했다. 세제에 직접 맨살이 닿으면 피부가 상한다는 얘기는 들었지만 딱히 그런 쪽에 관심이 있는 편도 아니었기에 굳이 습관을 바꿀 생각은 없었다.

큰 그릇부터 시작해서 작은 그릇까지 제법 꼼꼼하게 닦아낸 다음 마지막으로 남은 유리컵을 들었을 때였다. 별안간 번쩍하고 빛이 나는가 싶더니 곧바로 주위가 팍 어두워졌다. 놀란 하경은 컵을 든 채 서둘러 주위를 살폈다. 주방 형광등은 물론이거니와 거실 형광등도 모두 꺼져 있었다. 그 어떤 작은 불빛도 보이지 않고 암흑 그 자체였다.

"뭐야, 정전인가?"

뭐 하나 제대로 보이는 것이 없으니 설거지는 무리일 것 같았다. 상황을 살피러 나가기 위해 컵을 도로 내려놓으려던 순간이었다. 싱크대 위에 올려두려 했는데 손이 미끄러지는 바람에 컵이 주방 바닥으로 떨어져버렸다. 쿵! 다행히도 매트에 떨어지는 바람에 쨍그랑하는 요란스러운 소리 대신 묵직한 소리가 들렸다. 안도의 한숨을 내쉰 하경은 허리를 천천히 숙여 컵을 집어 들었다.

"앗!"

입에서 짧은 비명이 튀어나왔다. 방금 들렸던 쿵 하는 소리가 아무래도 유리 깨지는 소리였던 모양이었다. 뾰족한 유리가 겁도 없이 덥석 컵을 집은 그녀의 검지를 쿡 찔렀다. 어느덧 어둠에 익숙해진 눈에 검지에서 피가 나는 것이 보였다. 제대로 베였는지 제법 많은 양의 피가 흘렀다.

다른 손으로 상처 부위 바로 밑을 꾹 눌러주며 서둘러 주방을 벗어났다. 방으로 가서 약을 바르고 데일밴드를 붙일 생각이었다.

하지만 그 길은 결코 평탄하지 않았다. 다친 손 때문에 휴대폰 불빛도 이용할 수 없어 어둠 속을 더듬거려야 했고, 하필이면 거실 바닥에 아무렇게나 굴러다니던 볼펜을 아주 꾹 밟아버리더니, 2층 계단을 오를 땐 발목을 삐끗하면서 계단 모서리에 무릎을 쿵! 하고 찍기까지 했다.

"악!"

절로 고통과 비례하는 커다란 비명이 튀어나왔다. 어찌나 아픈지 눈물까지 핑 돈다. 어두워서 잘 보이지는 않지만 무릎에 시퍼렇게 멍이 들었으리라 장담할 수 있을 정도로 제대로 부딪혔다. 혹시나 뼈라도 다쳤을까 봐 다리를 이리저리 움직여보았지만 다행히도 뼈는 무사한 듯했다.

"가지가지 하네, 진짜……."

한숨이 길게 흘러나왔다. 하경은 그대로 계단 위에 털썩 주저앉았다. 유리에 베인 손가락 끝은 따끔거렸고 볼펜을 밟은 발바닥은 얼얼했으며, 계단 모서리를 박은 무릎은 욱신거렸다.

손가락이 아파서 얼른 약을 바르고 싶은데, 그러기엔 무릎이 너무 아파서 꼼짝도 하고 싶지 않다. 그렇다고 발바닥은 뭐 성한가. 완전히 엉망진창이었다. 문득 서러움이 파도처럼 밀려들었다.

도대체 왜 하필 집에 혼자 있을 때 이런 일이 일어난 걸까. 이렇게 재수 없는 인간이 또 존재하긴 할까.

그녀의 머릿속에서 비약이 점점 심해질 무렵이었다. 바지 주머니에 들어 있던 휴대폰이 울렸다. 상처 부위를 지혈하던 손을 떼고 휴대폰을 확인했다. 액정에 뜨는 이름은 지운이었다. 그의 이름을 보자마자 어쩐지 왈칵 눈물이 쏟아졌다. 통화 버튼을 누르자마자 하경은 마치 어린아이처럼 울먹이며 빽 소리 질렀다.

"선배에에에에에!"

"좀 괜찮아?"

한쪽 발목에 붕대를 칭칭 감고 응급실을 나서는 하경을 발견한 지운이 얼른 목발을 받아 들며 부축해주었다. 하경은 민망함에 살짝 웃으며 고개를 끄덕였다.

"네. 괜찮아요. 심각한 건 아니고 2주 정도만 깁스하면 된대요."

"아까 보니까 제법 많이 부었던데. 조심 좀 하지 그랬어."

"그러게요. 조심 좀 할걸……."

손가락과 발바닥, 무릎만 생각하느라 발목이 아픈지도 몰랐었는데 아까 계단에서 삐끗하며 발목이 삐었던 모양이었다. 전화 한 통에 달려온 지운을 마중 나가려 자리에서 일어났을 때에야 발목의 통증이 심각하다는 걸 깨닫고 곧장 응급실로 왔다. 지운이 아니었으면 아마 발목이 아픈지도 모르고 아직도 계단에 쪼그리고 앉아 울고 있지 않았을까.

지운의 부축을 받아 조수석에 올라타며 하경은 한숨을 내쉬었다. 일고여덟 먹은 어린애도 아니고 스물여덟씩이나 먹어가지고 이런 꼴이라니. 스스로가 생각해도 이렇게 한심스러운데 그의 눈에는 얼마나 한심스러워 보이겠는가. 쥐구멍이 있다면 숨고 싶었다.

"부모님 시골 가셔서 내일 오신다고 했지?"

운전석에 앉으며 지운이 물어왔다. 하경은 고개를 끄덕였다.

"그렇게 해가지고 혼자 있을 수 있겠어?"

지운의 시선은 붕대를 감은 발목을 향하고 있었다. 사실 의사가 심각한 상황까진 아니라고 했지만 아직 살짝이라도 움직이면 찌르르한 통증이 느껴지기는 했다. 혼자 목발을 짚으며 2층 방까지 올라갈 생각을 하니 눈앞이 아득해지는 것 같았다.

"불편할 것 같으면 오늘은 우리 집에서 잘래?"

"네?"

"2층까지 왔다 갔다 하기 힘들 거 아냐. 혹시나 자는 동안 더 아플 수도 있고."

사실 그런 불편함쯤은 오늘 하루 1층 부모님의 방에서 자면 해결되는 일이었다. 하지만 하경은 그런 말 대신 은근슬쩍 고개를 끄덕였다.

"그렇긴 한데……."

"혹시 내가 허튼짓할까 봐 걱정되는 거라면 안심해. 아픈 사람 건드릴 정도로 짐승은 아니니까."

워낙 지운을 믿었기에 그런 걱정 따윈 애초에 해본 적이 없었다. 그리고 사실 지운이 어떻게 살고 있는지 궁금하기도 했었고. 하경은 냉큼 대답했다.

"그럴까요, 그럼."

지운이 살고 있는 집은, 두 사람이 함께 봤던 세 집 중 첫 번째 집이었다. 그때 봤던 집들 중 가장 괜찮아서 하경이 강력 추천을 하기도 했었는데 지운의 마음에도 들었나 보다. 신축 아파트답게 지하 주차장도 넓찍하고 좋았고, 집으로 올라가는 엘리베이터도 전자 버튼으로 고급지게 되어 있었다.

10층에서 엘리베이터 문이 열림과 동시에 가슴이 콩콩 뛰기 시작하더니, 집에 가까워질수록 쿵쾅쿵쾅 더 크게 뛰기 시작했다. 지운이 도어락 비밀번호를 누르는 동안 하경은 1002호라고 적힌 팻말을 보며 심호흡을 했다. 이제 와서 생각해보니 남자 혼자 사는 집에 오는 건 태어나서 처음이었다. 그것도 이 야심한 시각에. 나는 도대체 무슨 생각으로 여기까지 온 걸까. 지운을 따라 집으로 들어가면서도 하경은 속으로 계속해서 제 머리를 쥐어박았다.

"여기 앉아 있어. 차 한 잔 내올게. 커피가 좋아, 코코아가 좋아?"

"음, 커피요."

"시간이 늦었으니까 코코아로 해."

아니, 그렇게 제멋대로 결정할 거였으면 대체 왜 물어본 건데? 소파에 편히 앉도록 부축해준 뒤 주방으로 향하는 지운의 뒷모습을 보며 하경은 어이없다는 얼굴을 해보였다.

지운이 주방으로 완전히 자취를 감췄을 때서야 하경은 느긋하게 주위를 둘러보았다. 그런데 참 이상한 기분이었다. 꽤 오래전 가구도 뭣도 없이 휑한 빈집에 한 번 왔던 것뿐인데, 어쩐지 이 집이 낯설지 않게 느껴졌다. 분명 낯선 집이었는데 말이다.

"어?"

의아해하며 거실 이곳저곳을 살피던 하경의 눈에 문득 커다란 벽걸이 TV 밑에 놓인 장식장이 들어왔다. 광택이 나는 아이보리 색의 기다란 장식장은 하경의 눈에도 익숙했다. 수납하기 좋은 여러 개의 서랍장과 왼편에는 간단하게 잡지나 책들을 꽂을 수 있는 수납장까지. 언젠가 지운과 함께 가구점을 돌아다니던 중 깔끔하면서도 실용적인 디자인이 마음에 들어 눈여겨봤던 것이었다.

그러고 보니 그녀가 앉아 있는 소파도 낯이 익었다. 역시 장식장과 마찬가지로 아이보리 색상의 코너형 가죽 소파도 예뻐서 눈여겨봤었다. 그러다 발견한 어마어마한 가격표 때문에 깜짝 놀랐던 터라 확실히 기억에 남아 있었다.

직사각형의 투명한 유리 테이블까지 낯익다고 생각한 하경은 다시 한 번 거실을 둘러보았다. 아이보리 톤으로 깔끔하게 맞춰진 거실이 왜 익숙하게 느껴졌는지 이젠 알 것 같았다. 곳곳에 그녀의 취향이 그대로 반영되어 있었던 것이다.

어쩜 이렇게 취향이 같을 수가 있을까. 그가 제 취향을 그대로 반영했다고는 눈곱만큼도 상상하지 못하는 하경이 쓸데없이 놀라워하고 있는 사이, 지운이 부엌에서 나왔다.

"뜨거우니까 조심해."

커다란 머그컵을 조심히 건네받은 하경은 코코아를 한 모금 마셨다. 달콤하고 따뜻한 코코아가 그녀의 긴장을 스르륵 녹여주는 것 같았다.

"손은 또 언제 다쳤어?"

머그잔을 감싸고 있는 그녀의 검지에 난 상처를 발견한 지운이 물었다.

"아, 아까 집에 정전이 됐을 때요."

"아까 집에서?"

"네. 설거지하고 있었거든요. 유리컵을 깼어요."

"치료를 바로 했었어야지."

"그게…… 설명하자면 조금 길어요."

제대로 치료를 하지 않은 손가락엔 굳은 피딱지가 앉아 있었다. 처음엔 분명 이 조그만 상처가 아프게 느껴졌었는데 그 뒤로 삐고 부딪히고 난리를 쳤더니 손가락은 아픈 줄도 몰랐다. 하긴, 발목 인대가 늘어난 거에 비하면 손가락에 베인 상처쯤이야 별것 아니긴 했다.

하지만 지운의 눈에는 '별것'으로 보였던 모양이다. 지운은 방으로 들어가 구급상자를 꺼내 오더니 하경의 앞에 정좌로 앉아 구급상자를 활짝 열었다.

"발목을 삔 것도 모자라서 손가락에 상처까지. 대체 아까 집에서 무슨 일이 있었던 거야?"

소독약을 듬뿍 적신 솜이 피딱지에 닿자 알싸한 고통이 느껴졌다. 하경은 살짝 인상을 찌푸리며 지운의 말을 외면했다. 긴바지를 걷어보면 무릎에 손바닥만 한 멍도 있을 거라는 얘기는 차마 할 수 없었다.

"부모님 집 비웠다고 이렇게나 덜렁거리다니. 보호자가 없으면 안 되는 어린애네, 애야."

"정전 때문이에요. 분명한 사고였다구요."

"너희 집만 정전된 것도 아니고 동네가 전부 정전이던데. 동네 사람들 죄다 다리에는 붕대, 손에는 밴드 감고 있겠다. 그치?"

한 번쯤 져줄 법도 한데 어쩜 끝까지 맞는 말만 할까. 얄미워 진짜. 하경은 꼼꼼하게 손가락에 감기는 밴드를 보며 입을 비죽 내밀었다.

"치료 감사합니다."

"그래. 응급실보다 비싼 진료 받은 거니까 영광인 줄 알아."

"아, 맞다! 아까 응급실 치료비 선배가 내셨죠. 얼마였어요? 지금은 지갑이 없으니까 내일 드릴게요."

"됐어. 내일 저녁이나 맛있는 걸로 사줘."

응급실이라 돈이 꽤 들었을 텐데, 대체 저녁은 뭘 사줘야 계산이 맞을까. 고기로는 어림도 없을 것 같은데, 한우라도 사야 하나? 하경이 고민하는 사이 치료를 끝낸 지운은 구급상자를 챙겨 들고 방으로 들어갔다. 그리고 잠시 후 방에서 나온 지운의 손에는 이불과 베개가 들려 있었다.

"침대에 이불 새걸로 바꿔놨어. 베개도 한 번도 안 쓴 거고."

"선배는요?"

"거실에서 자면 돼."

"춥지 않겠어요?"

"괜찮아. 이 정도는."

이제 날이 제법 추워져서 거실에서 자기는 추울 텐데. 하경이 걱정스러운 눈으로 지운을 바라봤지만 그는 자신이 짐승이 아니라는 걸 제대로 보여주려는 듯 소파 위에 이불과 베개를 척척 올려두었다.

"욕실은 어디예요?"

"지금 씻게?"

"네."

"잠깐만 기다려봐. 데려다줄게."

지운을 너무 귀찮게 하는 것 같아서 사양하고 싶었지만 목발을 현관에 두고 와버린 바람에 방법이 없었다. 그냥 걷는 건 절뚝이면서 어떻게든 하겠는데 앉았다 일어서는 것이 제일 문제였다. 어쩔 수 없이 하경은 지운의 부축을 받아 소파에서 일어난 뒤 욕실까지 이동했다.

"새 칫솔은 선반 열어보면 첫 번째 칸에 있어."

"수건은요?"

"두 번째 칸."

절뚝거리며 욕실 안으로 들어가는 하경의 뒤통수에 대고 지운이 말했다.

"근데 혼자 씻을 수 있겠어? 내가 도와줄까?"

하경은 고개를 돌려 능글맞게 웃고 있는 지운을 바라보았다. 그러고는 욕실 문을 쾅 소리 나게끔 닫는 걸로 대답을 대신했다.

"혹시라도 도움 필요하면 불러. 도와줄게."

문 너머에서 끝까지 장난스러운 목소리가 들려왔다. 하경은 문고리를 꾹 눌러 욕실 문을 아예 잠가버리는 것으로 절대 그럴 일 없다는 의사 표현을 해 보였다.

발목과 검지가 조금 불편하기는 했지만 세수를 하고 양치를 하는 것까지는 아무런 문제가 없었다. 머리까지 감을까 하다가 남의 집에서 그건 너무 오버인 것 같아 다치지 않은 쪽 발을 씻는 것으로 마무리하고 욕실을 나섰다.

욕실에서 나오니 거실 소파에 누워 있는 지운의 모습이 정면으로 보였다. 분명 넓은 소파였는데 키가 큰 지운에게는 어쩐지 좁아 보였다. 덮고 있는 이불도 생각보다 얇았다. 여러모로 참 불편해 보이는 모양새였다.

"선배, 안 불편해요?"

"응. 편해."

거짓말. 하지만 본인이 편하다는데 어쩌겠는가. 함께 자자고 말을 할 수도 없는 노릇 아닌가. 하경은 어쩔 수 없이 찝찝한 마음을 한가득 안고서 절뚝거리며 지운이 안내해준 방으로 향했다.

안방의 상황도 거실과 별로 다를 건 없었다. 침대부터 시작해서 옷장, 선반까지. 모두 하경이 가구점에서 눈여겨봤던 것들이 그대로 놓여 있었다. 이쯤 되니 귀찮아서 그냥 하경이 골랐던 걸 대충 사다 둔 건 아닌가 하는 의심까지 들었다. 그래도 설마 한두 푼 하는 것도 아니고 죄다 비싼 가구들인데 아무렇게나 들여놨을 리는 없고. 정말로 그녀와 취향이 똑같은 걸까.

깔끔하게 정돈되어 있는 침대에 누웠다. 푹신한 침대에 눕자 몸이 편안해졌다. 하지만 반대로 마음은 한없이 불편해졌다. 아무리 비싼 소파라지만 침대만큼 편하지는 않을 텐데. 가만히 누워서 멍하니 천장을 바라보던 하경은 눈을 두어 번 깜빡거리다가 결국 몸을 일으켰다. 집주인을 쫓아내고 편하게 잠들 수는 없을 것 같았다.

"왜 나와? 뭐 필요한 거 있어?"

절뚝거리며 거실로 나오는 하경을 발견한 지운이 벌떡 몸을 일으켰다.

"필요한 게 아니라……."

"그럼?"

"같이…… 잘래요?"

막상 뱉어놓고 나니 어감이 이상하다 싶은 생각이 들었다. 역시나 지운도 같은 걸 느꼈는지 눈이 둥그렇게 커졌다.

"뭐라고?"

"아니, 뭐 다른 뜻이 아니라, 그냥 침대에서 같이 자자구요. 말 그대로 잠만……."

주절주절 내뱉던 하경은 결국 말끝을 흐렸다. 대체 뭘까. 말을 하면 할수록 더 이상해지는 이 느낌은.

"이제 밖에서 자기는 추운 날씨잖아요. 감기 걸릴지도 몰라요."

"괜찮아. 정말 하나도 안 추워."

"소파에서 자면 내일 허리 아플걸요."

"그것도 괜찮아. 허리가 특별히 튼튼하거든."

농담까지 섞어가면서 요리조리 미꾸라지처럼 잘도 빠져나간다. 하경은 한숨을 푹 내쉬었다.

"제가 마음이 불편해서 그래요. 집주인을 밖에 두고 혼자 편하게 못 자겠어서."

"나는 진짜 괜찮으니까 신경 쓰지 말고 자."

끝까지 제 고집을 피우는 남자 때문에 이젠 울컥 화까지 치민다. 결국 방법은 하나뿐이었다. 말이 통하지 않는 고집불통의 지운을 노려보던 하경은 절뚝이며 지운에게로 다가갔다. 지운의 눈이 점점 커졌지만 하경은 뻔뻔하게 소파에 척 착석했다.

"그럼 선배가 들어가서 자요."

"뭐?"

"제가 소파에서 잘게요. 그러니까 들어가서 주무세요."

"그건 안 돼."

지운은 단호하게 고개를 내저었다. 하지만 하경도 물러날 생각은 전혀 없었다.

"선배는 되는데 왜 나는 안 돼요?"

"너는 환자잖아."

"발목이 아픈 거지 허리가 아픈 건 아니니까 괜찮아요. 저도 누구 못지않게 허리는 꽤 튼튼하거든요."

할 말이 없어졌는지 지운은 한숨을 내쉬었다. 거의 넘어온 것 같았다. 하경은 이때다 싶어서 얼른 말을 덧붙였다.

"같이 자요. 선배가 밖에서 이렇게 자면, 저 진짜 마음이 불편해서 못 잘 것 같아서 그래요."

"……."

"혹시 제가 허튼짓이라도 할까 봐 걱정돼서 그래요? 그런 거라면 안심해요. 아픈 몸으로 들이댈 정도로 짐승 아니니까."

"뭐어?"

하경의 말에 지운이 황당하다는 듯 웃음을 터뜨렸다. 그러고는 완전히 졌다는 표정으로 백기를 들고 자리에서 일어났다. 이겼다, 드디어! 고집쟁이 지운을 이겨먹은 것이 기쁜 하경은 마냥 싱글거렸다. 곧 자신이 얼마나 후회할지는 꿈에도 모른 채 말이다.

째깍째깍. 넓은 방을 가득 채우는 초침 소리가 유독 크게 들렸다. 꼴깍. 마른침을 삼킨 하경은 소리가 생각보다 너무 커서 깜짝 놀랐다. 젠장. 이젠 침도 내 마음대로 못 삼켜. 하경은 인상을 찌푸리며 조금 전 경솔했던 자신의 행동을 자책했다.

지운과 함께 한침대에 누운 지 벌써 한 시간이 지나가고 있었다. 하지만 그녀가 체감하기로는 한 시간이 아니라 열 시간쯤 되는 듯 느껴졌다. 오늘 사건, 사고도 많았기에 피곤해서 금방 잠들 줄 알았는데 이게 웬걸. 아무리 눈을 감고 양을 세어봐도 잠이 통 오질 않았다.

또 퀸 사이즈 침대는 어찌나 좁게 느껴지는지. 잘못 몸을 뒤척거리면 지운과 닿아버릴 것 같아서 하경은 손 하나도 까딱 못 한 채 송장처럼 멍하니 천장만 보고 있을 뿐이었다.

"……자요?"

답답함을 참지 못한 하경은 결국 아주 조심스럽게 입을 열었다. 하지만 돌아오는 대답은 없었다. 새근거리는 숨소리가 끊이지 않는 걸 보니 지운은 깊게 잠이 든 모양이었다.

드라마 속 남자들은 여자와 한침대에 눕게 되면 긴장한 채 뜬눈으로 밤을 새우곤 하던데, 그건 말 그대로 드라마 속 이야기일 뿐인 걸까? 원래 현실에서는 여자가 뜬눈으로 밤을 새우고 남자는 세상모르게 잠만 잘 자는 게 보통인 걸까? 괜히 잘 자는 남자가 괘씸하게 느껴지는 것도 정상이고?

"후……."

하경은 한숨을 길게 내쉬고는 복잡한 생각을 떨쳐내려 눈을 질끈 감았다. 그러고는 속으로 중얼거렸다.

양 한 마리, 양 두 마리, 양 세 마리…….

10. 할 얘기 없어요

"시골을 다녀온 건 우린데, 왜 네가 더 피곤해 보이니?"

1박 2일의 외출을 끝내고 집으로 돌아온 한 여사가 거실 소파에 드러누워 있는 하경을 보고 처음 한 말이었다. 아침에 거울을 보고 턱 밑까지 내려오려는 다크서클 때문에 스스로도 놀랐을 정도였으니 이런 반응은 당연했다.

"잠을 좀 설쳤더니 피곤하네."

"왜. 무슨 고민이 있어? 머리만 대면 자던 애가 왜 잠을 설쳤대?"

"아냐. 고민 같은 거 없어."

그저 잠 잘 자는 남자가 옆에 있었을 뿐.

"아빠는?"

"친구 만나고 오신다고 집 앞에 내려주고 바로 가셨어."

짐 가방을 들고 안방으로 향하려던 한 여사의 눈이 별안간 둥그렇게 커졌다. 그와 동시에 짐 가방을 던지듯 내려놓고는 하경에게로 달려갔다.

"어머! 너 발에 그거 뭐니? 웬 붕대야?"

"아, 이거. 별거 아니야. 어제 발을 좀 삐어가지구……."

"다 큰 기집애가 발을 삐고 야단이야, 야단은!"

"나이 먹으면 발도 내 맘대로 못 삐어?"

어제 다 떠난 집에 홀로 남아 정전도 겪고 얼마나 고생을 했는데! 걱정보다 화부터 내는 한 여사의 반응에 울컥한 하경이 꽥 소리를 질렀다.

"그런 말이 아니라……."

하경의 반응에 잠깐 당황한 듯 말끝을 흐리던 한 여사는 이내 붕대가 칭칭 감긴 발목을 보며 한숨을 길게 내쉬었다.

"으휴. 어쩜 좋아. 이래 가지고는 내보낼 수도 없겠네."

"내보내다니? 그게 무슨 소리야?"

"네 이모가 괜찮은 남자가 있다고 해서 조만간 자리 한 번 만들기로 했거든."

"설마 선보라는 얘기야?"

"얘는, 옛날 사람도 아니고 선은 무슨. 그냥 소개팅이라고 생각하면 되지. 요즘 젊은 사람들은 소개팅 많이들 한다더라."

말만 다를 뿐이지 선이랑 뭐가 다를까. 하경은 한숨을 푹 내쉬었다.

"안 해. 그런 거."

"왜 안 해? 상대가 누군지 들어보지도 않고?"

"상대가 누구든 간에 싫어."

"일단 들어나 봐. 회계사래. 나이는 서른다섯이고. 사진을 못 봐서 모르겠지만 네 이모 말로는 나이보다 어려 보인다더라. 강남에 자기 명의로 된 집도 한 채 있고……."

한 여사의 말이 길어지자 하경은 그냥 제 두 손으로 귀를 꽉 막아버렸다. 그 모습에 화가 난 한 여사는 하경의 등짝을 찰싹, 내리쳤다.

"아파!"

하경이 꽥 소리를 지르자 한 여사도 지지 않고 꽥 소리를 내질렀다.

"넌 남자 만날 생각이 있어, 없어! 언제까지 혼자 지내려고 그러니? 너 늙으면 엄마도 없을 텐데, 진짜 혼자 늙어서 처량하게 죽고 싶어?"

한 여사가 뭘 걱정하는지 하경도 잘 알고 있었다. 그리고 그 걱정이 절대 과한 것이 아니라 사실 부모라면 누구나 할 수 있다는 것까지도. 하지만 딱히 마음에 드는 사람이 없는데 결혼 때문에 급하게 누군가를 만나고 싶지는 않았다. 게다가 지금은 한 여사의 걱정과 달리 지운을 만나고 있기도 했고.

"남자 만날 거야. 결혼도 할 거고. 근데 이렇게 만나는 건 아닌 것 같아, 엄마."

"이렇게 안 만나면. 집하고 회사밖에 모르는 네가 어디서 어떻게 남자를 만날 거라는 얘기야? 회사에 괜찮은 사람 있으면 데려오라고 해도 지금까지 깜깜무소식이면서. 응?"

과년한 딸이 남자 한 번 못 만나보고 혼자 죽을까 봐 이렇게까지 걱정을 하는데 웬만하면 솔직하게 연애하고 있다고 털어놔야 하는 게 도리라는 걸 알고는 있었다. 하지만 한 여사가 웬만하지 않다는 게 제일 큰 문제였다.

만약 사실을 알게 된다면 한 여사는 당장 지운을 불러다가 결혼 얘기를 꺼낼 게 분명했다. 특히나 모르는 사이도 아닌데 지운이 얼마나 곤란해할지 그 모습이 눈에 선했다. 연애를 시작한 지 얼마 되지도 않았고 당사자들은 전혀 그럴 생각이 없는데, 얼마나 부담이 되겠는가. 그래서 하경은 최대한 숨길 수 있을 때까진 숨길 생각이었다.

"아, 몰라. 내가 알아서 할게."

발목만 이 모양이 아니었어도 진작 탈출했을 텐데. 못마땅한 듯 저를 노려보는 한 여사의 시야에서 벗어나기 위해 필사적으로 절뚝거리며 거실을 가로질러 가며 하경은 조심성 없었던 어제의 자신을 원망했다.

시간은 손에서 떠난 화살과 같다는 말이 정말 실감이 나는 요즘이었다. 신사업 계획이 마무리 단계에 들면서 제일 바빠진 건 기획팀이었다. 어찌나 정신없이 시간을 보냈던지, 하경은 하마터면 붕대를 푸는 날도 깜빡 잊고 넘어갈 뻔했다. 불편하게 붕대를 감고 있다는 사실조차 인지하지 못하고 바쁘게 움직였던 탓이었다.

"오늘 공 대리님 붕대 푼 기념으로 한잔 어때요?"

퇴근 시간이 가까워왔을 때 윤주가 외쳤다. 하경이 붕대를 푼 게 팀원들이 모여서 기념할 만한 날은 아니었지만, 이 핑계로 잠깐 쉬어가는 것도 괜찮은 것 같아 모두들 동의했다.

오랜만에 칼퇴근을 해서인지, 아니면 내일이 모처럼만에 노는 토요일이라서인지, 그것도 아니면 간만에 갖는 술자리여서인지 회사 앞 치킨집에 모인 팀원들의 얼굴은 전부 밝았다. 하지만 정작 허울뿐이긴 하지만 어쨌든 이 자리의 주인공인 하경의 표정은 어둡기만 했다.

"공 대리님, 무슨 일 있으세요?"

눈치 빠른 주희가 물어왔을 때서야 하경은 지금 자신의 표정이 딱딱하게 굳어 있다는 것을 인지했다. 저도 모르게 속마음이 티가 났던 모양이다. 그러면 안 되는데. 하경은 입가에 가식적인 미소를 띠며 고개를 내저었다.

"2주 동안 하고 있던 붕대를 풀었더니 좀 허전한 것 같아서."

"시원한 게 아니라 허전해요?"

"아, 내가 헷갈렸나 봐. 다시 생각해보니까 허전한 게 아니라 시원한 거 같아."

하경의 말에 주희는 깔깔 웃었다.

"근데 윤주 씨, 팀장님한테 진심인 걸까요?"

"응?"

갑작스러운 화제에 하경이 흠칫 놀라 되물었다. 제 반응이 너무 튀었던 탓에 눈치 빠른 주희가 혹시나 뭔가 낌새를 차리면 어떡하나 걱정했는데, 다행히도 주희의 시선은 반대편을 향해 있었다.

"예전부터 팀장님한테 관심이 있어 보이기는 했는데 요즘 들어서 티를 더 많이 내는 것 같아서요. 대놓고 작업을 거는 것 같기도 하고……."

하경도 주희의 시선이 향해 있는 곳으로 시선을 옮겼다. 그 시선 끝에는 지운과 윤주가 있었다. 사실 이미 하경의 시선은 자꾸만 그 두 사람을 향하고 있었다. 그녀의 심기가 불편한 것도 대각선 방향으로 떡하니 보이는 이 광경 때문이었다.

주희의 말대로 요즘 들어 윤주의 행동은 적극적이었다. 물론 예전부터 윤주가 지운의 곁에 다가가려고 이래저래 용을 썼다는 걸 하경도 알고는 있었지만 그때와 지금은 달랐다. 그때는 방관자였지만 이제는 엄연히 당사자였으니까.

"설마 저 두 사람 정말 잘되는 건 아니겠죠?"

"글쎄……."

"윤주 씨야 그렇다 치더라도, 저렇게 티 나게 다가가는데 별말 안 하는 강 팀장님도 은근히 수상하지 않아요? 싫어하는 눈치가 절대 아닌데, 저건."

주희가 낮게 속삭였다. 그와 동시에 하경의 속에서 확 열불이 일었다. 사실 하경이 요즘 신경 쓰이는 게 이 부분이었다. 윤주가 대놓고 다가가도 지운은 절대 밀어내는 법이 없었다. 그녀가 두 눈을 시퍼렇게 뜨고 옆에서 지켜보고 있는데도 말이다!

정말 즐기는 건가? 하긴, 몸매 좋고 어린 여자의 대시를 마다할 남자는 세상에 없겠지만, 그래도 여자 친구가 이렇게 지켜보는데 조심해야 하는 거 아닌가?

이 와중에도 지운과 윤주는 찰싹 달라붙어서 뭐가 그리 신나는지 하하 호호 웃고 있었다. 사실 찰싹 달라붙어 있는 것도 윤주 쪽이었고 하하 호호 웃어대는 것도 윤주뿐이었지만, 어쨌든 하경의 눈에는 굉장히 괘씸한 장면이 아닐 수 없었다.

"어머, 공 대리님. 갑자기 웬 술을 그렇게 드세요?"

생맥주 잔을 들고 벌컥벌컥 들이켜는 하경의 모습에 주희가 경악했다. 하지만 하경은 멈추지 않고 한 번에 싹 비워버렸다. 탁! 빈 잔을 내려놓은 하경은 곧바로 주희의 앞에 있는 잔까지 들어 올렸다.

"그거 제 건데……."

"미안. 목이 말라서. 마시고 새거 시켜줄게."

그리 말한 하경은 주희의 잔까지 연거푸 원샷을 했다. 하지만 차가운 맥주를 아무리 쏟아부어도 속에 난 불은 쉬이 꺼지지 않았다. 주희의 잔까지 말끔하게 비운 하경은 주방을 향해 소리쳤다.

"사장님! 여기 맥주 두 잔 주세요!"

맥주라고 너무 우습게 봤나 보다. 회식 자리가 파할 때쯤 하경은 혼자 술에 취해 있었다. 지운의 부축을 받으며 그의 차로 향하는 동안 하경은 짙은 술 냄새를 폴폴 풍겨냈다.

차 앞에 도착한 지운은 하경을 세웠다. 차에 바로 타는 것보다는 찬바람을 조금 쐬는 게 술을 깨는 데 도움이 될 것 같아서였다.

"왜 이렇게 술을 많이 먹었어?"

숙취해소 음료의 뚜껑을 따서 건네며 지운이 혀를 찼다.

"얼른 마셔. 금요일이라 대리기사 올 때까지 시간 걸린다니까 지금 술 좀 깨고 집에 들어가자."

"안 마셔."

하경의 손이 툭 지운의 손을 밀어냈다. 그와 동시에 지운의 눈이 둥그렇게 커졌다.

"뭐?"

"못 들었어요?"

"잘못 들은 거 같아서 그래. 다시 한 번 말해볼래?"

"아씨. 귀찮은데……."

살짝 인상을 찌푸리며 중얼거리더니 지운을 똑바로 쳐다보며 다시금 입술을 달싹인다.

"안. 마. 신. 다. 고."

혹시라도 지운이 또 못 알아들을까 봐 한 글자, 한 글자 힘을 주어 말하는 모습에 지운은 기가 차다는 듯 웃었다.

"어쭈. 제대로 취했네, 너?"

"왜요. 그래서 불만이야?"

"그래. 불만이다. 어디서 남자 친구한테 눈을 치켜뜨고 대들어?"

지운은 못마땅하다는 듯 하경의 둥그런 이마에 콩, 하고 가볍게 딱밤을 먹였다. 힘을 준 것은 아니었기에 아프지는 않았다. 하지만 순간 하경은 울컥하고 말았다.

내가 누구 때문에 술을 먹었는데! 내가 누구 때문에 취했는데!

하경은 눈을 세모나게 뜨고는 지운을 노려보기 시작했다.

"다 너 때문이잖아! 너요!"

"뭐?"

삿대질까지 제대로 해주는 하경의 행동에 지운이 당황한 얼굴로 되물었다. 삿대질도 삿대질이거니와 처음으로 하경에게서 '선배'라는 존칭이 아니라 '너'라고 불린 것이 꽤나 당황스러웠다. 가만 듣다 보니 존댓말도 아니고 반말도 아닌 것이 어쩐지 기분이 묘했다.

아무래도 이게 그녀의 술버릇인 모양이다.

예전에 하경이 취해서 집에 들어왔을 때는, 집에 들어오자마자 거실에 대자로 뻗어버렸기에 술버릇이라는 것을 제대로 보지 못했었다. 그런데 가만 생각해보니 아주 오래전에도 술에 취한 그녀가 자신에게 반말을 했던 적이 있었다는 것이 떠올랐다.

오랜만에 보는 그녀의 취한 모습에 대해 파악하는 동안 하경은 길바닥에 그대로 털푸덕 주저앉아버렸다. 반말과 존댓말을 섞어 쓰는 것과 마찬가지로 아무 데나 앉는 게 그녀의 또 다른 술버릇이었다.

"그래. 너 때문에 내가 술을 좀 먹었어요. 너 때문에요."

"네가 술 먹은 게 왜 나 때문인데? 응?"

그녀의 술버릇이라고 확신한 지운은 이제 그녀의 술주정을 즐기기 시작했다. 지금까지 연애를 시작한 후에도 자신과 거리를 확실하게 두던 하경이 지금 이 순간만큼은 그 거리를 허물어버린 듯 보여서 꽤나 흥미로웠다. 바닥에 주저앉은 하경을 바라보며 지운은 재미있다는 싱글싱글 웃으며 대답을 유도했다.

"그거야 당연히 선배가 날 열 받게 했으니까 그렇지."

"내가 널 열 받게 했어?"

"그래! 이 헤픈 남자야!"

하경은 고개를 세차게 끄덕였다. 그와 동시에 지운의 눈썹이 씰룩였다.

"헤픈 남자? 설마 그거 나한테 하는 얘기야?"

"당연히 너한테 하는 얘기지. 너! 바로 너!"

이번에도 하경은 지운이 못 알아들을까 봐 친절히 삿대질을 척, 척, 해주었다. 그녀의 삿대질 세례를 받은 지운은 황당하다는 얼굴로 하경을 바라보았다.

"내가 왜 헤픈 남자라는 건데, 대체?"

"몸매 좋고 나이도 어린 윤주 씨가 들이대니까 좋다고 즐겼잖아. 내가 요렇게 두 눈을 시퍼어어어어렇게 뜨고 있는데에!"

두 눈을 시퍼렇게 뜨고 있었다는 걸 강조하듯 하경은 엄지와 검지로 제 두 눈꺼풀을 들어 올리며 꽥꽥거렸다.

"내가 좋다고 즐겼다고? 얘가 생사람 잡네."

"흥! 선배 즐겼거든? 내가 눈 크게 뜨고 봤거드은!"

술이란 건 참 무섭다. 사람 인격을 이다지도 휙휙 바꿔놓으니 말이다. 평소에 할 말은 가려가면서 조심스럽게 하던 하경이 이렇게도 속마음을 다이렉트로 털어놓을 줄이야. 게다가 우기기는 또 어찌나 잘하는지. 술주정을 연신 해대는 하경을 내려다보며 지운은 픽- 옅게 웃었다.

"공하경."

갑작스러운 지운의 부름에 꽥꽥 우겨대던 하경이 '왜에?' 하며 그를 똑바로 쳐다보았다. 그와 동시에 지운은 천천히 상체를 숙여 하경과 시선을 맞추었다. 반쯤 감긴 그녀의 시야에 지운의 얼굴이 가득 들어찼다. 맨 정신에 보아도, 술에 취한 정신에 보아도 한결같이 참 아름다운 얼굴이다.

"혹시 지금 이거, 질투하는 거야?"

"아닌데?"

"맞는 것 같은데?"

"아닌데?"

술이 취한 상황에서도 자존심은 지키겠다고 하경은 고개를 좌

우로 이리저리 내저었다. 지운은 그런 하경의 볼을 양손으로 부드럽게 감싸 쥐었다.

"자꾸 거짓말하면 벌준다?"

말로는 한 번 더 기회를 줄 것처럼 해놓고, 그는 그녀가 뭐라 대답하기도 전에 동그란 이마에 살짝. 양 뺨에 살짝. 콧등에 살짝. 순서대로 천천히 입술 도장을 찍어 내려가기 시작했다. 마지막 단계는 역시나 하경의 붉은 입술이다.

아까처럼 살짝 닿았다가 떨어지는가 싶더니 금세 더 진하게 부딪혀왔다. 갑작스러운 스킨십에 당황한 듯 눈을 크게 뜨고 있던 하경은 이내 눈을 스륵 감았다. 꾹 눌린 입술 사이로 그의 온기가 그대로 전해진다.

이게 벌이라면 백 번도 더 받을 수 있겠다. 아니지, 백 번이 뭐람. 천 번도 더 받을 수 있을 거다. 두 눈을 감고서 그의 입술을 느끼면서 하경은 그리 생각했다.

입술이 닿는 것만으로도 속에서부터 간질거리는 느낌이 길게 이어진다. 이 느낌만으로도 충분히 짜릿한 것 같은데, 그는 만족하지 못하겠는지 지운의 입술이 허락을 구하는 듯 하경의 아랫입술을 천천히 빨아 당긴다. 간질거리는 자극이 강해지자 하경의 입술에 슬며시 틈이 생긴다. 그 순간을 놓치지 않고 지운의 혀가 안으로 들어왔다.

말캉거리는 것이 그녀의 윗니를 부드럽게 쓸어내리더니 아랫니까지 훑은 다음 이곳저곳 휘젓기 시작했다. 뜨거운 숨이 그의 입에서 그녀의 입으로, 그녀의 입에서 그의 입으로 전해지고 또 전해졌다.

그와의 첫 번째 키스는 마냥 달콤하기만 했었다. 하지만 이번 키스는 달콤한 느낌보다는 뜨거운 느낌이 더 강했다. 숨이 찼다. 몸에서 온 힘이 다 빠져나가는 것만 같았다.

하경의 손이 지운의 셔츠 자락을 붙들었을 때 뜨거운 입맞춤이 멈추었다. 떨어지는 두 사람의 입술 사이로 안에서만 맴돌던 뜨거운 숨이 새어 나왔다. 지운의 입술이 다시금 그녀의 입술에 가볍게 닿았다가 떨어졌다.

"미안해. 별것도 아닌 걸로 질투하게 만들어서."

"질투 아닌데……."

끝까지 아니란다. 입을 비죽 내민 하경의 중얼거림에 지운은 기분 좋게 웃으며 그녀의 어깨를 당겨 품 안에 끌어안았다. 그의 달콤한 냄새가 그녀의 코끝을 듬뿍 적셨다. 따뜻한 온기가 느껴지는 그의 품으로 하경은 조금 더 파고들었다. 단단한 가슴 근육에 얼굴을 박는데 어쩜 이렇게 포근한 느낌이 들까.

그의 품에 안겨 있으니 언제 그랬냐는 듯 불안했던 마음이 싹 녹았다. 그랬더니 이번에는 짙은 욕심이 속에서 꿈틀거리기 시작했다. 이품에서 벗어나고 싶지 않았다. 이대로 시간이 멈춰버린다면 얼마나 좋을까. 속절없이 흘러가는 시간이 괜히 야속해졌다.

시간이 지날수록 그를 향한 마음이 점점 커졌다. 업무 중에도 혹시나 눈이 마주치지 않을까 자꾸만 그의 자리를 힐끔거리게 되고. 바빠서 데이트를 못하는 날엔 섭섭하고. 집 앞에서 헤어질 땐 자고 일어나서 아침이면 다시 볼 거라는 걸 알면서도 아쉬움에 발길이 떨어지질 않았다.

처음에는 꽁꽁 숨기면 들키지 않을 수 있을 거라 생각했는데 이제는 자신이 없어졌다. 그녀의 속에 있던 그가 어느덧 감당할 수 없을 만큼 커져버린 것이다. 그녀에게 연애는 늦게 배운 도둑질이었다. 늦게 배운 도둑질이 무섭다는 말처럼, 스물여덟 먹고 처음 해보는 연애에 아주 푹 빠진 그녀였다.

"선배."

하경은 지운의 품에서 천천히 떨어졌다. 그러고는 고개를 들어 올려 지운을 똑바로 바라보며 붉은 입술을 달싹였다.

"우리…… 오늘 같이 있을래요?"

술기운 때문이었을까. 평소라면 절대 꺼낼 수 없는 용기가 불끈 솟았다.

그와 함께 있고 싶다.

그와 더 가까워지고 싶다.

그에 대해 더…… 알고 싶다.

여자 입으로 이런 말을 먼저 내뱉는다는 부끄러움 따위는 생각할 겨를도 없을 만큼 그녀의 지금 머릿속은 강지운으로 가득 차있다.

하경의 입에서 불쑥 튀어나온 당돌한 말에 아주 잠깐 동안 지운의 눈이 커지는가 싶더니 이내 원래대로 돌아온다. 곧바로 긍정의 대답이 나올 거라고 생각했는데, 그녀의 예상과는 달리 그는 잠깐 고민하는 모습을 보였다. 그러고는 마치 떼를 쓰는 어린애를 달래 듯 그녀의 머리를 천천히 쓰다듬으며 부드럽게 말한다.

"어머니 기다리시잖아. 오늘은 각자 집으로 가자."

순간 가슴 터질 듯 부풀었던 용기에 커다란 구멍이라도 난 듯 바람이 슝 빠져버렸다. 두 사람 사이로 찬바람이 휭 불어왔다. 그

바람에 정신이 번쩍 들었다.

술이…… 완전히 깨버렸다.

술을 먹은 다음 날은 늘 정신 못 차리고 늦잠을 자곤 했는데 오늘은 웬일로 아침 일찍 눈이 떠졌다. 하지만 하경은 한참 동안 미동도 않고 그대로 눈만 깜빡이고 있었다. 술도 완전히 깨버려 맨정신이건만 간밤에 일어난 일은 여전히 납득이 되질 않았다.

어제의 일은 모두 다 꿈이었을까. 하지만 이렇게나 생생하게 떠오르는 그 광경들이 절대 꿈이었을 리는 없었다. 그렇다면 그가 그녀의 말뜻을 못 알아들었던 걸까. 하지만 연애에 완전 숙맥인 그녀도 알 정도로 노골적인 말이었는데 그가 못 알아들었을 리는 없었다.

어젯밤 몸이 녹아내릴 듯 뜨거운 입맞춤에서 둔한 하경도 분명 느낄 수 있었다. 그 순간 둘 다 서로를 뜨겁게 원하고 있다는 것을. 같은 마음일 거라 확신했기에 용기를 냈던 건데, 어째서 그는 밀어냈을까…….

의문은 꼬리에 꼬리를 물고 마치 엿가락처럼 한도 끝도 없이 늘어져만 갔다. 연애 쪽으로는 도통 굴러가지 않는 머리를 열심히 굴리고 있는데 문자 수신음이 들렸다. 하경은 누운 채로 손만 뻗어 머리맡을 더듬거려 휴대폰을 찾았다.

[잘 잤어? 속은 괜찮아?]

발신인은 지운이었다. 문자를 확인하는 순간 하경의 얼굴이 일그러졌다. 어제 그런 일이 있었는데 어떻게 이다지도 일상적인 문자를 아무렇지도 않게 보낼 수가 있는 걸까. 하경은 도통 그의 마음이 이해가 되질 않았다.

도대체 이 남자는 무슨 생각인 걸까?

짝사랑의 대상이었을 때도, 갑작스레 상사로 나타났을 때도, 연인이 된 지금도, 공하경에게 강지운이란 남자는 여전히 어려운 존재다.

한참 동안 문자를 빤히 바라보던 하경은 한숨을 내쉬며 휴대폰을 덮었다. 답장을 해줄 기분이 아니었다. 속이 좁다고 욕해도 좋다. 하나도 괜찮지가 않은데 괜찮은 척을 할 수는 없었다.

한참 만에야 하경은 저 혼자는 머리를 아무리 굴려도 답을 찾을 수 없다는 결론을 내렸다. 이럴 때 그녀를 구제해줄 수 있는 건 딱 한 사람뿐이었다. 하경은 다시금 휴대폰을 들고 선영의 번호를 찾아 망설임 없이 전화를 걸었다.

-토요일 아침부터 어쩐 일이야?

다행히도 선영은 금방 전화를 받았다. 늦게 받았거나 아예 받지 않았다면 그녀는 속이 답답해서 죽어버렸을지도 몰랐다.

"뭐 좀 물어볼 게 있어서."

-뭔데?

"음. 내 친구 얘긴데……."

-네 친구? 누구?

선영의 되물음에 하경은 아차 싶었다. 그녀에게 선영 말고는 친구라고 부를 만한 사람이 없다는 걸 그녀 본인만큼 잘 알고 있는 게, 바로 선영이었다.

이게 아니구나.

"아니, 친구가 아니라 동료. 응. 회사 동료."

-회사 동료 얘기 때문에 이 시간에 전화를 했다고?

이것도 아닌가?

하지만 그렇다고 솔직하게 말할 수는 없었다. 하필이면 물어볼 질문이 매우 민감한 문제였기 때문이다.

"응. 친한 회사 동료인데, 고민이 많아 보여서 신경이 쓰이더라고."

-그래? 무슨 문젠데?

휴우. 일단 급한 불은 껐나 보다. 하경은 안도의 한숨을 내쉬며 말을 이어갔다.

"내 친구가, 아니 동료가 얼마 전부터 연애를 시작했거든?"

-응. 근데?

"어제 둘이서 술을 먹었대. 그런데 여자가 남자랑 같이 있고 싶어서 아주 없던 용기까지 쥐어짜서 '오늘 같이 있을래요?'라고 물었는데, 남자가 '각자 집으로 가자.'라고 대답하고는 정말 집 앞까지 데려다주고 가버리더래."

어제의 일을 얘기하다 보니 또 얼굴이 화끈거렸다. 다시 되짚어 봐도 정말 노골적인 물음이었는데 거기에 돌아온 그의 대답도 참으로 노골적이기 짝이 없다.

-연애한 지는 얼마나 됐대?

"이제 한 달쯤."

-두 사람 나이는?

"여자는 스물여덟. 남자는 서른."

-흐음…… 둘 다 알 거 다 아는 나이에, 여자가 대놓고 얘기까지 했는데 집에 그냥 보냈다고?

연애 문제라면 빠삭한 선영도 이해가 잘 되지 않는 모양이었다. 흠, 하며 잠깐 고민을 하던 선영이 다시금 물었다.

　-그 남자 고자야?

　"설마……."

　-그럼 게이?

　"그것도 아니지 않을까……."

　-흐음…….

　문제가 어렵긴 했나 보다. 선영은 다시금 고민을 하는가 싶더니 이내 뭔가 떠올랐는지 '아!' 하고 짧은 탄성을 내질렀다.

　-혹시 그 여자 처녀인 거 아니야?

　"응? 당연히 처녀지. 이혼녀도 유부녀도 아니야."

　-아니, 그 처녀 말고, 이 답답아.

　"그럼?"

　-남자 경험이 한 번도 없는 여자냔 말이야.

　헉! 어떻게 알았지?

　선영의 물음에 하경의 눈이 둥그렇게 커졌다. 하지만 여전히 자신이 처녀인 것과 그가 어젯밤 거절을 한 것에 대해 무슨 상관관계가 있는지 알 수가 없었다.

　"응. 그건 맞는데……."

　-그럼 그거네. 여자가 처녀라는 거.

　"그 여자가 경험이 없는 거랑 그게 무슨 상관인데?"

　-남자들이 제일 좋아하는 게 처녀거든? 근데 또 제일 부담스러워하는 게 처녀야. 되게 모순적이지? 근데 사실이야. 특히나 여자의 나이가 많으면 많을수록 더 부담스러워해. 왜냐고? 지금까지

순결을 지켜온 여잔데 자기가 건드리면 책임을 지라고 할 것 같거든. 요즘 세상에 누가 한 번 자고 책임을 지고 싶어 하겠니? 뭐, 여자가 너무 궁하지만 않으면 굳이 그런 모험을 할 필요가 없는 거지. 그래서 많이 놀아봤던 남자들일수록 처녀를 더 피하는 경향이 있어.

순간 하경은 뒤통수라도 세게 얻어맞은 듯 정신이 얼얼했다. 그러니까 저 얘기들을 다 조합해보자면…….

"남자가 책임지기 싫어서 피했다는 거야?"

-고자거나 게이가 아니라면, 99.9999프로지.

선영은 장담하는 것 같았지만 하경은 고개를 갸웃했다. 평소에도 책임지겠노라 당당하게 말했던 사람인데, 왠지 그건 아닐 것 같았다. 하지만 정작 그의 행동을 것을 보면 또 그런 것 같기도 하고.

책임지기 싫어서 피했다니. 그런 이유 때문이라면 차라리 고자거나 게이인 쪽이 더 나은 걸까? 아닌데. 그것도 싫기는 마찬가지다. 삽시간에 머릿속이 혼란스러워졌다.

-참. 근데 너 진짜 선 안 볼 거야?

"얘기 들었어?"

-응. 며칠 전에 전화 오셨어. 정말 괜찮은 사람인 것 같은데, 네가 고민도 안 해보고 거절한다고 섭섭해하시더라.

안 그래도 요즘 한 여사는 그 사건 이후로 하경에게 완전히 토라져서 침묵시위를 하는 중이었다. 최근 바빠지고 정신이 없다 보니 완전히 잊고 있었다.

-어머니 생각해서 한번 나가보기라도 하지그래? 너도 손해 볼 건 없잖아. 정말 괜찮은 남자일 수도 있는 거고. 마음에 안 들어도

뭐 그냥 차 한 잔 마신 셈 치면 될걸.

선영의 말은 구구절절 다 맞았다. 하지만 큰 충격에 휩싸인 하경의 귀에는 그 어떤 말도 들리지 않았다. 그저 멍하니 전화기를 들고 있을 뿐이었다.

아침 일찍부터 홍보팀에 들렀던 하경은 사무실로 가기 위해 엘리베이터로 향했다. 도착하기 직전 엘리베이터 문이 닫히려는 걸 아슬아슬하게 잡아 올라탔는데, 하필이면 안에 지운이 있었다.

"홍보팀 다녀오는 거야?"

"네."

하경은 지운에게 시선도 주지 않은 채 정면만 바라보며 간단하게 대꾸했다.

"거기 일 진행이 늘 조금씩 느린 것 같던데."

"네."

"이번엔 괜찮았어?"

"네."

그 어떤 질문을 해도 하경의 대답은 딱 한마디였다. 아마 오늘 점심 메뉴가 뭐냐는 질문을 받아도 '네'라고 대답하지 않았을까. 하경에 의해 일방적으로 대화가 끊어진 엘리베이터 안에는 정적만이 감돌았다. 자신을 뚫어져라 응시하는 지운의 따가운 시선이 느껴졌지만 하경은 끝까지 외면한 채 정면만을 바라보았다.

띵. 기획팀 사무실이 있는 층에 도착한 엘리베이터의 문이 열리자마자 하경은 빠른 걸음으로 엘리베이터를 벗어났다. 하지만 곧바로 따라 내린 지운이 뒤에서 손목을 탁, 붙잡아버리는 바람에 얼마 가지 않아 걸음을 멈출 수밖에 없었다.

"공하경."

평소보다 한층 더 낮은 목소리에 하경은 천천히 고개를 돌렸다. 꽉 다문 입매가 그의 답답한 마음을 여실히 보여주고 있었다.

"혹시 무슨 일 있어?"

"아뇨."

"그럼 어디 아파?"

"아뇨."

하경의 단조로운 대답이 이어질수록 지운의 미간이 구겨졌다.

"다 아니라면, 대체 왜 그러는데?"

"뭐가요?"

"시침 떼지 마. 너, 요 며칠 정말 이상하니까."

역시나 눈치 빠른 그가 최근 그녀의 행동을 눈치 못 챘을 리가 없었다. 하경의 팔목을 붙든 손에 힘이 꽉 들어갔다. 단호한 그의 눈빛에는 절대로 그냥 넘어가지 않겠다는 의지가 보였다.

하경은 그런 지운을 빤히 바라보았다. 할 수만 있다면 한동안 그와 마주하고 싶지 않았다. 주말 내내 머릿속에 떠돌던 물음이 그의 얼굴을 볼 때마다 불쑥불쑥 튀어나오려 했기 때문이었다.

선배 혹시 남자 좋아하세요? 아님 혹시 고자예요? 그것도 아니면, 혹시 내가 책임지라고 할까 봐 무서워요?

세 가지 의문 중 그 어떤 것도 쉽게 물을 만한 내용은 없었다. 특히나 마지막 질문은 무슨 일이 있어도 제 입으로 뱉어내고 싶지 않았다. 마치 그날 일은 기억에서 싹 지워버린 듯 아무렇지 않게 구는 지운 때문에 자존심도 상해서이기도 했지만, 사실 가장 큰 문제는 그의 입에서 나올 대답이 무서웠기 때문이었다.

사실 지운의 입에서 '그래. 네가 책임지라고 할까 봐 무서워.'라고 말한다면, 그녀는 아마 말문이 막혀버릴 것이었다. 사귄 지 얼마 되지도 않은 지금, 그녀 역시도 하룻밤을 핑계로 책임져달라 떼쓸 생각은 전혀 없었다. 하지만 막상 그의 입에서 그런 말이 나온다면 견디기 힘들 것 같았다. 그렇다고 책임지겠다고 장난스럽게 말했던 적도 있으면서 이제 와서 왜 말을 바꾸느냐고 따져 물을 수도 없는 노릇 아닌가.

아무리 생각해봐도 그날 지운의 잘못은 전혀 없었다. 피해자는 있는데 가해자는 없는, 참으로 아이러니한 상황이다.

"그냥, 피곤해서 그래요."

"정말이야?"

"네. 정말이에요."

하경은 최대한 얼굴에 미소를 띠며 대꾸했다.

"그리고 선배, 이것 좀 놔줘요. 여기 회사잖아요."

지운은 여전히 그녀의 말을 온전히 믿지는 못하겠는지 눈을 가늘게 뜨고 바라보고 있었지만, 그녀의 손목을 붙든 손에 힘을 풀었다.

"혹시라도 뭔가 숨기는 게 있다면 나중에라도 꼭 얘기해줘. 혼자 속으로 끙끙 앓지 말고."

걱정스럽게 자신을 바라보는 지운을 향해 하경은 끝까지 아무것도 아니라는 듯 억지로 웃어 보인 뒤 먼저 사무실을 향해 걸음을 옮겼다.

불편한 진실과 마주하기엔 아직 용기가 없는 하경은 피하는 걸

택했다. 다른 사람들이었다면 이런 상황에서 그녀보다는 조금 더 유연하게 대처했을까. 이럴 줄 알았으면 아무나라도 만나서 연애를 해볼 걸 그랬다. 그랬다면 지금처럼 마냥 피하기보다는 조금 더 어른스럽게 굴 수도 있지 않았을까.

쿨하지 못한 모태솔로인 자신을 속으로 탓하며 사무실 앞까지 왔을 무렵이었다. 손을 대지도 않았는데 별안간 사무실 유리문이 벌컥 열리더니, 금발머리의 여자가 불쑥 튀어나왔다. 그러고는 놀랄 틈도 없이 하경을 지나쳐 그녀의 뒤에 있던 지운에게 달려가 안겨버린다.

"지운!"

대체 이게 무슨 일이란 말인가. 하경은 당황스러운 마음에 얼른 지운을 바라보았다. 하지만 지운 역시 이 상황이 무척이나 당황스러운 듯 보였다.

「자스민! 여긴 어떻게 왔어?」

그는 얼른 제 품에 안긴 여자를 떼어내며 물었다. 당황한 지운과 달리 여유로운 표정의 여자는 싱긋 웃으며 대꾸했다.

「네가 보고 싶어서 왔지.」

쉬운 영어였기에 하경은 그 뜻을 알아들을 수 있었다. 절대 가깝지 않은 사이에서는 오갈 수 없는 애정이 듬뿍 담긴 말이었다.

「농담하지 말고.」

「반가워해주면 어디 덧나? 재미없는 성격은 여전하네.」

「너도 제멋대로인 건 여전한 것 같은데?」

「이 건물 중에 가장 분위기 좋은 곳은 어디야? 거기로 안내해 줘. 할 얘기가 아주 많아.」

여자는 애교 있게 지운에게 팔짱을 꼈다. 여자의 커다란 가슴이 지운의 팔에 닿는 걸 보는 순간 하경의 얼굴이 일그러졌다. 하지만 지운은 하경의 표정을 살피지도 못한 채 막무가내인 여자에 의해 질질 끌려가고 있었다.

"헐. 대박."

갑작스럽게 일어난 일에 넋 놓고 멀어지는 두 사람을 멍하니 바라보고 있는 하경의 뒤에서 불쑥 주희의 목소리가 튀어나왔다. 뒤를 돌아보니 팀원들이 유리문에 다닥다닥 붙어 있는 것이 보였다. 금발머리 여자의 등장에 다들 호기심이 생긴 모양이었다.

"공 대리님, 방금 저 여자, 본사 직원이래요."

하경이 묻기도 전에 주희가 먼저 친절하게도 그 여자의 정체에 대해 설명을 해주었다.

"본사 직원?"

"네. 근데 진짜 이상한 건 본사에서 우리 회사에 파견을 보낸 게 아니란 거예요. 부장님도 모르시는 거 보니까 업무적으로 온 게 아니라 사적인 용건으로 온 것 같아요. 갑자기 사무실에 들이닥쳐서는 강 팀장님을 찾기에 이상하다 싶었는데. 방금 공 대리님도 봤죠? 강 팀장님한테 안기는 거!"

주희가 신이 나서 얘기하는 동안 하경의 얼굴은 점점 어두워져만 갔다. 그리고 끝내 결정적인 한 방을 날린다.

"진짜 여자 친구인가?"

자스민이라 부르던 금발머리의 여성과 함께 바람처럼 사라진 후 한참 만에야 사무실로 돌아온 지운은, 팀원들의 호기심 어린 눈빛 공격에도 묵묵히 제 할 일만 했다. 하지만 그 침묵이 가장 답답한 건 팀원들 중 단연 하경이었다. 공과 사를 구분해달라 신신당부했던 장본인이었기에, 그녀는 분노의 타이핑을 하며 퇴근 시간을 기다릴 수밖에 없었다.

"미국에 있을 때 한팀에서 일했었어."

퇴근 후 집으로 함께 가는 차 안에서 지운이 먼저 얘기를 꺼냈다. 하지만 자스민에 대해 설명하는 건 저 한 줄이 끝이었다. 다음 말을 기다렸지만 지운은 전혀 말을 할 생각이 없어 보였다. 해서 하경이 먼저 되물었다.

"그게 끝이에요?"

"그럼?"

"아니, 팀원들이 전부 다 선배 여자 친구인 건 아니냐고……."

"그게 무슨 말이야. 내 여자 친구는 너잖아."

"혹시 전 여자 친구라거나……."

조심스러운 하경의 말에 지운은 푸하하- 하고 소리 내어 크게 웃었다.

"또 질투하는 거야?"

웃음기 가득한 지운의 말에 하경의 얼굴이 붉게 달아올랐다. 며칠 전에도 윤주 때문에 투덜거렸던 일이 떠올라서였다. 너무 질투가 심한 여자처럼 보였을까. 억울해진 하경이 얼른 말을 덧붙였다.

"솔직히 그냥 동료라고 하기엔 오늘 두 사람 과했잖아요. 보자마자 껴안기도 하고. 팔짱도 끼고!"

"포옹과 팔짱 정도는 미국에서 흔한 스킨십이야. 한국에 대해 잘 모르는 자스민은 그렇게 행동하는 게 자연스럽다고 생각했을 거야. 나도 그렇게 생각했으니 너한테 굳이 변명하지 않았던 거고."

지운은 핸들을 잡은 반대편 손을 뻗어 하경의 머리를 쓰다듬으며 말했다.

"그런 사이 절대 아니니까 걱정하지 마."

이런 걸로 거짓말을 할 남자가 아니라는 건 하경도 잘 알고 있었다. 그가 이렇게까지 얘기한다면 둘은 아마 정말 동료, 그 이상도 그 이하도 아닌 게 분명했다. 미국에 살아보지 않아서 잘은 모르겠지만, 대충 스킨십에 너그러운 나라라는 것쯤은 누구나 알고 있는 상식이기도 했고.

"그런데 갑자기 한국엔 왜 온 거예요? 회사 업무로 온 건 아닌 것 같던데."

"아. 회사 업무는 아닌데 개인적으로 일이 조금 있어서."

"무슨 일이요?"

"그냥. 별거 아니야."

별게 아니라니. 별게 아닌데 미국에서 한국까지 날아올 정도로 자스민이라는 여자가 한가하다는 말인가? 하경의 머릿속에 또 다른 의구심이 생겼을 때였다. 지운의 휴대폰이 울렸다. 그는 블루투스를 연결해서 전화를 받았다.

"여보세요."

단조롭게 전화를 받은 지운의 얼굴은 상대방의 목소리를 듣고는 별안간 어두워졌다. 도대체 무슨 전화이기에 그러는 걸까. 의아하게 바라보는데 지운이 슬쩍 하경의 눈치를 살피더니 말했다.

「지금? 지금은 좀 곤란한데……。」

영어였다. 자스민의 전화인 모양이었다.

「……알았어. 그럼 거기서 봐.」

통화를 끝마친 지운은 하경의 눈치를 또 한 번 살폈다. 그러고
는 평소 그답지 않게 말하기가 곤란한지 머뭇거린다.

"자스민이에요?"

그런 지운을 대신해 하경이 먼저 얘기를 꺼냈다.

"응. 아무래도 너 데려다주고 가봐야 할 것 같아."

"급한 일이에요?"

"급한 일이야."

아까는 별거 아니라더니. 이제는 이 시간에 지금 당장 둘이서
만나야 할 정도로 급한 일이란다. 언행불일치를 제대로 보여주는
지운의 모습에 하경은 순간 울컥 기분이 나빠졌지만, 겉으로 티를
내지 않은 채 가볍게 고개를 끄덕였다.

"알겠어요."

더 이상 질투하는 모습을 보이고 싶지는 않았다.

"공 대리님, 부장님이 부르세요."

부장실에 다녀온 주희가 하경의 자리를 톡톡 치며 말했다.

"부장님이?"

"네. 눈치가, 뭐 나쁜 일 때문에 부르시는 것 같지는 않으셨어
요."

지운이 팀장으로 온 후부터 부장이 다이렉트로 하경을 찾는 일
은 거의 없었다. 해서 하경은 잘못한 것도 없는데 괜히 불안한 마
음으로 부장실로 향했다.

"여, 공 대리."

부장실 문을 열자 미리 그녀를 기다리고 있던 부장이 반갑게 맞아준다. 주희의 말대로 별일 아닌 모양이었다. 하경은 한층 가벼워진 마음으로 부장의 맞은편에 앉았다.

"신사업 계획 마무리는 잘돼가고 있나?"

"네. 기간에 맞춰 끝낼 수 있을 것 같습니다."

"그래. 이제 얼마 안 남았으니까 파이팅 해보자고, 우리."

"네!"

이런 말을 하려고 부른 걸까? 고개를 끄덕이고는 있었지만 속으로 의아해하는데 부장이 본론을 꺼냈다.

"내일부터는 공 대리가 직접 보고 올리러 오도록 해."

"제가요?"

팀장인 지운이 하는 일이었다. 하경이 당황스럽다는 듯 되묻자 부장이 숱이 별로 없는 머리를 긁적인다.

"그러게 말이야. 워낙에 바쁜 사람을 모셔왔더니, 이렇게 문제가 생기는구만."

"그게 무슨 말씀이세요?"

"강 팀장, 다음 주부터 열흘 정도 출장이 잡혔어."

"출장이요? 신사업 계획이 마무리되지도 않았는데, 무슨 출장이 열흘씩이나……."

하경이 당황스럽다는 듯 묻자 부장 역시도 이 상황이 못마땅하다는 듯 혀를 쯧 찼다.

"내 말이 그 말 아니야. 근데 어쩌겠어. 본사에서 직접 강 팀장 보내달라고 직접 사람까지 보내서 요청을 하는데. 우리는 그냥 네

알겠습니다, 하는 수밖에."

오늘 아침 함께 출근을 했지만 지운에게서는 아무 말도 듣지 못했다. 그런데 본사에서 사람을 보내서 요청을 했다니. 그 역할은 자스민이 했을 것이다. 그렇다는 건 오늘 아침에 갑자기 짠- 하고 잡힌 사안은 아니라는 거였다. 그것도 국내 어딘가가 아니라 지구 반대편에 있는 미국 출장이었다. 하루 이틀도 아니고 열흘씩이나 되었고.

하경은 뒤통수라도 얻어맞은 듯 멍한 얼굴로 부장실을 나왔다.

부장실을 나온 하경은 곧장 옥상으로 향했다. 점심시간에는 커피를 든 직원들이 제법 있었지만 업무 시간인 지금 옥상은 휑했다. 자주 서 있던 난간 앞으로 다가간 하경은 휴대폰을 들고 문자를 작성했다.

[선배, 지금 옥상에서 잠깐 봐요.]

비장한 마음으로 한 자, 한 자 꾹꾹 눌러 쓴 하경은, 거침없이 전송 버튼을 눌렀다. 그러고는 휴대폰을 도로 주머니에 넣은 뒤 난간 너머 풍경을 바라보았다.

잠시 후 옥상 문이 열리는 소리가 들렸다. 하경이 몸을 돌려 상대를 확인했다. 지운이었다. 그는 굳은 표정의 하경과는 달리 어쩐지 기뻐 보이는 얼굴로 성큼성큼 하경에게 다가오고 있었다.

"무슨 일이야? 혹시 비밀 데이트?"

비밀 데이트 같은 소리 한다. 상황 파악 전혀 못한 지운의 말에 안 그래도 언짢았던 그녀의 기분이 팍 상해버렸다. 하경의 반듯한 이마가 잔뜩 구겨졌다.

"선배, 출장 간다면서요?"

뾰족한 하경의 말에 지운이 살짝 당황하며 대꾸했다.

"부장님께 들었어?"

"네. 부장님한테 들었어요. 선배가 아니라 부장님한테!"

"미안해. 말하려고 했는데 너무 급하게 결정된 거라서……"

하경이 어떤 부분에 화가 났는지 알아차린 지운이 변명을 했다. 하지만 하경의 한번 구겨진 그녀의 표정은 좀처럼 펴질 생각을 않았다.

"어제 자스민이랑 만난 것도 이 문제 때문이었죠? 그때 나 선배 옆에 있었어요. 미리 언질이라도 줄 수 있었잖아요. 하다못해 오늘 아침에라도."

"확실히 결정되고 나면 얘기하려고 했어. 미안해. 내가 생각이 짧았어. 네가 이렇게까지 기분 나빠할 줄 알았다면 미리 얘기했을 거야."

두 번의 사과. 하지만 하경의 마음은 좀처럼 가라앉지 않았다. 그녀는 여전히 삐딱하게 지운을 노려보며 따져 물었다.

"별거 아니라면서요? 미국으로 열흘 출장 가는 게 정말 별거 아니에요? 그것도 다음 주에 당장 떠난다면서?"

자스민과 함께 미국 출장을 간다는 사실 때문일까. 아님 하필이면 그에게 섭섭한 마음이 있는 상태여서 그런 걸까. 결국 하경은 참지 못하고 터져버렸다.

그의 말대로 정말 갑작스러운 일이었을지도 모른다. 확실히 결정되고 나면 얘기하려고 타이밍을 보고 있었을 수도 있고. 어쩌면 오늘 퇴근 후에 당장 얘기할 생각이었을지도 모른다.

하지만 그 모든 게 사실이라도 섭섭한 마음은 어쩔 수 없었다.

그렇게 중요한 일을 어떻게 한마디 상의도 없이 혼자 결정해버릴 수 있을까. 아니, 애초에 어떻게 미국 출장이 별일이 아니라고 여길 수가 있는 건지. 하경은 도저히 이해가 되질 않았다. 그에겐 열흘쯤 떨어져 있는 정도는 정말 아무렇지도 않은 걸까.

"그런 게 아니라……."

"변명은 됐어요!"

하경은 소리쳤다. 변명의 말은 더 이상 듣고 싶지 않았다. 어떤 변명을 해도, 속뜻은 그의 마음이 겨우 이만큼밖에 되지 않는다는 얘기일 뿐일 텐데 말이다.

그의 입으로 사실을 듣는 게 무서워서 모르는 척해왔는데 이쯤 되면 직접 듣지 않아도 충분히 알 수 있을 것 같았다. 자존심 상하고 속상하기는 했지만 딱히 어려운 문제도 아니었다. 그의 마음이 이 정도라면, 그녀도 딱 이만큼만 보여주면 된다.

더 깊어지지 말아야지. 다 줄 생각 따윈 말아야지.

"미국이든 남극이든 북극이든, 잘 다녀오세요, 강 팀장님!"

하경은 잔뜩 지운을 흘겨보며 소리치고는 옥상을 나섰다. 그를 스쳐 지나가면서 언뜻 지운의 손에 들려 있는 캔 커피 두 개를 본 것도 같았지만, 잔뜩 골이 나 있던 하경은 금세 잊어버렸다.

옥상에서 내려온 후로 하경은 그와는 눈도 마주치지 않으려 노력했다. 퇴근할 때도 일부러 주희와 함께 버스 정류장으로 향했다. 버스로 하는 퇴근길은 평소보다 시간이 훨씬 많이 걸렸다. 그녀가 마침내 집 앞에 도착했을 때는 이미 그녀보다 한발 먼저 온 지운의 차가 서 있었다.

"하경아."

그녀를 발견한 지운이 차에서 내려 그녀에게 다가왔다.

"얘기 좀 해."

"할 얘기 없어요."

제법 단호한 그녀의 목소리에 지운이 한숨을 길게 내쉬었다.

"내가 잘못했어. 응?"

"선배가 잘못한 게 뭐가 있어요. 선배 말대로 별거 아닌 일이라 별얘기 안 했을 뿐인데."

잔뜩 비꼬는 투로 말을 내뱉은 하경은 지운이 뭐라고 하기도 전에 대문을 열고 들어가버렸다. 그러고는 쾅! 일부러 아주 세게 문을 닫았다.

그녀가 현관문을 열 때까지도 지운이 차에 올라타는 소리는 들리지 않았다. 아주 잠깐 집 앞까지 찾아온 사람한테 너무 심했나 싶은 생각이 들기도 했지만, 지금은 정말로 그와 얼굴을 마주하고 싶지 않았다.

사실 시간이 지나도 그의 마음은 여전히 가벼운 것 같은데, 저 혼자만 모든 걸 주고 싶을 정도로 마음이 깊어지는 것 같아 무서워졌다. 지금이 브레이크를 걸어줘야 할 때인 듯했다. 그렇지 않으면 너무 멀리 달려서 어느 순간 혼자가 되어버릴 테니까. 이런 걸 밀당이라고 하는 거겠지.

오랜 연애를 했던 연애 고수 선영이 연애에 있어서 밀당은 필수라고 했다. 그때는 무슨 말인지 알아듣지 못했었는데 연애를 시작한 지금은 대충 무슨 말인지 알 수 있을 것 같다.

하경이 신발을 벗고 집 안으로 들어오자 거실에 있던 한 여사가 승 자리에서 일어났다. 한 여사가 권하던 선을 거절한 이후로 한 여사는 대놓고 하경을 무시하고 있었다. 일종의 시위였다. 말 안 듣는 딸을 위한 침묵시위.

안 그래도 머릿속이 복잡해 죽겠는데 한 여사까지 제대로 보태 고 있다. 이번에는 꽤나 길게 갈 것 같다. 머리가 지끈거려온다.

이번에도 자신을 피해 방으로 들어가려는 한 여사를 하경이 붙 들었다.

"엄마, 나 할게."

하경의 말에 한 여사가 오랜만에 하경과 눈을 맞추었다. 무슨 말이냐는 듯 자신을 바라보는 한 여사를 향해 하경은 한숨을 푹 내쉬며 말했다.

"선, 그거 보겠다구."

11. 저 주세요

한 여사는 행동파였다. 하경의 말이 끝나기가 무섭게 어디론가 전화를 걸더니 그대로 바로 약속을 잡았다. 하경의 마음이 언제 변할지 몰라 서두른 것이었다. 그 바람에 하경은 다음 날 퇴근 후 곧바로 호텔 커피숍에 앉아야 했다.

평일 저녁이었지만 호텔 커피숍엔 맞선을 보는 것처럼 보이는 남녀의 모습이 심심치 않게 보였다. 그중 하경이 가장 신경 쓰지 않은 모습으로 앉아 있었다. 지운 때문에 속상해서 잠을 설쳤고, 하루 종일 그를 피해 다니느라 용을 썼던 터라 그녀는 지금 피곤에 전 파김치의 모습이었다.

"후……."

빈 앞자리를 보며 하경은 한숨을 길게 내쉬었다. 어제는 한참이나 침묵시위를 할 정도로 단단히 삐친 한 여사의 기분도 풀어줄

겸, 홧김에 '선, 까짓것 보지, 뭐!' 하고 기세등등 질렀는데, 막상 이렇게 앉아 있자니 후회가 되었다. 애초에 정중하게 거절을 할 생각으로 나오긴 했지만, 도대체 어떻게 거절을 해야 정중한 거절인지 알 수가 없었다.

사실 상대가 먼저 거절을 할 수도 있는 일이었다. 하경은 은근히 그걸 기대했다. 자신이 거절을 했다는 것보다 거절을 당했다는 얘기를 전하는 게 한 여사에게 더 할 얘기가 있을 것 같아서였다. 그녀의 입장에서도 이게 최선의 시나리오였다.

이제 올 때가 됐을 텐데. 긴장감에 시간을 확인하려고 손목시계를 찬 왼손을 들어 올렸을 때였다. 별안간 어떤 손이 나타나더니 덥석 그녀의 팔목을 붙들었다.

"……!"

고개를 든 하경의 눈이 둥그렇게 커졌다. 그녀의 손을 붙들고 있는 건 다름 아닌 지운이었다. 이 남자가 어떻게 여기에 있는 거지? 생각지도 못했던 등장에 놀라 멍하게 있는 하경의 팔을 지운이 있는 힘껏 끌어당겼다. 그 탓에 하경은 엉거주춤 자리에서 일어나야만 했다.

지운은 그대로 하경을 끌고 커피숍 입구를 향해 나가기 시작했다. 커피숍 안에 있던 사람들의 시선을 받으며 밖으로 나오다가, 마침 커피숍 안으로 들어가는 남자의 얼굴이 익숙하다는 생각이 들었을 때서야 하경은 번쩍 정신이 들었다. 한 여사가 미리 보여줬던 사진 속 그 남자였던 것이다.

걸음을 멈춘 하경이 붙들린 팔을 빼어내며 소리쳤다.

"지금 뭐 하시는 거예요, 선배!"

"너야말로 뭐 하는 건데, 지금?"

깊이를 알 수 없는 새카만 눈동자로 하경을 빤히 바라보며 낮게 으르렁거리는 지운의 모습에 하경의 어깨가 절로 움찔거렸다. 처음이었다. 이렇게까지 화가 난 그의 모습을 보는 건. 낯선 모습에 살짝 겁먹은 하경은 저도 모르게 목소리를 낮추었다.

"여긴 어떻게 알고 왔어요?"

"하, 지금 그게 중요해?"

지운은 어이가 없다는 듯 실소를 뱉었다. 그러고는 굉장한 짜증이 명백하게 드러나 있는 얼굴로 하경을 삐딱하게 내려다보며.

"너 지금 선 자리에 나온 거, 맞아?"

"네. 맞아요."

지운의 눈빛이 무서웠지만 하경은 꼿꼿하게 고개를 들고 대꾸했다. 쫄 거 없어, 공하경. 화를 내야 할 입장은 선배가 아니라, 너야. 바로 너라고! 하지만 그 순간 지운의 얼굴이 일그러지는 것을 본 하경은 다시금 치켜뜨던 시선을 살짝 아래로 내리깔아야만 했다.

"어째서?"

"어째서라니……."

"내가 미안하다고 했잖아. 고작 그거 하나 때문에 너 지금 나랑 헤어지고, 딴 놈한테 시집이라도 가겠다는 거야?"

제대로 사귀기로 한 지 얼마나 됐다고 벌써 지운과 헤어질 생각까지 했던 건 결코 아니었다. 딴 놈에게 시집을 갈 생각을 했던 것은 더더욱 아니었고.

하지만 지운의 입에서 튀어나온 '고작 그거 하나'라는 말이 그녀의 심기를 거슬리게 만들었다. 그래서 하경은 한 여사를 달래기 위해 선 자리에 나올 수밖에 없었다는 변명 대신, 그와 마찬가지로 삐딱하게 서서 지운을 올려다보았다.

"왜요. 그러면 안 돼요?"

"뭐?"

지운이 어이가 없다는 듯 되물었다. 냉소적인 모습에 살짝 어깨가 움츠러들기는 했지만, 곧 그런 적 없다는 듯 하경은 어깨를 쭉 펴고는 당당하게 대꾸했다.

"어차피 선배, 나 책임질 생각도 없잖아요."

"지금 그게 무슨 말이야? 내가 널 책임질 생각이 없다니."

대체 무슨 황당한 소리를 하느냐는 듯 되묻는 지운의 모습에 하경은 울컥 또 화가 났다.

"내가 진짜 자존심 상해서 이 말까진 안 하려고 했는데……!"

쿨하고 싶었다. 연애 한 번도 못 해본 여자가 혹시나 귀찮게 느껴질까 봐. 다른 여자들은 안 그랬는데, 하고 속으로 그가 혹시라도 비교라도 할까 봐. 지금껏 납득이 안 되는 것도, 연애가 처음이라서 내가 서툰가 보다, 모든 연애가 다 이런 건데 내가 너무 모르는 건가 보다 생각하고 다 참으려고 했다. 스물여덟의 어른 여자라면 연애 앞에서 그 정도 여유는 보여야 할 것 같아서.

하지만 도저히 못해먹겠다, 이제는. 성숙한 연애고 어른 여자고, 지나가는 개나 주라지!

"내가 같이 있자고 했던 그날, 선배 피했잖아요. 나중에 내가 책임지라고 물고 늘어질까 봐 겁나서!"

다시 그날이 떠올라서 속상함에 눈물이 왈칵 올라왔다. 하지만 여기서 울어버리면 마지막 남은 자존심마저 공중에 흩어질 것만 같아서 하경은 아랫입술을 꾹 깨물며 참았다.

"너, 대체 무슨 말을 하는 거야?"

그런 하경을 한참이나 빤히 바라보다가 지운이 어이가 없다는 듯 물었다. 하지만 하경은 절대 속지 않을 거라는 듯 단호하게 말했다.

"선배 게이예요?"

"뭐?"

두 눈을 동그랗게 뜨고 묻는 질문이 너무도 생뚱맞게 느껴져서 지운은 어이가 없다는 듯 되물었다. 그러자 하경은 그럴 줄 알았다는 듯이 조금 전보다 한층 더 업그레이드된 질문을 던진다.

"아니죠? 그럼 선배 혹시 고자예요?"

이번에는 지운의 얼굴이 사색이 되었다.

"거봐! 다 아니잖아. 게이도 아니고! 고자도 아니고! 신체 건강한 성인 남자가 여자의 유혹을 뿌리치는 이유는 하나밖에 안 남았잖아! 책임지기 싫어서. 내가 처음이라서. 괜히 잘못 건드렸다가 책임지라고 귀찮게 할까 봐!"

호텔 앞을 지나가는 많은 사람들이 두 사람을 힐끔힐끔 쳐다본다는 것도 잊은 채, 하경은 목청껏 꽥꽥 소리를 내질러댔다. 지금 자신이 얼마나 부끄러운 소리를 내뱉는지 전혀 자각하지 못하는 듯했다.

"책임지기 싫어서가 아니라……. 하……."

환장하겠다, 진짜. 대체 이걸 어디서부터 어떻게 설명을 해야 한다는 말인가. 숙맥 공하경께서 어찌나 황당한 오해를, 또 어찌나 단단히 하고 계시는지, 답답한 마음에 제 이마를 탁 짚으며 한숨을 뱉은 지운은 이내 하경의 팔을 다시 잡아끌었다.

"이거 놔요!"

"시끄러워. SNS에 호텔 앞 진상녀로 이름 알리기 싫으면 얌전히 따라와."

그제야 하경은 주변에 있는 많은 사람들의 시선이 자신을 향하고 있다는 걸 깨달았다.

힉……! 내가 지금 무슨 말들을 지껄인 거람!

뒤늦게 두 손으로 제 입을 틀어막아봤지만 이미 말 그대로 늦어도 한참 늦은 뒤였다. 자신을 향한 사람들의 눈빛에서 '미친년'이라는 글자가 보이는 것만 같았다.

잘 참고 있었는데 어째서 이성의 끈을 놓아버린 것일까. 얌전하게 지운의 차 조수석에 구겨 넣어진 하경은 멍하니 창밖을 바라보며 자신이 무슨 짓을 저질렀는지, 어떤 소리를 뱉어냈는지, 하나하나 되짚어봤다. 그러고는 마침내 진심으로 이대로 먼지가 되어 사라지고 싶다고 생각했다.

순식간에 죄인이 된 하경을 태운 지운의 차가 멈춘 곳은 그녀의 집 앞이었다. 반짝이는 은색 대문을 바라본 순간 또 하나의 현실을 깨달았다. 한 여사가 그렇게도 노래를 부르던 선 자리를 제멋대로 펑크 냈다는 사실이었다. 바람맞은 남자는 화가 나서 자신의 집에 사실대로 얘기했을 거고, 지금쯤 한 여사의 귀에도 들어갔으리라. 그렇게 생각하고 보니 순간 갑자기 은색 대문이 마치 지옥문처럼 보인다.

"내려."

"저어……. 제가 지금은 집에 들어가기가 좀 곤란한데……."

하경은 조심스럽게 말했지만 이내 지운의 눈빛에 깨갱 꼬리를 내리고 차에서 내릴 수밖에 없었다. 사실 다 내지른 마당에 지운과 함께 차에 타고 있는 것도 우스운 노릇이었다. 이 와중에 호텔 앞에서 더 쪽팔리기 전에 집 앞까지 데려다준 것만으로도 감사하다고 해야 할 판이다.

그래. 어차피 여기도 지옥이고 저기도 지옥이라면, 차라리 익숙한 지옥이 낫겠지. 내 죄를 내가 알렷다.

터덜터덜 걸어가 대문 앞에 선 하경은 한참이나 망설이다가 조심스럽게 문을 열었다. 철컹- 철로 된 대문이 열리는 소리가 오늘따라 더 요란스럽게 느껴지는 것 같았는데, 그건 하경만 느낀 게 아닌 모양이었다. 대문이 열리는 소리를 귀신같이 들은 한 여사가 대문이 열림과 동시에 현관문을 벌컥 열고 나타나는 걸 보니 말이다. 무섭게 그녀를 노려보는 한 여사의 한 손에는 커다란 국자가 들려 있었다.

"공하경! 너 정말 미쳤어!"

한 여사가 버선발로 마당을 뛰어나오는 순간 하경은 그래도 국을 끓이던 중에 들어와서 다행이라고 생각했다. 칼질을 하던 중에 들어왔으면 저 손에는 칼이 들렸지 않았을까. 쓸데없는 생각을 하며 하경은 두 눈을 질끈 감았다. 이제 한 여사의 손에 들린 주걱으로 등짝을 사정없이 맞을 차례였다.

두세 대 정도 맞다가 아픈 척 바닥에 쓰러져서 싹싹 빌면 대충 넘어가주지 않을까. 아니, 그건 좀 약한 것 같고 한 다섯 대는 맞아주는 게 맞겠지. 나름 머리를 굴려 합리적인 계산을 끝낸 하경은 사형선고를 받은 사형수처럼 모든 것을 체념한 채 얌전히 국자 스매싱을 기다렸다. 하지만 어쩐 일인지 맞을 타이밍이 훨씬 지났는데도 너무 조용하다. 이상하게 생각한 하경이 스리슬쩍 눈을 떴을 때였다.

"지운이 네가…… 여기는 어쩐 일이니?"

어느덧 그녀의 뒤에는 지운이 서 있었다. 생각지 못한 지운의 등장에 당황한 한 여사가 서둘러 하늘 높이 치켜들었던 국자를 등 뒤로 숨긴다.

"어머니."

"으응?"

왠지 비장함이 느껴지는 지운의 목소리에 한 여사가 놀라서 되묻는다.

"하경이, 저 주세요."

갑작스러운 지운의 말에 한 여사의 입이 쩍 벌어졌다. 그와 동시에 하경의 입도 쩍 벌어졌다. 두 모녀의 닮은 네 개의 눈동자가 동시에 지운을 향했다. 두 사람이 채 상황 파악을 하기도 전에 지운은 그대로 바닥에 무릎을 꿇었다.

"평생 안 울릴 수 있을지는 모르겠지만, 평생 안 굶길 자신은 있습니다!"

손톱을 물어뜯는 습관 같은 건 없었다. 하지만 지금 하경은 초조함에 엄지손톱을 잘근잘근 씹어대고 있는 중이었다. 몸은 거실 소파에 앉아 있었지만 온 신경은 안방을 향하고 있었다.

"둘이서 대체 무슨 얘기를 하길래 이렇게 안 나와?"

지운의 돌발 고백을 받은 한 여사가 집에 계시던 하경의 아버지에게까지 곧장 전달을 하는 통에 일이 커져버렸다. 처음엔 네 사람 모두 안방에 모였지만, 잠시 후 아버지는 둘만 할 얘기가 있다며 한 여사와 하경을 내쫓아버렸다. 그게 벌써 30분 전의 일이었다. 도대체 30분 동안 커피 한 잔을 앞에 두고 두 남자가 무슨 할 말이 그렇게 많은 걸까.

"너는 지운이를 만나면서 어쩜 지금까지 계속 숨기고 있을 수가 있니? 모르는 사이도 아니고. 엄마는 좀 섭섭하다, 얘."

말은 섭섭하다고 하면서도 한 여사의 입은 이미 귀에 걸려 있었다. 꿈은 이루어진다고 했던가. 그토록 원했던 사윗감이 눈앞에 떡하니 나타날 줄이야. 진작 이렇게 될 줄 알았다면 집을 나간다고 할 때 뜯어말릴 걸 그랬다.

"근데 너 왜 선은 보겠다고 했어?"

"아, 그게……."

조용히 넘어가나 했더니 역시나 그냥 넘어갈 리가 없었다. 하경은 뭐라고 말을 해야 할지 몰라서 말을 흘렸다.

홧김에 그냥 나간 거라 하면 한 여사가 가만히 있지 않을 텐데 말이다. 심지어 한 여사의 기분을 풀어주려고 나가는 시늉만 하고 애초부터 거절을 할 생각이었다는 것까지 알아버렸으니 등짝스매싱을 피할 순 없을 것 같았다. 하지만 이어지는 한 여사의 말은 하경의 예상을 완전히 빗나갔다.

"또 뭐 좀 다퉜다고 질투 작전 쓴 거겠지. 그래, 연애할 땐 다 그런 거야."

지운의 효과가 아주 강력했나 보다. 한 여사는 등짝을 내리치는 대신 가볍게 그녀의 어깨를 토닥여주었다.

이걸 기뻐해야 할지 슬퍼해야 할지. 낯선 모습의 한 여사를 보며 하경이 어색하게 웃어 보이는 그때였다. 30분간 꽉 닫혀 열리지 않을 것만 같던 안방 문이 열리고 지운이 나왔다. 그의 얼굴은 처음 들어갈 때보다 약간 핼쑥해 보였다.

"우리 사위!"

"선배!"

하경의 외침보다 한 여사의 외침이 더 빨랐다. 그리고 부름과 동시에 지운에게 다가가는 속도도 하경보다 한 여사가 더 빨랐다. 하경은 그런 한 여사의 뒤통수를 바라보며 한숨을 쉬었다. 못살겠다. 벌써부터 '우리 사위'가 웬 말이야, 진짜.

"하경이 아빠랑 무슨 얘기 했어?"

"아버님께서 하경이 시집보내는 거 섭섭해하시기에, 제가 무조건 잘하겠다고 각서 쓰고 나왔어요."

"어머, 저 양반이 왜 쓸데없이 청승을 떨고 난리야. 자기가 평생 데리고 살 것도 아니면서."

한 여사는 콧방귀를 흥 뀌며 말을 이어갔다.

"하경이 아빠가 한 얘기는 한 귀로 듣고 한 귀로 흘려. 알았지, 우리 사위?"

살짝 열려 있던 문틈 사이로 아버지의 헛기침 소리가 크게 들려왔다. 그러나 한 여사는 그쪽으로는 시선도 두지 않고 지운만을 바라보고 있을 뿐이었다.

"우리 사위, 저녁은 먹었어?"

"네."

"그럼 간단하게 술상이라도 봐올까?"

"아니에요. 오늘은 늦었으니까 이만 가보겠습니다. 다음에 정식으로 찾아뵐게요."

"그럴래?"

한 여사는 아쉬운 듯 입맛을 쩝 다셨지만, 지운은 정중하게 허리를 꾸벅 숙였다.

"오늘 갑자기 이렇게 찾아와서 죄송합니다."

"어머. 죄송은 무슨! 우리가 남이니? 잘 왔어. 앞으로도 자주 와. 알겠지?"

벌써부터 한 여사는 지운과 가족이 되어버린 듯했다. 정작 당사자인 자신의 딸은 아무런 말이 없는데 말이다.

"공하경! 거기 멀뚱히 서서 뭐 해? 얼른 지운이 배웅 나가지 않고."

한 여사의 등쌀에 하경은 못 이기는 척 지운을 따라나섰다. 안 그래도 할 얘기가 많아서 둘이 대화를 하기는 해야 했는데, 막상 둘만 남게 되니 어색했다. 도대체 무슨 말부터 꺼내야 할까. 대화의 물꼬를 틀 만한 적당한 말을 머릿속으로 찾고 있는데, 고맙게도 대문을 나오자마자 지운이 먼저 말을 꺼냈다.

"조금 걸을까?"

목적지 없이 마냥 동네를 걷기만 하던 두 사람이 멈춘 곳은 동네 놀이터였다. 어둠이 짙게 내려앉은 놀이터에는 아이들은커녕 개미 새끼 한 마리조차 보이지 않고 적막하기만 했다. 지운이 먼저 놀이터의 가장자리에 놓인 벤치에 앉았다. 하경 역시 지운과 살짝 거리를 둔 상태로 같은 벤치에 엉덩이를 붙였다.

자리에 앉고도 두 사람의 사이에는 한동안 적막이 흘렀다. 침묵이 어색해진 하경이 신발코로 모래바닥을 툭툭 건드려 만든 모래바람을 말가니 바라보고 있는데, 역시나 이번에도 지운이 먼저 운을 뗐다.

"내가 지금 할 말이 굉장히 많은데 말이야. 먼저 출장에 대한 해명부터 할게."

하경은 바닥만 향하고 있던 시선을 끌어올려 지운을 바라보았다. 달빛에 반사된 그의 얼굴이 평소보다 더 아름답게 보였다.

"사실 한국에 오기로 한 건 내년 초였어. 3개월 정도의 시간을 두고 천천히 미국에서 정리할 건 정리하고 오려고 했지. 그런데 팀원들 인사 자료를 보다가 널 발견한 거야. 승현이한테 너 대기업 입사했다는 얘기는 들었지만 그게 우리 회사일 줄은 몰랐거든. 그래서 더 놀라웠지. 그리고 또, 운명처럼 느껴지기도 했고."

회사에서 지운을 처음 만난 순간 하경 역시도 운명이라고 느끼긴 했었다. 사실 참 짓궂은 운명이구나, 라고 생각하긴 했지만.

"3개월 뒤에 가려던 계획을 수정했어. 왠지 당장 한국으로 가고 싶어져서 서둘렀어. 마침 승현이 결혼식도 있고 해서 그 날짜에 맞춰서 가면 딱 맞을 것 같아서 무리를 했지."

승현의 결혼식에서 지운을 보고 얼마나 놀랐는지 아직도 생생하게 기억이 났다. 가슴이 시큰거리면서도 콩콩 뛰는, 미묘한 설렘을 느꼈었다. 하경은 그날을 떠올리며 고개를 끄덕였다.

"그때 내가 맡고 있던 프로젝트가 있었는데, 거의 마무리 단계였어. 그런데 중간에 계산 착오가 생긴 거야. 내가 예상했던 시간

보다 조금 더 걸리게 됐어. 내 손에서 마무리를 지으려면 아무래도 내년쯤에나 한국에 가야 할 것 같은데, 그게 싫어서 그때 같은 팀 동료였던 자스민에게 부탁했어. 나 대신 마무리를 지어달라고."

"그럼 프로젝트 중에 오신 거예요?"

하경이 놀라서 되물었다. 11년 동안 근본적인 성격이 바뀐 것이 아니라면 그녀가 알고 있는 지운은 책임감이 누구보다 강한 남자였으니까 말이다.

"그래. 우습게도 그랬어. 근데 내가 왜 그렇게 무리를 해서 왔는지 알아?"

"……."

"여기에 네가 있었으니까."

지운의 새카만 눈동자에 하경이 가득 담겼다. 담백한 고백과 달리 뜨거운 그의 눈빛에 그녀의 가슴이 일렁였다.

"사실 한국으로 돌아오겠다고 결심한 것도 널 보고 싶어서였어. 그냥 한 번 정도 널 다시 만나보고 싶어서. 그런데 같은 회사에 심지어 같은 팀이래. 내가 어떻게 더 망설일 수가 있었겠어."

그가 어떤 마음이었는지 백을 다 알 수는 없었지만 그중 구십 정도는 알 수 있을 것 같았다. 그녀가 그 상황이었다고 해도 아마 그와 같은 결정을 했을 것 같으니까 말이다. 자신에게 그가 이루지 못한 안타까운 첫사랑인 것처럼 그에게 자신도 같은 존재였을 테니.

"그럼 이번에 출장을 가게 되는 건……."

"그래. 자스민이 작은 실수를 했는데, 책임자인 내가 해결해야 할 문제라 가게 됐어. 그래서 자스민이 상황 설명을 위해 한국으로 직접 온 거고."

작은 실수였다지만 얼마나 심각한 상황인지 알 수 있었다. 자스민의 실수도 책임자인 지운의 실수였다. 애초에 자스민에게 넘기지 말고 그의 손으로 깔끔하게 마무리를 짓고 왔어야 하는 문제였으니까.

"그런 문제였다면 진작 말해주지 그랬어요. 그랬다면 당연히 이해했을 텐데⋯⋯."

괜히 요 며칠 그를 몰아붙였던 게 미안해서 하경의 목소리가 기어들어갔다. 하지만 지운은 피식 웃으며 가볍게 대꾸했다.

"여자 하나 때문에 프로젝트 책임자 주제에 만사 내팽개치고 한국으로 왔다는 얘기를 쪽팔려서 어떻게 하냐."

그런 말을 했다고 한들 당신을 나쁘게 보지는 않았을 텐데. 아니, 오히려 더욱 고맙고 또 사랑스러웠을 것 같다. 그만큼 이 남자가 나를 많이 생각했다는 거니까.

"결국 얘기했잖아요. 이렇게."

"그거야. 네가 섭섭해하는 것보다 내가 쪽팔리고 마는 게 훨씬 나으니까. 네가 섭섭해하지만 않았어도 죽을 때까지 이런 쪽팔리는 얘기는 안 했을 거야."

그의 말에 한층 더 미안해진 하경은 고개를 푹 숙였다. 남자의 자존심은 건드리는 게 아니라고들 하던데, 그의 자존심을 아주 제대로 뭉개버린 꼴이 됐다. 하지만 이 와중에도 자존심 따위는 상관없다고, 그녀가 더 소중하다고 얘기하는 그의 말에 눈치 없이 가슴이 뛴다.

"그리고 자스민은, 10년 만난 여자 친구가 있어."

조금 느리게 덧붙여진 지운의 말은 바로 이해하기가 어려웠다. 하지만 그 말뜻을 알아듣는 데는 그리 오래 걸리지 않았다. 맙소사. 속으로 짧게 경악하며 하경은 곧바로 대답했다.

"……죄송해요."

"이 정도면 출장에 대한 건 해명이 됐어?"

"네. 완전히요."

완전히 공하경의 삽질이었다. 사실 강지운이란 남자는, 이름 석 자만으로도 그 정도의 믿음은 주는 남자였다. 그런데 자신은 어쩌자고 말도 안 되는 의심들을 해버린 걸까. 미안해 죽겠다. 하경이 힘없이 고개를 끄덕이자 지운은 씩 웃으며 기지개를 쭉 켰다.

"자, 그럼 두 번째 해명을 해볼까."

그가 무엇에 대해서 말을 하려는지 알고 있었다. 해서 하경의 얼굴은 다시금 벌겋게 달아올랐다. 도대체 이 주둥이는 어디까지 얘기를 한 걸까. 부끄러운 것도 모르고! 당장 쥐구멍에라도 숨어들고 싶은 마음이었다.

하지만 반대로 그의 해명을 듣고 싶기도 했다. 이번에도 앞의 출장 사건처럼 자신이 단단히 오해를 한 것이라면 차라리 좋을 것 같았다. 그렇다면 그에게는 참 많이 미안한 일이 되겠지만, 그래도 그가 자신에게 미안해하는 것보다는 차라리 자신이 그에게 미안해하고 싶은 맘이다.

"우선 먼저 확실하게 이야기를 할게. 나는 게이도 아니고, 고자도…… 물론 아니야."

고자라는 말을 할 때는 지운도 민망한지 살짝 말끝을 흐렸다. 남자의 입에서 흘러나와도 저렇게 민망한 말을 여자인 하경은 얼마나 당당하게 했던가. 얼굴이 달아오르다 못해 터질 것 같은 느낌이다.

"나라고 왜 안 그랬겠어. 보면 만지고 싶고, 안고 싶고, 헤어지기 싫고, 같이 있고 싶고. 너보다 내가 더하면 더했지 절대 덜하진 않았을 거야. 그건 진짜 장담해."

지운은 확신했다. 그리고 그가 게이가 아니고 고자가 아닌 이상 그랬을 거라는 건 하경 역시도 인정할 수 있었다. 하지만 그래서 더 납득이 안 되는 거였다. 그래서 더 의심이 커진 거고.

"그럼 대체 왜 그랬어요?"

하경은 참지 못하고 불쑥 말을 던졌다.

"그것도 아니고 책임지기 싫어서도 아니면 왜 거절했어요? 내가 그 말 할 때 얼마나 용기를 낸 건데……."

또다시 울컥하고 속에서 뭔가가 올라왔다. 자존심이 상해서 눈물까지 핑 돌았다. 그러자 그녀의 눈물에 잠깐 당황한 듯 멈칫하던 지운이 이내 손을 뻗어 그녀의 볼을 천천히 쓰다듬어준다.

"네가 준비가 될 때까지 기다리려고 했어."

"무슨 준비요. 나는 준비 다 됐었는데."

혹시 몰라서 매일 속옷도 세트로 입고 다녔는데! 하경은 억울한 마음에 입을 불퉁 내밀고 투덜거렸다. 하지만 지운은 여전히 차분하게 대답했다.

"네가 부모님께 내 얘길 할 맘이 들 때까지 기다리려고 했어. 회사에도 집에도, 나와 만나는 걸 숨기고 싶어 하는 것 같아서. 나에 대한 믿음이 생길 때까지, 네 마음이 열릴 때까지 기다리려고."

지운의 말에 하경은 살짝 당황했다. 그가 이렇게 생각하고 있으리라고는 전혀 생각지 못했던 것이다. 믿음이 없어서 숨겼던 게 아닌데. 분명 그는 오해를 하고 있었다. 그리고 그가 오해를 할 수밖에 없게 만든 것은 바로 그녀, 자신이었고.

"선배에 대한 믿음이 없어서. 내 마음이 열리지 않아서 그런 게 아니었어요."

하경은 얼른 고개를 내저었다.

"집에 얘기하지 않은 이유는, 엄마 때문이에요. 우리 사이 알게 되면 당장 결혼 얘기부터 할 거 뻔해서. 선배한테 부담이 될까 봐 숨길 수 있는 데까진 숨기려고 했던 거예요. 미안해요. 선배가 그런 오해를 할 줄은 몰랐어요. 그리고 회사에 숨긴 이유는, 소문이 나면 시집을 못 갈까 봐 걱정돼서 그런 게 아니라 선배를 좋아하는 다른 여직원들이 신경 쓰여서 그런 거였어요. 이것도 미안해요. 오해하게 해서."

"다른 사람들을 왜 신경 써?"

지운의 눈썹이 씰룩였다. 하경은 그런 그의 얼굴을 빤히 바라보다가 살짝 한숨을 내쉬었다.

"어딜 가도 눈에 띄는 선배랑은 다르게 나는 평범한 사람이니까요……."

"그게 무슨 말이야."

"우리가 만나는 거 알게 되면, 다른 사람들이 보일 반응은 뻔해요. 남자가 아깝다. 감히 네가 강지운을? 등등. 그 뻔한 소리 듣기 싫어서 선배 생각 못하고 피했어요."

다른 사람들의 입에서 그런 소리를 들으면 너무 슬플 것 같았다. 자신이 보기에도 이 남자는 너무도 멋진 남자 같으니까.

"누가 그딴 말을 해. 오히려 남자 직원들한테는 내가 도둑놈 소리 듣게 생겼는데."

"왜 선배가 도둑놈이에요?"

"너 모르지? 회사에서 너 좋다는 남자들이 얼마나 많은지."

"네에?"

금시초문이었다. 하경이 눈을 둥그렇게 뜨자, 지운이 그럴 줄 알았다는 듯 혀를 쯧 찬다.

"너 예뻐. 내 눈에만 예쁜 게 아니라 남들 눈에도 다 예뻐. 일도 책임감 있게 잘하고, 사람들한테 싹싹하고, 친절하고, 어디서든 반짝반짝 빛나고……."

지운의 커다란 손이 조그마한 하경의 손을 따뜻하게 움켜쥐었다.

"나한테는 너무 과분한 여자야, 너."

"선배……."

하경은 아랫입술을 살짝 깨물었다. 그러지 않으면 눈물이 왈칵 쏟아질 것 같아서였다.

"그러니까 앞으로 그런 쓸데없는 생각 하지 마, 알았지?"

"네. 그럴게요."

하경이 작게 고개를 끄덕이자, 지운이 포개고 있는 손만큼이나 따뜻한 눈빛으로 그녀를 바라보며 눈을 반달로 활짝 접어 보였다.

"누구 여자인지 참 예쁘네, 공하경."

착 가라앉아 있던 지운의 얼굴이 어느덧 아이처럼 활짝 밝아졌다. 그 모습을 보는 순간 하경은 그에게 너무 많이 미안해졌다.

그냥 처음부터 솔직하게 다 얘기를 했더라면 이런 오해는 생기지 않았을 텐데. 그동안 자신을 못 믿어서 그녀가 사람들에게 관계를 숨긴다고 생각하면서 그는 얼마나 마음이 불편했을까. 게다가 그런 마음으로 기다려주고 있는데, 그 와중에 책임이니 뭐니 하며 실컷 오해하고 미워했으니 또 얼마나 억울했을까.

"어디 가?"

하경이 갑자기 자리에서 벌떡 일어서자 지운이 그녀의 팔을 붙들며 같이 일어섰다.

"……쥐구멍 찾으러 가요."

"이렇게 큰 쥐가 들어갈 수 있는 쥐구멍이 어디 있어."

"하다못해 저 미끄럼틀 통에라도……."

민망함에 주절주절 지껄이고 있는데 순간 지운이 그녀를 품에 확 끌어안았다. 그러고는 고개를 살짝 숙여 그녀의 목덜미에 뺨을 갖다 댔다.

"오해는 다 풀린 거야?"

살짝 잠긴 목소리가 섹시하게 들린다. 이 와중에 섹시라니! 나 제정신이 아니구나, 정말. 하경은 속으로 눈치 없는 자신을 원망하며 살짝 고개를 끄덕였다.

"그럼 됐어. 나는 다 괜찮아졌어, 이제."

그리 말하며 지운은 하경의 등을 토닥여주었다. 억울했던 건 자신이었을 텐데 누구를 위로해주고 있는 거람. 누구보다 서툴러서 미안할 짓들만 잔뜩 했던 건 정작 이쪽이었는데 말이다. 이에 질세라 하경도 손을 뻗어 지운의 등을 토닥여주었다.

그에 대한 미안함을 가득 담아서 토닥토닥. 그에 대한 고마움을 가득 담아서 토닥토닥.

"멋대로 오해한 거, 선배 못 믿은 거, 전부 다 죄송해요."

"아냐. 오히려 내가 서툴러서 미안하지. 사실 연애가 처음이라 내가 여자 마음…… 그러니까 네 맘을 못 헤아렸어."

작지만 야무진 손으로 자신보다 훨씬 덩치 큰 남자의 등을 토닥이던 하경의 손길이 별안간 뚝 멈췄다. 눈이 둥그렇게 커진 그녀가 고개를 바짝 들어 그의 얼굴을 똑바로 보며 묻는다.

"연애가 처음이라구요?"

"응. 왜?"

"에이, 설마……. 거짓말이죠?"

"내가 왜 그런 거짓말을 해. 이 나이 먹도록 연애 한 번 못 해본 게 뭐 그리 자랑이라고."

뭐가 문제냐는 듯 덤덤하게 말하는 지운의 대답에 하경의 입이 쩍 벌어졌다. 놀랍지 않을 수가 없다. 천하에 강지운이 지금껏 연애 한 번 못 해본 모태솔로였다니. 지금까지 보여준 여유 넘치는 그의 모습에 분명 여자 여럿 만나본 선수일 거라 장담했었는데 말이다.

그랬구나. 우리 둘 다 처음이라 이다지도 서툴렀던 거구나…….

그 누가 상상이나 할 수 있을까. 28살 여자와 30살 남자가 서로에게 첫 연애 상대가 될 수도 있다는 걸. 지금껏 알맹이는 여전히 열일곱 소녀와 열아홉 소년인 주제에 어른인 척하느라 얼마나 힘들었을까. 그리 생각하니 왠지 웃음이 난다.

"왜 웃어?"

"아니, 그냥. 지금까지 전 저 혼자만 연애가 어렵다고 느끼는 줄 알았거든요. 근데 선배도 그랬을 거라고 생각하니, 조금 웃겨서요."

"물론이야. 연애가 수능보다 어려운 것 같아. 회사 업무보다도 어렵고."

지운이 한숨과 함께 작게 투덜거린다. 하경 역시 그의 말에 격하게 동감했다.

연애라는 게 이렇게 어려운 것일 줄이야. 이 힘든 걸 10년이나 넘게 했다니. 새삼 승현과 선영이 존경스럽게 느껴진다. 그리고 그와 달리 연애 초보티를 팍팍 내면서 한없이 이기적으로 굴었던 자신은 너무도 한심스럽게 느껴지고.

"다시 한 번 죄송해요. 오해한 걸로도 모자라서 일을 이렇게까지 크게 만든 거. 부모님께는 제가 알아서 잘 말씀드릴 테니까 너무 신경 쓰지 마세요."

하경의 말이 끝나기가 무섭게 지운이 하경을 자신의 품에서 확 떼어냈다. 그러고는 두 손으로 그녀의 어깨를 잡으며 눈을 똑바로 맞춘다.

"그런 거 아닌데?"

"네?"

"네가 오해해서 일을 크게 만든 게 아니라고."

"그런 게 아니라면……?"

"그래. 나 진심으로 너희 부모님께 결혼 허락 받으러 간 거야."

아니, 대체 이게 무슨 길 가다가 벼락 맞는 소리란 말인가. 너무도 덤덤한 얼굴로 어마어마한 얘기를 뱉어내는 지운을 보며 하경은 두 눈을 크게 떴다.

"정말로 나랑 결혼하겠다는 얘기예요?"

"왜, 싫어?"

"아니. 이건…… 싫고 말고 할 문제가 아니잖아요."

결혼이 무슨 애들 장난도 아니고. 하경은 황당하다는 듯 지운을 바라보았지만 지운은 자신의 말에 무슨 문제가 있는지 전혀 알지 못하겠다는 표정이다. 하경은 길게 한숨을 내쉬었다.

"너무 급하잖아요. 우리 만난 지 이제 겨우……."

"11년이 됐지. 아니, 정확하게 말하면 13년째던가."

하경의 말을 뚝 끊으며 지운이 말했다.

"말장난하지 마요. 우리 연애 시작한 지는 고작 한 달 조금 넘었다구요."

"연애를 꼭 오래 해야 결혼을 해? 6년을 만나고 헤어지는 커플도 있고, 10년을 같이 살고 이혼하는 부부도 있어. 두 예시가 모두 말해주잖아. 연애를 한 시간은 두 사람에게 중요한 게 아니라고."

"완전히 틀린 말은 아니지만……."

"나는 11년을 기다렸어. 그동안 다른 여자는 만나보고 싶은 생각도 안 들더라. 나 스스로도 내가 여자한텐 흥미가 없나 싶을 정도로. 그러다 11년 만에 사랑에 빠졌는데, 그 상대가 이번에도 너야."

그의 새카만 눈동자에 그녀의 모습이 가득 찼다.

"그래서 나는 하루라도 빨리 어디 도망 못 가게 찜해놓고 싶어."

"……."

"욕심인 거 알아. 그래서 이렇게 서두를 생각은 아니었는데, 오늘 보니 서둘러야겠다 싶더라. 무슨 핑계로라도 네가 다른 남자 못 만나게 하려면 말이야."

잠깐 말을 끊은 지운이 아까 상황이 떠올랐는지 괘씸하다는 듯 하경을 노려봤다. 그의 눈썹이 삐딱해진다.

"아무리 어머니 때문에 어쩔 수 없었다지만, 날 두고 감히 선 자리를 나가?"

"알고…… 계셨어요?"

"그래. 승현이한테서 다 들었어."

하긴, 제 오빠가 아니면 그가 어떻게 알고 호텔에 찾아올 수 있었겠는가. 선영에게 분명 어머니 때문에 어쩔 수 없이 나가는 거라고, 직접 나가서 거절하고 돌아올 거라고 미리 고백해두었으니 그것까지 다 들었으리라. 생각해보니 너무나도 당연한데, 아까는 경황이 없어서 미처 거기까지 생각을 못했다.

"다 알았으면서 왜 아까는……."

"다 아는데도 못 참겠더라. 네가 딴 놈이랑 마주 보고 얘기를 나누는 거. 그게 일분일초라도 싫더라. 그러다 나보다 더 괜찮은 남자 만나서 진짜로 도망가게 될 수도 있는 거고. 물론 나보다 더 괜찮은 남자는 없겠지만. 그래도 사람 일은 정말 모르는 거니까."

마지막에 장난스럽게 웃어 보였지만, 작게 흔들리는 그의 눈동자는 진심을 얘기하고 있었다.

네가 다른 남자 만나는 거 싫어.

네가 날 떠날까 봐 무서워.

내 곁에만…… 있어줘.

숨김없이 솔직하게 드러내놓는 그의 진심에 마음이 흔들린다. 그런 그의 마음을 누구보다 잘 알고 있는 게 자신이라 더욱더 그랬다. 어째서 강지운은 늘 공하경과 같은 마음인 걸까.

당장 아까까지만 해도 자신의 마음에 솔직하지 못했던 것을 후회했으면서 이번에도 또 같은 실수를 번복할 뻔했다. 같은 실수는 한 번이면 족한데 말이다. 뻔히 보이는데 아무것도 모르는 척 그의 마음을 피할 순 없었다. 또다시 오해 따위로 그에게 상처를 주고 싶지는 않다.

숨을 크게 한 번 들이켰다. 그러고는 단단히 결심한 듯 붉은 입술을 천천히 달싹였다.

"나는 아마 선배가 도망가라고 해도 못 갈 거예요."

갑작스러운 고백에 지운의 눈이 둥그렇게 커진다. 하경은 그런 지운과 시선을 똑바로 마주치며 약간은 부끄럽고 약간은 민망하고, 또 약간은 설레는 고백을 이어갔다.

"사실은…… 저, 지금까지 딱 두 남자에게 설레었거든요."

"두 남자?"

"한 사람은 열아홉의 강지운이었고, 또 다른 사람은 서른의 강지운이에요. 여태 날 설레게 했던 남자라고는 선배뿐인데, 내가 누구한테 도망을 갈 수가 있겠어요."

이보다 더 확실한 사랑 고백이 있을까. 두 사람 사이에 있던 11년이라는 긴 거리감이 거짓말처럼 사라지고 훌쩍 가까워진 느낌이다.

누구도 변하지 않았다고. 11년이 지났지만 그가 사랑했던 그녀의 모습은 여전하다고. 그녀가 사랑했던 그의 모습이 변하지 않은 것처럼.

두 남자라는 말에 살짝 굳어졌던 그의 잘생긴 입매가 어느새 부드럽게 호를 그렸다.

"방금 그 말, 긍정의 뜻으로 받아들여도 돼?"

"부정의 뜻은 아니었어요. 하지만 그렇다고 바로 오케이라는 것도 아니에요. 결혼이라는 거…… 생각은 해보겠다구요. 생각은."

그와의 결혼이 하기 싫은 건 아니었다. 다만 그것에 대해 진지하게 생각해본 적이 없어서 당황스러운 것일 뿐. 하지만 여자는 자고로 튕기고 봐야 한다는 선영의 가르침을 이 순간 기억해낸 하경은 끝까지 새침하게 굴어본다. 그래 봐야 '난 당신밖에 없어요.'라는 절절한 고백을 했던 탓에 먹히지 않을 거라는 걸 저도 알고 있기는 하지만 말이다.

"근데 억울하지 않겠어?"

"뭐가요?"

무슨 소린지 모르겠다는 듯 되묻는 물음에 지운은 하경의 양손에 깍지를 천천히 끼며 짐짓 걱정스럽다는 표정을 짓는다.

"다른 남자랑 연애 한 번 못 해보고 나랑 결혼하는 거……."

요즘 세상에 첫 연애 상대와 결혼을 하는 경우가 몇이나 될까. 아예 없지는 않겠지만 드문 케이스였다. 게다가 볼 장 다 볼 만큼 긴 연애도 아니었고. 자신이야 그녀와 결혼을 해야겠다는 확신이 있었지만, 그녀의 입장에서는 갑작스러운 일이라는 걸 잘 알았기에 멋대로 질러놓고도 걱정이 된 모양이다.

하지만 말과는 달리 지운은 놓아줄 의지가 전혀 없다는 듯 그녀의 손을 꽉 붙들고 있었다. 그런 언행불일치가 우스우면서도 너무 귀여워서 하경은 픽- 작게 웃었다. 여전히 결혼은 아직 이른 것 같다는 생각이지만, 만약 결혼을 하게 된다면 다른 남자 말고 꼭 이 남자와 해야겠다는 확신이 든다.

"선배는 억울할 거 같아요?"

"아니, 어차피 너 아닌 다른 여자는 전혀 관심 없어. 지금까지 그랬고 앞으로도 그럴 거야."

하경은 입꼬리를 씩 말아 올리며 자신의 손을 붙들고 있는 지운을 확 끌어당겼다. 무방비 상태로 서 있던 지운의 몸이 휘청거리며 하경의 품에 폭 안겼다.

"나도 마찬가지라니까요?"

하경은 얼른 손을 풀고 지운의 허리를 꽉 감싸 안았다. 다 큰 남자를 품에 안는 건 어쩐지 묘한 느낌이었다. 그러고 보니 늘 안기기만 했지 그를 안아준 적은 한 번도 없었던 것 같다.

뭐든 자신보다는 그가 먼저였다. 마음을 표현한 것도, 질투도, 사랑 고백도, 키스도 전부. 그래 봐야 지운 역시도 연애에는 젬병인 모태솔로였던 거지만.

사실 억울하지 않겠냐고 묻는다면, 전혀 그렇지 않다고는 대답할 수 없을 것 같다. 이제야 모태솔로를 탈출하나 했더니, 연애는 얼마 즐기지도 못하고 바로 결혼이라니. 어떻게 아쉽지 않을 수가 있겠는가. 하지만 이건 지운과 달달한 연애를 더 하고 싶어서 생긴 마음이지, 다른 남자와 연애를 하지 못해서 아쉽다는 건 결코 아니었다.

이 세상에서, 아니 적어도 그녀의 세상에서만큼은 강지운보다 더 괜찮은 남자는 없을 테니까. 지난 11년 동안 그랬던 것처럼, 앞으로 11년이 더 지난다고 해도 말이다.

"근데 설마 프러포즈가 이걸로 땡은 아니겠죠?"

두 팔로 허리를 감은 채 고개만 빼꼼 든 하경이 지운을 바라보며 애교 있게 물었다.

일부러 튕기려는 것은 아니지만 이런 식으로 구렁이 담 넘듯 넘어가는 건 내키지 않는다. 갑작스럽게 결혼 얘기가 오가는 상황이 되기는 했지만, 이럴 때일수록 챙길 건 더 잘 챙겨야 했다. 어렸을 때부터 결혼 생활에 대한 환상보다 프러포즈에 대한 환상이 더 컸던 소녀였기에. 선영도 결혼해서 살다 보니 힘들 때마다 프러포즈 받았던 순간을 떠올리며 꾹 참는다고 했다. 그만큼 프러포즈는 중요한 거라고.

"그래. 순서가 잘못된 것 같지만 미국 다녀와서 정식으로 프러포즈할게. 어른들께도 정식으로 찾아뵙고."

"프러포즈가 마음에 안 들면 다시 생각해볼 거예요. 결혼."

오케이는 아니라고, 생각 좀 더 해보겠다더니, 제 마음이 이미 홀라당 넘어가버렸다는 걸 친절하게도 알려준다. 새침한 척 굴려는 노력이 가상하기는 하지만 영 어설프기만 한 하경의 모습이 귀여워 지운이 픽 웃었다. 그러고는 슬쩍 하경에게 안겨 있던 제 팔을 빼어내어 그녀의 어깨를 부드럽게 끌어안았다.

"내가 얘기했던가?"

생뚱맞은 지운의 물음에 하경이 고개를 갸웃했다.

"내가 널 많이 사랑한다고……."

"아뇨, 말 안 했어요."

그러고 보니 사랑한다는 말도 듣지 못했는데 결혼하자는 얘기부터 들었다. 순서가 진짜 엉망인 것 같다고 생각하며 하경은 얼른 고개를 내저었다. 그러고는 그의 입술을 빤히 바라본다. 얼른 사랑한다는 말을 내놓으라 재촉하는 듯 아주 빤히. 그런 하경의 모습에 지운은 정말이지 사랑스러워 죽겠다는 듯 쳐다보다가, 이내 천천히 고개를 숙여 동그란 이마에 촉 입을 맞춘다.

"사랑해, 하경아."

그리고 다시 한 번 촉, 같은 자리에 닿는 부드러운 입술.

"11년이 지났는데도 여전히 같은 모습으로 내 옆에 있어줘서 고마워."

그의 부드러운 고백에 하경은 대답 대신 세상에서 가장 행복한 미소를 지어 보였다. '나도 사랑해요.' 하고 곧바로 대답을 하지 않은 것은 일종의 심술이었다. 11년 전, 되도 않는 질투 작전으로 자신을 지금껏 마음고생 시켰던 것에 대한.

11년 만에 사랑에 빠졌는데, 또 같은 사람이라는 것이 처음에는 믿어지지가 않았다. 아니, 믿지 않으려고 했다. 어쩐지 손해를 보는 것 같은 기분도 들었으니까.

실패한 짝사랑에 대한 미련일까 오래 고민했었고, 몰래카메라일까 말도 안 되는 의문도 가져봤고, 아님 난 정말 연애 고자인걸까 스스로 진지하게 생각도 해봤었다.

하지만 서로를 만나 솔직한 마음을 터놓고 얘기한 지금, 이제는 왠지 알 것 같다.

서로에게 서로가 너무 완벽한 짝이라서 그동안 다른 사람이 들어올 틈이 없었던 건 아니었을까. 어쩌면 우리가 너무 빨리 만나버려서 이루어지기까지 이렇게 오래 기다린 것은 아니었을까. 하고.

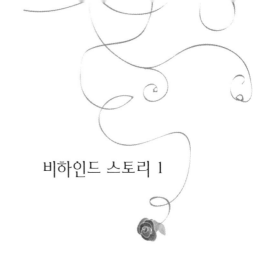

비하인드 스토리 1

<1학년 5반 2번 강지운>

199x. 03. 20. 날씨 맑음

반 친구들이랑 공승현의 집에 가서 숙제를 하기로 했다. 사실 숙제는 핑계고 놀러가는 거였지만. 역시나 집에 도착해서 숙제는 대충 끝내놓고 신나게 놀기 시작했다.

2층 복도와 공승현의 방을 왔다 갔다 하며 정신없이 뛰어다니는데, 어느 순간 보니 공승현의 여동생이 2층 거실에 나와서 문제집을 풀고 있었다. 우리 엄청 시끄러웠는데 되게 집중해서 문제집을 푼다.

문제집 푸는 포스는 전교 1등인데, 공승현이 동생도 자기처럼 꼴통이랬다. 흥미가 생겨서 다가갔는데 공승현의 말이 완전 거짓말은 아닌 것 같았다. 되게 쉬운 수학 문제들을 두고 끙끙거리고 있는 걸 보면.

굉장히 쉬운 문젠데 너무 고민하는 것 같아서 나도 모르게 답을 얘기했다. 내가 가까이에 온지도 몰랐던 여자애가 동그란 눈을 뜨고 쳐다봤다. 민망해서 괜히 공식 설명을 해줬다. 그러자 눈을 반짝이며 설명을 듣는다. 가끔 '아.'라고 감탄을 하며 받아쓰기도 한다. 공승현보다는 나은 것 같다.

내가 가르쳐주는 공식을 대입해서 문제를 풀고, 그게 정답일 때마다 '우와!'라고 작은 입술을 벌리며 감탄하는 모습이 귀여웠다.

나도 여동생이 있었으면 좋겠다. 부러운 공승현.

<2학년 1반 1번 강지운>
199x. 05. 05. 날씨 맑음

오늘 공승현네 부모님이 집을 비운다고 했다. 그래서 그 집에서 모여서 잠을 자기로 했다. 그런데 우리 중에 얼굴이 제일 노안인 성오가 동네 슈퍼에서 술을 사 왔다. 한두 병도 아니고 아주 가득.

그러면 안 되는 걸 알지만 호기심에 술을 먹어보기로 했다. 공승현의 방에다가 술판을 벌려놨는데 그걸 발견한 여동생이 소리를 쳤다. 부모님께 다 이를 거란다. 지금까지 뽀얀 얼굴로 조곤조곤 얘기하는 모습이 천사 같다고 생각했었는데 그 순간은 악마로 보였다. 결국 공승현이 비굴하게 빌고 빌어서 넘어가기로 했다.

다들 술을 처음 먹어보는 거라 금방 취했다. 냉장고에 아직 남은 술들이 많은데 더 이상 먹을 수 없는 지경에 이르렀다. 한 놈은 취해서 이미 잠들어버렸고, 또 한 놈은 울어대고. 아주 난장판이 따로 없다. 울면서 하는 주정을 더 들어주고 싶지 않아서 뒷일은 공승현에게 맡기고 바람 쐬러 밖으로 나왔다.

1층으로 내려오는데 주방에서 나오던 여동생과 마주쳤다. 깜짝 놀라면서 손을 뒤로 숨기는가 싶더니 곧 툭, 하고 바닥에 뭔가가 떨어졌다. 걔 발밑에는 우리가 사다 놨던 맥주 캔이 뒹굴고 있었다.

엄청 당황한 얼굴을 하더니 공승현에겐 제발 비밀로 해달란다. 부탁하는 여동생의 얼굴이 2층에서 지금 술 먹고 울어대는 친구 얼굴보다 더 빨개졌다. 그 모습이 재밌어서 대답 없이 지켜보는데 당황했는지 계속 변명을 이어간다. 호기심에 살짝 맛만 볼 생각이었단다. 주절주절 얘기하다가 처음부터 부모님껜 이를 생각이 없었다는 말도 했다.

계속 듣고 있다가는 울어버릴 것 같아서 알겠다고 대답했다. 고맙다고 연신 고개를 숙이더니 2층으로 올라간다. 발밑에 흘렸던 맥주 캔들 주워 들고서. 결국 가져가서 먹기는 할 생각인가 보다.

그 모습이 너무 귀여워서 미친 듯이 웃었다. 쟤는 어떻게 볼 때마다 저렇게 귀여울 수가 있을까. 보면 볼수록 점점 더 귀여워지는 것 같기도 하다. 역시 악마보다는 천사가 더 잘 어울리는 것 같다.

귀여운 여자애랑 같이 살아서 좋겠다. 부러운 공승현.

<3학년 7반 2번 강지운>

199x. 03. 05. 날씨 맑음

신입생이 들어왔다. 벌써부터 누가 예쁘니, 누가 잘생겼니, 다들 난리도 아니다. 그런 거엔 별 관심 없어서 심드렁하게 둘러보는데 여자애 하나가 눈에 띈다. 새까만 생머리에 뽀얀 얼굴, 단정한 교복 차림. 한눈에 딱 들어올 정도로 예쁜 여자애다.

입을 쩍 벌리고서 바라보고 있는데 여자애가 갑자기 내 쪽으로 다가오더니 팔을 척 뻗어 실내화 주머니를 건넨다. 왜 놔두고 갔냐고, 살짝 짜증이 섞인 목소리와 함께. 내가 아닌 공승현에게.

멀리 있을 땐 몰랐는데 가까이에서 보니 정말로 공승현의 여동생이 맞았다. 순간 뒤통수라도 맞은 기분이 들었다. 귀엽다고 생각은 했지 예쁘다는 생각은 한 적이 없었다. 그런데 지금 보니 어떻게 지금까지 몰라봤나 싶을 정도로 예쁘다.

바람에 긴 머리카락이 살랑거리는 모습은 마치 CF 같았다. 심장이 쿵쿵 뛰었다. 공승현에게 볼일을 다 본 여동생은 나를 본 적도 않고 그대로 사라졌다. 그 순간 쿵쿵 뛰던 심장이 바닥으로 툭 떨어져버렸다. 뭘까, 이 아쉬움은.

오늘 하루 종일 그 애의 얼굴이 머릿속을 떠나지 않았다. 그 탓에 수업 시간에 선생님께 처음으로 혼도 나봤다. 그래도 정신이 들기는커녕 쉬는 시간엔 자꾸만 운동장을 쳐다보게 됐다. 혹시라도 그 애가 있을까 봐.

공하경. 공하경. 공하경.

수업 시간에 나도 모르게 교과서 끄트머리에 낙서를 실컷 하다가 문득 생각했다.

혹시 이런 게 첫눈에 반했다는 걸까?

…….

처음으로 그 애를 여동생으로 둔 공승현이 안 부럽다.

내가 공승현이 아니라 다행이다.

그 애가 내 여동생이 아니라 정말, 다행이다.

비하인드 스토리 2

누군가가 상업적인 이익을 위해 만든 날만 되면 지운은 제 의지와 상관없이 귀찮아야 했고, 또 바빠야만 했다. 밸런타인데이에는 초콜릿을, 화이트데이에는 사탕을, 로즈데이에는 장미를, 링데이에는 반지를. 무슨 놈의 데이는 그렇게도 많은지 한 해가 지나면 지날수록 듣도 보도 못한 데이들이 생겨나고, 매해마다 새로운 선물을 받곤 했다. 그의 입장에선 선물이라기보다는 거추장스러운 짐에 불과했지만 말이다.

11월 11일. 어김없이 이번에도 빼빼로데이는 찾아왔다.

늘 그랬던 것처럼 지운은 아침부터 여학생들의 호출 때문에 정신없이 바빠야만 했다. 예전엔 무턱대고 그들이 주는 선물을 얼떨결에 받고는 했는데, 언젠가부터는 노하우가 생겨서 확실하게 거절을 할 수 있게 됐다.

물론 우정이라는 포장을 한 선물은 어쩔 수 없이 받을 수밖에 없었지만, 우정이 아닌 마음이 들었다고 판단되는 선물들은 가차 없이 거절했다. 너무 냉정하다며 울어대는 여학생들을 보면 미안 하기는 했지만, 이런 식으로 '강지운은 참 냉정하더라'라는 소문이 퍼져나간다면 그에게는 더없이 좋을 일이었다.

하지만 오늘의 그는 조금 달랐다. 마음이 든 선물을 거절하는 건 최근 늘 해왔던 일임에도 불구하고 오늘따라 마음이 영 불편했 다. 특히나 거절을 당한 여학생이 우는 모습을 보는 게 너무도 미 안해서 평소보다도 훨씬 빠르게 자리를 피했다.

열 번째로 빼빼로를 거절하고 교실로 돌아오는데 전에 없이 교 실이 꽤나 소란스럽다. 날이 날이니만큼 그런가 보다 하고 심드렁 하니 뒷문으로 들어서는데 승현이 호들갑을 떤다.

"강지운! 왜 이제 와! 기다리고 있었잖아!"

"왜."

이렇게 자신을 반길 녀석이 아닌데. 의아하게 바라보자 승현이 기분 나쁘게 싱글거리며 어딘가를 척 가리킨다. 그 손끝에 있는 건 자신의 자리였다. 주인이 잠깐 자리를 비운 사이 불청객이 앉아 있 었던 모양이다. 웨이브 진 긴 머리카락을 풀어 헤친 여자의 뒷모습 에 지운의 눈살이 살짝 찌푸려졌다. 반 학생들의 이목을 이렇게까 지 집중시킬 수 있는 건 교내에 자신과 그녀뿐이었기에 굳이 얼굴 을 확인하지 않아도 누군지 알 수 있었다.

"유상희, 내 자리에서 뭐 하나?"

지운의 말에 자리에서 쓱 일어나는 건 역시나 그의 예상대로 상 희였다. 인형 같은 외모로 '여신'이라는 별명을 지닌 상희는 지운과 1, 2학년 때 같은 반이었다. 반 친구들이 하도 둘이 함께 있는 모습이 보기 좋다며 자리도 붙여 앉히고, 주번활동을 할 때도 짝을 지어줬기에 자연스럽게 친해질 수밖에 없는 사이였다.

"이 빼빼로, 내 거야?"

상희가 가리키는 것은 지운의 자리 옆에 얌전히 놓여 있는 과자 상자였다. 반짝이는 금색의 포장지로 싸여 있는.

"무슨 황당한 소리야. 내 거잖아."

"이 둔탱아, 그 말이 아니라 이거 나 주려고 준비한 거냐고 묻는 거잖아."

"왜 그렇게 생각하는데?"

"그럼 나 말고 네가 줄 사람이 어디 있어?"

상희는 한쪽으로 탐스러운 머리카락을 쓸어 넘기며 도도하게 말한다. 대체 어디서 나오는 자신감인지. 지운은 어이가 없다는 듯 상희를 바라보며 고개를 내저었다.

"아닌데, 네 거."

"뭐?"

"네 거 아니라고. 그거 주인 따로 있다고."

같은 말을 계속하기가 귀찮다는 듯 지운은 심드렁하니 대꾸했다. 그러자 상희의 얼굴이 마치 뜨거운 냄비처럼 붉게 달아오른다.

등교 때부터 강지운이 빼빼로를 들고 왔다는 얘기를 친구에게 전해 들었다. 여학생들이 주는 빼빼로는 절대 받는 법이 없던 그라는 걸 잘 알았기에 그가 누군가에게 주려고 준비한 것이라는 걸 알 수 있었다. 그리고 그 상대는 당연히 자신일 줄 알았다. 지금까지 여학생들과는 말도 잘 섞지 않는 지운이 그나마 친하게 지내는 여학생은 자신뿐이었고, 또 강지운에게 어울릴 만한 여자는 자신이 유일하다고 생각했으니까.

그런데 그게 그녀의 착각이고 오만이었을 뿐이란다. 강지운에게 좋아하는 여자가 따로 있단다. 그것도 모든 빼빼로를 거절했던 그가 직접 빼빼로를 건네려고 마음을 먹을 만큼 좋아하는 여자가!

"너, 나 좋아하는 거 아니었어?"

"내가?"

금시초문이라는 듯 지운이 되묻는다. 그러고는 어깨를 으쓱하며 말을 덧붙인다.

"내가 널 좋아하는 게 아니라 네가 날 좋아하는 거겠지."

유명한 얘기였다. 학교 퀸카 유상희가 학교 킹카 강지운을 좋아한다는 것은. 그런데 상희는 자존심 때문에 그 사실을 인정하고 싶지 않았던 모양이다. 자신만의 일방통행이 아니라 지운도 같은 마음이라고, 정말로 그렇게 믿었나 보다. 지운은 전혀 그런 티를 내지 않았음에도 불구하고.

상희는 적잖이 충격을 받은 듯 입을 반쯤 벌리고 있다가 이내 눈물을 흩뿌리며 교실을 뛰쳐나갔다. 울 만했다. 보는 눈이 이렇게 많았으니 안 그래도 콧대 높은 상희의 자존심이 완전히 망가졌으리라.

상희를 흠모하는 남학생들은 지운을 보고 너무한다고 나쁜 놈이라고 욕을 해대기 시작했다. 그러자 지운을 흠모하는 여학생들은 유상희가 오버를 했다고 지운의 편을 들었다. 그렇게 점점 상황이 반 전체의 말싸움으로 퍼져나가고 있었다.

화제의 중심인 지운은 그러든가 말든가 아무래도 상관없다는 얼굴로 자신의 자리에 앉아서는 다음 수업 준비를 시작했다. 그런 모습을 지켜보던 승현이 고개를 설레설레 내젓는다.

"너 진짜 미친 거 아니야?"

"내가 뭘."

"천하에 유상희를 어떻게 깔 수가 있냐! 눈이 달려 있는데 어떻게 그럴 수가 있어?"

승현은 도저히 이해를 못 하겠다는 얼굴이다.

"진짜 너, 쭉쭉 빵빵 유상희보다 유아틱한 공하경이 더 좋아?"

"내가 너처럼 변태인 줄 알아? 몸매 따지게."

"야! 천사 같은 유상희를 까고 공하경 짝사랑하는 네가 더 변태 같거든!"

매일 얼굴을 보고 살아서 그런가, 이 녀석은 제 동생이 얼마나 예쁜지 모르는 것 같다. 뽀얀 피부, 가녀린 어깨, 동그란 눈, 수줍은 듯 붉어지는 두 뺨까지. TV에 나오는 연예인보다도 훨씬 사랑스럽기만 한 그녀인데.

사실 승현의 친구 중에 그녀를 좋아해보지 않은 녀석들은 없었다. 그저 친구 동생을 좋아한다는 게 부끄러워서 다들 쉬쉬했을 뿐이지. 아무것도 모르고 저딴 소리를 할 수 있다니. 부러운 놈이 아닐 수 없다. 공하경은 이런 녀석에게 과분한 동생이리라.

"헛소리 그만하고 나중에 고백할 때 확실히 도와주기나 해."

"아, 진짜로. 공하경한테는 내 친구 너무 아까운데⋯⋯."

지운은 쓸데없는 말을 자꾸 지껄이는 승현을 못마땅한 시선으로 한번 바라봐주고는 제 옆에 놓인 포장된 빼빼로를 바라보았다.

두근두근. 운동을 한 것도 아닌데 심장이 불규칙하게 뛰기 시작한다.

고백을 받아본 적은 많아도 누군가에게 고백을 해본 적은 태어나서 단 한 번도 없었기에 잔뜩 긴장이 됐다. 더 미뤘다가는 졸업하고 나서 영영 멀어지게 될까 봐 오늘을 택했는데, 지금이 적절한 타이밍인지도 전혀 모르겠다.

지운은 두 눈을 질끈 감고 난생처음 기도했다.

지금까지 많은 여학생들을 울려서 그들에게는 정말로, 진심으로, 매우 미안하게 생각합니다. 그러니까 제발, 부디 그 일로 저를 벌하지는 마세요, 하느님.

비하인드 스토리 3

지운은 활짝 입을 벌리고 있는 커다란 트렁크 가방에서 마지막으로 옷가지들을 꺼냈다. 텅 비어 있는 장롱에 자신의 옷들을 깔끔하게 걸어놓고는 트렁크 가방을 닫아 한쪽으로 밀어놓았다. 친구집에서 언제까지고 신세를 질 수도 없는 노릇이라 한국에 들어올때 필요한 짐만 간단하게 챙겨서 들어왔더니, 짐 정리가 생각보다금방 끝났다.

앞으로 한동안 제가 지내게 될 방을 눈으로 쓱 훑고 있는데 닫힌 방문 너머로 쿵쿵, 계단을 오르는 발소리가 들린다. 저도 모르게 귀가 쫑긋 섰다. 그러기가 무섭게 쿵쿵거리던 발소리가 멈춘다. 아직 계단을 다 올라왔을 리가 없는데. 아무래도 발소리 주인이 전에 없던 손님을 의식해 볼륨을 줄인 모양이다.

말괄량이처럼 쿵쿵거리며 올라오다 저를 의식해 까치발을 들고

2층 복도를 지나고 있을 하경을 떠올리며 피식, 지운은 웃음을 지었다.

쾅. 하경의 방으로 예상되는 방문이 닫히는 소리를 들으며 지운은 침대에 걸터앉았다. 그의 눈이 다시금 방 안을 훑는다. 승현의 방은 어릴 때 제집 드나들 듯 자주 왔었다. 지금 생각해보면 참 뻔뻔하다 싶을 정도로 자주 드나들며 염치 좋게 밥도 얻어먹고 잠도 자고 했던 것 같다.

승현의 방은 11년이 지났지만 변한 것이 없었다. 그가 기억하고 있는 방 구조와 다르지 않았고, 방주인보다 그가 더 많이 사용했던 원목 책상도 여전했으며, 제 침대만큼이나 편안했던 오래된 싱글 침대에는 이불만 바뀌어 있었다.

변함없는 건 비단 승현의 방뿐만은 아니었다. 친아들만큼이나 저를 예뻐해주시던 친구 어머니는 이번에도 그에게 선뜻 방을 빌려주셨고, 미국에 가서도 자주 그리워하곤 했던 그 음식 솜씨도 변함이 없었다. 10년이 넘는 시간의 공백이 무색할 정도로 많은 것들이 그에게 익숙하게 다가왔다.

하지만 그렇다고 아무것도 변하지 않은 것은 아니었다. 11년이란 결코 짧지 않은 시간이니까. 그중에서도 그에게 가장 낯설게 느껴지는 건, 다름 아닌 공하경이었다.

그녀는 품이 딱 맞는 교복을 입고 긴 생머리를 양 갈래로 단정하게 묶고 다니던 여고생의 모습은 오간 데 없고 정장에 굽 높은 구두가 제법 잘 어울리는 여자가 되어 있었다. 게다가 어렸을 땐 눈도 잘 마주치지 못했던 것 같은데, 이제는 제법 당돌한 표정으로 자신을 바라보기까지 했다. 심지어는 공과 사를 구분해야 하니 회사에서는 공하경을 공하경이라고 부르지 말란다.

회사에서 처음 마주쳤을 때 안 그래도 큰 눈을 튀어나올 정도로 크게 뜨고서 자신을 보던 그녀의 얼굴을 떠올리자 그의 입꼬리가 살짝 올라간다. 놀랄 줄은 알았지만 그렇게까지 놀랄 줄이야. 마치 저승사자를 본 것처럼 놀라던 모습이 꽤나 재미있었다.

승현의 결혼식장에서 마주쳤을 때 다 얘기하려고 했었다. 앞으로 같은 회사, 심지어 같은 부서에서 근무를 하게 될 것이고, 한동안은 너희 집에서 신세를 지게 될 것 같다고. 하지만 뒤풀이가 없다는 말에 둘이서 차분하게 얘기할 수 있을 것 같아 오히려 잘됐다고 생각했는데, 하경이 제 말은 들어볼 생각도 않고 줄행랑치는 바람에 얘기할 기회를 놓쳤었다.

물론 얘기를 하려고 작정을 했다면 뒤돌아서 가는 그녀를 붙들고 간단하게 설명을 해줬거나, 전화 혹은 문자를 이용할 수도 있었겠지만 그는 굳이 그러지 않았다. 꽤나 오랜만의 재회였는데 반가워하기는커녕 불편한 기색을 얼굴에 솔직하게 드러냈던 그녀가 괘씸했기 때문이다. 그녀에게서 자신과 같은 반응을 바라면 안 된다는 걸 알았으면서도 막상 마주하고 나니 섭섭한 건 어쩔 수 없었다.

사실 한국으로 돌아오는 비행기 안에서 몇 번이고 상상을 했었다. 수줍음 많던 여고생이 과연 어떤 모습으로 변했을지. 오랜만의 재회에서 그녀는 어떤 표정을 지을지. 여러 가지 버전을 떠올려봤지만 상상 이상이었다. 그녀는 상상 이상으로 예쁘게 자랐고, 또 상상 이상으로 자신을 불편해했다.

'선배랑 한집에서 지내는 거요. 단 며칠이겠지만 그래도 저는

불편해요.'

　조금 전 눈을 똑바로 마주하고 또박또박 그리 말하는 그녀의 모습에 사실 티는 내지 않았지만 지운은 꽤나 당황했었다. 학창시절엔 승현네 집에 가볍게 놀러왔다가 본의 아니게 몇 날 며칠을 숙박했던 일이 다반사였다. 그때마다 하경은 불편한 티를 내기는커녕 이쪽에는 영 신경도 쓰지 않았었다. 하도 친구들을 자주 집으로 데리고 오는 제 오빠 덕분에 익숙한가 보다, 생각했다. 그래서 이번에 친구 어머니의 제안에 깊게 생각하지도 않고 덥석 그러겠노라 했던 건데. 이렇게까지 불편해할 줄 알았다면 그냥 집을 구할 때까진 호텔에서 지내는 건데, 너무 욕심을 냈나 싶기도 하다.

　하지만 종종 제 눈을 똑바로 바라보는 그녀를 자주, 그리고 또 길게 보게 된 것이 나쁘지는 않다. 비록 저를 향한 불만이 있을 때만 눈을 똑바로 마주하기는 했지만 말이다.

　방을 둘러보던 지운은 깜깜한 창밖 풍경에 시간이 늦었다는 것을 깨닫고는 침대 머리맡에 두었던 휴대폰을 들어 알람 기능을 켰다. 회사와 가까웠던 호텔과 달리 승현의 집은 거리가 꽤 됐으므로 내일은 어제보다 일찍 일어나야 한다. 어제보다 30분 더 일찍 알람을 맞추고 휴대폰을 내려놓으려다가, 혹시나 하는 생각에 10분 더 이른 시간으로 설정을 바꾼 후에야 불을 끄고 침대에 누웠다.

　내일 아침엔 또 얼마나 뾰루퉁한 얼굴로 자신을 맞을까. 회사에서는 또 얼마나 저와 눈을 마주치지 않기 위해 시선을 요리조리 피할까. 회사에서 실수로라도 '강 팀장님' 따위가 아니라 '선배'라고, 저도 모르게 친근하게 부르는 실수를 하지는 않을까. 그땐 또 얼마나 당황한 표정을 지을까.

저도 모르게 또 제멋대로 그녀의 모습을 상상하던 지운은, 내일을 기약하기 위해 그녀로 가득 찬 머릿속을 얼른 비우고 눈을 꾹 감았다.

이렇게 내일이 기대되는 건, 정말 오랜만이다.

"생각하고 계시는 차종은 있으세요?"

회사에서 가장 가까운 곳에 위치한 자동차 매장으로 들어가서 처음 들은 직원의 물음에 지운은 그제야 깨달았다. 자신이 아무 생각 없이 차를 사러 왔다는 것을. 한두 푼 하는 것도 아니고, 하루 이틀 탈 것도 아닌데 너무 급하게 와버렸나 싶었다.

하지만 그렇다고 여기까지 왔는데 다시 나갈 수도 없었다. 차에 대한 욕심이 다른 남자들처럼 많은 것도 아니니 그냥 지금 발길이 닿은 이곳에서 결정을 해도 괜찮을 것 같았다. 하루라도 빨리 차가 있는 게 편할 것 같기도 했고.

"그냥, 적당한 차로 보여주시죠."

적당한 차라니. 직원이 듣기에도 당황스러운 말이었겠지만 사실 정작 그 말을 뱉은 본인도 당황했다. 계획 없이 일을 저지르러 온 자신의 행동이 낯설게 느껴져서 당황한 탓에 아무 말이나 막 나와버린 것이다.

직원은 그 '적당한'에 대한 구체적인 조건을 물었다. 지운은 성실하게 대답했고 곧 직원은 강지운에게 어울리는 '적당한' 차를 추천해주었다. 옵션도 기능도 가격도, 그의 마음에 들었다.

"차 색상은 어떤 걸 원하시죠?"

다 끝난 게 아니었나. 지운은 짧게 한숨을 내쉬었다. 직업부터 시작해서 직함, 연봉, 개인의 취향까지. 직원의 입에서 나오는 질문이 끝이 없다.

"보통 고객님과 비슷한 나이대의 남자분들은 블랙을 선호하시기는 하는데……."

"여자들은?"

"아무래도 여자들은 블랙보단 화이트를 많이 찾으시죠."

대답을 듣자마자 지운은 더 고민할 필요도 없다는 듯 대답했다.

"화이트로 하죠."

첫째로는 그가 차에 대해 별 애착이 없다는 것이 그 이유였고, 둘째로는 남자는 블랙, 여자는 화이트, 라는 한국 사회 통념이 마음에 안 들기도 했으며, 셋째로는 기왕이면 자신만큼이나 앞으로 이 차를 자주 탈 수도 있는 여자의 취향까지도 고려하고 싶어서였다.

아니, 그냥 자신이 블랙보단 화이트를 좋아한다고 하는 편이 더 납득하기 쉽겠다. 오늘부터 강지운은 블랙보단 화이트를 더 선호하는 걸로.

"우와! 우와! 우와아아!"

뾰루퉁한 얼굴로 억지로 끌려 나온 티를 숨기지 않고 팍팍 내던 하경은 첫 번째 집을 보면서 언제 그랬냐는 듯 작은 감탄사를 쉬지 않고 내뱉어댔다. 누구보다 열성적으로 집 안 구석구석을 살피며 눈을 반짝이는 모습을 보며 지운은 픽 웃었다. 아마 그녀는 자신이 감탄사를 내뱉고 있다는 사실조차 인지하지 못했으리라. 오기 싫은 자리에 억지로 끌려왔다는 것도 마찬가지로 기억하지 못하는 것이 분명하다.

채광과 싱크대, 수도는 물론이고 자신이 상상도 못 했던 부엌베란다의 크기까지 꼼꼼히 살피는 것을 보며, 억지로라도 그녀를 끌고 오길 잘했다고 생각했다. 사실 이렇게까지 도움을 주리라고는 생각지 못했었다. 그냥 함께 집을 본다는 것에 의의를 두려고 했는데, 제법 꼼꼼하게 이것저것 따지는 공하경은 외모만 성숙해진 게 아니라 알맹이까지 제대로 성숙해진 모양이다.

물론, 지금처럼 입을 반쯤 벌리고 '우와'를 연발하는 모습을 보일 때는 여전히 11년 전 여고생의 모습처럼 보이기는 하지만. 그건 아마도 자신이 11년 전 그녀의 모습을 알고 있어서 그런 것일 거다. 아마 다른 사람들 눈에는 그저 참한 여성으로 보이겠지.

그러고 보니 회사 사람들은 그녀를 많이 믿고 따르는 것 같기는 했다. 기획1팀 식구들은 하경에게 의지하는 모습을 많이 보였고, 깐깐한 부장 역시도 그녀를 많이 믿는 눈치였다. 얼굴 예쁘지, 몸매 좋지, 일도 꼼꼼하게 잘하지. 언뜻 회사 남자 직원들 사이에서 하경이 인기가 많다는 소리를 듣긴 했는데, 확실히 그러지 않을 이유가 없는 것 같긴 하다.

하지만 그들은 모를 거다. 저 조그만 얼굴이 아침에는 평소보다 두 배 정도로 부어서 오동통한 너구리처럼 보인다는 사실을. 잠옷으로 원피스는커녕 다 늘어난 티에 조잡한 캐릭터가 가득 박힌 수면 바지를 입는다는 것도. 출근할 때나 깔끔하게 정장을 입지 평소에는 고등학생처럼 캐주얼한 복장을 즐긴다는 것까지도. 그녀와는 제법 친한 척하는 기획2팀의 정 팀장도 아마 모를 것이다.

그 모든 것을 다 알면 공하경을 그저 참한 여자라고 생각하지는 못할 텐데. 그럼 회사에서 그녀를 맘에 품은 남자들이 지금보다 반 정도로 줄어들 수도 있지 않을까. 그것도 괜찮을 것 같기는 한데, 그래도 그것보다 아무도 모르는 그녀의 모습을 저 혼자 알고 있는 편이 조금 더 괜찮은 것 같으니 입을 다물 생각이다.

"선배도 구경 다 했으면 이제 그만 다음 집 보러 가요."

집을 구경하는 네 모습을 보느라 정작 집은 미처 보지 못했다고 솔직하게 말하는 대신 지운은 고개를 끄덕였다. 아무래도 저가 살 집이지만 그녀에게 온전히 결정권을 내줘야 할 것 같다. 두 번째 집에서도, 세 번째 집에서도, 저도 모르게 또다시 집 구경을 하는 그녀를 넋 놓고 바라보게 될 것 같으니까 말이다.

TV에서는 지나간 예능 프로그램이 방영되고 있었다. 미국에 있을 때 일부러 구해서 볼 정도로 좋아했던 프로그램이었지만 오늘따라 눈에 들어오지 않는다. 혹시나 일찍 잠자리에 든 어른들을 깨울까 봐 볼륨을 최소로 줄여놓은 탓일까. 재깍거리는 시계 초침 소리가 귀에 거슬린다.

결국 지운은 리모컨을 이용해 눈에 들어오지 않는 화면을 꺼버렸다. 그의 시선이 벽에 걸려 있는 시계로 향한다. 이제 막 12시가 넘어가고 있었다. 6시가 되기 5분 전에 보내줬으니 벌써 6시간이나 지났다. 아무리 뮤지컬이 길다고 해도 그래 봐야 세 시간 안팎일 텐데, 도대체 이 여자는 세상 무서운 줄도 모르고 어디서 뭘 하고 돌아다니는 걸까.

눈치 없는 하경이 정 팀장이 얼마나 위험한 인물인지 모르고 있어서 다행이라고 생각했는데, 이 상황이 되고 보니 정 팀장에게 경계심을 보이지 않는 그녀의 모습이 그렇게 다행스러운 일도 아닌 것 같다.

사실 그것보다 지금 더 못마땅한 것은, 자신이 오늘 낮에 그런 고백을 했는데도 그녀는 아무런 신경도 쓰지 않는 것 같다는 점이다.

11년이나 지난 고백을 왜 이제 와서 했겠는가. 다른 남자를 만나러 가기 전에 조금이라도 저 때문에 흔들려보라고. 데이트 중에 제 생각 조금이라도 해보라고. 그 이유 때문에 부끄러운 짝사랑을 고백했던 건데, 이렇게까지 느긋하게 딴 놈과 데이트를 하는 것을 보니 전혀 신경이 쓰이지 않는 모양이다. 너무 오래돼 그런가. 하긴, 내가 지금 너를 좋아한다, 가 아니라 내가 너를 11년 전에 좋아했다, 였으니 덜 먹힌 걸지도 모르겠다.

짝사랑 공소시효가 이다지도 짧을 줄 알았다면 나는 지금도 네가 신경이 쓰인다, 라고 제대로 말을 할 걸 그랬다. 다시 만난 지 얼마나 됐다고 지금 고백을 하면 너무 갑작스럽게 생각할까 봐, 나름대로 순서대로 차근차근한다는 게 영 씨알도 먹히지 않을 고백을 한 것 같다. 예전이나 지금이나 연애에 대해서는 왜 이렇게 계산이 제대로 되질 않는지 모르겠다. 수학이나 산수라면 누구보다 자신 있는데 말이다.

조언자로 험난한 연애를 끝마치고 드디어 얼마 전 결혼에 골인한 승현을 떠올렸다가 지운은 고개를 얼른 내저었다. 그에게 도움을 구하느니 차라리 인터넷에 글을 올려서 조언을 듣고 말지. 아직도 11년 전에 했던 짝사랑 상대를 잊지 못하고 좋아한다는 말을 하면, 게다가 이번에도 그게 짝사랑이라는 것을 알게 되면 승현이 저를 얼마나 비웃을지 뻔했다.

지운의 시선이 다시금 시계로 향했다. 벌써 시곗바늘은 12시 30분을 향하고 있다. 더 이상은 마냥 앉아서 기다릴 수 없을 것 같아 지운은 휴대폰을 들었다. 조금 주제넘은 것 같기도 하지만, 그녀가 뭐라고 생각하든 전화를 해볼 생각이었다. 아무리 대한민국이 세계에서 가장 치안이 좋다고 하기는 하지만, 그래도 지금은 시간이 너무 늦었다.

하경의 번호를 찾아 통화 버튼을 누르려고 할 무렵이었다. 덜컹, 하고 철로 된 대문이 열리는 소리가 들린다. 드디어 온 모양이다. 저도 모르게 자리에서 벌떡 일어난 지운은 얼른 다시 자리에 엉덩이를 붙이며 들고 있던 휴대폰을 옆에 가지런히 내려놓았다. 그러고는 리모컨을 이용해 TV를 다시 켠다. 볼륨을 살짝 올리고는 여유로운 척 긴 다리를 꼬는 것도 잊지 않았다.

삐삐삐- 현관 비밀번호를 누르는 소리가 들린다. 띠리릭- 곧이어 비밀번호가 틀렸을 때나 나오는 소리가 들린다. 다시 한 번 삐삐삐- 그리고 또다시 띠리릭-

얼씨구. 지운의 한쪽 눈썹이 치켜 올라간다. 한 번만 더 틀리면 직접 나가서 문을 열어주고 끌고 들어오려고 했는데, 다행히도 세 번 만에 하경은 현관 비밀번호를 제대로 누르고 집으로 들어왔다.

신발을 벗는 소리가 들렸다. 아니, 벗는 게 아니라 신발을 던진다고 해야 더 어울릴 것 같은 요란스러운 소리다. 도대체 무슨 일이 벌어지고 있는지 궁금하기는 했지만 지운은 끝까지 다리를 꼰 채 자리를 지켰다.

그저 신발만 벗었다고 하기에는 제법 오랜 시간이 걸린 뒤에야 하경은 그의 앞에 모습을 드러냈다. 느릿느릿 2층으로 올라가는 계단을 향해 걷는가 싶더니, 순간 걸음을 뚝 멈추고는 아주 천천히 자리에 앉는다. 아니, 앉는가 싶었더니 그대로 드러누워 버린다. 바닥에 대자로. 그러고는 꼼짝도 않는다. 마치 시체인 양.

더 이상 예능 프로그램을 보는 척할 필요가 없어진 지운이 자리에서 일어났다. 그러고는 성큼성큼 시체처럼 널브러져 있는 하경에게로 다가갔다. 가까워지자 지독한 알코올 냄새가 그의 코끝을 흠뻑 적셨다. 순간 지운의 얼굴이 딱딱하게 굳는다.

정 팀장과 술을 먹은 모양이다. 이 지경이 될 때까지!

울컥 화가 솟구쳐 올랐다. 누구는 지금 쪽팔린 고백을 해놓고 안절부절못하고 있었는데, 또 누구는 신나서 남자랑 술이나 퍼마셨다니. 지금 당장 흔들어 깨워서 네가 나한테 이럴 수 있냐고 따져 묻고 싶은 마음이다. 물론 그녀의 입장에서는 충분히 이럴 수 있는 일일 테지만.

못마땅해 죽겠는데 딱히 못마땅해할 자격이 없다. 고등학생도 아니고 다 큰 성인 여자가 자의로 술을 먹고 들어오겠다는 걸 가지고 뭐라 할 수는 없는 노릇이었다. 자신은 그녀의 남자 친구도 아니고 친오빠도 아닌, 고작 짝사랑하는 남자일 뿐이니까 말이다.

"얼어 죽으라고 여기에 확 버리고 가버릴까 보다."

그녀의 머리맡에 쪼그리고 앉은 지운은 굉장히 못마땅한 얼굴을 한 채, 기다란 검지로 그녀의 통통한 볼을 툭 건드렸다. 그러자 '우웅…….' 하고 조그만 입술을 오물거리며 하경이 옆으로 고개를 휙 돌린다. 하필이면 그가 보고 있는 방향으로. 그 덕분에 하경의 무방비한 얼굴을 정면으로 마주하게 된 지운은 한숨을 길게 내쉬었다.

버리고 가버리기엔…… 이 여자, 쓸데없이 너무 예쁘다.

갈증 때문에 살짝 잠에서 깬 지운은 자신의 곁에 누워 있는 하경의 모습에 눈을 느리게 깜빡였다. 아직도 꿈을 꾸고 있나 했다. 열이 너무 많이 나서 헛것을 보나 싶기도 했다. 하지만 새근거리는 작은 숨소리를 듣는 순간, 꿈이 아니라는 걸 깨달은 지운은 번쩍, 두 눈을 크게 떴다.

그가 움찔거리자 덩달아 하경이 뒤척인다. 그 바람에 지운은 꼼짝도 못하고 그 상태로 굳을 수밖에 없었다. 숨도 제대로 못 쉰 채로, 그는 아기처럼 곱게 잠들어 있는 하경의 얼굴을 빤히 바라보았다.

간밤에 꿈을 꿨다. 하경이 아픈 자신의 옆에서 간호해주는 달콤한 꿈을. 꿈에서 그녀가 저를 놓고 그냥 나가버리려고 하기에 놓치기 싫어서 와락 끌어안았다. 실제였다면 결코 하지 못했을 행동. 내 꿈이니까 내 마음대로 해도 돼. 그리 생각했는데 아무래도 그게 꿈이 아니었던 모양이다. 불편하게 웅크리고 자는 하경의 자세를 보니 제 의사와는 상관없이 억지로 뉘어졌다는 게 확실해 보인다.

그러고 보니 꿈이었다면 환영은 가능했겠지만 체온까지는 절대 불가능했을 거다. 품에 안기는 사람의 체온이 참 따뜻하다고 생각했었다. 열 때문에 한기에 떨고 있었는데, 그 온기 덕분에 잠을 푹

잤다.

창밖엔 여전히 어둠이 짙게 깔려 있었다. 주변을 둘러보니 바닥에는 물수건이었던 수건이 떨어져 있고, 머리맡에는 전복죽이 담겨 있는 그릇이 놓여 있다. 명백한 환자의 방. 다른 잔병치레가 없는 대신 매년 이맘때에 한 번씩 이렇게 심하게 앓곤 했다. 딱히 어디가 크게 잘못돼서 아픈 게 아니었기에 이제는 그도 심각하게 생각하지 않는, 일종의 열병이었다.

일이 바쁜 부모님은 그가 아주 어렸을 때부터, 아픈 날마저도 돌봐줄 시간적 여유가 없었다. 그래서 그는 한참 끙끙 앓고 난 후에 정신이 조금 들면 혼자 병원에 가서 약을 지어 먹곤 했다. 그러다 고등학교에 들어가서 만난 승현이 하루 종일 연락 없는 게 걱정된다며 직접 집으로 찾아왔고, 아픈 그와 함께 병원에 가줬다. 그러고는 제 어머니표 전복죽을 바리바리 싸 왔었다. 덕분에 고등학교 3년 동안 그는 아플 때도 혼자가 아닐 수 있었다.

미국에 있을 때도 여지없이 열병은 찾아왔고, 승현이 없는 그때는 혼자일 수밖에 없었다. 분명 더 어렸을 때도 혼자 잘 버텼는데, 어쩐지 미국에서 처음 아팠던 날이 그 어느 때보다 제일 서럽게 느껴졌었다. 하지만 익숙해져야 했다. 이제 더 이상 그가 아프다고 한달음에 달려와주는 친구는 없었으니까. 그렇게 몇 년. 이제 다시 그것에 꽤나 적응을 했다고 생각했다.

그런데 이번에는 승현이 아니라 하경이 있다. 아플 때마다 그리워했던 친구 어머니표 전복죽도 있고. 우습게도 실컷 아프고 난 지금에야 진짜 한국에 돌아온 것이 실감이 난다. 그래서인지 이번에는 신기하게도 평소보다는 훨씬 덜 앓았던 것 같다. 평소 같았으면 하루 종일 앓고도 정신이 없어야 하는데, 지금 그의 정신은 말똥했다. 컨디션이 완전히 돌아온 것은 아니지만 꽤나 개운하다.

그녀가 옆에 있어줬기 때문일까…….

지운의 기다란 손가락이 그녀의 머리카락을 조심스럽게 한쪽으로 쓸어 넘긴다.

남자의 품에 안겨 이토록 무방비한 얼굴을 하고 있는 여자를, 괜한 욕심으로 불편하게 만들까 봐 그게 걱정이 된다. 이제야 겨우 자신을 불편해하던 그녀가 마음을 열기 시작했는데, 피하기만 하던 그녀가 마주 봐주기 시작했는데, 조금만 더 참아볼까 보다. 11년도 참았으니 이 정도 기다림은 별것 아니지 않을까.

그가 사랑하는 여자는 겁이 많고, 마음이 여리고, 아주 많이…… 둔한 여자니까.

이사한 동네의 작은 Bar에 도착한 지운은 주변을 둘러 승현을 찾았다. 승현은 Bar의 구석에 자리를 잡고 있었다. 망설임 없이 그 곁으로 다가간 그는 의자에 외투를 걸치고 자리에 앉았다.

"이사는 잘했냐?"

승현의 인사말에 가볍게 고개를 끄덕인 지운은 바텐더에게 승현이 마시고 있는 것과 같은 위스키 한 잔을 주문했다. 출근 때문에 두 남자는 가볍게 잔술이나 몇 잔 마시기로 했다.

"주말에 이사하지. 그랬으면 도와줬을 건데."

"가구랑 미리 사다놔서 간단하게 정리만 했어. 짐도 별로 없었고."

"괜히 미안하네."

"뭐가?"

바텐더가 건네는 술잔을 받아 들며 승현을 보니 꽤나 미안한 표정을 짓고 있다.

"올 엄마 때문에 급하게 나갔잖아. 들어와서 지내도 된다고 할 땐 언제고……."

"그런 거 아냐. 애초에 집 구할 때까지 잠깐 신세 지기로 했던 거고. 한 달이면 오래 있긴 했지."

사실 집 계약은 하경과 부동산을 둘러본 그날, 바로 했었다. 빈 집이라 당장 들어가도 상관없는 곳이었고. 사실 가전제품이랑 가구도 시간이 날 때마다 틈틈이 사다 놨었다. 그저 하경과 같이 있고 싶은 욕심에 시간을 끌었던 것뿐.

"근데 나가는 게 왜 이렇게 갑작스러워? 올 집 식구들은 전혀 몰랐다던데."

"이제 더 있으면 안 될 것 같아서."

"왜?"

"하경이한테 고백할 거거든."

푸홋! 순간 승현의 입에서 머금었던 술이 그대로 뿜어져 나왔다. 승현은 제 입가에 묻은 술을 닦을 생각도 못하고 빠르게 지운을 바라보았다.

"뭐? 누구한테 뭘 한다고?"

"제대로 들은 거 맞아."

"너 설마……. 아직도 공하경 좋아했던 거냐?"

도무지 믿기지 않는다는 듯 눈을 껌뻑이는 승현을 향해 지운은 가볍게 어깨를 으쓱인다. 긍정의 표현에 승현의 얼굴이 와락 구겨졌다.

"미친놈. 내가 너 제정신 아닌 거, 옛날에 공하경 좋다고 유상희 찾을 때부터 알아보긴 했거든? 근데 이렇게까지 또라이인 줄은 몰랐다. 11년이 지났는데 여전히 공하경이 좋다고?"

"그래."

"11년 전보다 넌 훨씬 더 멋있어졌는데, 여전히 공하경이 좋다고?"

"하경이도 훨씬 예뻐졌고."

"야, 그거 다 화장발이야. 너 같이 살아봐서 알잖아. 걔 생얼 못 봤어? 아침에는 얼굴 부어서 더 못생겨지는 거, 몰라?"

"귀엽기만 하던데, 뭐. 햄스터 같기도 하고, 너구리 같기도 하고, 다람쥐 같기도 하고."

씩 웃으며 내뱉는 지운의 대답에 승현은 '말세다, 말세야.' 하며 고개를 내젓는다.

"근데 승산 있겠냐? 며칠 전에 보니까 공하경은 널 그냥 어렸을 때 좋아했던 오빠쯤으로만 생각하는 것 같던데. 뭐, 걔가 어렸을 때 널 좋아했던 것만으로도 충격이기는 하지만……."

"괜찮아. 당장 뭐 어떻게 해보겠단 마음으로 고백하는 건 아니니까."

"당장이 아니면, 뭐 나중에 어떻게 해보겠단 마음이냐?"

엎어치나 매치나. 승현이 어이없다는 듯 묻자 지운이 피식 웃으며 대꾸한다.

"괜히 내 마음 전해봤자 불편해질까 봐 망설였는데, 더는 못 참겠어서. 이러다가는 11년 전 꼴 날 것 같기도 하고."

사실 그녀가 제 마음을 받아주기를 바라는 기대를 전혀 안 한다고 하면 거짓말일 거다. 하지만 지금은 정말로 자신의 마음이라도 그냥 전하고 싶을 뿐이다. 그녀가 알아주기라도 했으면 좋겠다. 그냥 선배, 직장 동료가 아니라 남자로 의식이나 해줬으면. 이제 더는 그녀를 향한 마음을 숨길 수 없을 것 같으니까 말이다.

"거절당하면?"

"열 번 찍어 안 넘어가는 나무 없다는 선조님의 말씀을 믿어보려고."

진심인가 보다. 하경을 향한 그의 마음이 가벼운 게 아닌 것 같아서 승현은 살짝 놀랍다. 저 얼굴에, 저 기럭지에, 좋은 직업까지. 지금도 길거리만 지나다녀도 여자들이 침을 흘리는 게 제 눈에도 다 보이는데, 대체 뭐가 아쉬워서 자신의 동생에 목을 매는지 승현으로서는 이해를 할 수가 없다.

하지만 뭐 어쩌겠는가. 자기가 좋다는데. 사실 지운 정도면 매부로서는 백 점 만점에 이백 점이기도 하고.

"어이, 강 서방. 내가 좀 도와줄까?"

"내가 이 고백을 왜 하경이가 아니라 너한테 먼저 한다고 생각하는데?"

"왜?"

"이번에는 괜히 나서서 초 치지 말라고."

"너 설마…… 11년 전 일 때문에 화난 건 아니지?"

조심스럽게 묻는 승현을 보며 지운은 세상에서 가장 싱그러운 미소를 지어 보이며 대꾸한다.

"왜 아니라고 생각하는데?"

그 생각만 하면 친구 인연이고 뭐고 콱 다 끊어버리고 싶은 심정인데?

젖은 머리를 수건으로 가볍게 두어 번 탈탈 턴 다음, 젖은 수건을 세탁기에 던져 넣은 지운은 거실로 가 소파에 앉았다. TV에는 9시 뉴스가 방영되고 있었다. 정갈한 발음으로 기삿거리를 전하는 아나운서를 물끄러미 바라보고 있던 지운의 곧은 입매가 씰룩이더니 이내 닫힌 입술을 비집고 실실 웃음이 새어 나온다. 아나운서가 전해주는 따분한 정치 이야기를 들으면서 지운은 급기야 호탕하게 웃기 시작했다.

그에게 어제오늘은 꿈만 같았다. 하경을 데려다주고 집으로 오는 길, 차가 신호에 걸리면 혹시나 진짜 꿈은 아닐까 싶어서 은근슬쩍 핸들을 잡은 제 손등을 꼬집어보기까지 했다. 힘 조절을 잘못해서 꽤나 아픈데도 불구하고 어쩐지 즐거웠다. 꿈이 아니라 다행이라고.

며칠 전, 이사를 하던 날 그녀의 방 침대 밑에서 상자 하나를 발견했었다. 뽀얀 먼지와 모퉁이가 닳은 상자의 형태는 딱 봐도 오래된 것처럼 보였다. 저도 모르게 상자 뚜껑을 열어버렸다. 사생활이 얼마나 중요한지 알고 있고 이런 행동을 하면 안 된다는 것도 잘 알고 있었지만, 그 순간 이성보단 본능이 앞섰던 것 같다. 그녀에 대해 좀 더 알고 싶다는 호기심.

상자를 열자마자 그의 눈이 커졌다. 자신의 눈을 의심하지 않을 수가 없었다. 안에 들어 있는 것은 그게 무엇이든 간에 그녀에 대한 것일 거라 생각했는데 완전히 잘못짚었던 것이다. 한눈에 알아볼 수 있었다. 이 모든 것이 자신과 관련된 물건들임을.

열일곱의 그녀가 열아홉의 자신을 좋아했단 사실을 알게 됐을 때, 사실은 아무 생각도 들지 않고 그저 멍했다. 어려운 말도 아니었는데 잠깐 동안 그게 무슨 말인지 제대로 인지를 할 수가 없었다. 그녀가 제 입으로 스스로 그랬노라 밝히는 순간에도 그는 곧바로 믿지 못했다. 거짓말. 너무 오래된 일이어서였을까. 너무 놀라워서였을까. 좀처럼 실감이 나지 않았다.

그러나 상자를 보는 순간 그는 곧바로 실감할 수 있었다. 정말로 그녀가 나를 좋아했었구나, 하고.

그러자 너무도 억울해졌다. 어긋난 채 흘러갔던 지난 11년이라는 긴 시간이 아까워서. 말도 못할 정도로 너무 아깝고 안타까워서. 왠지 슬퍼지기까지 해서. 생각을 하면 할수록 미쳐버릴 것만 같아서 그는 서둘러 상자를 제자리에 두고 그녀의 방을 나섰다.

그 후로 한참 시간이 지나고 용암처럼 들끓던 감정이 차분해졌을 때, 그의 가슴에 혹시나, 하는 기대감이 슬며시 고개를 쳐들었다.

혹시나 그녀도 저와 같지 않을까. 다 지난 일이라고 말은 했지만 아직 완전히 끝나버린 건 아닐 수도 있지 않을까. 저와 관련된 물건들을 버리지 않고 꽁꽁 숨겨둔 것처럼, 저에 대한 마음도 완전히 버리지 않고 가슴 깊숙한 어딘가에 꽁꽁 숨겨두진 않았을까.

허튼 기대였을까 봐 슬며시 고개를 쳐든 기대감을 꾹꾹 눌러 넣었다. 너무도 냉정한 얼굴로 그녀가 또다시 다 지난 일이라고 말하면, 그땐 정말로 실망감에 무너질 것 같아서 괜한 기대 갖지 않으려고 노력했다.

'나도…… 여전히 선배가 좋아요.'

그런데 그녀가 여전히 내가 좋단다. 그냥 좋아요, 가 아니라 '여전히' 좋단다.

조그만 입술이 오물거리며 '좋아요'라는 말을 할 때, 그는 정말이지 제 심장이 터질까 봐 걱정했다. 이제야 좋은 날이 오려는데 이대로 심장이 터져서 죽어버리는 건 아닐까, 하고. 세상에 그보다 더 억울한 일은 없을 거다. 그러나 다행히도 이렇게 멀쩡히 살아서 앞으로 있을 좋은 날을 맘껏 누릴 수 있으니, 이보다 더 기쁠 수가 없다.

나사 하나 빠진 사람처럼 실실거리던 지운의 얼굴이 별안간 시무룩하게 변했다. 생각하다 보니 그녀가 보고 싶어졌다. 불과 한 시간 전까지 계속 보던 얼굴인데, 마치 오랫동안 못 본 것처럼 마구 그리워진다.

아무래도 미쳤나 보다. 정말.

멍하니 하경을 떠올리던 지운은 휴대폰을 들었다. 아쉬운 대로 목소리라도 들을 생각이었다. 그런데 막상 그녀의 번호를 누르려니 손가락이 굳었다. 그러고 보니 평소에 그녀와 사적인 통화를 해본 적이 없었던 것 같다. 갑자기 왜 전화를 했냐고 물으면 뭐라고 대답을 해야 할까. 딱히 용건은 없는데…….

망설이던 지운은 이내 용기를 내서 통화 버튼을 눌렀다. 전화 한 통에도 용기가 필요한 날이 올 줄이야. 연애를 시작하면 다들 그런 걸까. 아니면 유독 저 혼자 어설픈 걸까. 웬만하면 전자였으면 좋겠다. 나이 서른 먹고 연애에 어설프다는 게 조금은 자존심이 상하니까.

-여보세요.

신호음이 얼마 가지 않았는데 전화가 연결이 됐다. 아직 마음의 준비를 제대로 하지 못했는데. 당황한 지운은 여유롭게 꼬고 있던 다리를 풀며 휴대폰을 고쳐 들었다.

"……뭐 해?"

-이제 자려고 누웠어요.

벌써 자려고 누웠단다. 나는 오늘 밤, 도저히 잠이 올 것 같지 않은데.

"이 시간에 벌써 자?"

-멀리 다녀왔더니 피곤해서요. 왜요. 혹시 무슨 일 있어요?

"아니, 그냥……."

그냥, 보고 싶어서.

"좋은 꿈 꾸라고."

-네. 선배도 좋은 꿈 꾸세요.

오늘 밤 네 꿈을 꿀 수 있다면, 억지로라도 자볼까.

지금까지 지운은 자신이 퍽이나 이성적인 사람이라고 생각했다. 술에 취해서도 실수를 하는 법이 없었고, 아무리 취한 상황에서도 작정하고 자신을 유혹해보려는 여자들이 벗고 달려들어도 눈 하나 깜빡하지 않은 채 밀어낼 수 있었다. 사랑 없이도 여자의 몸을 탐할 수 있다는 게 남자의 본능이라고 다들 말하지만 그는 그에 동의할 수가 없었다. 만약 그게 사실이라면 자신의 속에는 남자의 본능 따위는 없을지도 모르겠다는 생각까지 했었다.

그는 항상 본능을 앞세우기보다는 늘 이성을 먼저 따랐다. 하지만 어찌 된 영문인지 그녀에 관련된 일에서는 이성보다 늘 본능이 앞서는 것 같다. 늘 그랬지만 오늘은 더더욱 그랬다. 자신도 남자였구나, 또 남자의 본능이라는 건 정말로 무서운 거구나, 새삼 느낀다.

몸을 편안하게 해주기 위해 과학적으로 설계된 침대라는 설명을 듣고 비싼 돈을 주고 산 침대가 오늘은 제값을 영 못했다. 하긴, 1억짜리 침대였던들 지금 이 상황에서 편하게 느껴졌을까.

벌써 한 시간째 지운은 멍하니 천장만 바라보고 있는 중이었다. 눈을 감으면 제 의지와는 상관없이 멋대로 위험한 영상이 눈앞에 펼쳐지는 통에 눈을 깜빡거리기도 무섭다. 사춘기 때 이후로 헐벗은 여자의 몸을 상상한 건 오늘이 처음이다. 본인 스스로도 혹시 문제가 있는 건 아닐까 걱정이 될 정도로 금욕적인 삶을 살았는데 말이다.

역시 그녀가 아무리 사슴 같은 눈망울로 같이 자자고 유혹했어도 끝까지 소파에서 자겠다고 우겼어야 했다. 아니다. 아픈 사람 건드릴 짐승이 아니라고 했던 말을 말았어야 했다. 아니, 그것도 아니다. 애초부터 그녀를 이 집에 들이는 게 아니었다.

그가 멍청했던 자신을 열심히 타박하고 있을 무렵, 지금쯤이면 꿈나라를 헤매고 있을 거라 생각했던 그녀의 목소리가 들린다.

"……자요?"

그럴 리가 있나. 이런 말도 안 되는 질문을 하는 것을 보니, 그녀는 정말이지 남자에 대해 아무것도 모르는 게 분명했다. 남자를 잘 아는 여자보다야 이쪽이 훨씬 좋다고 생각했는데, 그녀의 순수함이 이렇게 독이 될 줄이야.

"후……."

그녀가 가느다란 한숨을 내쉰다. 그 순간 남자의 아랫배가 묵직해졌다.

누가 들어도 신음이 아니라 한숨이 분명한데, 어째서 이렇게 야하게 들리느냐 말이다!

눈앞이 아찔해졌다. 한숨 소리에도 반응할 만큼 욕구불만이었던가. 지운은 두 눈을 질끈 감았다. 그러고는 속으로 중얼거렸다.

김수한무, 거북이와 두루미, 삼천갑자 동방삭, 치치카포…….

[잘 잤어? 속은 괜찮아?]

정작 안부 문자를 쓰고 있는 지운의 몰골은 전혀 괜찮지 않아 보였다. 어젯밤의 음주는 적당했으므로 속은 멀쩡했다. 다만 잠을 제대로 자지 못했다.

밤새 뒤척거리다가 어슴푸레 날이 밝아지기가 무섭게 운동복을 갖춰 입고 동네 공원에 조깅을 나갔다. 그냥 상념을 떨치기 위해 가볍게 한 바퀴만 돌고 올 생각이었는데, 막상 뛰다 보니 두 시간이나 훌쩍 지나 있었다.

문자를 보낸 지 10분이 지나도 답장은 오지 않는다. 아마도 아직 꿈나라를 여행하고 있는 모양이다. 하긴, 어제 술을 그렇게 마셨으니 이렇게 일찍 일어날 수 있을 리가 없겠지.

답장을 포기한 지운은 휴대폰을 내려놓고 아직 젖어 있는 머리카락을 손으로 가볍게 털어 말렸다. 운동도 했고 뜨거운 물에 샤워까지 했더니 몸이 노곤하다. 머리가 젖은 채로 침대에 풀썩 쓰러졌다. 이미 날은 밝았지만 그는 부족한 잠을 더 청할 생각이었다. 오늘은 회사를 가지 않는 토요일이니까.

그는 자기 전 휴대폰을 무음으로 바꿔놓는 습관이 있었다. 잠을 방해받는 걸 유독 싫어하는 성격 탓에 아주 오래된 습관이었다. 이번에도 자연스럽게 무음으로 바꾸던 그는 혹시나 하경에게서 연락이 올 수도 있다는 생각에 다시 무음을 풀었다.

따로 약속한 건 없었지만 오늘은 주말이니, 그녀가 데이트를 기대하고 있을지도 몰랐다. 데이트 약속을 위해 연락을 했는데 그가 밤잠도 아니고 낮잠을 자느라 받지 못하면 얼마나 상심하겠는가. 사실 은근히 그러길 기대하고 있는 건 자신이지만 말이다.

잠결에라도 알람을 잘 들을 수 있게 휴대폰을 머리맡에 둔 후에 눈을 감았다. 간밤에 잠을 제대로 못 자기도 했고, 두 시간이나 뛰었으니 피곤해서 금방 잠들 수 있을 줄 알았다. 그런데 이상하게도 도통 잠이 오질 않는다. 몸은 피곤한데 정신은 여전히 말똥말똥하기만 하다.

'우리…… 오늘 같이 있을래요?'

지난밤 내내 그를 괴롭혔던 목소리가 또다시 귓가에 울린다. 목소리에 이어서 커다란 눈을 깜빡이며 자신을 올려다보던 얼굴까지 떠오른다. 마치 지금 제 눈앞에 있는 것처럼 아주 생생하게. 지운은 감았던 두 눈을 번쩍 떴다.

과연 저가 무슨 말을 했는지 그녀는 알고나 있을까. 어젯밤 솟아나는 본능을 억누르느라 허벅지를 얼마나 찔러댔는지 그녀는 아마 상상도 하지 못할 것이다. 그러니 속 편히 꿈나라를 여행 중이시겠지.

어젯밤의 그녀를 떠올리자 온몸에 열이 오른다. 별것도 아닌 일에 질투를 하는 모습은 지나치게 귀여웠고, 농도 짙은 키스에 적극적으로 응하는 모습은 지나치게 섹시했으며, 제 품을 파고드는 몸짓은 지나치게 사랑스러웠다.

"후……."

어제의 그녀를 떠올리던 지운은 길게 한숨을 내쉬었다.

두 시간 조깅은 부족했던 모양이다. 내일은 네 시간을 뛰어볼까.

에필로그 1

오늘따라 하경은 운이 좋았다. 지각을 했으나 부장이 도착하지 않은 관계로 눈치를 보지 않을 수 있었고, 최근 계속되는 야근으로 지쳐 있던 차에 오랜만에 칼퇴근을 할 수 있었으며, 사람들로 복작이는 퇴근 버스에서는 그녀가 서 있던 자리의 주인이 다음 정거장에서 바로 내리는 덕분에 자리에 앉아 편하게 갈 수 있게까지 됐다.

최근 이보다 더 운이 좋았던 적이 있을까 싶을 정도로 작은 행운들의 연속이었다. 하지만 덜컹거리는 차창에 비치는 그녀의 얼굴은 어둡기만 하다.

지운이 미국으로 출장을 간 지 오늘로써 딱 일주일이 됐다. 그동안 매일 아침저녁으로 영상통화를 했고 곁에 있을 때보다 문자를 훨씬 더 자주 주고받고는 있었지만, 역시 그런 것들로 그의 빈

자리를 채울 순 없었다.

문자를 주고받으면 목소리가 듣고 싶어지고, 목소리를 들으면 얼굴이 보고 싶어지고, 얼굴을 보면 안고 싶어졌다. 전화나 문자에서는 그의 따뜻한 체온이나 달콤한 향기를 느낄 수 없다는 게 그녀를 외롭게 했다.

그래도 어제까지는 꽤 버틸 만하다고 생각했다. 이제 사흘 후면 그를 만날 수 있었으니까. 만나자마자 그의 따뜻한 품에 안겨서 달콤한 체취를 듬뿍 맡을 상상을 하면 가슴이 콩콩 뛰며 설레기까지 했다. 하지만 그건 오늘이 빼빼로데이라는 걸 완전히 잊고 있었을 때나 가능했던 일. 아침부터 빼빼로를 들고 다니는 사람들의 들뜬 표정들을 보는 순간 마음이 확 바뀌어버렸다. 지금 당장 그가 보고 싶어졌다.

사실 자신이 상업적으로 만들어진 어떤 날에 대해 열광할 나이가 한참 지났다는 걸 알고 있다. 실제로 지금까지 그녀가 들뜨는 날은 자신의 생일뿐이었다. 게다가 11월 11일 빼빼로데이는 그녀에게 아픈 기억이라, 다른 기념일보다 더더욱 반기지 않았었다.

하지만 그래서인지 오늘이 더 특별한 날처럼 느껴졌다. 남들 눈에는 유치하게 보일지도 모르겠지만, 그와 이번 빼빼로데이는 꼭 함께 기념하고 싶었다. 그와 함께하는 새로운 추억으로 아주 오래된 슬픈 추억을 덮어버린다면 의미가 있을 테니까. 사실 그래서 그의 출장이 잡혔다는 걸 몰랐을 때 포장된 빼빼로를 전시한 가게들 앞을 기웃거리기까지 했다. 조금만 더 늦게 알았다면 그중에 가장 예쁘게 포장 된 빼빼로를 구입해버렸을 거다, 분명.

이런 그녀의 마음을 그는 전혀 모르는지, 오늘 아침에는 연락도 한 통 없었다. 바쁠 테니 하루쯤 건너뛸 수도 있다는 걸 이해는 하지만, 그래도 왜 하필 그게 오늘인 건지. 괜스레 섭섭한 마음이 드는 건 어쩔 수 없었다.

하경은 고개를 옆으로 젖혀 창에 머리를 살짝 기대고는 하루 종일 조용했던 휴대폰을 열었다. 지금 시간 7시 30분. 그쪽은 지금 해도 뜨지 않은 새벽녘이다. 한참 자고 있을 것 같아서 문자 한 통 보내기도 망설여진다. 사실 문자를 한다고 해도 할 말은 딱히 없었다. 그저 지금까지처럼 보고 싶다고 징징거리는 것밖에는. 그나마도 멀리서 힘들게 일하는 사람 힘을 빼놓고 싶지 않아 최대한 참고 있는 중이었다.

[보고 싶어요.]

문자 창을 띄워놓고 망설이던 손이 결국 휴대폰을 다시 집어넣으려 할 때였다. 별안간 벨이 울린다. 순간 하경의 얼굴이 눈에 띄게 밝아졌다. 애타게 기다리던 전화였다.

"네, 여보세요!"

이런, 너무 기다린 티가 났나? 전화벨이 울리자마자 기다리지 못하고 날름 전화를 받은 후에야 너무 씩씩하게 받았나 싶어서 민망해졌다.

-퇴근했어?

"네. 지금 집에 가는 버스 안이에요."

대답을 하고 보니 뭔가 이상하다. 아직 그가 일어나기에는 이른 시간에 전화가 왔다는 것도 이상했지만, 잠에 취한 목소리가 아니라 너무도 맑은 목소리라는 것이 더 이상했다.

"근데 선배, 벌써 일어났어요? 아직 시간이 이른데……."

잠에서 깬 지 얼마 안 되어 잔뜩 잠겨 있는 그의 섹시한 목소리를 은근히 기대했던 하경은 고개를 갸웃했다.

-응. 급한 일이 있어서.

"급한 일이요?"

대체 무슨 급한 일이기에 이다지도 이른 시간에 일어나 전화까지 했을까. 문득 큰일이라도 난 건 아닐까 겁이 난 하경이 놀라서 묻자 지운의 조심스러운 대답이 이어진다.

-미안한데, 부탁 하나만 해도 될까?

잠시 후 하경은 자신의 집 앞이 아니라 지운의 집 앞 버스 정류장에 내렸다. 방금 통화에서 지운이 자신의 방에 있는 USB의 파일들을 지금 당장 메일로 보내달라는 부탁을 했던 것이다. 잠은 잘 잤는지, 밥은 잘 먹었는지, 안부 인사 없이 곧바로 용건만 간단하게 말하는 그의 행동에 잠깐 뿔이 나기는 했지만, 또 한편으로는 얼마나 급한 일이면 그럴까 싶어서 일단 알겠다고 하고 전화를 끊었다.

그의 집에 오는 건 오늘이 딱 두 번째였다. 급한 일이라는 것도 잊고 현관문 바로 앞에서 하경은 잠깐 망설였다. 오늘은 그와 함께 있는 것도 아닌데 괜스레 가슴이 뛴다. 심호흡을 간단하게 한 다음 그가 알려준 비밀번호를 눌렀다. 사실 비밀번호를 얘기해줄 때 혹시 저에 관련된 뭔가가 아닐까 은근히 기대를 했는데 전혀 상관없는 숫자였다. 연애를 할 때 너무 많은 걸 바라면 제 손해라는 것을 이제는 확실히 알겠다.

띠릭- 기계음과 함께 현관문이 열렸다. 하경은 조심스럽게 손잡이를 잡아당겨 문을 열고 집 안으로 들어갔다.

찬 공기가 훅 끼쳐올 거라고 예상했던 것과 달리 그녀를 반기는 집 안의 온도는 딱 적당했다. 밖이 이렇게 추운데 말도 안 된다. 혹시 그가 실수로 보일러를 틀고 간 걸까. 신발을 벗는 하경의 행동이 급해졌다. 열흘이나 되는 시간 동안 빈집에서 보일러가 혼자 돌아갔다면 너무 아깝지 않은가.

USB를 찾는 것보다 보일러를 끄는 게 우선이라고 생각한 하경이 거실로 성큼 들어갔을 때였다. 별안간 탁, 하는 마찰음과 함께 그녀의 눈앞이 번쩍 밝아진다. 거실 형광등이 켜진 것이다. 그녀의 손이 닿지도 않았는데 말이다.

"선배……?"

놀란 하경의 눈앞으로 지운이 나타났다. 하경의 입이 쩍 벌어졌다. 그의 등장이 너무도 생뚱맞아서 헛것을 봤나 착각이 들 정도다. 그는 깊게 파진 브이넥 흰 니트와 네이비 색의 면바지로 꽤나 편한 차림이다.

"서프라이즈!"

지운이 양팔을 활짝 펴 보이며 소리친다.

서프라이즈라니. 하경의 입이 절로 벌어졌다. 지금 이 상황에서 대체 이 남자는 어떻게 저리도 온화한 표정일 수 있을까. 나는 놀라서 심장이 떨어질 뻔했는데!

하경은 멍한 얼굴로 양팔을 벌리고 서 있는 지운을 바라보았다.

"미국에 있어야 할 사람이 왜 여기에 있어요?"

"뭘 그리 당연한 걸 물어?"

지운이 입꼬리를 말아 올리며 씩, 매력적인 웃음을 짓는다.

"너 보고 싶어서 왔지."

"일은요?"

"이번엔 정말로 깔끔하게 다 끝내고 왔어. 걱정 마."

그제야 잔뜩 경직되어 있던 하경의 얼굴이 풀어진다. 또 저번처럼 보고 싶다고 열 일 제쳐두고 귀국한 거면 어쩌나 살짝 걱정이 됐던 것이다.

그나저나 일정이 3일이나 남았는데, 벌써 일을 다 끝낸 거라면 그동안 얼마나 바쁘게 움직였단 말인가. 아니, 그게 바쁘게 움직인다고 가능하기나 한 건지도 모르겠다. 새삼 그의 업무 능력이 감탄스러웠다. 물론 자신이 보고 싶어 달려왔다는 남자의 말에 감동을 받은 게 먼저였지만.

"일주일 만에 보는 건데, 나 안 반가워?"

"반가워요."

그걸 말이라고. 다만 반가워하기도 전에 너무 많이 놀랐을 뿐.

"거짓말. 지금 이게 반가워하는 사람의 반응이야?"

"아닌데? 저 지금 선배가 정말 반가운데요?"

"나야말로 아닌데? 내가 생각한 반응은 이런 게 아니었는데?"

굉장히 불만이라는 듯 지운의 입술이 뾰루퉁하게 튀어나온다. 그녀가 기대했던 반응을 보이지 않아서 실망을 한 모양이다.

세상에서 가장 어른스러울 것 같았던 남자는, 이런 식으로 종종 질투심도 많고 투정도 많이 부리는 어린아이 같은 모습을 보여주곤 했다. 남자는 나이를 아무리 먹어도 애라던 한 여사의 말씀이 맞는 것 같다.

"어떤 반응을 생각했는데요?"

하경은 살짝 웃었다. 어른 강지운도 좋지만 어린아이처럼 뿔이 잔뜩 난 강지운도 나쁘지 않다. 귀여우니까.

"나 팔 쫙 벌렸잖아, 아까."

"그랬죠. 근데요?"

하경은 정말 의미를 모르겠다는 얼굴이다. 지운의 반듯한 미간이 구겨졌다.

"근데요, 라니. 당연히 안겼어야 하는 거 아니야? 반가움의 눈물까지는 바라지도 않지만, 재회의 포옹 정도는 좀 뜨겁게 해줄 수도 있잖아."

아, 그게 그런 뜻이었어?

뒤늦게 '서프라이즈!'의 비밀을 깨달은 하경은 얼른 그의 양팔을 잡았다. 그러고는 아까 그가 했던 것처럼 양팔을 들어 올린다. 지운은 얼떨떨해하면서도 그녀가 하는 대로 따라준다.

"선배."

"응?"

얼떨결에 양팔을 벌리고 선 지운이 대답한다. 하경은 씩 웃으며 그의 허리를 감싸 안으며 속삭였다.

"보고 싶었어요. 많이."

그가 원하는 재회 장면은 이런 거였을까. 잠깐 당황한 듯 굳었던 지운이 팔을 내려 그녀의 가녀린 어깨를 감쌌다. 다행히도 그녀가 정답을 맞힌 모양이다. 제 품에 안겨 있는 하경을 내려다보는 그의 입꼬리가 슬금슬금 올라가는 걸 보니.

아, 좋다.

하경은 그의 품으로 조금 더 파고들었다.

자신을 위해 쿵쿵 뛰는 그의 심장 소리도 좋고, 추위쯤은 잊게 해주는 따뜻한 체온도 좋고, 코끝을 자극하는 달콤한 냄새도 좋다. 이 남자의 품…… 정말 좋다.

"근데 왜 오늘 올 거라고 미리 말 안 해줬어요? 놀랐잖아요. 정말."

"여자들은 서프라이즈 이벤트 좋아한다고 해서."

하경이 새침하게 눈을 흘기자 지운이 머쓱한 듯 대꾸한다. 누가 연애를 글로 배운 남자 아니랄까 봐 쓸데없이 머리를 굴린 모양이다. 미리 말을 해줬어도 충분히 좋아했을 텐데. 하지만 그 노력이 가상해서 웃음이 난다.

아무것도 몰랐을 땐 못 느꼈는데, 이 남자 역시 연애에 꽤나 서툴렀다. 천하에 강지운의 어설픈 모습들을 하나씩 발견해내는 건 꽤 재미있는 일이었다. 평소엔 너무도 완벽한 남자가 연애를 할 때는 이렇게도 어설프다는 사실은 그녀 외엔 아무도 모를 테니까.

"근데 선배, 혹시 타는 냄새 안 나요?"

"아, 맞다!"

깜짝 놀란 얼굴의 지운이 얼른 제 품에 안긴 그녀를 떼어내고 주방으로 부리나케 달려갔다. 어찌나 행동이 빠른지 발이 안 보일 정도다. 도대체 무슨 일이기에 저렇게 급하게 달려간단 말인가. 그러고 보니 아까부터 은근슬쩍 집 안에 맛있는 음식 냄새가 났던 것도 같다. 아깐 너무 경황이 없어서 인지하지 못했지만.

물끄러미 지운이 사라진 주방 쪽을 바라보던 하경은 이내 그쪽으로 걸음을 옮겼다. 주방에 가까워질수록 냄새가 조금 더 짙어졌다.

뭔가가 탄 게 분명하다. 라면이라도 끓여 먹으려다가 태워 먹은 걸까. 가스레인지 앞에서 허둥대는 지운의 뒷모습을 의아하게 바라보고 있는데, 문득 그녀의 시야에 식탁 위의 모습이 들어왔다.

계란 물을 입힌 분홍 소시지와 한 여사표 밑반찬들이 예쁜 접시에 꽤나 정갈하게 담겨 있다. 빈 밥그릇이 마주 보는 자리에 하나씩 놓여 있고, 그 옆에는 수저가 나란히 놓여 있다. 멍한 시선으로 식탁을 바라보고 있는데, 중앙에 덩그러니 놓여 있던 냄비 받침대 위로 하얀 냄비가 놓인다. 흘러넘친 국물에 냄비 겉면이 살짝 그을린 것을 보니 타는 냄새의 주범인 듯했다.

"밥 아직 안 먹었지?"

"네."

얼떨결에 나온 대답. 지운이 싱긋 웃으며 식탁 의자를 빼낸다.

"앉아 있어. 밥 줄게."

얼떨떨한 얼굴의 하경이 자리에 앉자 지운은 빈 밥그릇을 챙겨서 전기밥솥으로 향한다. 그러고는 고슬고슬 지어진 흰 쌀밥을 가득 퍼 담은 뒤, 하나는 하경의 앞에 두고 하나는 자신의 앞에 놓아둔다.

그가 흰 냄비의 뚜껑을 열자 희뿌연 김이 모락모락 올라온다. 그렇게 뿌연 김이 날아가자 그제야 냄비 안에 든 음식의 정체가 드러났다. 그래 봐야 라면이겠거니 생각했는데, 웬걸. 건더기가 듬뿍 들어 있는 김치찌개다.

"이게…… 다 뭐예요?"

하경이 큰 눈을 깜빡였다.

"돼지고기 들어간 김치찌개 좋아하는 것 같아서 어머니께 배웠어. 그래 봐야 재료랑 요리 순서를 전화로 들은 게 다라서 맛은 장담할 수 없지만."

지금 눈앞에 보이는 게 저녁 밥상이라는 걸 몰라서 묻는 게 아니었다. 어째서 이 밥상이 지금 자신의 앞에 놓여 있냐는 물음이었다. 빤히 그를 바라보는 그녀의 눈빛에서 그런 의미를 파악했는지 지운은 뒤늦게 말을 덧붙였다.

"나가서 맛있는 걸 먹을까 하다가 그냥 내가 직접 해주는 게 더 의미 있을 것 같아서 없는 솜씨지만 좀 부려봤어. 오늘, 우리한테 특별한 날이잖아."

특별한 날. 그의 입에서 흘러나온 단어가 그녀의 가슴에 쿡 박혔다.

그녀 역시도 오늘 하루 종일 그리 생각했다. 오늘만큼은 정말로 그와 함께 있고 싶다고. 우리에겐 특별한 날이니까. 유치한 줄 알면서도 그 생각을 지울 수 없었다. 그런데 지구 반대편에 있던 그도 자신과 똑같은 생각을 하고 있었단다. 너무 유치한 것 같기도 하고, 또 괜한 욕심을 부리는 것 같기도 해서 그녀는 바라지도 못했는데 말이다.

오늘을 함께하기 위해 열흘 일정을 일주일로 앞당겨 가면서까지 무리를 했을 그를 떠올리자 가슴이 뭉클해졌다. 지구 반대편에서 날아와 피곤할 텐데, 옷도 갈아입지 못하고 김치찌개를 끓이고 있었을 그를 떠올리니, 눈가가 시큰거리기까지 한다.

연애는 처음이라더니 이제 보니 다 거짓말 같다. 여자를 감동시키는 법을 제대로 알고 있지 않은가.

"선배, 진짜 첫 연애 맞아요?"

연애를 할 때 그에게 기대 같은 건 하지 말아야지, 생각하면서도 자꾸 이런 식으로 감동을 불쑥불쑥 주니까 다음에 또 기대를 하지 않을 수가 없는 거다. 괜히 시큰해진 눈을 샐쭉하니 흘기자 지운이 픽 웃는다.

"또 의심 시작하는 거야?"

"그야 선배가 워낙 의심스럽게 자꾸 행동을 하시니까……."

"말도 안 되는 말 그만하고 김치찌개나 얼른 먹어봐. 엄청 정성 들여서 끓였단 말이야."

그의 재촉에 하경은 입을 다물고 가지런히 놓인 숟가락을 들어 김치찌개를 한 스푼 크게 떴다. 건더기를 어찌나 큼직하게 썰었는지 엄지손가락만 한 고깃덩어리가 김치와 함께 딸려 올라왔다. 위협적인 고기의 크기에 잠깐 멈칫하던 하경은 이내 숟가락 그대로 입안에 한가득 쑤셔 넣었다.

"어때? 괜찮아?"

사실 국물이 다 졸아든 비주얼을 봤을 때부터 알아봤지만, 얼마나 졸였는지 찌개는 굉장히 짰다. 은혜로운 고기의 맛을 느낄 수도 없을 만큼. 하지만 기대에 차서 반짝이는 눈빛으로 평가를 기다리는 남자에게 솔직하게 말할 수는 없는 법. 입안의 음식들을 꿀꺽 삼킨 하경은 활짝 웃으며 엄지를 척 들어 보였다.

"와, 진짜 맛있어요."

"정말?"

너무 좋은 반응이 미심쩍다는 듯, 그러나 기쁜 듯 지운이 되묻는다.

"네. 엄마가 해준 것보다 더 맛있어요."

완전히 거짓말인 건 아니었다. 냄비 한가득 담겨 있는 그의 사랑과 정성 때문에 짠맛쯤은 아무것도 아니게 느껴지니까. 지금까지 어머니를 제외하고는 누군가가 자신을 위해 밥을 해준 건 처음이었다. 상상도 해본 적도 없었는데, 이렇게 행복한 것일 줄이야.

사랑의 힘은 참으로 위대한 것 같다는 생각이 들었다. 그렇지 않고서야 그렇게 짠 김치찌개를 냄비 바닥이 보일 정도로 먹어치울 수가 없지. 하경은 김치찌개와 함께 밥 한 그릇을 깨끗하게 비웠다. 뒤늦게 맛을 본 지운이 '너무 짜지 않아?' 물었지만 '원래 제가 좀 짜게 먹어요.'라는 선의의 거짓말까지 하면서.

그래도 먹다 보니 영 못 먹을 정도는 아니었다. 다 먹고 나서 물을 좀 많이 마시기는 했지만.

밥을 다 먹고 설거지를 하려고 고무장갑을 들었더니 지운이 휙 뺏어가버렸다. 자기가 하겠단다. 그래도 요리까지 해줬는데 설거지는 해야겠다고 우겼더니 아예 그녀의 등을 밀더니 거실 소파에 앉혀놨다. 그렇게까지 하는데 설거지를 하겠다고 더 우길 수는 없어서 하경은 지운이 앉혀놓은 그대로 소파에 앉아 얌전히 그가 설거지를 끝내고 나오기를 기다리며 집 안을 둘러보았다.

고작 두 번째 방문이었지만 이 집은 왠지 낯설지가 않다. 하긴, 처음 왔을 때부터 그렇게 느끼긴 했지만. 온통 그녀의 취향으로 도배가 되어 있었으니, 이게 그녀의 집인지 그의 집인지 헷갈릴 정도다.

미래를 내다보는 선견지명이 있었던 것도 아닐 텐데, 자신이 아니라 다른 여자와 결혼을 하게 되기라도 했으면 어쩌려고 이렇게 저질렀는지 모르겠다. 집과 가구들을 고를 때부터 그는 자신과 함께 이 집에서 살 꿈을 꾼 걸까. 정말 그는 그의 말대로 자신이 아닌 다른 사람과 함께하는 미래 따위는 생각하지도 않았던 걸까.

그 마음이 기쁘고 고마우면서도 한편으로는 걱정도 된다. 간도 크지. 무턱대고 차를 살 때부터 알아봤지만 이 남자의 돈 씀씀이는 상상 이상으로 헤픈 것 같다. 결혼을 하게 되면 경제권은 자신이 가져와야겠다고, 하경이 그런 발칙한 생각을 하고 있을 무렵 설거지를 막 끝낸 지운이 머그잔 두 개를 들고 나와 그녀의 옆에 앉았다.

"밥 잘 먹었어요, 선배."

머그잔 하나를 받아 든 하경이 고개를 꾸벅 숙였다.

"방금 봤지? 좀 어설프긴 했지만 그래도 요리도 하고 설거지까지 깔끔하게 하는 거?"

밥을 잘 먹었다는 인사만으로는 부족했던 걸까. 뜬금없이 아까 했던 일들을 하나하나 생색내는 그를 향해 하경은 떨떠름하니 고개를 끄덕여 보였다. 그런 반응이 만족스럽다는 듯 지운이 씩 웃는다.

"나 되게 가정적인 남자야."

"네. 그런 것 같네요."

"열흘짜리 출장 일주일 만에 끝내고 온 것도 봤지? 나 되게 능력도 있는 남자야."

"그건 알고 있었어요."

같은 회사, 그것도 심지어 같은 부서에 일하면서 그 정도도 몰랐을까 봐. 너무도 생뚱맞은 말에 하경은 고개를 갸웃했지만 지운은 계속해서 말을 이어갔다.

"예전만큼은 못하지만 그래도 길가에 지나가면 아직도 기획사에서 명함도 받곤 해."

"지금 자랑하시는 거예요?"

하경이 어이가 없다는 듯 웃었다. 하지만 지운은 저딴 말을 하면서도 시종일관 진지한 얼굴이다.

"딸이 예쁘려면 아빠가 잘생겨야 한대. 엄마 유전자보다 아빠 유전자가 훨씬 중요하다고. 이 얘기, 들어봤어?"

"네. 들어는 봤는데……."

어째 분위기가 점점 이상해져 가는 것 같다. 머그잔을 쥔 하경의 손에 힘이 살짝 들어간다.

"가정적이고 능력 있는 나랑 결혼하면, 예쁜 딸까지 낳을 수 있어. 지금까지 네가 다 인정했던 거니까 이견은 없지?"

"이견이 없는 것도 맞는데……."

"남편으로서는 나름 괜찮은 조건인 것 같은데, 너는 어떻게 생각해?"

꼴깍. 지운의 진지한 얼굴과 마주한 하경은 잔뜩 긴장한 채 마른침을 삼켰다. 결혼 얘기를 다시 할 거라고 생각은 했지만 그게 오늘일 줄이야.

"이번에 미국에 가 있는 동안 내가 얼마나 불안했는지, 넌 아마 모를 거야."

지운의 손이 부드럽게 그녀의 머리카락을 쓸어 넘긴다.

"혼자 두면 넌 멋대로 생각해버리니까. 이번에도 나랑 떨어져 있는 동안 혹시나 마음이 변하지는 않았을지. 역시 첫사랑은 첫사랑일 뿐이다, 후회하지는 않았을지. 또 다른 남자랑 선이라는 걸 본답시고 마주 앉아 있지는 않을지."

"선배 은근히 뒤끝 있네요."

찔리는 게 있는 하경이 어색하게 웃자 지운도 따라 웃는다. 그러나 그의 진지한 눈빛은 여전히 그녀를 똑바로 바라보고 있는 중이었다.

"다른 남자랑 연애 한 번 못 해보고 결혼한 거 후회하지 않게 두고두고 잘할게. 행실 똑바로 해서 네가 질투하는 일 절대 없게 할게. 네가 밥하면 설거지는 내가 할게. 나 설거지 완전 잘해. 어머니께 요리 열심히 배워서 일요일 아침은 내가 준비할게. 넌 늦잠 자. 네가 빨래하면 난 그동안 분리수거하고 음식물쓰레기 버리고 올게. 또……."

"선배, 정치인이에요?"

가만 놔두면 끝이 없을 것 같아서 하경이 장난스럽게 그의 말을 뚝 끊었다.

"지키지 못할 공약들을 너무 남발하는 것 같은데……?"

"지킬 수 있어. 방금 내뱉은 말들 다 지킬 거라는 거, 약속할게."

그리 말한 지운이 하경의 손에서 머그잔을 뺏어서 테이블 위에 올려둔다. 그러고는 머그잔 대신 그녀의 손에 작은 상자를 쥐여주었다. 활짝 열린 상자 안에 반짝이는 반지가 들어 있는 게 보인다.

"나랑 결혼해줘, 하경아."

"선배……."

반짝이는 반지와 그에 못지않게 반짝이는 지운의 얼굴을 번갈아보던 하경의 입이 살짝 벌어졌다. 도대체 언제 반지까지 준비를 한 걸까. 그녀의 약지에 끼워지는 반지는 거짓말처럼 딱 맞았다. 눈대중으로는 절대 불가능이고 아마 또 누군가 조력자가 있었을 거다. 프러포즈 타령을 하던 자신을 위해 몰래 반지 사이즈도 알아보고, 몰래 가서 반지를 구입하고, 몰래 장을 봐서 김치찌개도 끓이면서. 오직 나만을 위해 준비했던 거겠지.

"정말 아까 말한 공약들 다 지킬 거예요?"

"물론이야."

망설임 없이 흔쾌히 대답하는 것이 믿음이 가는 후보다. 물론 입후보한 사람은 달랑 이 남자 한 명뿐이긴 하지만.

"만약 저 중 하나라도 못 지키면 바로 탄핵이에요. 얄짤없을 줄 알아요."

"탄핵이라 외치면 기꺼이 물러나줄게."

귀여운 협박에 지운이 픽 웃었다.

"……그럴 일은 절대 없겠지만."

지운의 손이 하경의 머리를 붙들었다. 두 사람이 마주 본 건 단 1초였다. 하지만 그 짧은 순간 둘은 서로의 마음을 읽을 수 있었다.

널…… 원해.

그의 눈이 그렇게 얘기하고 있었고, 그녀의 눈 역시 그렇게 얘기하고 있었다. 그런 두 사람 사이에 망설임은 필요 없었다. 지운이 하경의 입술을 삼켰다. 그러고는 떨어져 있던 지난 일주일이라는 시간을 보상받기라도 하려는 듯, 그녀의 전체를 삼켜버릴 것처럼 강하게 빨아 당기기 시작한다.

지운의 맹렬한 공세에 하경의 몸이 소파로 뉘어졌다. 그녀의 무릎에 놓여 있던 반지 케이스가 바닥으로 툭 떨어졌다. 참고 참았던 그의 뜨거운 열기가 맞닿은 입술을 통해서, 맞닿은 상체를 통해서 그녀에게 고스란히 전해지고 있었다. 그녀의 팔이 힘없이 소파 아래로 툭 떨어졌다. 형광등 불빛 아래 그녀의 왼손에 끼워진 반지가 반짝 빛난다.

그와의 키스는 매번 다른 느낌이었다. 어쩔 땐 한없이 달콤하고, 어쩔 땐 불에 덴 듯 뜨거웠으며, 어쩔 땐 또 미친 듯이 강렬했다. 오늘은 미친 듯이 강렬한 쪽이었다.

지운의 혀는 숨을 쉴 틈도 주지 않고 한참 동안이나 그녀의 입 안을 끈질기게 헤집어댔다. 짙은 키스에 혼이 나갔던 그녀의 머릿속에 드디어 숨이 막힌다는 생각이 들 무렵이었다. 불쑥, 그의 손이 하경의 니트 안으로 들어온다.

"⋯⋯선배."

하경이 그의 손을 붙들었다. 잠깐 두 사람의 입술이 떨어졌다. 하지만 그의 손은 봉긋 솟은 가슴을 쥔 채로 놓아줄 생각이 없어 보인다.

"공하경."

그녀를 내려다보는 그의 눈빛이 간절하다 못해 애절해 보인다. 그 눈빛이 뜨거운 숨과 함께 뱉어진 목소리만큼이나 섹시한 것 같다.

"미안한데⋯⋯ 나 이제 더는 못 참아."

거친 숨을 몰아 내쉰 지운은 정말로 참지 못하겠다는 듯, 아니 이젠 더 이상 참을 생각이 없다는 듯 그녀의 윗옷을 훌러덩 벗겨냈다.

찬 공기가 맨살에 닿자 닭살이 오소소 돋아났다. 하지만 곧 그의 뜨거운 숨결이 그녀의 목덜미에 닿는 순간, 언제 그랬냐는 듯 온몸에 열이 확 오른다. 그의 입술이 닿은 자리에 분홍빛 열꽃이 피어난다.

그의 입술은 목덜미에서 멈추지 않고 쇄골로, 쇄골에서 가슴으로, 가슴에서 배꼽으로 한없이 아래로 내려오며 뽀얀 살결 위에 선명한 열꽃을 수없이 피워냈다. 간지러움과는 또 다른 생경한 느낌. 두려움보다는 짜릿함이 조금 더 큰 것 같다.

놀라서 동그랗게 눈을 뜨고 있던 하경은 두 눈을 질끈 감았다.

자신도 이제 더는 못 참을 것 같다.

에필로그 2

　프러포즈는 진작 받았지만 결혼식은 날이 따뜻해지는 봄날에 하기로 약속을 했다. 두 사람은 남들만큼 알콩달콩하고, 남들만큼 싸우며, 평범한 연애를 실컷 즐기다가 벚꽃이 흩날리는 4월 결혼식을 올렸다.

　"공 대리님, 진짜 너무 예뻐요!"

　신부 대기실에 찾아온 주희가 웨딩드레스를 입은 하경의 모습에 진심으로 감탄하며 소리쳤다. 노출을 결사반대하던 지운 때문에 목까지 올라오는 긴팔 드레스를 골랐는데, 다행히도 가녀린 하경의 체형에 잘 어울렸다. 팔부분과 목 부분이 레이스로 되어 있다는 것조차도 지운은 영 못마땅한 눈치였지만, 더 꽉 막힌 드레스를 찾을 수가 없어서 결국 이걸로 결정을 했다.

　"와줘서 고마워, 주희 씨."

"다른 사람들도 곧 올 거예요. 식장에서 만나기로 했는데 제가 가장 먼저 도착했거든요."

원래 팀원들과 만나기로 약속한 시간은 10분이나 남아 있었다. 하지만 신부의 모습이 너무도 궁금해서 못 참고 대기실로 쳐들어온 것이다.

"참. 축의금은요, 도대체 누구한테 내야 할는지 헷갈려서 여자들은 신부 측에, 남자들은 신랑 측에 내기로 했어요. 부장님은 두 분께 다 하겠다고 하셨구요."

같은 회사, 그것도 심지어 같은 부서의 두 사람이 결혼을 하게 됐으니 고민이 되기도 했겠다. 팀원들끼리 모여 머리를 맞대고 고민했을 모습을 떠올리며 하경은 빙긋 웃었다.

"근데 저 지금 이렇게 제 두 눈으로 직접 보고 있는데도 사실 잘 안 믿겨요. 강 팀장님과 공 대리님이 결혼이라니……."

회사에는 청첩장이 나오는 날까지 연애 사실을 비밀로 했었다. 첫 단추를 잘못 꿰었더니 말하기가 점점 힘들어졌던 것이다. 그래서 입이 떨어지지 않는 하경 대신 팀원들에게는 지운이 청첩장을 나눠줬다. 그것도 굉장히 신이 난 얼굴로, 청첩장이 나온 바로 다음 날 아침, 회의 시간에 말이다.

커밍아웃을 한 그날 하루 종일 하경은 바빴다. 지금껏 속였다는 것을 꽤나 섭섭해하는 팀원들에게 전문점 커피를 돌리며 달래줘야 했고, 생각도 못했는데 누구보다 굉장한 배신감을 표출하는 부장의 눈치를 봐야 했으며, 회사에 소문이 어찌나 빠르게 퍼졌는지 기획팀 강지운의 여자가 누구인지 궁금해하는 타 부서 직원들이 대놓고 찾아오는 통에 동물원 원숭이까지 됐었다.

그때 하경은 생각했다. 역시 지금까지 비밀로 하길 잘했다고. 안 그랬으면 결혼할 때까지 몇 달 동안 여직원들에게서 '저것들 언제 헤어지나' 하는 눈총을 받으며 회사를 다닐 뻔했다.

"우와! 예뻐요!"

대기실로 들어서다 말고 팀의 막내 미진이 엄지를 척 올렸다. 그 뒤를 따라오던 윤주도 흘끗 하경을 보더니 새침하게 말한다.

"당연히 예뻐야죠. 웨딩드레스 입고 안 예쁜 사람이 어디 있다고."

말투는 밉상이었지만 그래도 하경은 기분이 썩 나쁘지는 않았다. 사실 청첩장을 나눠주던 날 제일 신경이 쓰였던 게 윤주였다. 지운에게 관심 있는 티를 대놓고 내는 윤주에게 진작 사실대로 말해주지 못해서 미안한 마음이 컸던 것이다. 하지만 걱정했던 것과 달리 윤주는 쿨하게 두 사람의 결혼을 축하한다 말해줬다. 아무리 찔러도 안 넘어오는 목석같은 남자는 제가 먼저 사양하려 했다는 말과 함께.

"옷이 날개라더니."

팀원들이 나간 뒤 신부 대기실을 찾은 선영이 장난스럽게 웃었다. 한복을 단정하게 갖춰 입고서 하경의 옷매무새를 정리해주는 모습이 제법 결혼 선배 포스가 난다.

"으, 긴장돼."

"긴장 풀어. 별거 없으니까."

"새벽부터 머리하고 화장하고 옷 갈아입고. 진짜 두 번은 못 할 짓인 거 같아."

"그래도 너는 결혼 준비 정말 편하게 한 편이지. 네가 한 거라고는 너 치장하는 거밖에 더 했어? 복 받은 것."

선영의 말이 맞긴 했다. 양가 어른들의 협의하에 복잡한 예단과 예물은 생략하기로 했고, 함께 살 집은 이미 지운이 구해놨었고, 웬만한 살림살이 역시 전부 새것으로 구비되어 있었기에 따로 혼수를 준비할 것도 없었다. 결혼식도 보통 신부들이 신경을 많이 쓴다던데, 어찌 된 게 지운이 더 신이 나서 척척 알아서 해주는 바람에 그것마저 수월했다. 그녀가 신경 쓴 건 자신이 입고 있는 웨딩드레스와 지운의 턱시도가 전부였다.

"게다가 시댁은 지구 반대편에 있지. 신혼집은 친정하고 가깝지. 평생 같이 살 신랑은 무려 강지운이지. 아무래도 너, 전생에 나라를 구했나 보다."

진심으로 부러워하며 중얼거리던 선영이 아차 싶었는지 얼른 말을 덧붙인다.

"뭐 그렇다고. 내가 시댁이 가깝고 평생 같이 살 신랑이 네 오빠라서 싫다는 건 절대 아닌 거, 알지?"

하경은 픽 웃었다. 하나뿐인 친구가 시누이라서 선영도 참 많이 고단하겠다고 생각하며.

식장은 많은 사람들로 붐볐다. 몇 달 전 승현의 결혼식에서 봤던지라 많은 얼굴들이 익숙했다. 도대체 너는 언제 시집을 갈 거냐고 오지랖을 보였던 친척들이 이번에는 아기는 빨리 낳으라는 오지랖을 또 보였다. 이번에는 화장실로 피할 수도 없던 하경은 그저 웃으며 속으로 한 귀로 듣고 한 귀로 흘릴 수밖에 없었다.

결혼식은 정신없이 진행되었다. 사회는 적당히 재미있었고 주례는 적당히 지루했다. 신혼집이 바로 옆이니 결혼을 하고도 언제

든 볼 수 있다는 생각 때문이었을까. 부모님들께 인사를 하는 순서에서도 하경은 묘한 감정을 느끼기는 했지만 슬프지는 않았다. 지운이 평소보다도 훨씬 더 멋있었다는 걸 제외하면, 선영의 말대로 정말 별거 없었다.

"아가, 오늘 수고가 많았다."

식이 끝나고 편한 옷으로 갈아입고 나오는 하경의 손을 꼭 붙들며 시어머니 윤 여사가 다정하게 웃었다. 하경도 그 손을 마주잡으며 활짝 웃는다.

처음에 지운에게서 부모님이 두 분 다 과학자라는 얘기를 들었을 때, 저도 모르게 마냥 어렵고 딱딱한 분들이실 거라는 선입견을 가졌었다. 상견례를 앞두고 얼마나 걱정을 많이 했는지 모르겠다. 지구 반대편에 살고 워낙 바쁘신 분들이라 자주 부딪힐 일은 없겠지만 그래도 시부모님이 될 사람들이 아닌가.

하지만 막상 만나 뵌 시부모님들은 그녀의 예상과 달리 훨씬 더 부드러운 인상의 다정다감한 분들이셨다. 그리고 무뚝뚝한 아들 하나만 평생 키워왔던 두 분은 그녀를 무척이나 예쁘게 봐주셨다.

"바로 공항으로 가니?"

"네. 비행기 시간이 좀 급해서요. 어머님은 내일 미국으로 가시는 거죠?"

"그래. 좀 더 쉬었다 가고 싶은데 바깥양반이 좀 바빠야 말이지. 그 사람 휴대폰엔 불이 난다, 지금도."

말은 그렇게 하지만 윤 여사 역시 만만치 않게 바쁜 사람이었다. 지난번 상견례 때는 그날 왔다가 당일에 바로 돌아가셨으니 말이다. 앞으로 또 언제나 볼 수 있을지 모르겠다.

"배웅 못 해드러서 죄송해요."

"별게 다 죄송하구나. 우리가 애들도 아니고."

고개를 간단하게 내저은 윤 여사가 들고 있던 쇼핑백을 하경에게 건넨다.

"이게 뭐예요, 어머님?"

"결혼 선물이야. 한번 보렴."

결혼 선물이라니. 하경은 살짝 당황한 얼굴로 쇼핑백 안을 들여다보았다.

그곳에는 작은 상자가 있었는데 그것을 감싸고 있는 빛바랜 포장지가 오래된 물건임을 여실히 알려주고 있었다. 보자마자 물건의 정체를 단번에 알아본 하경의 눈이 둥그렇게 커졌다.

"우리가 미국으로 갈 때 한국에서 살 때 쓰던 물건들은 죄다 버리고 갔거든? 그런데도 소중하다고 지운이가 굳이 챙겨들고 왔던 거야. 버리라는데도 안 버리고. 대체 뭐기에 저렇게 소중하게 생각하나 싶었는데, 저번에 미국으로 출장 와서는 열심히 찾더라고. 너 줄 거라고. 결국 그때 못 찾았는데, 이번에 이사하다가 발견했지 뭐니. 지운이한테 주려다가 네가 받는 게 더 나을 것 같아서 내 멋대로 이렇게 주는 거야."

하경은 이 물건을 확실히 기억하고 있었다. 아주 오래전 그날, 그가 들고 있던 빼빼로였다. 자신에게 주려고 했었다던 그 빼빼로. 그때는 다른 여자에게서 받은 건 줄 알고서 얼마나 충격을 받았는지, 11년이 지난 지금까지도 생생했다. 보자마자 바로 알아볼 수 있을 정도로.

하경은 감격스러운 얼굴로 쇼핑백을 품에 안아 들며 인사했다.

"감사해요, 어머니. 최고의 결혼 선물이에요."

결혼식에 참석해준 사람들에게 간단하게 감사 인사를 전한 다음 하경이 먼저 차에 올라탔다. 지운은 아직 친구들과 인사를 나누는 중이었다. 그를 기다리며 하경은 아까 윤 여사에게서 건네받은 쇼핑백 겉면을 꼼지락거리며 만졌다.

잠시 후 지운이 올라타자마자 차는 곧바로 공항을 향해 출발했다. 바로 비행기를 타야 해서 지운 역시 턱시도가 아닌 편한 차림을 하고 있었지만 여전히 멋있었다. 턱시도 때문에 오늘따라 더 멋있어 보였던 게 아닌 모양이다.

역시 내 남편. 지운의 잘생긴 옆모습을 바라보며 하경은 흐뭇한 미소를 지었다.

"선배."

"지운 씨."

지운이 친절하게 정정을 해준다. 그에 하경은 멋쩍은 얼굴로 고개를 끄덕였다.

"아, 맞다. 지운 씨……."

상견례 자리에서 한번 혼쭐이 났다. 남편이 될 사람을 '선배'라고 부르는 게 말이 되느냐며. 모든 것에 관대한 시부모님이었지만 그래도 아닌 건 확실하게 짚고 넘어갔다. 한 여사 역시 안 그래도 하경의 '선배'라는 부름이 신경 쓰였었다며, 상견례 이후에도 하경에게 늘 주의를 시켰다. 그래도 오랫동안 입에 붙었던 말이라 쉽게 바뀌지가 않아서 아직까지도 종종 이렇게 실수를 하곤 했다.

선배가 아닌 지운 씨라니. 부를 때마다 쑥스러워 죽겠다.

"이게 뭔지 알아요?"

살짝 붉어진 뺨이 들킬세라 하경은 얼른 품에 안았던 쇼핑백을 지운의 코앞에서 달랑달랑 흔들어 보였다.

"이게 뭔데?"

"글쎄. 뭘까요?"

하경이 장난스럽게 되묻자 전혀 모르겠다는 듯 빤히 쇼핑백을 바라보던 지운이 그것을 낚아채고는 물건을 꺼내 들었다. 물건의 정체를 확인한 순간, 지운의 눈이 둥그렇게 커진다.

"이걸 어떻게 네가 가지고 있어?"

"어머님께서 아까 주셨어요. 결혼 선물이라고."

싱글거리며 대꾸한 하경이 지운의 손에서 빼빼로를 도로 뺏어 왔다.

"나한텐 추억 상자니, 은밀하니 하면서 놀리더니. 선배야말로 이거 되게 소중하게 보관했다면서요? 미국까지 가지고 갈 정도로."

"아, 그게……."

그렇게 찾을 땐 안 나오더니, 왜 이제야 나타났는지. 지운은 곤란하다는 듯 미간을 좁혔다.

"하여튼. 안 그렇게 생겨서는 은근히 소녀 감성이라니까."

증거까지 있는 상황에서 뭐라고 더 할 말이 있겠는가. 하경이 짓궂게 중얼거리자, 지운의 얼굴이 화륵 달아오른다. 귀까지 빨개질 정도로 민망해하는 모습이 너무 귀여워서 하경은 잠깐 운전하는 사람의 눈치를 보다가 지운의 붉은 귀에 입술을 갖다 댔다. 그러자 지운이 움찔한다.

이 남자 귀가 약점이었지, 참.

침대에서도 귀를 건드리기만 하면 그는 움찔거리며 이마를 살짝 찌푸렸다. 그 모습이 귀여우면서도 묘하게 섹시해서 하경은 매번 일부러 그의 귀를 건드리곤 했다. 실수인 척, 때로는 대담하게. 이번에도 하경은 풋, 웃으며 일부러 그의 귓가에 대고 작게 속삭였다.

"귀여운 사람이었네요, 내 남자."

지운이 급하게 그녀에게서 떨어지며 하경을 샐쭉하니 노려본다. 생각지 못했던 자극에 꽤 당황한 모양이다.

"벌써부터 이러면 어떡해?"

"뭐가요? 내가 뭘 했다고?"

하경이 전혀 모르는 척 시침을 떼자, 지운이 눈썹을 실룩이며 낮게 으르렁거린다.

"계속 이러면 차, 공항이 아니라 집으로 돌리라고 한다?"

"그러세요. 하와이의 고급 호텔에서 에메랄드빛 바닷물 바라보며 밤낮 없이 뜨겁게 안겠다던 지운 씨의 그 계획, 버려도 괜찮을 것 같으면요."

하경이 큰 눈을 깜빡거리며 자신은 전혀 아쉬울 것 없다는 투로 말한다. 그와 동시에 지운의 얼굴이 굳어졌다.

몇 달의 연애에 이젠 완전히 연애 고수가 되어버린 하경이었다. 둘만 있을 때는 이렇게 야한 농담도 대범하게 할 수 있게 된 그녀의 모습이 마음에 들면서도 한편으로는 너무 자신이 휘둘리는 것 같아서 불만스럽기도 하다.

천사 같은 얼굴을 한 채 지금처럼 이렇게 수시로 자신을 들었다

났다 해대니까 말이다. 얼마나 들었다 났다를 잘하는지 놀이기구를 못 타는 그는 멀미까지 날 지경이다.

"……호텔 도착하면 두고 봐."

지운은 나중을 기약했다. 호텔에 도착함과 동시에 왜 신혼여행을 패키지여행이 아닌 자유 여행으로 굳이 고집했는지에 대해 그녀에게 제대로 알려줄 생각이다.

자신은 '낮져밤이'니까!

에필로그 3

"이 케이크 진짜 맛있다. 어디서 샀다고?"

달콤한 딸기케이크를 한입 크게 베어 문 하경이 눈을·반짝였다.

"요 앞 사거리에 새로 생긴 빵집."

"아, 거기? 오다가 봤어."

"응. 케이크 말고도 다른 빵들도 다 맛있더라."

"그래? 나중에 집에 갈 때 케이크랑 빵이랑 좀 사 가야겠다. 왠지 밤에 생각날 것 같은 맛이야."

"이것도 먹어."

마주 앉아 아기를 재우고 있던 선영은 자신 몫의 케이크가 담긴 접시를 하경의 앞으로 밀어줬다. 하지만 하경은 고개를 내저으며 다시 그 접시를 밀어냈다.

"안 돼. 적당히 먹어야 해. 살이 너무 많이 쪘어."

"임신했을 땐 좀 쪄도 돼."

"13킬로나 불었어."

울적한 얼굴로 하경이 대꾸한다. 임신 후로 앞자리가 두 번이나 바뀌었다.

"막달에 13킬로면 지극히 정상이야. 말라깽이였을 때보다 지금이 훨 보기 좋은데, 뭘."

사실 선영만 그렇게 말하는 건 아니었다. 하경을 오랜만에 만난 사람들은 대부분 오동통하게 오른 볼살 때문에 예전보다 훨씬 보기가 좋다 했다. 하지만 정작 당사자인 하경은 살이 찐 제 모습이 낯설기만 했다. 늘 저체중으로 살아왔기 때문에 살이 쪄본 적은 이번이 처음이었다. 심지어 1, 2킬로그램이 아니라 13킬로그램씩이나.

"살쪘더니 불편한 게 한두 개가 아니야. 임신해서 불편한 건지, 살이 쪄서 불편한 건지 헷갈릴 정도라니까."

"둘 다지 뭐. 그리고 둘 다 애 낳고 나면 자연적으로 해결돼. 애 한번 키워봐. 금방 빠져."

실제로 선영이 그런 케이스였다. 임신을 했을 때 제법 불었는데, 아기를 낳고 난 지 고작 석 달 만에 그 많던 살들이 쏙 빠졌으니 말이다. 이제 갓 백일을 넘긴 하경의 조카는 제 엄마의 품에서 기분 좋게 고롱고롱 잠들고 있었다. 천사 같은 조카의 얼굴을 기분 좋게 바라보던 하경은 슬며시 포크를 입에 물었다.

"들어보니까, 임신 때문에 살 좀 쪘다고 남편들이 여자로 안 봐주고, 멀리하고, 막 그런다던데……."

"누가 그래? 네가 가입한 맘 카페 회원들이 그래?"

육아에 대해 무지한 하경은 임신을 한 직후 곧바로 육아 카페에 가입을 했다. 그곳에서 여러 가지 유용한 정보들을 많이 배웠지만, 반대로 굳이 알 필요 없는 안 좋은 이야기들도 너무 많이 듣게 됐다.

세상은 넓고 또라이는 많다더니, 글을 읽어보면 정말 상식을 파괴하는 신랑들이 종종 있었다. 그런데 더 무서운 것은, 글을 쓰는 그 여자들도 '우리 남편이 이럴 줄은 정말 몰랐어요.'라고 말을 한다는 것이다. 그러니까 저 말도 안 되는 이야기들이 어쩌면 제 이야기가 될 수도 있다는 것 아니겠는가.

물론 지운을 못 믿는 건 아니다. 그는 결혼 전 내뱉었던 수많은 공약들을 하나도 빼놓지 않고 정말 잘 지키고 있었다. 오히려 임신을 한 후부터는 그녀보다 집안일을 더 많이 하고 있었다. 여전히 늘 사랑스러워 죽겠다는 눈빛으로 자신을 바라봐주고, 잠들기 전에는 꼭 잊지 않고 사랑한다고 속삭여줬다. 기대했던 것 이상으로 그와의 결혼 생활은 너무도 만족스러웠다.

하지만 그렇다고 마냥 행복하기만 한 건 아니었다. 살이 찌면서 저는 점점 망가져가는 것 같은데, 그는 날마다 더 빛이 나고 있었으니 슬슬 불안해졌다. 임신을 해서 호르몬이 불안정해서 그런지 날이 갈수록 더했다. 다들 너무 잘난 남자와 함께 살면서 복에 겨운 소리를 한다고 혀를 찼지만, 진지하게 고민이 되는 요즘이다.

"요즘따라 더 우울해."

"임신 때문에 그래. 괜히 인터넷에서 안 좋은 글 읽으면서 땅 파지 말고, 눈과 귀 다 닫고 좋은 것만 생각해. 네가 안 좋은 생각 하면, 그 생각들 아기가 고스란히 다 듣는 거 알지?"

하경은 입에 문 포크를 내려놓으며 고개를 끄덕였다.

아기를 낳은 후로 선영은 훌쩍 어른이 되어버린 것 같다. 자신도 아기를 낳고 나면 어른이 될 수 있을까. 과연 내 아이에게 좋은 엄마가 될 수 있을까. 막달이 되니 생각이 많아진다.

지운이 퇴근할 시간보다 조금 더 일찍 집에 온 하경은 무거운 몸을 뒤뚱거리며 집 안 구석구석을 치웠다. 요즘 몸이 무겁다는 핑계로 집안일을 제대로 하지 않았더니 엉망이다. 지운이 많이 도와줬지만 그래도 역시 직접 제 손이 닿는 것만은 못하다.

느릿느릿 온 집 안을 다 정리하고 나니 지운이 딱 맞게 집에 도착했다. 늘 하는 것처럼 현관에서 진하게 포옹을 한 다음 곧바로 씻으러 들어간 지운을 기다리며 하경은 아까 사 온 케이크를 접시에 담았다.

"케이크가 먹고 싶었으면 나한테 말을 하지. 퇴근하면서 사 왔을 건데."

씻고 나온 지운이 거실 테이블 위에 놓인 케이크를 발견하곤 한 소리를 한다. 무거운 몸 이끌고 끙끙거리면서 빵집에 다녀오는 모습을 떠올리니, 영 마음에 안 든다. 대신 애를 밸 순 없어도 이런 것쯤은 자신이 얼마든지 해줄 수 있는데 말이다.

"아니에요. 오늘 선영이한테 갔는데 얻어먹은 케이크가 너무 맛있는 거 있죠. 그래서 당신한테도 맛 보여주고 싶어서 사 왔어요."

저토록 사랑스럽게 웃는데 뭐라고 더 말을 하겠는가. 지운은 금세 굳었던 얼굴 근육을 풀고는 하경이 건네는 케이크를 한 입 받아먹었다.

"맛있네."

"그쵸?"

"내 여자 입술만큼은 못한 것 같지만."

덧붙여지는 지운의 말에 하경의 얼굴이 붉게 달아올랐다. 그는 자주 이런 식으로 오글거리는 말을 내뱉곤 했다. 하지만 저런 말도 워낙 담백하게 말하는지라 오글거리기보다는 항상 그녀를 기분 좋게 했다. 하경이 못 말린다는 듯 살짝 웃자, 지운이 고개를 숙여 하경의 입술을 듬뿍 물었다. 그의 입에 남아 있던 케이크의 달콤함이 고스란히 느껴진다.

"아, 맛있다."

짧은 키스를 마친 지운이 만족스럽다는 듯 가볍게 웃는다. 하경은 그런 지운의 얼굴을 빤히 바라보았다.

그러고 보니 어느 순간부터 그의 얼굴에서 날카로운 느낌이 많이 사라졌다. 예전에는 무표정을 지으면 시니컬해 보였는데, 이제는 무표정을 해도 부드러운 느낌이 남아 있다. 같이 살면서 함께 변하고 있지만, 그는 자신과 달리 한없이 긍정적으로만 변한다는 것이 너무 불공평한 것 같다.

"왜. 키스가 별로였어?"

슬며시 그녀의 입이 뾰루퉁 튀어나오자, 지운이 고개를 갸웃한다.

"아니, 그게 아니라……."

하경이 서둘러 고개를 내저었다. 키스가 별로라니. 결코 있을 수 없는 일이다. 그와의 키스는 늘 달콤했다. 굳이 케이크를 먹고 하지 않아도 충분할 만큼.

"그럼?"

"요즘 살이 너무 많이 찐 것 같아서요."

"임신했으니 당연한 거 아니야? 모든 임산부가 그렇잖아."

제 고민 따위는 상상도 못하고 있는 지운을 보며 하경은 작게 한숨을 내쉬었다.

"아기를 낳고 나서도 살이 안 빠지면 어쩌죠."

"어쩌긴 뭘 어째. 그땐 오동통 귀여운 공하경이 되는 거지."

"지금 놀려요? 귀여운 정도를 넘어섰어요, 이건."

눈을 모로 뜨고 투정을 부리는 하경을 보고 지운은 그제야 그녀의 고민이 무엇인지 알아차렸다. 그런 걱정을 하고 있는 줄은 전혀 예상하지 못했기에 살짝 당황스럽기도 했다. 그의 눈에는 예나 지금이나 한없이 예쁘게만 보였으니까 말이다.

"뭘 그렇게 걱정해? 지금도 예쁜데."

"거짓말."

하경이 투덜거리자 지운이 그녀의 머리카락을 쓸어 넘기며 부드럽게 웃는다.

"정말인데? 팀원들도 그랬잖아. 임신하고 나니까 살도 붙고 훨씬 보기 좋은 것 같다고."

얼마 전에 지운이 두고 간 서류를 대신 전해주러 유아 휴직 후 처음으로 회사에 들른 적이 있었다. 그때 모두가 입을 모아 그렇게 얘기했었다. 새침한 윤주까지도. 그래서 정말로 다른 사람들 눈에는 그렇게 보이나 싶다가도, 거울 속 낯선 제 모습을 보다 보면 또다시 울적해졌다. 요즘은 하루에도 열두 번씩 롤러코스터를 타는 기분이다.

"아내가 임신 때문에 살쪘다고, 여자로 안 보고 멀리하는 남편들도 있대요."

"자기 애 가진다고 찐 건데도? 정말 그런 남자가 있어?"

지운이 믿을 수 없다는 듯 되묻는다. 그래. 이 남자가 상식 밖의 사람은 아니었지. 하경은 새삼스러운 사실을 깨달으며 고개를 끄덕였다.

"당신은 나 계속 이렇게 뚱뚱해도 예뻐해줄 거예요?"

"하나도 안 뚱뚱하다니까."

"그럼 통통?"

한발 양보하겠다는 듯 되묻는 하경의 모습이 귀여워서 지운은 쿡 웃었다.

"그래. 당신이 계속 이렇게 통통한 모습으로 있어도 나는 변함없이 예뻐해줄 거야."

"정말이에요?"

"약속할게."

"알겠어요. 믿어요."

약속 하나는 기가 막히게 지키는 남자니까. 하경은 쓸데없는 걱정은 털어버리고 믿는다는 듯 씩- 미소를 지었다.

"기분 풀렸으면 여기 누워봐. 아가한테 책 읽어주게."

소파에 앉은 채로 자신의 허벅지를 툭툭 치며 얘기한다. 자주 있었던 일인 듯 하경은 자연스럽게 그의 허벅지를 베고 누웠다.

"오늘은 무슨 책이에요?"

"흥부와 놀부."

소파 옆 테이블에 놓여 있던 동화책을 꺼내 든 지운은 책을 펼쳤다. 그러고는 한 손을 그녀의 볼똑 튀어나온 배에 살며시 올린다. 태교로 아빠의 목소리가 좋다는 것을 알게 된 날, 통 큰 남자인 그는 동화책 전집을 사 왔다. 그러고는 이렇게 시간이 날 때면 수시로 책을 읽어주곤 했다. 아가에게 잘 전달되어야 한다며 자신의 따뜻한 손을 꼭 올려놓고.

"옛날 옛날에 흥부와 놀부 형제가 살았어요. 두 사람은……."

듣기 좋은 중저음의 목소리가 조곤조곤 이야기를 이어간다. 임신을 한 뒤로 그가 이렇게 책을 읽어주는 순간이 가장 행복했다. 눈을 감은 채 그의 이야기를 듣고 있던 하경은 저도 모르게 천천히 잠에 빠져들었다.

임신을 하고 난 후부터는 틈만 나면 잠이 쏟아졌다. 특히나 그의 품에 안겨 아득히 머나면 옛날이야기를 들을 때면 더더욱. 그래서 그녀는 그의 이야기를 끝까지 들어본 적이 아직 한 번도 없었다.

그녀가 잠들었다는 것을 알면서도 지운은 책 읽는 것을 멈추지 않았다. 하경이 아니라 아가에게 들려주려고 읽어주는 것이니까, 그녀는 듣지 않아도 상관없었다. 아가만 잘 들어준다면.

"……오래오래 행복하게 살았습니다. 끝."

새근거리는 그녀의 숨소리를 들으며 기분 좋게 책을 다 읽은 지운이 들고 있던 책을 내려놓고는 제 무릎을 베고 누운 그녀의 얼굴을 물끄러미 내려다보았다. 배에 올려두었던 손을 들어 그녀의 얼굴을 천천히 훑어 내려간다. 동그란 이마를 지나 가지런한 눈썹, 오똑한 코, 발그레한 볼, 보드라운 입술까지.

자는 모습만 봐도 이렇게 설레는데, 어떻게 예뻐하지 않을 수가 있겠는가.

그녀의 입가를 부드럽게 쓸던 손을 멈춘 지운은 고개를 숙여 그녀의 입술에 제 입술을 살포시 얹었다. 그러고는 세상에서 가장 달콤한 목소리로 작게 속삭인다.

"사랑해."

여보야, 자기야, 내 사랑아.

우리도 동화책의 주인공들처럼, 아주 오래오래, 행복하게 살자.

-마침-

작가 후기

안녕하세요, 필명을 바꾸고 처음으로 인사드립니다. 황한영입니다.

『설레어서』는 아시는 분들은 아시겠지만, 우여곡절이 정말 많았던 글입니다. 무려 2년 전에 썼던 글인데 중간에 슬럼프를 맞아서 연재 중단을 했었죠.

그 시간 동안 개인적으로 참 많은 일들이 있었습니다. 삼재도 아닌데 좋지 않은 일들이 겹치고 또 겹치고, 정신적으로 힘들어서 아예 글을 놓아버렸어요. 그러다 이번 가을, 조금이나마 마음의 여유가 생기고 오랜만에 메일함을 열었는데 많이 놀랐습니다. 솔직히 너무 시간이 많이 지나서, 여전히 『설레어서』를 기다려주시는 독자님들이 계실 줄은 몰랐거든요.

기쁘고, 감동적이고, 또 죄송한 마음이 들어 얼른 오래 묵혀뒀던 파일을 열었습니다. 굳어 있던 손가락과 머리 때문에 다시 쓰는 것이 쉽지는 않았지만, 그래도 기다려주시는 분들 덕분에 끝까지 쓸 수 있었습니다.

『설레어서』는 처음에 '아, 설레고 싶다!'라는 생각 하나만으로 무작정 시작된 이야기입니다. 그런 만큼 이 글을 읽으신 독자님들 모두, 첫사랑의 상처 때문에 잔뜩 소심해진 하경이가 되어, 갑자기 나타난 첫사랑 지운이에게 많이 설레셨기를…….

2년 동안 기다려주신 분들, 책으로 읽어주신 분들, 징징거리는 저 많이 달래준 한 작가님, 강 작가님, 늘 믿어주는 내 가족들, 제 사정 헤아리고 배려해주신 와이엠북스 김은지 팀장님. 모두모두 정말 감사합니다.

그리고, 누구보다 날 응원해주는 내 새끼. 애정합니다.

그럼 또 다음 작품에서 뵙겠습니다. 따뜻한 겨울 보내세요.

-황한영(잠의여왕) 드림.